Elizabeth Taylor

Une partie de cache-cache

Traduit de l'anglais
par Geneviève Doze

Rivages

Titre original : *A Game of Hide and Seek*
Peter Davis, Londres, 1951

106, boulevard Saint-Germain – 75006 Paris

ISBN : 2-7436-0088-8
ISSN : 0299-0520

Une partie de cache-cache

Du même auteur
chez le même éditeur

Mrs. Palfrey, Hôtel Claremont
Cher Edmund
Noces de faïence
Une saison d'été
La Bonté même
Le Papier tue-mouches

en collection de poche

Angel (n° 41)
Mrs Palfrey, Hôtel Claremont (n° 67)
Cher Edmund (n° 98)
Noces de faïence (n° 125)
Une saison d'été (n° 155)
La Bonté même (n° 190)

PREMIÈRE PARTIE

1

Par ces longues soirées d'été qui marquent si fortement notre jeunesse, Harriet et Vesey jouaient parfois à cache-cache avec les petits, courant à travers les touffes d'herbe des prairies, leurs chaussures jaunies du pollen des boutons d'or. Ils ne pouvaient pas courir vite sur ce terrain inégal, et ne souhaitaient pas le faire, puisque trouver les enfants cachés signifiait avoir moins de temps à passer ensemble ; courir plus vite, c'était se fuir l'un l'autre. Le petit trot était un jeu conçu par timidité et incertitude. Aucun des deux n'osait supposer que l'autre souhaitait s'arrêter et le manque d'expérience leur interdisait de s'en assurer.

Au début, les petits étaient contents de les dérouter, mais ils s'ennuyaient vite, perchés dans les branches d'un chêne ou accroupis au milieu de bottes de foin qui leur irritaient la peau. Leurs chuchotements et leurs gloussements se muaient en paroles à voix haute et en rires ; ils examinaient leurs piqûres de moustique, grattaient leurs écorchures et se mettaient bientôt à entonner des chants railleurs. Tout en n'ayant pas envie de se faire prendre, ils étaient contrariés que rien ne se passe après un si long laps de temps. Quelquefois, ils voyaient Harriet et Vesey arriver à travers champs, précédés de leurs ombres allongées : alors, l'excitation s'emparait d'eux et ils lançaient des cris en déguisant leur voix ou bien ils imitaient le coucou. Mais la plupart du temps, ils restaient silencieux, à regarder les ombres se rétrécir et s'allonger, et les vaches se déplacer, indifférentes, dans les hautes herbes.

« Il faudrait qu'un des deux aille dans un sens et un dans l'autre », disait Joseph, mais Deirdre savait bien qu'ils ne se sépareraient jamais.

Au commencement des vacances, Harriet avait joué avec les enfants par gentillesse, se cachant toujours dans le grenier comme si, en rendant le jeu plus facile, elle allait leur faire plaisir. Vesey refusait absolument de participer. Il restait assis sur son lit à écrire une histoire. Et puis, un soir, il avait décidé de se joindre à eux, se montrant énergique, paternel, protecteur. Harriet et lui, ils allaient leur en faire voir de toutes les couleurs, avait-il annoncé. Comme d'habitude, Harriet s'était cachée dans le grenier et Vesey s'était faufilé derrière le vieux hachoir à rutabagas. Mais ces temps derniers, avait remarqué Deirdre, ils se cachaient tous les deux dans le grenier. Elle se demanda pourquoi elle poursuivait ce jeu, qui, pour elle, avait cessé de présenter un intérêt quelconque. À dix ans, elle était moins innocente que Harriet et Vesey à dix-huit. Elle imaginait une intimité coupable mais sans détours, là-haut dans le grenier : son esprit enfantin ne pouvant concevoir les mélanges de timidité, d'orgueil, de gaucherie, de peur à l'idée d'être l'objet de rebuffade ou d'incompréhension qui, entre l'enfance et la maturité, obscurcissent un acte autrefois vu si simplement.

Ainsi, Vesey et Harriet restaient-ils assis dans ce lieu poussiéreux, sentant le renfermé, au milieu de vieilles boîtes de peinture, de cartons de bulbes, de piles de chaises longues poussiéreuses, assez éloignés l'un de l'autre, en silence. Harriet jetait des coups d'œil par la fenêtre barbouillée ; Vesey se tenait recroquevillé, les mains autour des genoux, le regard fixé sur une tour penchée de pots de fleur. Le silence n'était rompu que lorsque l'un d'eux avalait timidement une accumulation de salive. Le battement de chaque cœur, que l'autre devait entendre, pensaient-ils, ressemblait au balancement d'un pendule dans un coffre creux. Ce qu'ils prenaient pour le paradis leur semblerait l'enfer, ultérieurement.

Harriet, voyant Deirdre en bas traverser la cour, chuchotait « Les voilà », le visage très tendu, comme à son âge il n'aurait pas pu l'être, s'agissant d'un jeu. Vesey tournait les yeux vers elle : déplacer sa tête également risquait de les trahir, lui semblait-il. Presque sans respirer, ils attendaient l'apparition de la tête de Joseph en haut de l'échelle, car, bien que Deirdre sût où les débusquer, elle envoyait le petit Joseph les surprendre.

Une cachette différente aurait fait durer la recherche et leur séjour exquis au paradis ou en enfer, mais ni l'un ni l'autre n'était capable de suggérer ce qui pouvait les amener à se trahir. Tous deux feignaient de participer au jeu pour faire plaisir aux enfants ; ils ne pouvaient pas révéler ce qu'ils avaient à peine reconnu secrètement, leurs véritables motifs ni leur besoin.

La tante de Vesey, mère de Joseph et de Deirdre, était la meilleure amie de la mère de Harriet. Jeunes femmes — une photographie tachée en témoignait —, des agents de police, les empoignant au-dessus du coude, leur avaient fait monter les marches d'un commissariat en les bousculant. À l'arrière-plan, des vitrines affichaient de grands trous comme des étoiles noires. Harriet, incapable de supporter cette image ni de la rejeter, peu concernée par les sacrifices antérieurs, comme l'histoire nous entraîne tous à l'être, vit seulement que sa mère s'était exposée à la raillerie et au ridicule, qu'elle paraissait laide, égarée, un peu folle, la bouche ouverte sur l'ombre, son chapeau de travers. Il en était de même pour la tante Caroline de Vesey.

Elle n'avait pas la moindre idée de ce qui avait pris naissance là, dans ce commissariat, les yeux haineux des femmes à l'extérieur, les rires des hommes, enfin exclus. En se fermant, les portes battantes avaient oblitéré la rue. La mère de Harriet s'était mise à pleurer doucement. Pendant deux nuits de suite, elle n'avait pas fermé l'œil, à contempler son premier acte de violence, acte redouté. Le regard compatissant et encourageant de Caroline, traversant cette pièce miteuse, la calmait et la rendait plus hardie. Ce regard passa entre elles de nombreuses fois au cours des années qui suivirent, années pendant lesquelles l'histoire rendit les armes. Elles se demandèrent parfois si leur courage n'avait pas été gaspillé, si le flot du temps ne leur aurait pas apporté en passant, sans elles, l'objet de leur lutte, qu'elles avaient cherché à atteindre au risque de se noyer. Bientôt, le féminisme devint une anomalie curieuse ; il était facile de susciter le rire devant les silhouettes bizarres des suffragettes levant leurs parapluies, le visage grimaçant et, supposait-on, la voix stridente de fureur et de frustration.

Lilian, la mère d'Harriet, s'était mariée jeune et se retrouva bientôt veuve. Harriet, elle, ne réalisa aucun des désirs ambitieux de sa mère et de ses contemporaines. Fille unique, son énergie se dépensait en grande partie à combler les vides de son existence avec des personnages imaginaires. Elle ne manifesta aucune inclination à devenir médecin ou juriste et moins encore à prendre d'assaut quelque forteresse encore masculine, la Bourse ou la cléricature. Par inattention, elle prenait du retard en classe ; elle ne retenait les faits qu'approximativement. La solitude, et l'effort d'imagination requis pour la combattre, la fatiguaient. Elle était incapable de réussir un examen. « Quelle brillante carrière lui choisir » se changea en « que fallait-il donc en faire » lorsqu'elle quitta l'école. Le fameux regard passa de Caroline à

Lilian. Bien qu'il ne fût jamais question entre elles de cette pièce au commissariat, elle n'était jamais oubliée et les rapprochait toujours.

En attendant de trouver quelque chose de mieux, Harriet irait tous les jours chez Caroline l'aider dans son travail associatif et donner des leçons aux enfants. Les deux maisons n'étaient distantes que de trois kilomètres environ : en allant et venant à bicyclette, Harriet avait parfois l'impression d'être une navette passée de l'une à l'autre, sentant, comme il lui était arrivé fréquemment de le faire, qu'elle ne représentait, elle, rien de bien défini. Elle s'inquiétait de son avenir, car elle avait conscience de ne faire que du sur place, apprenant à lire à Joseph, raccommodant les vêtements de Deirdre, brossant les chiens, martelant avec deux doigts sur la vieille machine des caractères mal espacés (en ayant introduit le papier carbone devant derrière, si bien qu'en fin de compte, la lettre figurait des deux côtés de la feuille), attendant que Vesey passe devant la fenêtre.

Elle se réfugia encore plus dans la rêverie, dans des situations spectaculaires dont elle venait à bout. À cette époque-là, elle n'avait pour désir que de penser à Vesey le soir, lorsqu'elle était allongée avant de s'endormir, mais une forme de rêverie épuisante et quotidienne était censée apporter un peu d'ordre au monde qui le rendrait accessible. Tant qu'elle ne s'était pas — fût-ce dans sa tête — créé une niche où elle ne fût plus déplacée ni inutile, elle ne pouvait pas aller à sa rencontre même en rêve ; avant d'avoir résolu ce premier problème, elle s'endormait. Si bien que Vesey était rarement atteint. Elle n'en arrivait pas au point de donner du relief à ces scènes statiques dans le grenier ni de les mettre en paroles.

Vesey aussi était enfant unique. Sa mère n'était pas veuve, comme celle de Harriet. Elle était simplement trop occupée pour avoir d'autres enfants, préférant de beaucoup travailler au-dehors et, assise derrière son bureau laqué, à côté de fleurs arrangées à la perfection et de deux téléphones blancs, recevoir, sans se lever toutefois, les clientes d'un institut de beauté.

Pendant ce temps-là, Vesey baguenaudait dans Londres, sautait dans des bus, traînait dans les gares, essayant de conjurer l'ennui. Il trouva un moyen de passer le temps en faisant peur à la domestique ; étendu sur le canapé aux tons pâles, il essayait de la retenir en décrivant toutes les horreurs qu'il pouvait se rappeler ou inventer. « Par exemple, quand on écorche *vif* quelqu'un », commença-t-il, alors qu'elle se trouvait devant la porte, un plateau à la main... « Ah, oui, vif »... allongeant rêveusement la voyelle de ce mot... « une petite incision aux racines des cheveux, mettons...

— Comment osez-vous imaginer des abominations pareilles ! »

La façon qu'il avait de toujours débuter en disant : Par exemple, ou Cependant, comme s'il poursuivait une conversation, la piégea maintes fois.

« Toutefois, si d'aventure vous passez devant le musée de Madame Tussaud, la femme dont l'estomac est transpercé par un crochet constitue un tableau tout à fait singulier... »

Avant qu'elle parvienne à fermer la porte, il réussissait à ajouter, tout en feuilletant un magazine : « Pour ceux, évidemment, qui aiment ce genre de chose », comme s'il ne faisait que chercher à satisfaire les fantasmes malsains ou le penchant pour le bizarre de cette femme.

Mais une fois qu'elle était partie, la pendule se remettait en marche. La lumière qui traversait les rideaux en organdi semblait étouffée. Les meubles et la moquette clairs — car les pièces de ce style étaient toutes blanc cassé à cette époque-là — pouvaient, si on les regardait avec les yeux mi-clos, suggérer des housses de protection, le droguet et le départ de toute la famille. Si un pétale tombait d'une fleur, il sursautait comme s'il avait vu quelque chose qui, telle la progression des aiguilles de la pendule, devrait se passer quand personne ne regarde.

Il lisait beaucoup. Il écrivait des nouvelles à la manière de Wells et de Tchekov, de Kipling et d'Edgar Allan Poe. Il s'ennuyait en classe, il s'ennuyait à la maison, il s'ennuyait en vacances à la campagne avec tante Caroline et oncle Hugo. Ses histoires d'écorchés vifs et de crochets dans l'estomac étaient interdites ici. Deirdre et Joseph ne devaient pas entendre parler de gens enterrés par erreur : selon Caroline, les fantômes n'étaient pas effrayants mais bêtes, comme certains mots ne sont pas fins, mais bêtes et certaines anecdotes pas drôles, pas le moins du monde grossières, mais simplement bêtes. Vesey et les enfants ne s'aperçurent pas que la « bêtise » était ce qui faisait le plus s'empourprer le cou de Caroline, plus peut-être que la grossièreté ou l'obscénité, mais cela, ils ne furent jamais en mesure de le prouver, car rien n'était effectivement obscène ni grossier.

Le mot préféré de Caroline, c'était « raisonnable ». « Voilà une fille raisonnable », tel fut le plus grand compliment que reçut jamais Deirdre. Être bête, c'était ne pas être raisonnable. Avec le passage du temps, Deirdre commença de se demander si sa mère avait été complètement raisonnable en toutes circonstances et de subodorer qu'elle-même était venue au monde par bêtise. Elle avait beau essayer, Deirdre n'arrivait pas à estimer que l'acte sexuel, qui la préoccupait considérablement à cette époque, était raisonnable. Tel qu'elle l'avait observé chez les animaux, il semblait au mieux ridicule, au pire impressionnant et fou. Elle le voyait sous l'un et l'autre jour. Quand elle le rapportait à ses propres parents, comme les enfants le font et doivent le faire, elle ne reculait pas d'horreur, elle riait. Attribuant à cet acte un caractère strictement utilitaire, elle ramena à deux les occasions pour Caroline de ne pas avoir été raisonnable (en fait, d'avoir été absolument, extraordinairement, futilement, bête), à savoir elle-même et Joseph. Il était étrange que précisément la chose que sa mère détestait le plus — ne pas être raisonnable — lui avait donné ce qu'elle aimait le mieux, ses deux enfants. Deirdre ne doutait pas que Joseph et elle fussent les plus aimés. Elle eut une enfance heureuse et à l'âge adulte nombre de joyeuses surprises.

L'attitude de la mère de Vesey envers son fils mettait un peu Caroline en contradiction avec elle-même. Dans sa jeunesse, elle s'était épuisée et avait enduré les railleries afin que les femmes fussent émancipées, mais en grandissant, Vesey n'était devenu ni robuste ni heureux et elle ne pouvait s'empêcher de mettre sa pâleur sur le compte de l'appartement londonien, et son ennui et son instabilité sur celui du manque d'attentions. « Si encore il s'agissait de quelque chose qui en vaille la peine... ! » prétextait-elle. Elle ne pouvait rien imaginer qui vaille moins la peine que de flatter la vanité de riches Londoniennes, les oisives, les rapaces, qui avaient jadis feint de ne pas la voir dans la rue ou s'étaient moquées d'elle quand elle défilait dans les cortèges. En se figurant les flatteries mielleuses de la mère de Vesey, elle ne pouvait éviter de songer que l'enfant et même ses idéaux à elle étaient sacrifiés pour rien. Avec sa peau blanche, même à la campagne il ne brunissait jamais ni ne prenait de couleurs. Au début de septembre, il rentrait à Londres pareil à un fantôme, le front et les épaules pointues teintées de mauve, car, torse nu comme le voulait Caroline, semaine après semaine, il ne faisait que récolter de plus en plus de piqûres de moustique. Sa poitrine restait blême, avec des rangées d'os saillants. Elle ne réussit jamais à le renvoyer ayant pris l'aspect de reproche vivant.

Dans l'appartement, pendant que la domestique était sortie faire les courses, il tentait une ou deux expériences à loisir. De temps à autre, il échantillonnait toutes les bouteilles débouchées dans le placard. Il mettait la tête à la fenêtre pour fumer. Un jour, dans la chambre de sa mère, il avait mis ses bijoux, reniflé son parfum, s'était verni les ongles, avait lu un livre sur la contraception, pris six comprimés d'aspirine, puis s'était étendu comme Chatterton* sur la banquette devant la fenêtre, la main pendant jusqu'au sol.

Quand la domestique était revenue, il avait entrouvert les yeux. « Je mets fin à mes jours », avait-il dit. « Je suis repu d'horreurs ». Quand elle était partie précipitamment chercher de l'eau salée, il avait enfoui sa tête dans l'oreiller pour étouffer son fou rire mais, bizarrement, quelques larmes étaient tombées sur le satin ivoire.

Son goût pour la taquinerie et l'épate était quelque peu frustré à la campagne. Caroline et Hugo méprisaient pour leur part ce genre d'inepties et veillaient attentivement sur leurs enfants. Seule Harriet était prête à se laisser impressionner, mais uniquement par les horreurs plus littéraires ou romantiques. Le crochet dans l'estomac la faisait rire, mais elle écoutait concentrée l'histoire de l'exhumation de Mrs Rossetti.

Eux — Vesey et elle — se connaissaient depuis la tendre enfance, mais son retour en cet été de leur dix-huitième année lui révéla petit à petit qu'elle l'aimait. La personnalité de Vesey influençait depuis longtemps la sienne, comme la lune influence la mer, par une maîtrise

* Pose copiée du tableau pré-raphaëlite représentant Chatterton suicidé, dont la reproduction était affichée dans les chambres de tous les adolescents anglais à cette époque. *(N.d.T.)*

constante et inéluctable. La mère de Harriet était consciente de cette influence et la jugeait négative parfois. Elle trouva des motifs aux exubérances de Vesey et y détecta en filigrane des traces inquiétantes de cruauté et de cynisme.

La maison de Caroline était victorienne et quelconque, entourée de pelouses fatiguées, de dépendances délabrées, de pergolas titubantes. À l'intérieur, malgré les tapis assez élimés étalés de travers sur des planchers plutôt poussiéreux et les rideaux décolorés par le soleil et la pluie, l'impression que l'on recevait en premier était un sentiment de confort et d'amitié, comme si les gens comptaient plus que les maisons, les enfants plus que les housses des fauteuils, et les chiens de même. Des épagneuls montaient et descendaient mollement les escaliers, se couchaient sur les lits, tournant des yeux réprobateurs injectés de sang quand les portes s'ouvraient, s'étiraient sur le tapis devant la cheminée pour allaiter leurs petits.

Hugo Macmillan avait conservé une bonne part de la volubilité poétique qui caractérisait tant de jeunes gens avant la guerre de 14. À la cinquantaine, il évoquait un type de masculinité qui n'existait peut-être plus au monde : les grandes randonnées pédestres par un printemps parfait, Théocrite en poche ; une virilité esthétique. Il n'avait cessé d'être Rupert Brooke pendant toute la guerre — exploit considérable — et c'est maintenant seulement qu'il voyait ses élans se durcir en préjugés et parfois, surtout avec Vesey, en désapprobation grincheuse de ce qu'il ne comprenait pas. Son libéralisme vieillot comprenait à présent des éléments d'hostilité de classe ; son patriotisme avait viré au nationalisme le plus arrogant. Son amour et sa sympathie pour les femmes de sa jeunesse, le soutien qu'il leur avait apporté dans la lutte pour une vie plus libre lui rendaient antipathiques les femmes plus jeunes qui leur avaient succédé. Tous les traits féminins que ces jeunesses, qu'il traitait même de délurées, se permettaient d'adopter (et à cette époque, ils étaient moins nombreux que d'habitude), il les méprisait ouvertement.

L'avant-guerre lui avait semblé tellement idyllique que ce temps-là lui servait d'étalon universel : il ne se sentait pas à l'aise parmi tant de choses qui paraissaient de mauvais aloi. Si nous ne changeons pas en suivant notre époque, notre époque, elle, se charge de nous changer. Nous, nous pouvons rester parfaitement immobiles, mais notre environnement se déplace et nous ne conservons pas longtemps la même relation avec lui, tout comme un caméléon, parfaitement harmonisé avec le vert d'une feuille, sait qu'un jour la feuille se décolorera.

Hugo se trouvait peu changé, était capable de battre Vesey au tennis et de nager plus vite que lui, prenait un bain froid tous les matins, aimait sa femme aussi tendrement à présent qu'au début de leur mariage, pendant leur lune de miel en forêt de Fontainebleau, après cette Première Guerre mondiale. Il l'avait emmenée visiter quelques champs de bataille.

Vesey l'irritait et le surprenait constamment par son manque de galanterie envers Harriet, sa paresse, son cynisme, les lacunes dans ses connaissances. « Qui diable est Edward Carpenter ? » avait-il demandé, affalé comme d'habitude sur le canapé, ayant monté excessivement le volume de la radio, sans paraître impressionné par la réponse exaspérée de Hugo.

En revanche, Hugo ne se rendait pas compte que Vesey le jugeait plus vieux jeu que son grand-père. Son grand-père n'aurait certainement pas parlé de consommer une chope de bière dans un estaminet et ces expressions à la Chesterton semblaient à Vesey si datées qu'il les tenait pour des affectations délibérées.

L'antagonisme que son neveu suscitait chez Hugo, bien que né en réalité de l'intolérance à l'encontre de la jeunesse d'autrui, augmentée de nostalgie de la sienne propre, était obscurci du fait que personne n'avait rien à dire en faveur de Vesey. Caroline, Lilian, le père de Vesey lui-même, tous étaient unanimes dans la désapprobation. Jusqu'à Harriet, avait remarqué Hugo, qui tournait la tête quand Vesey entrait, faisant semblant de se plonger dans son livre.

Hugo avait de l'affection pour Harriet, bien qu'elle fût peu douée. Rien n'était factice en elle. Ses cheveux bruns soyeux étaient passés derrière ses oreilles avec un naturel enfantin, son visage était vierge de maquillage, elle portait des vêtements de garçon, pratiques. Quand elle se promenait, comme il lui arrivait de le faire, avec les enfants et lui, elle savait dire les noms anglais anciens des fleurs sauvages, elle refermait les barrières et rapportait les papiers gras à la maison après les pique-niques. En revanche, Vesey avait été surpris traversant un champ de blé d'hiver et traitait toujours la propriété des autres avec négligence. Il avait laissé un exemplaire du *Cantonnier* (reliure en daim vert mousse) sur la pelouse pendant un orage, ayant trouvé que ce livre, avait-il expliqué, valait trop peu la peine d'être lu pour mériter qu'on le rentre.

Hugo était parfois si agacé qu'il craignait de perdre son sang-froid ; il prenait alors le soufflet et s'employait à stimuler le feu de bois. Il signalait ainsi qu'il était à cran et ne souhaitait pas entendre ce qui se disait, mais malheureusement, seule Caroline y prenait garde. Vesey ne s'y intéressait pas ; Harriet songeait que les feux de bois donnaient bien du mal.

Le matin, lorsqu'elle arrivait, Vesey était encore au lit. Elle tendait l'oreille pour l'entendre se lever, guettait pour le voir passer devant la fenêtre. Un jour, abandonnant

Joseph et Deirdre, elle était sortie chercher de l'eau pour leur peinture, et l'avait rencontré dans l'entrée. Encore en robe de chambre, il lisait un journal. La robe de chambre la désarçonna : elle ne l'avait jamais vu porter tant de vêtements. Il avait l'air emmitouflé ; ses cheveux noirs étaient ébouriffés. En traversant l'entrée, renversant l'eau des tasses, elle évita de regarder dans sa direction.

« Harriet ! » Il attendit qu'elle eût atteint la porte, qu'elle fût presque partie, comme le chat joue avec une souris.

« Oui ? Oui, Vesey ? »

Lisant encore le *Manchester Guardian* avec un intérêt soutenu, il dit vaguement : « Irons-nous nous promener ce soir ? »

Le dos tourné, d'une voix que la joie rendait hésitante : « Oui. Je pense que cela ne poserait pas de problème.

— Oh, si tu n'en as pas envie, tu n'as qu'à le dire.

— Non, je pense que cela ne posera aucun problème. »

Ses mains étant pleines, elle poussa la porte avec son pied. Il ne fit aucun geste pour l'aider. Curieux, Joseph et Deirdre levèrent les yeux de la table comme si elle n'introduisait pas seulement de l'eau pour la peinture. Elle s'assit sur sa chaise, passa les bras à travers les barreaux du dossier, arc-boutée, les doigts noués, aux prises avec une excitation déchaînée.

« Ce qui caractérise un bon peintre, dit Deirdre, c'est qu'il ne dépasse pas les contours. » Elle amena le jaune jusqu'à l'extrême bord du pétale, pas plus loin. « Et ne laisse pas couler la peinture », ajouta-t-elle. Mais Joseph l'avait laissée couler fâcheusement : les jacinthes sauvages se confondaient avec les chélidoines et le ciel avec l'herbe. Sa feuille était si détrempée, si fripée qu'il mit tout de côté. La vision ou rien, semblait-il déclarer, en décochant ces coups de pied à la table. Harriet ne parvint pas à le persuader de reprendre son travail. Deirdre la proprette leva les yeux, affichant une surprise suffisante.

Pendant les dix premières minutes, ils s'expliquèrent mutuellement pourquoi ils avaient choisi de faire cette promenade ensemble. Ils y avaient été amenés par ennui, décidèrent-ils : pour Vesey, il y avait la crainte que Hugo lui demande de tondre et de marquer le gazon du court de tennis, pour Harriet, le désir de cueillir des fleurs sauvages pour les faire dessiner aux enfants. Si la promenade se révélait un échec, la faute n'en incomberait à personne, car ni l'un ni l'autre ne l'avait désirée ni ne lui avait attribué de l'importance. À quelques années de là, ils allaient pratiquer une dissimulation inverse, feignant un plaisir qu'ils n'éprouvaient pas, une ardeur dépassant l'imagination. Ils n'avaient pas encore appris à faire de longs discours sentimentaux ; leurs déclarations étaient teintées de muflerie.

Une fois qu'ils eurent établi le manque d'intérêt qu'ils éprouvaient à se trouver ensemble, ils se turent. Harriet cueillit un grand bouquet d'amourettes sous une haie, Vesey envoya une pierre valser au milieu de la route d'un coup de pied.

Si seulement, songea Harriet, il n'y avait pas de femmes dans les universités ! Si seulement elles en étaient encore exclues ! Sa mère avait pris le thé un jour à Girton avec Miss Emily Davies. Elle avait eu le sentiment que cela valait bien la peine d'avoir été en prison pour se voir ainsi récompensée.

Mais Harriet voyait Vesey couché dans une barque à fond plat, laissant traîner ses doigts dans l'eau, regardant, paupières mi-closes pour se protéger du soleil, une jeune femme qui lui lisait de l'Ernest Dowson. Son imagination — comme la vraisemblance — dispensait Vesey de tout effort. La barque descendait au fil de l'eau comme par magie, passant devant Babcock-Hythe et sous le pont de Godstow pour rejoindre les îles de la mer Égée. Alors que pendant tout ce temps Harriet était assise à la table de la salle de classe, en train de taper les lettres de Caroline pour se faire de l'argent de poche.

Vesey, dont les pas suivants allaient lui faire franchir le seuil d'un monde nouveau et prometteur, souhaitait aller de l'avant sans aucun regard en arrière ni fil à la patte. Il n'était pas du genre à entretenir les amitiés, ne projetait jamais de vrilles préhensiles telles que lettres, cadeaux ou souvenirs, se trouvait absolument libre de tous ces objets que Harriet prisait et conservait : des pleins tiroirs de photographies, dépliants, programmes, cartes postales, journaux intimes. Il ne se rappelait jamais les anniversaires ni aucune autre date commémorative.

Bien qu'il eût à cette époque l'ambition de devenir un grand écrivain, il se voyait plutôt en figure littéraire qu'en travailleur. Au lycée, il s'était souvent reporté à l'index d'une *Histoire de la littérature* pour y insérer mentalement son nom — Vesey Patrick Macmillan — entre Machiavel et Sir Thomas Malory.

« Tout semble si certain pour toi, dit Harriet, comme ils gravissaient laborieusement le versant d'une colline menant à un bois. Si incertain pour moi.

— Dans quel sens ? »

Il s'arrêta, se tenant le bas des côtes, en méforme comme son oncle Hugo ne l'avait jamais été de sa vie.

« Dans le sens où tu vas aller à Oxford et où tu es capable de réussir tes examens.

— Ce n'est rien, les examens », répondit-il. (C'est ce qui semble, pensa Harriet, à ceux qui les réussissent.)

Ils avaient tous les deux envie de s'asseoir dans l'ombre à la lisière du bois ; ni l'un ni l'autre n'était disposé à le suggérer.

« Et puis tu seras professeur et tu gagneras beaucoup d'argent, déclara Harriet sans ironie, son propre salaire de misère en tête.

— Professeur ? »

Vesey s'arrêta net, écartant une longue branche flexible pour lui permettre de passer. « Pourquoi dis-tu cela ?

— C'est ce que j'ai entendu de Caroline. »

Il n'avait pas retenu la branche assez longtemps et Harriet était à présent en train de la démêler de ses cheveux.

« Ça ne m'étonne pas d'elle ! Ces suffragettes d'antan ! s'exclama Vesey sans délicatesse. Elles ne sont heureuses que si elles voient les hommes dans des situations subalternes. »

Pour Harriet, cette situation n'avait rien de subalterne : elle pouvait à peine en concevoir qui confère plus d'autorité et de possibilités.

« Alors, que vas-tu faire ? demanda-t-elle.

— Je n'en ai jamais parlé à personne, mais j'ai l'intention d'écrire. »

Harriet rougit, en raison à la fois de la confidence et de sa nature. Elle se baissa hâtivement et se mit à tirer fort sur des fougères pour les ajouter à son bouquet.

« Des romans ? » interrogea-t-elle.

Il préférait les formats plus oblongs des ouvrages de critique littéraire, de belles-lettres. Pour réaliser son ambition, il se spécialiserait dans un domaine restreint, lirait tous les livres qui y avaient trait et en ajouterait un de son cru. Tout ce qui empiéterait par la suite sur son territoire, c'est lui-même qui en rendrait compte.

« En tant que forme artistique, le roman touche pratiquement à sa fin, répondit-il.

— Je suppose que c'est vrai.

— Virginia Woolf l'a amené au bord du gouffre.

— Oui.

— Mais c'était inéluctable, ajouta Vesey, n'incriminant personne.

— Je suppose que ça l'était », dit Harriet, avec une lenteur méditative. Le roman, parvenu obstiné, semblait courir à sa perte. Personne ne pouvait le stopper dans sa chute et, de toute évidence, il ne méritait pas que Vesey fît un effort. Virginia Woolf, d'une pichenette gracieuse après l'autre — la plus récente étant *Mrs Dalloway* — le poussait sur une pente fatale. Cet écrivain s'y était employée à l'insu de Harriet, qui n'en avait même pas entendu parler.

Elle avait souhaité inclure son propre avenir dans leur discussion et Vesey n'y avait pas jeté un coup d'œil. Elle soupira théâtralement, mais il s'abstint de lui en demander la raison. S'enfonçant dans les feuilles mortes, ils étaient obligés de marcher l'un derrière l'autre ; des brindilles se cassaient avec un bruit sec sous leurs pas, des ronces les faisaient trébucher. Frais et vaste, le bois paraissait être un monde à lui tout seul. La lumière était aqueuse ; quand un coucou faisait entendre son chant brisé, détonant, il résonnait comme un cri dans une piscine fermée : pour une raison quelconque, glaçant et hystérique comme ces cris le sont.

Maintenant, Vesey avait une ampoule au talon. Il s'assit sur l'herbe fine et transparente qui pousse sous les arbres et enleva sa sandale. Son pied était blanc, avec des veines apparentes, et plutôt sale. Il le posa sur l'herbe fraîche et s'adossa au tronc d'un arbre. Harriet restait maladroitement plantée devant lui, se sentant trop grande.

« As-tu un mouchoir ? demanda-t-elle.

— Non. » Il sourit, l'air assez vanné, comme si cette promenade vespérale avait été au-dessus de ses forces.

Si seulement, pensait Harriet, son mouchoir à elle était de la batiste la plus fine, avec un parfum de fleurs ! Celui qu'elle sortit, en coton chiffonné, lui restait de ses années d'école, avec Harriet Claridge imprimé maladroitement le long de l'ourlet.

« Pourquoi Harriet, je me le demande, interrogea Vesey en le déchiffrant. Bien que ce soit plutôt joli comme nom.

— C'est en souvenir de Harriet Martineau.

— Ah, oui, bien sûr. De nouveau, il sourit.

— Je peux te l'attacher.

— Je ne supporte pas que quiconque me touche les pieds. »

Elle refit l'arrangement de son bouquet et le tendit à bout de bras pour le contempler.

« Cela étant, assieds-toi près de moi », dit-il au bout d'un certain temps. Surprise, elle hésita, puis s'installa presque de l'autre côté de l'arbre, ce qui les obligeait à se parler un peu par-dessus leurs épaules. Elle appuyait ses mains sur les brindilles sèches et les cupules vides des faînes de hêtre de l'an passé.

« Je souhaite que tu sois très heureux, très célèbre », déclara-t-elle. Pour le dire plus facilement, elle glissa une pointe de moquerie dans sa voix. Sa main brune, tachée d'encre, enfoncée dans les feuilles mortes, attira l'attention de Vesey. Le regard en biais, il l'examina attentivement.

« Je te remercie », dit-il, et sa voix, elle aussi, plongea dans la dérision. Ne pouvant lui prêter le même motif que le sien, Harriet, s'imaginant une manière de reproche, signala qu'il était l'heure de rentrer à la maison. « Sinon, tu seras en retard pour le dîner », expliqua-t-elle, comme s'il se préoccupait outre mesure des repas.

Nerveusement, tendrement, il posa la main sur celle de Harriet.

« Toi aussi, tu vas être en retard, dit-il, comme s'il ne s'était rien passé.

— Ma mère... » commença-t-elle, mais fut incapable de poursuivre. Elle avait l'impression d'être passée dans un autre monde : désorientée, comme si la démarcation s'était située entre la vie et la mort, elle se voyait nageant, flottant dans un élément étrange où ni l'ouïe ni la vue n'existaient plus.

« Ta mère quoi... ? » demanda-t-il, en glissant sa main le long du bras de Harriet et dans sa manche.

Elle ne put se rappeler ce qu'elle allait dire. Regardant passer une araignée grise veloutée sur sa cheville, elle s'étonna de ne pas éprouver sa peur et son dégoût habituels.

Vesey s'était retourné, face à elle et à l'arbre. Elle n'avait jamais vu son visage d'aussi près, ni osé le regarder comme elle le regardait à présent. Il l'attira dans ses bras, l'écartant de l'arbre, et appuya sa tête contre elle. Figée par l'étonnement et l'incrédulité, Harriet ne parvenait toujours pas à bouger ; c'est seulement lorsque Vesey relâcha son étreinte, ce qu'il fit bientôt en percevant sa gêne, qu'elle commença de se détendre, de trembler. D'un geste contraint, elle leva les mains : des fragments de brindilles, des petits cailloux étaient fichés dans ses paumes plissées et rougies. Elle les chassa sur sa jupe et regarda fixement alentour. Un vaste silence, de désespoir, de lassitude morale, de déception à son propre égard, s'ouvrit en elle comme un bâillement. Les arbres paraissaient partir en bataillons, se perdre dans l'obscurité, le bois semblait un souterrain glacial, les oiseaux avaient cessé de chanter. Vesey restait assis à côté d'elle, extrayant des fragments de silex blanc du sol moussu avec un bâton qui se cassait sans cesse. Il s'y adonna avec concentration. D'un air tragique, elle cacha son visage dans ses mains.

« Qu'est-ce qui ne va pas ? » demanda-t-il doucement.

Il écarta ses mains et l'embrassa sur la joue. Malgré son apparente assurance, il n'était pas vraiment sûr de lui.

« Harriet ?

— Oui, Vesey.

— Me suis-je mal conduit ?

— Non. »

Le bâillement, la déception étaient contagieux. De la toucher de nouveau, sans en être moins troublé, lui rappelait en même temps l'ennui consécutif. Les larmes qu'elle avait retenues le mirent en garde. Il commença de se demander si l'on n'avait pas souvent recours aux étreintes passionnées faute de savoir que faire ensuite, par perte de sang-froid autant que de maîtrise de soi. Il remit sa sandale, la faisant passer avec un soin minutieux par-dessus le bandage, les sourcils froncés.

« C'est seulement... » commença-t-elle de façon peu prometteuse (ce décourageant préambule aux longues doléances, aux longues confessions), « seulement qu'il m'arrive de m'inquiéter de l'avenir. Et en t'entendant ce soir... si plein de certitudes... il n'y a pas de perspectives pour moi, comme il y en a pour toi. Je me demande ce que je vais devenir... »

Le soulagement le rendit vigoureux.

« Quelqu'un t'épousera », dit-il cruellement. Il se leva, fit tomber les feuilles, puis lui tendit la main pour l'aider à se lever.

« Je pense vraiment, affirmait Caroline de sa voix la plus raisonnable, qu'une autre fois... bien sûr, cela n'a pas la moindre importance lorsque nous sommes entre nous... évidemment, je ne vois aucun inconvénient à ce que tu prennes la dernière croquette... je n'ai absolument pas faim et si ce n'était pas le cas, j'aurais pu en faire cuire d'autres... mais ce serait peut-être un mauvais exemple pour les enfants s'ils étaient présents que tu te serves simplement — je veux dire, sans l'avoir proposée — comme si cela allait de soi. Je déteste me sentir obligée de le signaler, mais il s'agit, je suppose, d'une question de principe... après tout, nous étions toujours convenus que cette maison ne faisait pas partie de celles où l'homme est seigneur et maître, patron et soutien de famille, prenant tout pour un dû...

— Il ne pourrait certainement pas le faire », dit Hugo, faisant tomber la croquette aux noix dans l'assiette de Caroline.

Elle rougit. « Mon cher Hugo, sûrement que tu n'es pas vexé parce que j'ai parlé franchement ?

— C'est justement ce qui vexe les gens.

— Tu sais que je ne pourrais rien manger de plus. »

Elle remit la croquette sur l'assiette de Hugo.

« Et moi non plus, à présent », dit-il, abandonnant également des épinards et joignant son couteau et sa fourchette. La croquette était de retour sur le plat d'où elle était partie, au milieu des empreintes d'autres croquettes, dessinées par la graisse figée.

Tandis que le repas se poursuivait avec un *pie* à la rhubarbe, les explications de Caroline se poursuivaient aussi. Ce qu'elle détestait absolument dire, elle le disait toujours longuement.

Hugo resta pratiquement silencieux. Il savait que c'était une bonne épouse, quoique barbante. Mais même son code moral avait un aspect moins ennuyeux.

Quand elle en eut enfin terminé, il se permit une remarque : « Vesey est en retard.

— J'ai mis un repas froid de côté pour lui.

— J'aurais pensé que rien n'imposait que tu te donnes tant de peine pour lui.

— Mais les repas sont faits pour les gens, pas les gens pour les repas », répliqua Caroline avec une sérénité impassible.

Harriet tenta de mesurer, d'évaluer la conscience que Vesey avait d'elle, non pas tant pour découvrir quelle attitude il avait à son égard que pour savoir s'il en avait une. Son journal intime, autrefois plein de pages blanches, se retrouva à l'étroit, encombré, les jours où elle le voyait. En le lisant par la suite, quand elle se sentait seule, il lui sembla qu'elle n'avait pas tout à fait dit la vérité. Elle fit provision de ses propos pour faire face au long hiver pendant lequel elle ne le verrait pas, mais l'encre même qu'elle utilisait pour les transcrire semblait leur apporter une accentuation indue. Certains jours ne comptaient qu'une seule ligne : « Je suis allée chez Caroline. Je n'ai pas vu V. » Mais il arrivait que le lendemain débordât en retour sur cette page. (« Vesey a tondu la pelouse. Vesey avait l'air fatigué. Vesey lit du Walter Pater. » Les opinions de Vesey sur Walter Pater faisaient alors leur apparition. Deux jours après, Harriet lisait du Walter Pater. Elle était tellement d'accord avec Vesey et, s'il le lui demandait, le dirait, mais il ne le faisait pas.) Dans son journal, elle faisait tout le tour de Vesey et l'examinait sous tous les angles et tous les éclairages.

Les jours où elle ne le voyait pas, elle se laissait parfois tenter de retourner après le dîner, longeant lentement la route goudronnée à bicyclette, dépassant la maison de Caroline, les yeux soudain fixés droit devant elle quand elle arrivait à niveau comme s'il se déroulait des scènes innommables sur ces pelouses lisses. Soulagée, elle poursuivait sa course dans l'obscurité croissante, la fraîcheur de l'air contre son visage, ses pneus chassant sur le gravier de la chaussée. Avant qu'elle soit rentrée chez elle, les lumières étaient allumées dans les maisonnettes qu'elle dépassait et elle baissait la tête en voyant les diagonales des chauves-souris qui s'élançaient entre les haies. Des insectes la heurtaient : ceux qu'elle craignait surtout, c'étaient les scarabées volants. Toute expectative anéantie, elle se réjouissait d'être de retour, ne parvenant pas à comprendre ce qui l'avait poussée à partir en premier lieu.

Sa mère travaillait tard au jardin et la petite maison avait un air déserté, renfermé, sans lampe éclairée. Il y avait si longtemps que les feux avaient été préparés dans les cheminées que le papier était plein de suie et les brindilles couvertes de mégots et de bouts de fil.

La maisonnette, comme la plupart de celles de ce hameau que les agents immobiliers baptisaient paradis pour artistes, était une habitation d'ouvrier agricole enjolivée avec des petits carreaux en losange aux fenêtres et un toit de chaume neuf. Des géraniums étaient plantés à l'extérieur de la haie, avec confiance ; les dalles de l'allée avaient été fendues pour faire place à des touffes de statice armeria. Toutes ces maisons témoignaient de leur utilité passée par les noms peints en caractères gothiques sur les petites enseignes qui se balançaient — *Le Vieux Fournil*, *La Vieille Malterie*, *La Cordonnerie*, *La Bergerie*. Lilian et Harriet habitaient *La Forge* ; de l'autre côté de la rue, Elizabeth Garrett Anderson avait autrefois passé quinze jours au *Vieux Presbytère*.

À la cinquantaine, Lilian Claridge avait une joliesse douce et transparente. Sa peau mince, au grain fin, ressemblait à du tussor froissé, plus foncée que ses cheveux prématurément blancs, avec des cernes sombres sous les yeux. Si elle manifestait du courage, elle était courageuse avec une raideur qu'elle ne pouvait maintenir longtemps :

si elle se mettait en colère, sa colère allait au-delà de son intention. C'est elle, et non Caroline, qui avait pleuré au commissariat, mais c'est elle qui avait donné le premier coup : la nervosité précipitait ses réactions. À l'âge de Harriet, elle avait elle aussi tenu un journal, mais de façon plus régulière et suivie. C'était un journal sur cinq années, aussi épais qu'une Bible, avec des coins en laiton aux angles de la couverture et une petite clé. En tournant les pages à présent, elle ne concevait pas que la clé eût été nécessaire ; au cours des années où elle aurait pu l'être, Lilian était trop occupée pour tenir son journal. Mais en ce temps-là, les années s'étaient écoulées dans l'innocence : Miss Brown avait grondé, exhorté, lui avait donné un baiser d'adieu lorsqu'elle avait quitté le lycée. Elle prenait le thé avec des vieilles dames, collait des papiers découpés sur des paravents, ornait ses chapeaux et cousait des incrustations au décolleté de ses camisoles. Un jour, le fait était rapporté, elle avait tenté de confectionner un grand cake avec huit œufs et des cerises glacées, mais quand elle l'avait sorti de son moule, le milieu du gâteau s'était effondré et elle s'était enfermée dans sa chambre, en larmes. Toujours en larmes. Des larmes avec la famille quand elle choisit de partager le destin de Mrs Henry Fawcett, des larmes avec Mrs Henry Fawcett lorsqu'elle la quitta pour les Pankhurst et la prison, des larmes toutes les nuits en prison. Son visage n'avait pas résisté à tant de pleurs : fripé et meurtri, il enjoignait ses amis de prendre garde, la trahissait à ses ennemis.

Harriet et elle vivaient mal ensemble : elles se trouvaient dans une intimité qui ne convenait ni à l'une, ni à l'autre. Les échecs scolaires de Harriet leur avait causé à toutes les deux un embarras atroce. La réussite est toujours moins gênante, n'exigeant ni la pitié ni le tact ; il est plus facile de féliciter que d'offrir des condoléances. Le sourire compréhensif de sa mère, sa façon de dire « Cela ne fait rien » avaient l'effet inverse de celui recherché. J'ai aussi échoué comme fille, pensait Harriet.

Au cours de son dernier trimestre de classe, elle avait concentré tout son désordre mental désespéré sur les sujets d'examen. L'horloge faisait tic-tac, le temps passait et le désordre se resserrait, devenait plus dense. Attendant après la classe le jour où les résultats étaient affichés, elle ne pouvait pas courir les regarder, comme les autres filles, impatientes et excitées. Engourdie, elle se rapprocha du demi-cercle. Son nom se trouvait isolé, en dessous d'un trait épais barrant la feuille. « Oh, pas de veine ! » dirent les filles souriantes, s'arrêtant un instant avant de se frayer un chemin dans la bousculade pour se précipiter chez elles. Harriet redoutait le moment où elle, elle allait arriver à la maison. Sa mère, attirée maintes et maintes fois à la fenêtre, y fut surprise regardant dehors à l'instant où Harriet poussa la grille. Ayant vu le visage de sa fille, elle tenta de s'effacer en reculant à l'intérieur de la pièce. Elle prit son air désinvolte, avec un sourire contraint et descendit dans l'entrée d'un pas léger et rapide, le cœur chaviré.

« Oh, mère !

— Mais cela ne fait rien. Nous ne l'espérions pas vraiment, et nous n'y attachons vraiment pas d'importance. Tu es rentrée si tard qu'il faut que je refasse du thé. »

Son comportement vif et insouciant amena Harriet à refouler des larmes qu'il eût été bien préférable de verser.

Aujourd'hui, elle payait ses erreurs. Harriet était complètement renfermée ; il fallait incriminer non seulement les bonnes manières, la maîtrise d'elle-même ou une certaine réserve, mais aussi les mensonges. Elle mentait à propos de ses rencontres avec Vesey et de son habitude de s'attarder chez Caroline. Elle fournissait des excuses et donnait de mauvaises raisons.

Lilian en parla bien à Caroline. L'une et l'autre ne voyaient pas Vesey d'un bon œil. Elles le trouvaient paresseux et affecté ; son cynisme nonchalant les irritait. Il avait été mal élevé et n'était pas digne de confiance.

« Mais à mon avis elle ne l'aime pas beaucoup, dit Caroline. Nous n'en repérons aucun indice ici, plutôt le contraire. »

Bien que Lilian ne reçût pas de confidences, elle ne pouvait pas ne pas être témoin de l'agitation de Harriet et de toutes ses promenades à bicyclette. La conduite de sa fille la désespérait et à mesure qu'elle essayait de se rassurer, ne pouvait que constater qu'elle ne savait rien d'elle : ni jusqu'où elle était prête à s'engager, ni quels pourraient être ses sentiments. En ouvrant son vieux journal intime, Lilian n'y trouva aucune indication, seulement des torrents de larmes. Rien ne prouvait que Harriet pleurât jamais.

Son journal, dépourvu de serrure et de clé, aurait révélé à sa mère tout ce qu'elle n'avait pas envie de savoir, mais une femme qui a fait de la prison au nom de ses principes ne s'en départ pas si facilement : l'idée, qui lui était effectivement passée par la tête, battit immédiatement en retraite, de honte. Harriet n'avait pas décrit explicitement l'amour qu'elle éprouvait, mais les faits et gestes les plus insignifiants de Vesey, accumulés en tous sens dans les marges, surchargeant les en-têtes à propos de la chasse au faisan et des phases de la lune, auraient clairement dévoilé à Lilian la vérité pitoyable et unilatérale.

Après leur promenade dans les bois, Harriet affronta en hésitant la page du jour : ou il y avait beaucoup trop de place, ou seulement le centième de ce qu'il fallait. Le temps s'était dilaté et contracté anormalement. Ce matin-là et toute son enfance se trouvaient à la même distance. « Je ne peux pas consigner ce qui s'est passé ce soir », écrivit-elle mystérieusement. « Ce n'est d'ailleurs pas la peine, car je m'en souviendrai toute ma vie. » Et, bien qu'elle fût si mystérieuse, elle avait raison. Beaucoup de choses allaient l'intriguer quand elle tournerait les pages de ces journaux intimes, à l'âge mûr ou dans sa vieillesse : bien des allusions n'auraient plus de sens, semaine après semaine sembleraient effacées, mais cette seule entrée, si fièrement cryptique, évoquerait à jamais la soirée dans les bois, les ombres, les couches de feuilles occultant le ciel, les mousses couleur bronze au pied des arbres, le son de leurs voix qui semblait flotter et le chant explosif du coucou réveillant l'écho. Elle se reverrait écrivant ces mots dans la petite chambre éclairée à la bougie. Dehors, sa mère faisait rouler bruyamment sur l'allée de gravier la brouette chargée de mauvaises herbes. Harriet avait fermé son journal et clos la fenêtre pour que les papillons de nuit n'entrent pas. Plus tard, une fois couchée, elle avait essayé de retourner dans le bois où Vesey l'avait embrassée, mais s'était trouvée reprise par le doute et la déception. Elle ne parvenait pas à croire que la prudence et l'incertitude avaient pu si cruellement ruiner son bonheur dans un moment pareil. Il lui tardait d'avoir une seconde chance, de disposer de nouveau de cet instant. L'histoire commença d'être celle de son comportement tel qu'elle l'imaginait. Mais le souvenir de ce retour l'un derrière l'autre à travers bois, leurs pieds brassant les feuilles mortes, raides, mal à l'aise, laissait supposer qu'ils s'étaient heurtés réciproquement à quelque blocage, qu'ils avaient brisé le passé de telle manière que rien ne pouvait le réparer. Désespérée, elle resta étendue sans trouver le sommeil, s'interrogeant sur le lendemain. Dans un de ses rares éclairs de perspicacité, elle imagina Vesey paisiblement endormi.

Un autre jour est un autre monde. La différence entre pays étrangers n'est jamais aussi grande que celle qui oppose la nuit et le jour. Non seulement le paysage et la lumière ont-ils changé, mais les gens sont autres : des relations qui, la veille, avaient brusquement progressé à grands pas semblent revenues là où elles se trouvaient auparavant. Certains espoirs sont ranimés, mais d'autres faiblissent ; l'état du monde paraît plus rose et la mort plus éloignée, mais notre état personnel, ainsi que celui de nos amours et de nos ambitions, semble plus prosaïque. Nous nous mettons à regretter des promesses, comme si l'influence de l'obscurité s'apparentait à celle de l'ivresse. Nous n'aimons pas aussi chaleureusement nos amis, ni nous-mêmes. Les enfants ressentent moins le besoin de leurs parents ; les écrivains déchirent le chef-d'œuvre qu'ils ont écrit la veille.

C'est ainsi que Harriet rencontra Vesey courageusement dans un monde plus raisonnable. Tandis qu'elle appuyait sa bicyclette contre le mur de la maison, il la héla depuis une fenêtre à l'étage. Elle fit un signe de la main avec ce qu'elle pensa être une nonchalance ravissante et disparut à l'intérieur de la maison.

S'étant rendu compte que Harriet retournait sans cesse les mêmes pensées dans sa tête, Vesey avait regretté sa tentative de la veille. Cela ne l'avait toutefois pas empêché de dormir. Il ne pouvait pas se mettre martel en tête pour une vétille pareille : il avait la vie devant lui, s'assurait-il. Après tout, se dit-il ce matin-là, le regard fixé sur la glace en se peignant, nous sommes des enfants, rien de plus. Il ignorait qu'à son âge, la plupart des jeunes gens se croient des hommes.

La cruauté dont Lilian avait décelé une trace chez lui existait bel et bien, mais à usage défensif. Il n'aurait pas souhaité être cruel envers Harriet, qui ne l'avait pas menacé ; à la vérité, il commençait à sentir qu'elle seule faisait contrepoids à la désapprobation massive qui pesait sur lui. Sa mère le traitait, au mieux, avec une bienveillance amusée. Lorsqu'elle se trouvait au milieu de ses amies, elle attirait l'attention sur lui comme s'il était un ouistiti chéri attaché par une chaîne, mettant en valeur son originalité d'une façon quelconque, la décorant. Lorsqu'elle avait achevé sa journée de travail, pendant qu'elle prenait un bain, il lui apportait à boire, faisait des allées et venues au téléphone pour transmettre les messages reçus ou envoyés. Plus tard dans la vie, le mot « mère » allait évoquer pour lui la salle de bains noyée dans la vapeur, la vision de son corps d'un jaune crémeux, au poil presque bleu marine, ses mains et ses pieds aux ongles ornés de vernis sombre. C'était le seul moment où il se trouvait seul avec elle. Dès qu'elle était habillée, elle appartenait à d'autres gens ; lui, c'était le petit singe cocasse qui offrait les olives et les cigarettes et sirotait du gin pour les amuser.

Lorsque son père rentrait à la maison, il filait toujours directement dans son bureau. Son apparition dans le salon donnait le signal de la dispersion aux amies de sa femme. Avec sa distante cordialité particulière, il buvait son unique xérès et les amenait toutes à décamper au plus vite ; massif et impressionnant, il faisait ressortir leur manque de consistance. « Pauvre Barbara ! » riaient-elles, en s'enfournant dans leurs petites voitures, assises sur les genoux les unes des autres. « Quel vieil emmerdeur que ce type ! » En quête d'un hôte plus gai, elles démarraient.

Quand il partit en pension, Vesey comprit tout de suite qu'il valait mieux ne pas faire allusion à son entourage, mais sentit — car il avait une perception aiguë des atmosphères — que l'influence qu'il en avait subie ne passait pas inaperçue : certainement pas des maîtres, qui semblaient attendre qu'il se livre à quelque outrage, qu'il manifeste quelque caractéristique malsaine, ni même des élèves, hésitants et soupçonneux. Il souffrait beaucoup à l'occasion des fêtes scolaires quand sa mère venait, ressemblant à une sœur aînée et, plus encore (le plus souvent), quand elle ne venait pas du tout.

Il ne se fit pas d'amis intimes, car il lui fallait cacher trop de choses. Puisqu'il ne pouvait prétendre à l'affection, il pensa se rabattre sur l'admiration. Sa paresse était feinte, cachant son aversion pour les petits échecs. Ce qui se refusait à lui, il ne souhaitait pas l'avoir. Semant le trouble, insolent, il provoquait les sarcasmes las des maîtres. Personne ne lui offrit rien de mieux que des applaudissements cruels et des rires devant ses pitreries : il devint le même genre de petit singe qu'il avait été chez lui.

Caroline et Hugo, si sains, si probes et si sérieux essayèrent de lui venir en aide, mais il répondit par la grossièreté à leur bonté. Seule Harriet manifestait de l'approbation. Elle l'avait toujours fait et maintenant, à une époque où il avait le plus besoin d'une réussite quelconque dans ses relations personnelles, son approbation était devenue plus chaleureuse et patente. Ce que Caroline ne voyait pas et ce que Harriet essayait de cacher, lui il avait commencé à le discerner. Harriet lui était nécessaire, pour lui apporter l'assurance et la paix. À l'abri de son amour, il espérait bénéficier d'une seconde chance, détourner sa personnalité de ce qu'il haïssait le plus en lui-même, essayer de trouver de la dignité avant qu'il soit trop tard. Faire l'imbécile l'ennuyait. L'échec de sa vie scolaire étant derrière lui, il souhaitait se libérer de cette habitude lassante.

À côté du besoin de Harriet qu'il éprouvait, il y avait les sentiments qu'elle lui inspirait. Il la connaissait presque trop bien pour pouvoir se la figurer clairement, mais il commença de voir qu'elle était courageuse et candide, opprimée par les idéaux d'une génération passée, supportant l'ennui, ainsi que l'infantilisation et la solitude forcée. Elle aurait été étonnée d'apprendre qu'il la trouvait belle : certes, la beauté qu'il distinguait était fade et fluctuante, journalière. Chaque signe de fatigue se voyait sous la peau fine de Harriet et dans ses cheveux pâles et plutôt mous. Mis en parallèle avec l'élégance des amies de sa mère, il trouvait ses vêtements — des tenues de lycéenne encore, arrangées, retouchées — ses sourcils en bataille, ses petites mains rêches, très touchants et délicieux, comme sa voix, claire et douce, avec son bégaiement précipité dans les moments d'agitation.

Il existait une autre face à sa cruauté, une tendresse navrée. Quand sa nature l'y entraînait traîtreusement, il se rétractait violemment et se couvrait en étant cruel. Connaissant sa faiblesse, il avait eu l'intention de protéger Harriet des deux côtés ; ayant échoué une fois, il était déterminé à ne pas échouer de nouveau, décidé à la tirer d'affaire, gaiement, amicalement. Avec une désinvolture sans rapport avec ce qu'il ressentait, il descendit à sa rencontre ce matin-là.

Caroline était assise au milieu d'un fouillis de lettres et de pelures de fruits, en train de dicter. Harriet, une tasse de café à côté d'elle, griffonnait comme une folle sur un bloc-notes, car elle ne connaissait pas la sténographie. Elle portait une chemise bleu passé, rentrée dans une jupe de tweed ; ses pieds nus aux ongles assez ébréchés paraissaient étroits et frêles dans des sandales maladroitement faites à la main, ses cheveux raides s'éparpillaient en mèches séparées sur ses épaules, de fins bracelets d'argent pendaient à ses poignets.

Vesey s'installa à la table et entreprit de se verser des corn-flakes d'un paquet, mais Harriet ne leva pas les yeux. Elle ne tendit la main pour prendre son café que lorsque Caroline eut fini de dicter ; alors, tandis qu'elle commençait à boire, son regard se tourna vers Vesey : il vit son coup d'œil plein d'appréhension par-dessus le bord de la tasse, et sourit. Elle continua de boire, mais ses yeux se plissèrent en manière de réponse.

Joseph était affalé contre les genoux de sa mère, en train de manger une pomme. Ses cheveux secs, châtains, avaient presque l'air gris ; ils jaillissaient comme des plumes de toute part sur sa grosse tête.

« Accompagne-le donc chez le coiffeur », dit Caroline à Harriet.

Joseph se mit à pleurnicher à l'adresse de sa pomme.

« Sois raisonnable, le pria Caroline. Après, Harriet t'emmènera déjeuner à Market Swanford. » Elle n'avait pas pour intention de le corrompre, mais c'est ainsi qu'il l'entendit.

« Vesey, ta mère m'écrit que tu dois t'acheter d'autres chaussures, annonça Caroline. Je te donnerai l'argent. Elle dit qu'il faut que tu les paies une guinée au moins. » Harriet regarda Vesey avec respect, mais Caroline avec surprise à l'idée de cette folle dépense. « Eh bien, cela vous fera une petite sortie, poursuivit Caroline, et quand Harriet aura fini les lettres, vous pourrez tous vous mettre en route. »

Harriet commença de se demander si elle allait pouvoir supporter la tension d'une journée entière passée à l'extérieur avec Vesey. Des angoisses se mêlèrent à son bonheur, que commander pour le repas, comment tenir les enfants en main, que dépenser, où trouver les toilettes pour dames.

Vesey arpentait le magasin avec aux pieds des chaussures en daim gris. Harriet et les enfants étaient assis en rang d'oignon à le regarder. La boutique, avec ses étagères couvertes de boîtes blanches, était fraîche et sombre. De l'autre côté de la porte ouverte, la rue était un autre monde, mais ce panneau de couleurs en mouvement au soleil faisait ressortir l'obscurité de l'intérieur.

Harriet, peu habituée à faire les courses, avait encore l'impression d'affronter une épreuve quand elle quittait le trottoir animé pour entrer dans un magasin, où il lui semblait qu'elle devait se préparer à être jugée. Son bégaiement s'aggravait. Les vendeuses affichaient une expression de vacuité patiente en l'écoutant, attendant qu'elle en ait terminé. À l'instant, chez l'épicier, avec Vesey à ses côtés, elle avait été prise de panique en cherchant à avoir l'air suffisamment dégagé, répétant mentalement la commande à donner ; pourtant, ils avaient été obligés de dire « pardon ? », pourtant, ils avaient apporté du Bisto au lieu du Rinso, et quand elle avait demandé des petits-beurre en français, comme elle pensait devoir le faire, ils n'avaient pas compris ce qu'elle voulait. À deux doigts de montrer la liste, comme une enfant, elle avait rougi, redoutant de se lancer dans une nouvelle tentative, mais Vesey avait beaucoup ri. Il avait énoncé « Petty burr, mon chou » à haute voix. Cela l'avait sauvée, mais elle n'avait pas souhaité être sauvée par lui. La honte qu'elle avait essuyée aux yeux de la vendeuse était moins douloureuse que le fait que Vesey en eût été témoin.

À présent, elle se réjouissait de n'être que spectatrice. On n'attendait plus rien d'elle, sinon qu'elle prenne le parti de Vesey contre la vendeuse, ce qu'elle fit spontanément, de tout cœur. Ils étaient unanimes tous les trois dans leur éloge du choix de Vesey, et comme les chaussures ne coûtaient que dix-huit shillings et onze pence, il resterait deux shillings dont Vesey affirma qu'il avait parfaitement le droit de les dépenser pour acheter des glaces.

Harriet admira sa façon de prendre son temps, de discuter de ses projets, le sol étant jonché de souliers autour de lui. La vendeuse, qui avait commencé par des richelieu havane, se retira maintenant de la discussion, affichant l'expression d'aversion distante que Vesey avait tellement pris l'habitude de voir sur les visages de ses professeurs.

Chez le pâtissier, Deirdre se souvint brusquement qu'elle attraperait la poliomyélite si elle mangeait une crème glacée qui n'avait pas été confectionnée chez elle. Elle poussa la coupe de côté résolument et ne se calma que lorsque les autres l'eurent partagée entre eux. Soulagée, pétrie de bonne conscience, elle grignota une gaufrette ramollie et les regarda courir un risque majeur.

Joseph, ses tempes osseuses dénudées à présent, les tendons du cou rasés de près, avait l'air d'un autre enfant. Le peu de cheveux qui lui restait était creusé des sillons laissés par un peigne passé dans la brillantine épaisse.

Portant la boîte de chaussures et le panier de provisions, Vesey leur fit faire le tour de la place du marché, entrer par une porte chez *Woolworths* (où on leur demanda de ne rien toucher) et sortir par l'autre ; ils regardèrent les tombes dans le cimetière autour de l'église et lurent les menus devant les cafés et les pubs. Le trottoir leur brûlait les pieds à travers les semelles minces de leurs sandales ; en flânant dans la rue, ils sentaient la chaleur des murs de brique. Deirdre lambinait derrière Vesey ; Joseph tenait la main de Harriet. Ils éprouvaient cette identité totale avec leur environnement qui est le propre des enfants, surtout en été quand, détendus et épanouis comme des fleurs, ils se laissent envahir par le soleil. Ils marchent sans but précis, tirent des bords d'un trottoir à l'autre, laissent traîner leurs mains le long des grilles, regardent fixement, stupéfiés, oisifs, ayant pour seule fin de grandir. Ils s'éparpillent le long des rues, chacun pour soi en chantonnant, sans souci du temps qui passe.

La faim seule les secoua. Comme des parents d'âge mûr, Vesey et Harriet installèrent les enfants pour déjeuner devant une fenêtre qui donnait sur la Grand-Rue. Au *Tudor Café,* il y avait des poutres apparentes de pin noirci au plafond et en diagonale sur les murs ; des vitres de verre à bouteille verdâtre obscurcissaient la lumière ; des blasons et un mobilier d'osier plongèrent les enfants dans l'émerveillement.

Quand arriva la serveuse, Harriet fit son choix rapidement. Effectivement, pour des végétariens, il était fait d'avance. Heureusement qu'elle aimait le gratin de macaronis.

« Une côtelette », demanda Vesey : s'il avait commandé un magnum de champagne, Harriet n'aurait pas pu s'alarmer plus violemment. « Prends une côtelette, Deirdre, ajouta-t-il.

« Quoi c'est, une côtelette ? gémit Joseph.

— Une côtelette, c'est de la viande, expliqua Deirdre, lançant un coup d'œil à la serveuse comme pour quêter une confirmation.

— Je t'en prie, Vesey ! chuchota Harriet craintivement.

— Vieux croûton, va » ! rit-il.

La serveuse déplaça son poids d'une jambe sur l'autre et regarda par la fenêtre, par-dessus leurs têtes, en bâillant.

« Quoi c'est, une côtelette ? répéta Joseph.

— Une côtelette, c'est un petit morceau de viande avec un os et un peu de graisse, que l'on fait griller, expliqua Vesey, si distinctement que les gens aux autres tables l'entendaient.

— Quoi c'est, griller, demanda Joseph, pour le plaisir.

— Trois côtelettes, un gratin de macaronis, dit la serveuse en commençant à écrire.

— Ils n'ont jamais mangé de viande », signala Harriet à Vesey. Deirdre le regarda d'un air accusateur, mais ne dit rien. Elle l'assurait fermement qu'il serait mis en cause ultérieurement. Partie innocente, affirmait son visage.

« Quatre côtelettes, dit Vesey brusquement, faisant un signe de tête moqueur à Harriet.

— C'est meilleur marché d'être végétarien, annonça Deirdre qui lisait le menu à voix haute. Le gratin de macaronis ne coûte que huit pence.

— Chut ! implora Harriet. Il faut parler moins fort, Deirdre. Tu n'es pas à la maison.

— Nous n'y sommes certainement pas », approuva Joseph tandis qu'on posait les côtelettes devant eux. Il fit de l'esbroufe en prenant le couteau et la fourchette trop grands pour lui et en se mettant à couper sa viande, qui se trouvait au niveau de ses épaules. Vesey ôta sa veste et la plia soigneusement pour en faire un coussin. Joseph fut perché dessus, en position instable. « Du sang qui sort », commenta-t-il, regardant son assiette avec inquiétude.

Face à face, Vesey et Harriet se sourirent, Harriet se mordant la lèvre inférieure. « Caroline va être en colère », dit-elle.

Vesey toucha sa cravate et se racla la gorge. « Mes enfants ! commença-t-il. Il est bien entendu, je l'espère, que cette orgie de nécrophagie répugnante ne fera l'objet d'aucune allusion lorsque vous vous adresserez à l'un ou à l'autre de vos parents... (Deirdre eut un sourire entendu tout en mâchant) et s'effacera, en fait, de vos esprits dès que nous aurons quitté les abords de cette demeure plus ou moins seigneuriale...

— Nous ne pouvons pas leur apprendre à mentir, murmura Harriet.

— Cela nous ne pouvons pas le faire, reconnut Vesey. Nous nous serions attelés trop tard à la tâche : nous ne pouvons que les empêcher de dire la vérité.

— La viande c'est bon, affirma Joseph.

— L'occasion ne nous est pas offerte souvent», dit Deirdre.

Harriet songea que Vesey et elle étendaient un admirable manteau protecteur sur les enfants. Tout ce qu'elle partageait avec lui semblait sanctifié, même la culpabilité de manger des côtelettes.

« Ça, on peut en avoir n'importe quand», expliqua Joseph à la serveuse qui lui tendait une corbeille de petits pains. Ses coudes saillaient comme des ailes tandis qu'il essayait de couper sa viande. Quand Vesey se pencha pour le faire à sa place, Harriet pâlit : elle sentit son visage blêmir, sous l'effet de la tension extrême de l'amour qu'elle éprouvait et d'une prise de conscience momentanée de la personnalité de ce garçon, d'une acuité telle que la sienne propre semblait réduite à néant. Il ne lui restait que des yeux regardant Vesey et un cœur enregistrant sa confusion.

« Nous avons vécu une expérience», dit Deirdre finalement, en réunissant son couteau et sa fourchette.

Pendant le trajet de retour en autobus, Vesey paraissait absent. Il était assis à côté de Harriet, les bras passés autour du panier de provisions, ses doigts effrangeant son ticket, les yeux mi-clos en regardant le tunnel de branches sous lequel ils se frayaient un chemin. En ce temps-là, des arbres s'entrelaçaient au-dessus de nombreuses routes : les bus faisaient des parcours périlleux, griffés par les brindilles de part et d'autre ; les voitures venant en sens inverse les laissaient passer en reculant dans les entrées de chemins. Le receveur avait un rôle de chef d'orchestre : il dirigeait la conversation, faisait parler les timides, les gens qui s'ennuyaient ou ressentaient la fatigue, il établissait des liens entre les passagers, qui se parlaient par son intermédiaire. Au cours du dernier trajet de la journée, c'est lui qui maîtrisait le badinage, aidait les ivrognes à monter et descendre les marches, choisissait sa tête de Turc et ses alliés et faisait d'un assortiment un tout. Cet après-midi, la chaleur et le côté morne de l'heure le découragèrent. Après quelques mots sur la coupe de cheveux de Joseph, il se laissa aller tristement, sifflant entre ses dents. Quand une femme se mit à écosser les petits pois achetés au marché, dans son chapeau de paille, il s'assit à côté d'elle pour l'aider.

Harriet observa les mains potelées de la femme qui ouvraient adroitement les cosses, égrenant les pois dans son chapeau retourné, la précision calme de son poignet et de ses doigts, l'absence de précipitation et, à côté d'elle, la maladresse de l'homme, avec les cosses qui éclataient brusquement, ses tâtonnements sur le plancher à lattes pour retrouver les pois qui rebondissaient dans l'autobus comme des balles de pistolet. Chaque cosse vide volait par-dessus l'épaule de la femme et sortait par la fenêtre.

« Ça fait penser à *Hansel et Gretel* » , chuchota Harriet.

Vesey tourna lentement son regard vers elle, sans comprendre, comme s'il revenait de quelque endroit lointain et s'étonnait de la trouver à côté de lui.

« La trace des cosses de petits pois », tenta-t-elle d'expliquer.

Il tourna la tête pour voir. « Les oiseaux vont les dévorer, dit-il. Personne ne saura jamais où nous retrouver. »

Le long tunnel de feuilles commença d'avoir l'air impénétrable, chaque virage ne révélant que du vert. Le visage de Vesey refléta une pâleur verdâtre.

Joseph était agenouillé à la vitre, regardant à l'extérieur en chantonnant un air sans mélodie. Deirdre était affalée, les yeux fixés, comme si elle était hypnotisée, sur la femme qui écossait les pois.

« C'était merveilleux... » commença Harriet, mais son bégaiement s'accrocha aux mots et elle détourna les yeux, regardant par la fenêtre, sa gorge — il le voyait — se contractant de confusion, à tel point qu'elle fut incapable de poursuivre.

« Qu'est-ce qui était merveilleux, chère Harriet ? » demanda-t-il.

Elle serra les paumes de ses mains l'une contre l'autre, entre ses genoux. « La vie sera tellement ennuyeuse quand tu seras parti », dit-elle, armée soudain de courage et de résolution.

Compte tenu des changements, des promesses de son proche avenir, il ne sut comment répondre à ce qui semblait être vérité d'évidence sans faire preuve de condescendance ni susciter le découragement.

« Ça ira bien pour toi, affirma-t-il en souriant, lui refusant tout réconfort.

— Si mère nous demande ce que nous avons mangé au déjeuner, interrogea Deirdre en se retournant brusquement, que faut-il dire ?

— Que tu as eu des tomates, des pommes de terre et des petits pois. Et du pain.

— Et si elle demande pourquoi rien d'autre ?

— Tu diras : Nous pensions que tu ne voudrais pas que nous prenions de la viande. »

Deirdre récapitula cela à mi-voix.

« Comme ça tu diras la vérité, signala Vesey, avec son sourire insouciant.

— Moi je n'ai pas mangé de pain », fit remarquer Joseph en s'écartant de la fenêtre, tout embuée de son haleine.

Caroline rentra de sa réunion à temps pour le goûter dînatoire.

« Mon pauvre petit loup ! dit-elle à Joseph en lissant sa tête tondue. Harriet, ne te sauve pas.

— Il faudrait que je parte, prétexta Harriet, s'asseyant.

— Ceci est une nourriture carcérale, affirma Deirdre d'un ton dégagé, en regardant sa salade.

— J'ai expliqué que du pain, je pouvais en avoir n'importe quand, leur rappela Joseph.

— Je me demande, dit Vesey en fixant les enfants, cependant qu'il étalait du beurre avec une lenteur cynique, je me demande si Harriet et moi, nous allons jouer à cache-cache avec vous ce soir. »

La viande les a surexcités, pensa Harriet, qui avait toujours entendu dire que cet aliment enflammait les instincts les plus vils.

« J'ai aimé ce-que-vous-savez, annonça Joseph.

— Nous avons pris des glaces. J'espère que ce n'était pas mal, intervint Harriet hâtivement.

— Il restait de l'argent des chaussures, expliqua Vesey.

— Mais ce n'était pas possible, objecta Caroline. Cet argent était celui de ta mère. Tu ne devrais pas dépasser ce qui t'est alloué.

— La glace, ce n'est pas ce qu'il y a eu de mieux, indiqua Joseph.

— Il a été très sage quand on lui a coupé les cheveux, dit Harriet précipitamment.

— J'ai été très sage en mangeant mon miam-miam, précisa Joseph d'une voix de bébé.

— Mère, demanda Deirdre, nous économisons beaucoup d'argent en étant végétariens, n'est-ce pas ?

— Seulement en honoraires médicaux, répondit Caroline. Pourquoi poses-tu cette question ?

— J'ai remarqué que le gratin de macaronis ne coûtait que huit pence.

— Et moi qui vous plaignais à l'idée qu'ils ne proposaient pas de plat végétarien, dit Caroline en riant.

— Vesey a acheté des belles chaussures, intervint Harriet.

— Oui, il faut que nous les regardions après le goûter.

— Elles sont grises », annonça Deirdre.

Caroline fronça les sourcils. « Comment ça, grises ?

— Elles sont en daim gris », expliqua Vesey tranquillement. Il fixait la nappe d'un regard en biais, renversé sur sa chaise comme s'il était las.

« En daim gris, reprit Caroline.

— Oui. »

Un court silence tomba, ou plutôt, fut tiré vers le bas. Caroline prit sa tasse et but du thé longuement. Ses pommettes étaient écarlates.

« C'est pas joli, les souliers gris ? » interrogea Joseph.

Caroline sourit en posant très doucement la tasse sur sa soucoupe.

« Joli ? répéta-t-elle, de sa voix amusée, indulgente. Je ne crois pas que joli ou vilain aient quelque chose à y voir. »

D'une chiquenaude, Vesey fit voler une miette, puis une autre, de l'autre côté de la table.

« Encore de la salade, Joseph ? demanda Caroline.

— J'ai pas faim.

— Qu'est-ce que tu as dit ?

— J'ai pas faim.

— Non, merci.

— Alors, un petit peu seulement », dit-il en tendant son assiette d'un air candide.

Vesey, les yeux mi-clos, hocha la tête comme en réponse à quelque pensée secrète et gratifiante.

« C'était moins une, commenta Deirdre tandis qu'ils se promenaient à travers champs.

— Uniquement par votre faute, répliqua Harriet sèchement.

— Vous avez eu le beurre et ensuite vous blâmez les autres parce que vous l'avez consommé, ajouta Vesey.

— Sauf que c'était de la viande, objecta Joseph.

— Et vous trouvez le danger du blâme plus excitant que ce qui l'a précédé, dit Vesey.

— Qu'est-ce que ça peut me faire, pleurnicha Deirdre en essuyant des larmes avec ses doigts.

— Vous n'échapperez pas à notre surveillance jusqu'à ce vous soyez couchés, annonça Vesey. Puisqu'on ne peut pas vous faire confiance. Si l'un de vous s'éloigne seul hors la présence d'une personne sérieuse — Harriet ou moi — les conséquences seront telles que je suis incapable d'en répondre.

— Vous ne pouvez pas nous coller pendant le reste de nos vies, marmonna Joseph.

— Parle tout haut, Joseph, ordonna Vesey. Je suis désolé que nous ayons été privés du plaisir d'entendre ce que tu as dit.

— J'ai dit que vous ne pouviez pas nous coller indéfiniment, réitéra Joseph courageusement, regardant droit devant lui, l'œil fixe, en traversant le champ.

— Ah ! C'est exact. Le temps nous séparera : d'autres obligations vont me requérir. Toutefois, où que vous soyez, je serai constamment rappelé à votre souvenir ; vous sentirez ma présence à vos côtés aussi fortement que vous le faites maintenant. Chose étrange ! Très, très étrange ! Souviens-t-en, mon cher Joseph.

— Je ne te crois pas. »

Deirdre passa le bras autour des épaules de son frère ; ils clopinaient sur le chaume inégal, maladroitement enlacés.

« Ne les taquine pas », implora Harriet, car le spectacle de la laborieuse progression conjointe des deux enfants la peinait, mais ce qui la peinait encore plus, c'était l'humeur de Vesey, source de la taquinerie. Son visage était plus blanc que jamais ; ses paroles tombaient comme des coups de fouet. Car Caroline avait manifesté de la répugnance et Harriet, à présent, de la désapprobation.

« Chaque fois que tu vas te promener, tu cueilles des fleurs, dit-il. Comme une foutue petite prolétaire londonienne. »

Harriet regarda fixement son bouquet de chicorée sauvage délavée comme si elle n'en croyait pas ses yeux, ni ses oreilles.

« Je raconterai à mère que tu as dit " foutue ", annonça Deirdre en se retournant.

— Voilà qui n'était pas très raisonnable de sa part, n'est-ce pas ? dit Vesey doucement, imitant la voix de Caroline.

— Quand tu es froissé, tu dévastes tout ce qui t'entoure, déplora Harriet calmement. Personne n'est à l'abri. »

Elle était navrée d'aimer quelqu'un d'imparfait. Elle essaya de penser à Vesey coupant la viande de Joseph au déjeuner ce jour-là. Elle ne parvenait pas à croire qu'une personne tant aimée puisse être entachée de méchanceté, caractéristique qui la désolait entre toutes, ni que la tendresse et la cruauté puissent cohabiter chez la même personne, demeurer côte à côte, l'une intensifiant parfois l'autre.

« Froissé ? » répéta Vesey. C'était bien la seule accusation qu'il n'aurait pas portée. « Tu veux dire, que je m'ennuie, peut-être ?

— Oui, je suppose que tu t'ennuies aussi », reconnut Harriet tristement.

Tout au long de l'hiver interminable et du printemps, elle ne l'aurait pas à proximité et cependant à présent, se tenant si près de lui, cet instant qui aurait dû être si précieux était pire qu'inutile : il rétrécissait, s'immobilisait, caillait. Ces fleurs bleues qu'elle avait à la main, elle allait sûrement les détester pendant le restant de ses jours.

Sentant qu'ils n'étaient plus les principaux boucs émissaires de la mauvaise humeur de Vesey, les enfants se séparèrent et se mirent à sautiller d'un sillon à l'autre en chantant ; quand Joseph se retourna, il vit que tout était oublié, ou pardonné.

« Nous pourrions entrer sur les terres de la ferme Hardy, suggéra-t-il à Vesey, avec un sourire optimiste, comme si leur relation avait toujours été amène et pouvait l'être encore plus.

— Cela m'étonnerait que Harriet que voilà y tienne, dit Vesey.

— On pourrait, Harriet ?

— Nous serions sur la propriété d'autrui, en infraction, commenta Vesey en jetant un coup d'œil vers elle, puis vers le ciel.

— Comment pourrions-nous être en infraction si autrui est mort ? demanda Deirdre.

— Même à cela, Harriet regimberait. »

La cour de ferme qu'ils abordèrent donnait l'impression d'abandon que l'on a après une vente aux enchères : des affiches étaient placardées sur les murs et jonchaient le sol, il régnait une odeur de fumier desséché et d'herbe piétinée. En passant une barrière grinçante, ils troublèrent des pigeons qui semblaient ne pas avoir été dérangés depuis longtemps. La cour était entourée de granges vides et d'étables ; sur l'un des côtés, la maison aux fenêtres aveugles leur faisait face.

Ils se hissèrent par la fenêtre de l'office et pénétrèrent sans difficulté. Ensuite, ils affrontèrent le froid et le silence de la maison vide, la cuisine sombre et caverneuse au sol de lauzes fendues, avec ses égouttoirs tendus de toiles d'araignée et son évier moussu.

« Ça sent une odeur de tombe, dit Deirdre.

— Je n'aime pas cet endroit, geignit Joseph.

— Harriet et moi, nous montons dans la chambre hantée, annonça Vesey.

— Des chambres ne peuvent pas être hantées, protesta Deirdre d'une voix terrifiée.

— Qu'elle est raisonnable, cette petite, dit Vesey.

— Harriet a peur, constata Joseph.

— Harriet est une sotte, expliqua Vesey. (Il parlait comme si Harriet ne se trouvait plus là.) Elle permet aux mots de lui briser les os. Elle se cache le visage à la moindre chose. Elle cueille toutes ces fleurs pour se rassurer parce que ses mains tremblent. »

Les enfants, ne comprenant pas, ouvrirent un placard et regardèrent à l'intérieur. Une souris en jaillit et ils reculèrent, l'un se réfugiant dans les bras de l'autre. Maintenant que la voix de Vesey avait cessé de retentir autour des murs, ils entendaient un robinet goutter lugubrement dans l'évier.

Harriet sortit de la cuisine et longea un couloir en briques pour accéder au vestibule. Elle essaya de se rasséréner en respirant lentement et profondément, dans l'espoir que ses larmes allaient refluer. Sa lutte était toute physique car il lui semblait avoir l'esprit vide. Au point culminant de chaque respiration, les sanglots la menaçaient. Les voix des enfants s'entendaient maintenant dans le lointain, comme du fond d'un puits. Quand elle crut percevoir des pas arrivant derrière elle, Harriet monta l'escalier silencieusement, car bien qu'elle retînt ses larmes, elle sentait qu'elle ne pourrait le faire si elle était amenée à parler.

Des portes donnant sur le palier étaient entrebâillées et à l'étage, le soleil entrait à flots. Par la fenêtre, elle apercevait le chaume blond et les ormes sombres, des moucherons dans la lumière dorée et en bas, un jardin embroussaillé, avec des roses violacées sur des pergolas fatiguées.

Dans la plus grande des chambres, un baldaquin sculpté saillait à l'endroit où un lit s'était trouvé autrefois, des tentures dépenaillées y étant encore accrochées. Sur le rebord de la fenêtre, il y avait un verre à vin cassé et une boîte de pilules. Je suppose que le vieil homme est mort ici, pensa-t-elle, mais c'étaient les vivants qu'elle redoutait et leurs pas à sa poursuite. Elle était coincée dans cette pièce, sans nulle part où se cacher.

« Harriet ! dit Vesey, mais elle refusa de se détourner de la fenêtre. Sois gentille, arrête de faire l'idiote ! Mon Dieu, quel curieux endroit. J'imagine qu'il est mort ici. (Il ouvrit la boîte de pilules et les lui offrit.) Je te mets au défi de les prendre et de voir ce qui se passera. Ah, voyons, Harriet ! Ne boude pas. Si tu ne me parles pas, je vais me trancher les veines. Il porta le verre à vin ébréché à son poignet. Tu vois, c'est sérieux. » Une petite perle de sang s'agrandit sur sa peau blanche.

« Ne sois pas ridicule, Vesey !

— Voilà qui est mieux. Peu m'importe ce que tu dis pourvu que tu me parles. Ce sont certains regards que je ne peux pas supporter. » Il jeta le verre dans un coin où il vola en éclats contre le mur avec un son frêle.

« Où sont les enfants ? demanda Harriet.

— Ils sont ressortis. Les souris leur faisaient peur. Les souris te font-elles peur, Harriet ?

— Non.

— Alors, qu'est-ce qui te fait peur ? »

Elle se détourna de lui et attrapa la colonne sculptée du baldaquin pour se ressaisir.

« Je crois que tu es au bout du rouleau », dit-il.

Elle appuya sa tête contre la colonne, sous son bras replié.

« Il m'arrive de penser que je le suis aussi », ajouta-t-il.

Il tendit la main et lui toucha les cheveux, mais elle n'en enfonça que plus profondément sa tête contre son bras. Dès l'instant où il se mit à la caresser, elle se sentit en proie à une faiblesse qui transgressait son ferme propos, se répandant sur ses défenses comme une tache lente, visible, craignait Harriet, tandis que cette faiblesse la submergeait après s'être accrue.

Quand elle le regarda, il vit la marque du bois sculpté creusée assez profondément sur son front, blanche au début, puis rougissant lentement. Il la serra contre lui et l'embrassa, sentant la tiédeur de ses mains et se voyant très minuscule dans ses yeux. Cette fois, elle lui rendit son baiser. Leurs cœurs battaient la chamade, s'emballaient. Rigidement enlacés, la chair affrontée à l'os, ils se tenaient immobiles, avec le sentiment de ne pas être dans leur véritable élément.

Sous sa tension extrême se trouvait une impression d'incrédulité, d'irréalité, car elle n'avait jamais atteint cette limite dans tous les rêves qu'elle avait conçus au sujet de Vesey, et tout le vague de ses désirs, de ses insatisfactions, de ses troubles, connut une résolution si soudaine qu'elle se sentit talonnée, vaincue.

Il semblait à présent qu'ils ne fussent plus seuls. Une tierce présence s'imposait : leur passion. Vesey posa la main sur la gorge palpitante d'Harriet, lissa son épaule luisante.

Elle devint passive, mais consciente d'être en attente, de n'être que délicieusement retenue.

« Chérie, as-tu déjà connu ça avec quelqu'un d'autre ?

— Bien sûr que non, Vesey.

— Promis ?

— Mais je ne peux pas promettre le passé. »

Elle le disait sans coquetterie : la question était simplement absurde.

« Et toi ? » demanda-t-elle brusquement, craintivement. Elle redoutait la réponse, comme s'il risquait de se révéler vieux roué.

« Moi quoi ?

— Ça.

— Des centaines de fois.

— Non. La vérité. »

Il l'étreignit de nouveau. « Non, jamais », répondit-il précipitamment. Il vacilla en la tenant dans ses bras, et ferma les yeux. Leurs jambes flageolantes semblaient un piège sournois de la nature. Mais nul endroit ne s'offrait dans cette pièce vide, si ce n'était le plancher poussiéreux.

« Si seulement, dit Vesey, le lit était resté là. Nous aurions pu nous y étendre tous les deux et tirer les rideaux tout autour. »

Sentant qu'il n'aurait pas dû le dire, Harriet était néanmoins enchantée qu'il l'ait fait. Elle les imaginait là, couchés côte à côte, cachés, ravis, transportés.

Quand ils entendirent la voix de Joseph les appeler, le choc les fit sursauter tous les deux. Ils se rappelèrent les enfants. Harriet porta une main à son chemisier, l'autre à ses cheveux, geste d'une femme beaucoup plus âgée, beaucoup plus coupable. Elle n'avait jamais eu l'air aussi adulte.

« Où êtes-vous ? » gémit Joseph depuis le jardin.

Quand Vesey regarda par la fenêtre, il le vit debout en bas, un bouquet de roses à la main.

« Ainsi, non seulement tu te trouves dans la propriété d'autrui, mais tu as volé par-dessus le marché ? » cria Vesey d'une voix encore mal assurée et haletante.

« Hou ! hou ! Vesey ! » le héla Deirdre, émergeant d'un groupe d'arbres et traversant la pelouse pour rejoindre la maison.

Vesey se retourna et regarda Harriet. Elle était en train de ramasser ses fleurs éparpillées par terre.

« Ça va, Harriet ?
— Oui. (Elle sourit.)
— Il faudrait que nous partions.
— Oui. »

Il hésita encore un instant, l'observant, puis se retourna vers la fenêtre et se pencha à l'extérieur.

« Nous arrivons ! » hurla-t-il, les mains en porte-voix car les enfants s'égaillaient. Le son revint aussitôt dans la pièce et se répercuta contre les murs. « Arrivons ! Arrivons ! »

Plus tard, Vesey fit un bout de chemin avec Harriet qui rentrait chez elle. Il poussait sa bicyclette et elle marchait à côté de lui, tenant son bouquet de fleurs. Une brume ouatée s'était levée dans laquelle les vaches enfonçaient jusqu'aux genoux, formes vagues se détachant sur l'obscurité croissante. Le bruit âpre de leur souffle brisait le silence ainsi que, dans le lointain, le cri des chouettes. Harriet et Vesey suivaient le sentier sans parler, foulant aux pieds les fleurs aux couleurs délavées parmi les graminées.

Le chariot ailé du temps n'était pas une chose qui leur fût audible.

Quand Joseph poussa des cris en dormant, Caroline posa son ouvrage et courut le voir. L'air encore étrange à cause de sa coupe de cheveux, couché dans son lit, ses paroles se bousculaient dans l'angoisse, comme s'il n'avait pas le temps de donner des explications avant qu'un désastre s'abatte sur lui.

Caroline dégagea de son front chaud les mèches de cheveux moites, comme des plumes.

« Non, Vesey ! Non, Vesey ! cria Joseph.

— Qu'y a-t-il, mon petit loup ? »

L'incohérence s'ensuivit. Elle tendait l'oreille pour écouter, mais les sons ne faisaient que ressembler à des mots, sans en être vraiment. Elle le réveilla doucement, le réinstalla dans son lit et lorsqu'enfin il parut rasséréné, elle descendit trouver Hugo.

« Je serai contente le jour où Vesey partira, dit-elle immédiatement. Il rend les enfants fébriles d'excitation avec ses histoires à sensation et ses taquineries. Ce soir même, Deirdre a raconté qu'il lui avait dit que la ferme des Hardy était hantée. Il y a quelque chose de bizarre, de malsain chez ce garçon, et Lilian le sent aussi. Des chaussures en daim gris ! Que va penser sa mère ?

— Renvoie-le, suggéra Hugo.

— Comment le pourrais-je ? Nous le prenons tous les étés.

— Explique que ta mère vient et qu'il n'y a pas de place. »

Caroline tourna en rond dans la pièce en réfléchissant à cette solution. « J'aimerais bien que mère prenne des vacances », dit-elle enfin.

Le journal de Harriet s'était déversé sur la veille, mais elle n'arrivait pas à faire entrer tout ce qui s'était passé. Elle entendit sa mère monter se coucher et arrondit sa main pour dissimuler le haut de la page, son stylo poursuivant cependant sa course. « Vesey chausse du 46 » écrivit-elle.

Comme les pièces serrent le cœur intolérablement quand les gens qui y vivent sont absents ! pensa Harriet. C'était le lendemain après-midi et elle avait été laissée seule pour taper des lettres à la machine.

Il n'y avait aucun bruit sur le palier. On entendait le tic-tac de l'horloge du vestibule dans toute la maison. Caroline avait emmené les enfants goûter ailleurs ; Vesey n'avait pas paru de la journée.

Tant qu'elle entendait un cliquetis de vaisselle au loin dans la cuisine, Harriet se savait en sécurité. Elle s'était postée à moitié sur le palier, à moitié dans la chambre de Vesey, regardant le lit bien fait, le livre posé à côté, la boîte à chaussures blanche sur une chaise, la glace vide.

Les oreilles encore attentives aux bruits de la cuisine, elle traversa sur la pointe des pieds le plancher grinçant puis s'immobilisa, son regard plongeant sur la coiffeuse. Une petite pendule bruissait anxieusement, un peigne était fiché dans une brosse à cheveux posée sur le dos. La robe de chambre que Vesey avait portée en pension était pendue derrière la porte ; son éponge séchait sur le rebord de la fenêtre. La pièce était poignante à force d'impersonnalité, comme si elle réprimandait Harriet. Les rideaux qui se mirent brusquement à glisser sur leur tringle, gonflés par un coup de vent, la firent sursauter violemment. Lorsqu'elle eut recouvré son calme, elle prit la serviette de toilette de Vesey sur la barre et, la portant à son visage comme s'il s'agissait de quelque relique sacrée, respira son sublime parfum de savonnette Royal Vinolia.

« Ainsi Vesey s'en va ? » dit Lilian pendant le dîner.

Le calme et la force d'âme immenses des jeunes qui viennent de tomber amoureux et le dissimulent.

« Vraiment ? commenta Harriet.

— C'est ce que m'a raconté Caroline quand nous sommes sorties prendre le thé.

— Je pensais qu'il restait jusqu'en septembre », indiqua Harriet d'un ton vague. Pour occuper ses mains, elle reprit des pommes de terre.

« Caroline a besoin de la chambre pour sa mère, pour qu'elle puisse changer d'air. Elle n'a pas été dans son assiette ces temps-ci. »

Cette expression leur parut bizarre à toutes les deux, mais Caroline l'avait employée et maintenant, Lilian le faisait aussi. C'était une échappatoire, vide de sens.

Les enfants jouent à un jeu qui consiste à s'approcher à pas de loup de quelqu'un qui se cache les yeux ; l'air innocent, ils avancent en hésitant jusqu'au moment où ils se trouvent tout près, près au point de toucher au but. Ce soir-là, Lilian, pas à pas, essaya furtivement de se rapprocher de Harriet, sachant qu'une seule erreur tactique la ramènerait au point de départ. Elles se lançaient des coups d'œil par-dessus la table à tour de rôle ; chaque observation apparemment irréfléchie était pesée avec soin. Lilian n'eut qu'un sentiment d'échec. La fatigue et le choc avaient eu pour effet de rendre Harriet plus circonspecte ; sa crise de nervosité la soutenait. Lilian n'était pas dupe, mais cela contrecarrait ses desseins.

C'est elle qui se lassa la première. Revenue au point de départ, vaincue, la déception et l'incompréhension lui faisaient ressentir un grand épuisement. Et pourtant, sa fille n'était pas — ce que prétendent certaines veuves — la seule chose qu'elle eût au monde ; en fait, elle avait Caroline. Caroline la réconforterait. Elle n'avait pas voulu briser la résistance de son enfant, mais elle voulait vraiment se sentir rassurée quant au bien-fondé du départ de Vesey, convaincue que la douleur présente de Harriet lui en épargnerait de pires dans l'avenir. Elle espérait avoir raison de le souhaiter ; demain, Caroline lui dirait que oui.

Avec une superbe indifférence, Harriet interrogea : « Et quand doit-il partir ? » Rapprochant soigneusement son couteau et sa fourchette, elle regarda sa mère hardiment et cruellement.

Stupéfiée, déprimée, avant de se coucher, Harriet écrivit dans son journal : Je n'ai pas vu V. Il sera parti d'ici deux jours.

Harriet conçut ses projets avec une habileté touchante. S'il fallait que Vesey s'en aille, la seule chose susceptible de la réconforter était qu'il lui écrivît. Elle ne voyait en aucune façon comment il se mettrait à le faire. Même s'il le souhaitait — et il s'était déclaré piètre épistolier — elle pensa qu'un prétexte quelconque l'aiderait, si elle en trouvait un.

« Je suis expulsé », lui dit-il, regardant à l'intérieur en passant devant la fenêtre.

« Cher Vesey ! cria Caroline depuis le milieu de sa bordure herbacée. À ta place, je n'interromprais pas la leçon de Joseph. »

Vesey fit une courbette à Harriet et s'éloigna en traînant les pieds.

« Zoé a sali sa robe de gaze », ânonna Joseph d'une voix tonitruante, lisant dans le syllabaire vieillot que Caroline avait déniché. Harriet ferma les yeux pour cacher son agacement.

Elle ne revit pas Vesey de toute la journée. Quand elle partit, en début de soirée, il était en train de pousser la vieille tondeuse sur le court de tennis. Les lames tournaient bruyamment ; au milieu de ce vacarme, il ne l'entendit pas s'approcher et elle parvint jusqu'à lui, un livre à la main. Surpris, il se retourna et, d'une main tremblante, écarta les cheveux de son front luisant.

« Il fait trop chaud pour que tu fasses ça, dit Harriet.

— Je sais bien, mais il faut que je m'efforce de gagner les bonnes grâces de la famille. Quoique, en ce qui concerne Caroline, ce soit peine perdue.

— Qu'est-ce que tu as fait ?

— J'ai contaminé tout mon entourage. Donné de la viande à des enfants innocents et fait naître chez eux des idées malsaines sur le surnaturel...

— Qui l'a dit ?

— J'ai donné des cauchemars à Joseph. Je suis décadent et affecté. Je t'ai dérangée dans ton travail et j'ai tenté de te séduire dans une maison vide.

— Tu dis du mal de toi pour empêcher les autres de le faire. Tu te fais du mal en les disant et ce que tu as dit en dernier m'a fait mal à moi aussi.

— Ne bégaie pas.

— C'est Caroline qui a dit tout ça ?

— Je lis en elle à livre ouvert.

— Comment a-t-elle pu deviner des choses que nous sommes seuls à connaître, toi et moi ?

— Que j'ai tenté de te séduire ?

— Tu sais bien que... tu sais que je n'ai pas pris au sérieux ce que tu disais.

— Ne bégaie pas. Peut-être que tu le lui as raconté », suggéra-t-il.

Elle ne répondit pas. Son regard se promena sur toute la longueur du court de tennis, dont une moitié était couverte de pâquerettes et l'autre rasée en bandes irrégulières.

« Ou peut-être, poursuivit-il, l'observant de près, que c'est moi qui en ai parlé et que cela m'a échappé. Qu'est-ce que c'est que ça ?

— Un livre à moi. J'ai pensé que tu aimerais le lire. »

Il le lui prit des mains et le feuilleta.

« Il me reste très peu de temps, et une grande quête de bonnes grâces en perspective. Je ne veux pas qu'on me

fasse un mauvais bulletin ici, comme ceux que j'avais en pension.
— Quand pars-tu ?
— Demain après le déjeuner.
— J'espère te revoir.
— Moi aussi, bien sûr », répondit-il aussitôt.
Il posa le livre sur le gazon et se tourna vers la tondeuse. Il fit un sourire à Harriet puis, à toute vitesse et dans un bruit assourdissant, s'en fut le long du court de tennis, loin d'elle.

Le lendemain matin, il circula dans la maison, portant ses vêtements londoniens. Sa valise était déposée, prête, dans le vestibule. Maintenant qu'il partait, Caroline s'adoucit, suffisamment pour remplir un panier de pommes pour lui et de roses pour sa mère. Au déjeuner, il paraissait agité. Les enfants, nota Caroline, évitaient de croiser son regard. En voyant le sourire contraint de Harriet, sa promptitude excessive à faire passer les assiettes, son excès de vivacité, Caroline commença pour la première fois de mettre en doute ce qu'elle était en train de faire. « Je dois songer à mes enfants », s'efforça-t-elle de se rappeler, mais elle n'était pas dure, ni insensible et s'il existait une souffrance créée, précipitée par elle, quelles que fussent les bonnes raisons qui la motivaient, elle le regrettait vraiment.
« Tu peux aussi bien rentrer chez toi après le déjeuner, dit-elle à Harriet en essayant de faire amende honorable. Joseph pourra faire sa sieste et toutes les lettres sont finies.
— Vous êtes sûre ? » répondit Harriet avec son sourire poli. Elle se pencha sur Joseph et fit une bordure de noyaux de prune autour de son assiette. « Je t'aime, un peu, beaucoup... » se mit-elle à compter. Joseph eut l'air surpris de cette attention soudaine.

Vesey entra dans le vestibule tandis qu'elle s'en allait. Dans son costume sombre, il ne faisait plus partie des vacances, ni de rien de ce qui s'était passé. Elle lui trouvait l'air d'un étranger.

Elle n'éprouvait aucune douleur, aucun désir de brusquer ou de prolonger cet instant en bas de l'escalier ensoleillé.

« Au revoir, Vesey. »

Son seul espoir était qu'il ne parle pas du livre qu'elle lui avait prêté, qu'au mieux, il le garde comme prétexte pour lui écrire, ou qu'il y pense plus tard et se sente obligé de lui écrire, son souvenir étant périodiquement évoqué.

« Au revoir, Harriet. »

Il sourit gentiment et scruta ses yeux. Ils hésitèrent, puis se serrèrent la main de façon guindée. Comme elle enjambait les chiens qui dormaient devant la porte ouverte et commençait à traverser le jardin, il s'adossa à la cheminée, les mains dans les poches, et la regarda partir.

Un départ l'après-midi est déprimant pour tous ceux qui restent. La journée est tellement sous l'empire de celui qui est parti qu'il faut la terminer sous un voile de tristesse, bien qu'elle ne soit qu'à demi achevée. Harriet ne pouvait pas retourner chez sa mère à cette heure-là. Demain, elle inaugurerait la tâche désolante de barrer les jours de sa vie jusqu'au retour de Vesey ; aujourd'hui, son désespoir était trop morne.

Elle alla marcher sur le terrain communal près de sa maison ; les trouées sombres, avec leur senteur de fougères, lui offraient un refuge que son foyer lui refusait. Elle s'enfonça au plus profond de l'odeur végétale amère, s'étendit et ferma les yeux. Elle pensa à Vesey arpentant le quai de la petite gare jusqu'à l'arrivée du train, l'imagina attendant, pâle dans la chaleur intense de l'après-midi, emporté enfin dans la courbe de la voie en déblai, puis dans le tunnel, disparaissant. Le visage enfoui dans ses mains, le corps caché par les fougères, elle se mit à pleurer. En versant des torrents de larmes, elle ne s'écoutait pas tant, qu'elle se laissait passivement soulager de ce poids.

C'est trop long, un an, pour attendre un bien-aimé. Le lendemain matin, elle se mettrait en devoir de vivre cette année, cherchant à se consoler à travers l'étendue aride des jours ; ce n'était pas possible de s'y mettre dès cet après-midi. Les larmes s'apaisant, quand des mots commencèrent à lui revenir à l'esprit, elle cria : « C'est trop long », laissant reposer son visage palpitant dans les fougères fraîches et rudes. Elle avait l'impression d'avoir pleuré les larmes de sa vie entière.

Le lendemain, Caroline lui tendit son livre, avec de la gentillesse dans le regard et de gentilles expressions insincères. « Vesey m'a demandé de te donner ça et de beaucoup te remercier. Il m'a recommandé de ne pas oublier de te le donner et de beaucoup te remercier. »

Harriet prit le livre et sourit. Tout près du début, un brin d'herbe était glissé en guise de marque-page.

« Tu veux bien jouer à cache-cache ce soir ? » demanda Deirdre. Elle prit la main de Harriet et fit une pirouette, absorbée par sa jupe virevoltante.

2

Nous ne nous rappelons pas toujours la première fois où nous avons aperçu ceux qui ont tant compté pour nous par la suite. Sentant que cet événement aurait dû être plus marquant, nous nous efforçons de remonter dans nos souvenirs en vain. Mais Harriet se rappela toujours que c'est par un carreau de verre défectueux qu'elle vit Charles Jephcott pour la première fois. Dans la vitre de l'autobus, sa silhouette ondula puis s'amaigrit, s'élargit, devint oblique, si bien qu'elle n'avait aucune idée si c'était un homme gras ou maigre, vieux ou jeune, qui allait monter dans le bus. Par curiosité, elle tourna la tête pour voir.

Il lui parut tellement vieux qu'il sortait complètement de son champ d'intérêt. Il s'installa devant elle, cherchant un appui quand le bus démarra : un homme âgé, d'environ trente-cinq ans. Son profil, tourné vers les haies qui défilaient, était majestueux, un profil de médaille, ses cheveux d'un blond roux étaient plantés en ligne droite sur son front. Une lourde chevalière portée à une main — une main poilue, à taches de rousseur — semblait un signe supplémentaire d'autorité, de même que sa façon de faire jaillir son poignet de sa manche pour pouvoir regarder sa montre. Il affichait un air distant, comme si ce mode de transport lui était inhabituel, et dégageait une vague odeur d'alcool. Dans le monde de

Harriet, personne ne buvait rien d'enivrant sauf dans les noces, et elle associait cette odeur avec le dernier autobus et le tapage titubant des derniers voyageurs. Son comportement, toutefois, y ressemblait si peu qu'elle supposa sa soûlerie terminée.

Lorsqu'elle le revit, c'était chez lui. Sa mère était venue habiter le Vieux Presbytère où Doctor Garrett Anderson avait séjourné autrefois. Lilian, qui n'était jamais entrée dans la maison, s'arrêta dans le vestibule et leva les yeux vers le plafond, lança un regard circulaire sur les murs, se désintéressant de son hôtesse un bref instant comme s'il fallait rendre un hommage d'abord.

Julia Jephcott avait atteint la soixantaine. Fantasque, bravache, désinvolte, elle avait la beauté et le calme de ceux qui leur vie durant ont reçu des compliments. Cet air perdura après que la beauté elle-même se fut effondrée et eut fui. Elle semblait se trouver encore ravissante ; elle avait beau se regarder dans la glace, rien ne détruirait son illusion, semblait-il. Pour cette raison, peut-être, elle s'habillait comme des femmes beaucoup plus jeunes et portait un maquillage pâle, appliqué au petit bonheur, qui soulignait pitoyablement les paupières fripées, les tendons du cou. Ses cheveux blancs étaient dorés inégalement, comme si on les avait badigeonnés de jaune d'œuf. Son charme était inépuisable ; elle l'avait appris assidûment dans la compagnie théâtrale de Sir Frank Benson. À force de marcher pendant des heures avec des livres sur la tête, elle avait acquis un maintien qui était devenu inconscient, et des années de gentillesse manifestée à ses admirateurs, de sourires — bien qu'un terme unique ne puisse décrire le grand éventail de ses sourires : tendre, gai, courageux, moqueur, malicieux, nostalgique — à propos de rien, des années à accentuer les mots et à parler à mi-voix sans véritable justification, avaient fait qu'il lui était maintenant impossible de parler à son jardinier ou de payer son ticket d'autobus sans chercher à plaire et à séduire. Elle restait à leur service ; elle ne s'estimait pas.

Même le fait que Lilian reste muette dans le vestibule à regarder autour d'elle ne troubla pas son accueil. Julia venait toujours à la rencontre de ses invités, descendant les marches peu élevées en suggérant qu'un drapé s'envolait dans son sillage, les bras couverts de bracelets tendus en signe de bienvenue, les paumes tournées vers le haut indiquant l'empressement et l'amour offert.

Tandis que Lilian se livrait à son hommage silencieux, Julia vint embrasser Harriet, qui sentit qu'ici se trouvait enfin une personne prête à l'aimer, qui l'avait distinguée.

Charles, lui, ne courait pas à la rencontre des gens. Il restait, un coude appuyé à la cheminée du salon, une main dans sa poche, en attente. De temps à autre, écoutant les voix dans le vestibule, il jetait un coup d'œil sur ses ongles, les recourbait vers lui et leur infligeait une désapprobation détachée. Il avait également la manie, lorsqu'il était seul ou tout comme, d'étirer ses lèvres serrées en grimace contractée et de se frotter le menton. Il le faisait quand il avait l'esprit vacant ; pourtant, cela lui donnait l'air très pensif.

Harriet avait le sentiment d'être toujours celle qui se rappelait avoir vu d'autres personnes. Eux ne se souvenaient jamais de l'avoir vue. Cela ne lui plaisait pas de paraître (même à ses propres yeux) tellement saisie par l'importance des autres quand ils se souciaient si peu d'elle. Tandis qu'elle essayait de ramener son enthousiasme à un niveau plus approprié, ils tentaient de simuler ce qu'ils ne ressentaient pas. Parfois, ils feignaient simplement de feindre. Quoi qu'elle fît, Julia était convaincante.

« Dr Garrett Anderson est venue se reposer ici, expliqua Lilian.

— Chérie, je dois avouer que je n'ai jamais entendu parler de lui, dit Julia. Ma vie tellement, tellement étriquée et mes idées confuses. Je suis une idiote totale quand il s'agit de noms propres.

— Elizabeth Garrett Anderson, précisa Lilian d'une voix éteinte.

— Je ne vais jamais chez une femme médecin », annonça Julia. D'un geste admirable, elle porta une main à son visage, le bout des doigts recourbés vers la pommette, le pouce au menton. « Avec un homme, le combat est à moitié gagné, ajouta-t-elle mystérieusement. Voici mon vieux lourdaud, à présent. Mon fils Charles. Chéri, je te présente Mrs Claridge et ma chère Harriet. Dis comment- allez -vous bien poliment. »

Harriet devina que seule sa mère oserait jamais se moquer de Charles.

« Êtes-vous suffragette ? demanda Julia à Lilian.

— Maintenant, plus personne n'a besoin de l'être, mais je l'ai été autrefois.

— Je n'ai jamais voté de ma vie, mais je le ferais si j'étais moins ignorante. Il faut que nous parlions un peu ensemble, vous et moi, et vous me direz exactement ce que je dois faire. Ce pour quoi vous avez fait tant d'efforts, je ne dois pas le laisser perdre. Et j'aimerais voter avant de mourir. » Ses yeux s'embuèrent ; elle porta la main au bas de son cou. Il s'ensuivit un instant de nervosité dans la pièce.

Charles avait pris la main de Harriet et l'avait rendue.

« Prendre le thé, dit Julia, s'asseyant sur le canapé, cela paraît toujours une telle interruption, ça n'est pas très bon et ça ne vaut pas... et on ne sait jamais s'il faut offrir beaucoup ou peu de choses. »

Elle avait tranché en faveur de beaucoup, constata Harriet avec plaisir, et chaque guéridon était chargé de scones, de gâteaux fourrés de crème, de biscuits roulés.

« Cependant, dit Julia, faisant remonter ses bracelets sur ses bras en les agitant, si nous ne prenions pas le thé, nous ne pourrions jamais utiliser le service en porcelaine. »

Pendant qu'elle parlait, Charles sembla attendre gravement qu'elle conclût et, dès qu'elle s'interrompit, se tourna vers Lilian pour poser quelque question polie et décourageante qui, une fois la réponse faite, ne pouvait qu'amener le silence.

Julia versa le thé avec grâce, mais il déborda dans les soucoupes.

« Ma grand-mère jugeait les gens en grande partie à la façon dont ils versaient le thé, continuait à jacasser Julia, en vidant les soucoupes dans un bol à cet usage. Elle appliquait ces critères arbitraires, comme lorsqu'on précipitait les sorcières dans l'eau. Et, étant une dame — sa voix teinta ce mot de dérision, alors qu'elle tendait sa tasse à Lilian — cela tournait autour de telles vétilles, comme, par exemple, si on avait boutonné ses gants avant d'ouvrir la porte d'entrée. Seules les servantes les boutonnaient en sortant. J'en suis encore bloquée, inhibée. Des choses tellement insignifiantes. Et ce qu'elle pouvait en savoir, je suis incapable de le dire. Elle n'avait même pas ce qu'on appelle la distinction innée. »

Charles remonta son pantalon aux genoux et croisa les jambes. Harriet, qui essayait de ne pas fixer Julia, le fixa trop. Dès qu'elle s'en rendit compte, elle se mit pour changer à promener son regard autour de la pièce, sur l'abondance de cretonne rose et grise, les coussins brodés de delphiniums, l'écran de cheminée brodé de roses trémières. À l'intérieur du devant de foyer en laiton gisaient toute sorte d'instruments en rapport avec le feu : des pelles à long manche, des pinces tordues aux charnières affaiblies, des tisonniers, un soufflet. Il n'y avait pas trente centimètres carrés qui ne fussent couverts d'aquarelles violettes de landes, de vaches pataugeant dans des mares ou de chatons persans dessinés au crayon de couleur.

Quand Charles lui posa une question, elle sursauta violemment et il fut obligé de la répéter. Julia cessa brusquement de s'intéresser et se renversa dans son fauteuil, s'éventant avec un bouquet de plumes de paon qu'elle avait prises dans un vase. Néanmoins, son sourire était paré, son aspect vigilant. Elle se détendait rarement plus que cela, et seulement lorsqu'elle se trouvait seule.

Après le thé, Charles joua du piano. La musique délicate et ses mains véloces ne faisaient que souligner sa virilité, comme s'il s'amusait à quelque jeu de filles avec efficacité et diligence. Sa cigarette laissait échapper du cendrier une traînée de fumée ; il l'écrasa lorsqu'il eut terminé son morceau, à demi tourné vers les dames, marqua un temps d'arrêt puis continua.

Brassant l'air avec son éventail de fortune, sa mère ferma les yeux. Lilian et Harriet étaient abandonnées, laissant errer leur regard avec gêne. Harriet essaya de se donner un air bien élevé et réfléchi. Elle aimait cette musique, mais ne se permettait pas d'y prendre plaisir au milieu d'inconnus. Trop enfoncée dans son fauteuil trop vaste, elle se sentait réduite à l'impuissance, tel un scarabée renversé sur le dos, comme si elle ne pourrait jamais plus se lever, ni trouver les expressions adéquates pour dire son appréciation.

Lilian se tenait raide sur son siège, la tête légèrement inclinée comme si elle portait un fardeau. Il est vrai que jamais la musique ne l'enchantait ; elle l'affaiblissait au contraire.

Impénétrable, Charles passa de ballades en valses, de valses en préludes. Il jouait sans partition ; la plupart du temps, il regardait le clavier de biais, mais parfois, sa mâchoire semblait se raidir et il jetait un coup d'œil désinvolte dans le jardin. Harriet ne s'était pas imaginé que l'exécution de pièces de Chopin pût se transformer en démonstration à tel point césariste.

Que Julia se renverse en affichant un tel épuisement fit soupçonner à Lilian que la musique était une ruse pour prendre un bref repos, et ce soupçon la rendit d'autant plus hostile. Dès le début, elle n'avait pas trouvé Julia sympathique, la jugeant destructrice et ridicule. Se voir asséner de la musique provoquait une irritation supplémentaire. Je devrais peut-être demander à Harriet de réciter quelque chose, se dit-elle dédaigneusement en jetant un coup d'œil sur sa fille, étalée d'un air godiche sur son fauteuil, les jambes repliées maladroitement, son visage exprimant un mécontentement tendu, alors que Harriet, elle, voulait indiquer une appréciation sérieuse.

Charles termina de façon aussi brusque qu'il avait commencé et ferma même le piano, comme s'il isolait cet aspect de sa nature, puis il alla chercher à boire. Au moment où le plateau arriva, Lilian se levait pour partir. Elle ne supportait pas le xérès, expliqua-t-elle, et encore moins le gin. À vrai dire, tous les alcools étaient exclus. Sa digestion ne s'était jamais remise de ses séjours en prison. Elle en fit état pour se fortifier, pour garder le contact avec son propre monde qui avait semblé éclipsé.

« Vous avez même été en prison ! s'exclama Julia. Comme c'est merveilleusement courageux et romantique. »

Mais non, cela ne l'avait pas été, pensa Lilian. Parce qu'une fois qu'elle s'y était trouvée, elle avait perdu le goût du défi. Le poids de désapprobation dans l'air, la froideur de la discipline, l'impersonnalité et la solitude avaient fait apparaître ses convictions comme une aberration dépourvue de charme et son comportement, outré. Elle ne pouvait pas répondre, mais la plupart des remarques de Julia n'appelaient pas de réponse ; elle arrêtait net les conversations si fréquemment qu'elle était obligée de jacasser seule.

Harriet détestait entendre sa mère évoquer la prison ; elle ne supportait pas que sa mère ait été ainsi martyrisée et que maintenant elle s'appesantisse sur son martyre. Parfois, en fait, elle y prenait un certain plaisir comme chaque 14 juillet où elle arborait ce badge en forme de grille de prison et allait fièrement à Londres pour le meeting devant le monument à la mémoire de Mrs Pankhurst. Enfant, Harriet avait toujours détourné les yeux de cette broche ; à présent, elle avait peur que ces deux-là trouvent sa mère bizarre. Le coup d'œil rapide lancé à Charles rencontra son regard fixe, énigmatique. Elle but son xérès à petites gorgées, tandis que sa mère l'observait d'un air indulgent, comme assurée qu'un verre de vin n'allait pas faire tourner la tête de sa fille, que la tentation, même sur une plus grande échelle, serait repoussée vigoureusement.

« Et avez-vous fait la grève de la faim ? » demanda Julia d'une voix qui poussait à la confidence.

Lilian blêmit, mais Harriet porta au crédit de Charles qu'il dise brusquement, sèchement — sans voir le visage de Lilian — « Mère, vous êtes impertinente ! »

Je ne supporterais pas qu'il me dise une chose pareille, pensa Harriet. Je serais morte de honte.

Mais Julia se contentait de sourire. « Tu es bête, Charles ! Les femmes se comprennent entre elles. » Son sourire se fit chaleureux en englobant Lilian, suggérant une complicité. Celui de Lilian, en réponse, se réduisit au frémissement le plus imperceptible.

« Quelle affirmation extraordinaire ! » dit Charles. Il prit le verre de Harriet et lui fit un petit signe de tête, signe qui semblait tenir lieu de sourire. Ses sourires étaient rares ; peut-être y en avait-il déjà trop dans la maison.

« Ma tête ! Ma tête ! se plaignit Lilian en traversant la route pour rentrer à La Forge. Comme elle habite près, cette vieille ensorceleuse !

— Moi je l'ai trouvée plutôt sympathique, dit Harriet d'un ton maussade. Elle est tellement hors du commun. »

La marche, avec la tiédeur de l'air, ranima sa mélancolie. La tranquillité brisa la tranquillité. Ce début de soirée calme portait l'automne en lui ; l'herbe était roussie, les haies poudreuses. Sous les arbres, des guêpes tardives creusaient des tunnels dans les poires ensommeillées ; les fruits tombés pourrissaient. Les verges d'or et les reines-marguerites commençaient à figurer seules dans les jardins.

Elle monta tout droit dans sa chambre et s'assit au bord du lit, les mains coincées entre ses genoux, les dents serrées, comme si seule la dureté de l'os affronté à l'os, des ongles opposés aux articulations, lui permettait de résister à l'affouillement de sa chair par la passion, de se défendre contre le grignotage quotidien de sa résistance et les agitations inattendues — comme celle-ci — qui venaient déranger sa vie à présent douloureuse et solitaire.

Elle entendit sa mère sortir de la maison pour aller au jardin, puis le clap-clap irrégulier des cisailles qui commençait ; une odeur de troène, amère et poussiéreuse, entra par la fenêtre. Elle se berçait sur le lit, les yeux fermés avec force, se mettant à dramatiser son chagrin, à souhaiter être terrassée. À défaut d'amour, il pouvait y avoir la douleur. Parfois, quand elle entendait les vieilles gens évoquer leurs souvenirs, les jalons de leurs existences, elle s'étonnait de leur caractère public : les funérailles de la Vieille Reine, la nuit de Mafeking, l'armistice, la première automobile, le dernier allumeur de réverbères. Elle y percevait une dissimulation : sûrement que cela ne se passait jamais comme cela, que l'on voie, à l'issue d'une longue vie, la tristesse et le triomphe des autres comme ses moments-clés ? Ou bien la nuit de Mafeking et les autres choses représentaient-elles ce qui était intime et personnel, ce qui ne se raconte pas et doit périr avec nous, ces moments où, pour aucune raison que nous puissions comprendre — une soirée tiède, le parfum des feuilles, le chant d'un coq dans le lointain — l'atmosphère tout entière se remplit de tristesse. Un moment tel que celui-ci. Elle se mit à arpenter la pièce en tous sens, tendant la main pour toucher les meubles, pour s'assurer et se rassurer.

Glissée entre les pages de son journal il y avait une photographie de Vesey qu'elle avait soustraite de l'album de Caroline. Un jour, alors qu'elle jetait un regard sur les photographies avec Deirdre, elle en avait vu une qui commençait à se décoller. Le lendemain, lorsqu'elle s'était trouvée seule, elle l'avait prestement arrachée et mise dans sa poche. Personne n'en parla jamais ni ne remarqua qu'elle manquait, mais elle éprouvait toujours une angoisse en voyant l'album. Elle savait maintenant que l'idée du mal ne dépendait que de l'extrémité à laquelle elle serait poussée : ce qu'elle désirait ardemment, elle le prendrait.

À présent, elle ouvrit son journal et s'assit en plaçant la petite photographie froissée devant elle, l'étudia attentivement, comme si quelque chose de neuf pouvait se révéler. Mais il n'en fut rien. Vesey répondait à son regard, de même que Deirdre et Joseph, de part et d'autre de lui. Ses cheveux pendaient en frange, il faisait un large sourire, assez faux, ce sourire exagéré pour photographies tellement courant, comme si seul le bonheur devait être recueilli. Elle imaginait comment ce sourire s'était éteint aussitôt après le déclic de l'appareil photographique. Vesey avait passé les bras par-dessus les épaules des enfants ; ils étaient assis sur le gazon, serrés les uns contre les autres, leurs pieds mal mis au point par le photographe, trop grands, comme une rangée de bateaux renversés. Cette photo plutôt ratée — la maison à l'arrière-plan partait de guingois, la pelouse penchait, les roses étaient de pâles taches floues — était tout ce qui restait de quelque après-midi oublié, datant d'un an peut-être. Le livre de Vesey gisait ouvert, la couverture s'arquant au soleil chaud, Deirdre faisait une guirlande de pâquerettes, Joseph avait le genou bandé. L'ombre du photographe — Caroline, selon toute vraisemblance — s'étirait sur l'herbe devant eux. Elle, si c'était elle, les avait amenés à sourire, mais c'est une rangée de sandales qu'elle avait photographiée.

Il n'en sortit rien de neuf. Harriet n'en finissait pas de la contempler, mais Vesey se contentait de faire son sourire faux, les mains appuyées mollement sur les épaules des deux enfants. Elle ne pouvait même pas lire le titre de son livre, et à présent ne le connaîtrait jamais.

Raidie par le chagrin qui avait fini par s'abîmer, ce qui est le propre du chagrin, dans une vaste mer d'ennui, elle bâilla, se leva et alla à la fenêtre. Sa mère, sans avoir quitté sa robe de soie, taillait la haie de troènes. Un bruissement s'entendait, venant de la cour d'en face ; elle voyait le côté du Vieux Presbytère, un mur avec des balcons en fer parmi les feuilles de vigne, une vieille écurie avec une girouette dorée et des tourterelles qui volaient de conserve, en arcs successifs, comme des oiseaux peints sur une assiette. Sur le sol pavé de galets, Charles, se tenant soigneusement en retrait, était en train de laver sa voiture au jet. Une odeur fraîche se dégageait. Harriet se pencha au dehors et l'observa. La douleur atroce diminua, se muant en langueur. Au loin, comme des voix d'insecte, des chiens aboyaient, des enfants criaient. Une rose jaune qui fleurissait sur le mur en dessous d'elle lâcha tous ses pétales : ils tombèrent dans l'allée. Maintenant, l'eau passa sous le portail bleu, se fraya un chemin sinueux sur la route, emportant de la poussière.

Quand un coup de sonnette s'entendit dans la maison, Charles — elle le voyait entre les feuilles — traversa la cour tout de suite et ferma un robinet. Lorsqu'il disparut, Harriet se détourna de nouveau de la fenêtre en bâillant.

3

Le désordre de la pièce était épouvantable, mais il avait cessé de tourmenter Harriet qui y apportait maintenant sa contribution, jetant par terre des mouchoirs en papier roulés en boule, laissant des tasses sales dans l'évier. Elle avait effectué plusieurs adaptations de cet ordre dans sa vie, faisant des expériences de maquillage bon marché, rallongeant ses jupes, se montrant aussi bonne copine que possible par le biais de petites confidences, en aidant Miss Lazenby à se coiffer et en contribuant à la pagaille de cette pièce. Au début, si pleine de bonne volonté qu'elle fût, la transition se fit difficilement ; sans vraiment croiser les coups d'œil par-dessus les tasses de thé, elle savait que juste avant qu'elle regarde, juste avant qu'elles se détournent d'un air détaché, elles essayaient toutes de la situer. Elles n'y mettaient aucune méchanceté, simplement — le terme que Miss Brimpton aurait employé — elles s'interrogeaient.

« Je m'interrogeais simplement, expliquait-elle à présent, je lui ai dit que je m'interrogeais simplement pour savoir si les jeunettes ne pouvaient pas utiliser leur propre cagnotte pour le thé. C'est très humiliant, lui ai-je dit, quand on arrive en fin de semaine et qu'il ne reste plus de thé tant elles l'ont gaspillé. Vous pourriez leur poser la question, me dit-il. Je vais certainement m'informer, ai-je répondu. »

Elles étaient toutes assises autour de la table, soufflant sur leur thé, accoudées ; devant elles s'étalait un fouillis de brioches dans des sacs, de beurre dans des papiers gras, de mégots dans des soucoupes, la lotion pour mises en plis et le peigne de Miss Lazenby.

Harriet trouvait sa situation parmi ces « anciennes » étrange, à peine tenable. Les deux jeunettes, il est vrai, n'avaient que quatorze ou quinze ans, fraîches émoulues de l'école, seulement bonnes pour le travail. Leurs salaires étaient insignifiants, à en croire le chef, parce qu'elles apprenaient le métier, mais si elles ne l'avaient pas maîtrisé en une semaine au plus, Miss Brimpton aurait trouvé quelque chose à dire. « Je m'interrogeais simplement au sujet de Miss Unetelle, voilà ce qu'elle trouverait à dire au chef. Si par hasard on ne s'est pas trompé de fille qui s'est trompée d'emploi. »

Le chef avait peur de Miss Brimpton. Elle avait travaillé au magasin avant lui ; selon son humeur et la teneur de la conversation, l'antériorité était variable. Elle était souvent cachottière à propos de son âge, bien qu'il lui arrivât de s'attribuer la quarantaine épanouie avec entrain et incrédulité. « Quand tu auras la quarantaine épanouie comme moi », disait-elle à Harriet, qu'elle prenait sous son aile. Une autre de ses expressions était : « Ça, ce devait être avant que tu viennes au monde, petite. » À la première impression, ses yeux bleus, son visage d'une rondeur de pêche, duveteux, sa silhouette abondante suggéraient la chaleur et la fibre maternelle, mais elle avait les lèvres serrées, un aspect parfois trop rigide ; elle avait un accent un peu fabriqué et c'était une snob de l'espèce la plus courante. Un mystère planait sur elle, en ce sens que personne ne croyait un mot de ce qu'elle disait ; les autres s'interrogeaient vraiment à son propos : elles passaient leur temps à s'interroger les unes à propos des autres.

L'initiative prise par Harriet d'aller travailler dans un magasin avait surpris tout le monde, elle-même en particulier. Elle se demandait comment elle s'était arrachée à ce va-et-vient presque automatique entre la maison de Caroline et la sienne, à l'ennui et à l'impatience endurés auprès des enfants tandis que son esprit était plus qu'à demi occupé par ses souffrances personnelles, à l'attente d'une allusion à Vesey et à celle de la lettre qui n'arrivait jamais, tant il s'était retiré de sa vie. Les jours raccourcissaient, mais seulement de façon technique ; le temps qu'il fallait pour les vivre semblait interminable. Elle entreprit, en secret, de chercher un autre emploi. Elle ne pouvait rien espérer de mieux que ce qu'elle avait trouvé. Lilian n'avait pas soulevé d'objections : elle ressentait une certaine fierté à l'idée que sa fille s'était prise en main. Les émotions qu'elle avait autrefois réservées pour le jour où Harriet serait inscrite au barreau ou élue au Parlement, elle les ressentait aujourd'hui dans une moindre mesure quand sa fille partait travailler dans un magasin de confection pour dames, pour trente shillings par semaine. Elle se bornait à espérer que les autres filles étaient bien. Dans sa jeunesse, elle avait refusé d'être protégée, mais les femmes du Mouvement militant pour le vote des femmes avaient été très bien, notamment celles qui, comme elle, étaient allées en prison. En vérité, plus elles étaient élégantes et comme il faut, plus farouchement militantes elles avaient paru. La jeune Mary Blomfield, par exemple, qui avait crié, lors de sa présentation à la cour d'Angleterre : « Votre Majesté, mettez fin à la honte de l'incarcération des femmes dans les prisons britanniques, je vous en prie ! » Le courage que cela représentait, qui amenait toujours le rouge aux joues de Lilian, aurait semblé malséant à Miss Brimpton, qui pensait qu'il ne fallait pas causer d'ennuis aux personnages royaux, ni les déranger. Elle portait des tons pastel, comme la reine Mary et la duchesse d'York et avait un jour regardé à travers les grilles du 145 Piccadilly pour apercevoir les petites princesses dans le jardin. « Il suffit de les voir pour les aimer, avait-elle déclaré. Des petits manteaux couleur crème. »

« En quoi est-ce qu'elles sont différentes d'autres putains de mômes ? » s'enquit Miss Lazenby. Elle employait beaucoup de jurons, avec désinvolture ; elle s'épilait sans cesse les sourcils au cours de ces conversations. Elle le faisait chaque fois qu'elle avait un instant à perdre, en peinant pour se voir dans une glace barbouillée, la bouche ouverte. Il ne lui restait presque plus de sourcils, seulement une étendue enflammée, mais c'était la mode à l'époque. Miss Lazenby prenait une certaine liberté dans ses relations avec les hommes, mais les hommes, eux, n'avaient pas toujours ce bonheur. Elle les coinçait, les injuriait, buvait beaucoup à leurs frais et se divertissait beaucoup en racontant à ses amies leurs tentatives lourdaudes pour faire l'amour. « Tu nous le raconteras à la pause thé », disait Miss Brimpton d'un ton confidentiel pendant qu'elles effleuraient de leurs plumeaux les présentoirs, les mannequins à corsets. Elles maniaient toujours le plumeau quand apparaissait le chef. (En général, les jeunettes étaient sorties acheter des rouleaux au fromage ou assortir des cotonnades au drap.) Si sa voix trahissait une critique quelconque de leur attitude envers les clientes — acheteuses, les appelait Miss Brimpton — ou de leur façon de manipuler la marchandise, elles se retiraient proprement, l'excluant de leur monde féminin, pour aller étaler du papier de soie sur les cache-corsets, leurs paupières si lourdes, le regard qu'elles échangeaient si menaçant, qu'exaspéré, il retournait dans son bureau, ou partait au café parler à d'autres hommes.

Seule Miss Lovelace le traitait avec pitié et considération et c'est elle qu'il craignait le plus. Chaleureuse, avec une poitrine opulente, pleine de roucoulements, elle offrait, et avait offert, à nombre d'hommes mariés une transition entre la mère et l'épouse. Elle les encourageait à s'apitoyer sur eux-mêmes et offrait un mélange excitant de maîtresse et de gouvernante pour jeunes enfants. Il n'existait aucun type de femme qu'elle n'eût incarné pour quelqu'un à un moment ou à un autre. Elle était extrêmement accommodante et compatissante et, à la différence de Miss Lazenby, elle n'exigeait rien. Son succès auprès des hommes mariés l'avait peut-être privée de ce qu'elle désirait le plus : un foyer et des enfants. Le long enchaînement : elle s'abandonnait, prenait sur son sein, renonçait finalement, était simplement itératif. Elle renonçait effectivement beaucoup et pour les meilleurs motifs ; alors, la pièce où les vendeuses se réunissaient devenait un abîme de désespoir à cause d'elle. En prenant leur thé, elles tournaient et retournaient les expressions éculées — « pas d'autre issue », « douloureux pour tous les intéressés », « il faut penser aux enfants ».

Elles n'étaient pas seulement sensibles à sa tragédie immédiate mais voyaient le temps passer pour elle. Noble, triste, il ne lui restait que sa dignité, qui ne lui semblait plus avoir autant de signification qu'on l'avait incitée à croire. Elle tricotait des châles arachnéens pour les bébés de sa sœur, cousait les layettes les plus délicates, avec des plis, des fronces, des smocks, les enveloppait de papier de soie et les conservait auprès d'elle plus longtemps qu'il n'était nécessaire. Personne ne parvenait à voir exactement ce qui avait mal tourné, à moins de rendre responsable sa chaleur humaine. Sa sœur avait été plus pâle, tellement plus prudente, moins généreuse ; elle était merveilleusement récompensée de sa prudence et se désintéressait de sa récompense.

Miss Lovelace et Miss Lazenby donnaient beaucoup de conseils contradictoires à Harriet, mais ceux de

Miss Brimpton barraient les deux autres. Miss Brimpton la conjura de tourner le dos aux hommes ; aucune relation qu'une femme entretienne avec un homme ne pouvait être autre que dégradante. Elle évoquait une procession d'épouses opprimées, de mères rudoyées, de maîtresses larguées ; les fiancées plaquées, séduites, abandonnées ; les putains, les paillassons, les oiseaux dans des cages dorées. Les hommes n'étaient-ils pas tous, demandait-elle, égoïstes ou tyranniques, ou les deux à la fois, bilieux, bestiaux ? Ils étaient également vaniteux et laids. Ils avaient, disait-elle toujours pour finir, les jambes poilues : là, elle frissonnait, prenait sa tasse et buvait son thé lentement, comme si elle se rinçait la bouche.

Elles s'étonnaient grandement de la virginité de Harriet et tenaient pour un privilège que cette rareté fût abritée sous le même toit qu'elles. Elles en prenaient constamment des nouvelles avec sympathie, comme s'il s'agissait d'un parent souffrant. Il ne fallait pas l'octroyer à la légère, conseillaient-elles ; il ne fallait pas l'octroyer du tout, disait Miss Brimpton. C'était un bien, pas un état ; c'était positif, pas négatif.

Harriet écoutait fascinée. Elle n'avait jamais auparavant rencontré une telle cordialité : la vie n'avait jamais été si peu exigeante. Ses erreurs mêmes étaient applaudies comme manifestation de déloyauté envers la boîte. « Bien fait pour leurs putains de pieds », disait Miss Lazenby.

Leurs journées de travail étaient longues, aussi s'épargnaient-elles tout effort, grattant du temps chaque fois qu'elles le pouvaient, montant faire la pause à dix heures pour onze, étant souvent introuvables tandis qu'elles se taillaient des vêtements, se faisaient des mises en plis, lavaient leurs bas, buvaient du thé. Rien n'était effectué pendant leur temps libre qui pût s'accomplir pendant le temps de travail. Elles étaient sous-payées, alors elles prenaient ce qui leur tombait sous la main, pas de l'argent sous forme de pièces mais des appels téléphoniques, des timbres, des boîtes d'allumettes, du savon. Elles empruntaient des vêtements du stock ; plus tard, quand ils étaient démarqués parce que salis, elles les achetaient au tarif maison, avec une réduction d'un penny par shilling.

Lilian observa que sa fille attirait l'œil de façon croissante de jour en jour, grâce à tous les conseils de beauté que lui donnait Miss Lazenby. Le rose de ses ongles, timide d'abord, s'intensifia bientôt, ainsi que le bleu de ses paupières. Miss Lazenby, quant à elle, avait une préférence pour l'ombre à paupières verdâtre et le vernis à ongles nacré. Ses mains blanches ressemblaient à celles d'une morte. On envoyait les jeunettes courir la ville entière en quête de mascara et de bigoudis pour les cils, de pilules amaigrissantes et de produits de rinçage au henné : les anciennes faisaient rarement leurs courses elles-mêmes. Un jour, elles avaient toutes, attachée sous le menton, de la glace achetée chez le poissonnier ; le lendemain, de l'argile séchait en se crispant sur leur visage. Elles étaient assises autour de la table et se regardaient en roulant les yeux, sans pouvoir parler ni sourire. Les jeunettes qui descendaient au rez-de-chaussée se cachaient le visage dans les mains pour pouffer.

« Vous avez vu ce qu'ils disent des poils sur la figure ? » leur demanda Miss Brimpton. Elle était en train de lire le *Daily Mirror* de Miss Lovelace. « Emportés par la cire », lut-elle, portant la main à sa mâchoire duveteuse. Miss Lazenby prit sa glace et se lança un regard dépourvu de bienveillance. « Même la plus légère pilosité peut être source d'embarras. »

« La mienne ne m'a jamais embarrassée », dit Miss Lovelace. Elles se regardèrent toutes dans leurs miroirs.

« Ils veulent dire que les autres personnes sont embarrassées », expliqua Miss Brimpton. Il se fit un silence gêné.

« Est-ce que ça ferait mal ? demanda Miss Lazenby. Combien ça coûte ?

— Sans douleur, comme par magie, lut Miss Brimpton. Prix, trois shillings six pence.

— Envoie une des petites en chercher, dit Miss Lazenby. On fera ça demain à l'heure du déjeuner. Ce sera l'occasion de se marrer, à défaut d'autre chose. Tu serais un ange de me démêler les cheveux, Lovelace. »

Mais Miss Lovelace avait repoussé toutes les tasses et les journaux au bout de la table et avait étendu une couverture pour faire son repassage. Elle effectuait souvent du petit lavage au magasin, ne portant jamais ses dessous plus d'une journée à cause de la publicité pour le savon en paillettes relative à la fraîcheur intime, aimant aussi ce qu'elle appelait « des touches de blanc » sur ses vêtements foncés, ce pourquoi elle passait son temps à rincer, humecter, repasser.

« Je vais descendre faire acte de présence », annonça Miss Brimpton. Elle chassa les miettes de sa poitrine et s'éloigna majestueusement. Dans le magasin, le chef dit : « Je vous croyais toutes disparues. » Il jeta un coup d'œil à sa montre.

« Disparues ? répliqua-t-elle d'un ton dégagé. Ça non ! En voilà une idée ! » Elle se regarda dans une glace en souriant, le menton rentré. Elle rit, comme s'il était en proie à une lubie d'enfant.

« Où est Miss Lazenby ?

— Miss Lazenby ? Oh, Miss Lazenby est... en haut. (Elle dit la vérité d'une telle façon qu'il rougit.) Elle sera là dans un instant, l'apaisa Miss Brimpton.

— Et Miss Lovelace ? poursuivit-il obstinément. (Il n'y avait qu'un W.C. ; elles ne pouvaient se trouver en haut en même temps.)

— Miss Lovelace n'est pas vraiment dans son assiette aujourd'hui », expliqua Miss Brimpton avec délicatesse.

Elle tira un crayon du frisottis derrière son oreille et entreprit d'annoter son registre des stocks.

Le chef s'éloigna promptement. Elle le suivit du regard en souriant. « Cours vite dire à Miss Lovelace et aux autres de descendre tout de suite », demanda-t-elle à une des jeunettes qui partit au galop, les poings serrés sur les côtes, coudes au corps, comme si elle disputait une course.

Harriet n'offrit pas Vesey aux autres, mais fut poussée, par sentiment amical, à faire don de Charles Jephcott. Il était avocat à Market Swanford et la ramenait parfois au village en voiture.

Il conduisait comme il jouait du piano, avec une maîtrise et une fermeté extrêmes. Il parlait à peine à Harriet, aussi l'offrande qu'elle faisait aux autres filles consistait-elle principalement en demi-mots. Ce que Harriet ne voulait pas raconter, c'était qu'il n'y avait rien à raconter.

Son prestige au magasin s'éleva du fait de sa relation avec Charles : il était membre d'une profession libérale, comme le Mr Williams de Miss Lovelace, qui travaillait à la Midland Bank, possédait une voiture rapide et avait l'air mondain. Elles le guettaient depuis les fenêtres.

« Est-ce que les glaïeuls t'ont plu ? demanda Miss Lazenby à Harriet.

— Quels glaïeuls ?

— Ceux que Charles a achetés chez Hill hier. J'ai pensé qu'ils étaient pour toi.

— Oh, ceux-là ! » dit Harriet.

La faille dans cette aventure, estimaient-elles, c'est qu'il n'était pas marié. Elles n'imaginaient pas un seul instant qu'il épouserait jamais Harriet, et comme il n'existait pas de vraiment bonne excuse — épouse, enfants — propre à ménager son orgueil quand il la laisserait tomber, d'ici quelque temps, aucun motif de renoncement comme il y en avait toujours pour Miss Lovelace, elles sentaient que loin d'aller droit à la tragédie, tout ce qui pouvait lui arriver, c'est d'être plaquée de façon absolument minable. Toutefois, quoique prévoyant qu'elle serait éphémère, elles éprouvaient momentanément une admiration sincère, qui s'intensifia le jour où Julia Jephcott fit une apparition au magasin, apportant un poulet froid pour leur déjeuner et un bouquet de violettes pour Harriet. Elle ne lésina pas sur le charme prodigué aux vendeuses — son ultime sourire, plein de larmes, avait toujours été adressé au poulailler — mais se montra étonnamment familière, rabrouant, raillant, taquinant. Elle offrit là une de ses meilleures prestations et rentra chez elle merveilleusement revigorée et mise en forme. Harriet avait graduellement gagné son affection : Julia lui donna six paires de gants de soirée défraîchis et un livre de Sir Henry Irving signé par lui. Pour la faire rire, elle tournait son fils en ridicule derrière son dos ; elle faisait des confidences, romançait, recréait son passé. Ses observations, obliques, étincelantes, étaient souvent outrageusement injustes et irresponsables. Certaines de ses opinions se tapirent, faisandées, dans des coins reculés de l'esprit de Harriet, sa vie durant.

« Où est-ce que vous allez ? demanda Miss Brimpton à Harriet. Je veux dire, quand Charles te ramène chez toi.

— Chez moi, dit Harriet, sachant qu'elles considéraient cela comme un mensonge, d'une certaine façon c'en était un.

— Oui, on le sait bien, ma belle, mais auparavant ?

— Je rentre vraiment chez moi, répondit-elle en riant avec une franchise trompeuse.

— En fin de compte, ça ne fait pas de doute. Mais si tu préfères ne pas en parler. Je m'interrogeais simplement.

Lazenby, il faut faire chauffer cette cire avant qu'on se l'applique. J'espère que tu es sur tes gardes, Harriet, je veux dire, avec Charles : qu'il ne tente pas de faire des bêtises. Je n'avais pas conscience, Lazenby, d'avoir dit quelque chose de si renversant. Ce que toi, en ce qui te concerne, tu permets est une tout autre histoire. À ton âge. Je m'interrogeais sur sa mère qui m'a paru du genre théâtreux...

— Elle a bien été comédienne autrefois.

— Assurément. Mais toutes les comédiennes n'ont pas le genre théâtreux. Pense à Sybil Thorndike. Il se peut, bien entendu, que Charles soit différent de sa mère. N'ayant pas eu le plaisir de faire sa connaissance, je ne serais pas en mesure de l'affirmer.

— Je suis heureuse qu'il y ait quelque chose que tu ne sois pas en mesure d'affirmer, intervint Miss Lazenby. Qui l'eût cru ?

— N'importe qui d'autre se serait offusqué de ta remarque, dit Miss Brimpton.

— Effectivement.

— Passez-moi la lime », cria Miss Lovelace. Elle était en train de se faire les ongles tout en surveillant le bouillon qu'elle avait préparé avec la carcasse du poulet de la veille. Une odeur de dissolvant à l'acétone se mêla à celle de la soupe qui évoquait la colle.

La vision d'elle-même se dérobant à l'étreinte de Charles avait été instillée depuis si longtemps par les autres dans l'esprit de Harriet que les parcours qui avaient réellement lieu, avec Charles regardant droit devant lui, conduisant vite, ne disant rien, ne semblaient pas vrais non plus.

Miss Lovelace retira son bouillon de poule du réchaud à gaz pour que Miss Lazenby puisse faire chauffer la petite casserole de cire, laquelle ajouta en fondant son odeur aux autres imprégnant la pièce.

« Nous l'étalons et puis nous l'arrachons, indiqua Miss Brimpton.

— Ensuite, nous boirons le bouillon de poule. (Miss Lovelace remit la casserole sur le réchaud à gaz.)

— Commence par la lèvre supérieure, petite, conseilla Miss Brimpton à Harriet. Légèrement duveteuse, si je puis me permettre.

— N'importe qui d'autre se sentirait insultée, dit Miss Lazenby. J'appelle la mienne une foutue moustache

— Eh bien, c'est ton affaire, ma grande, la façon de l'appeler. Personne d'autre n'a rien laissé entendre. Ça picote vraiment au début, n'est-ce pas. Pourvu que les jeunettes ne montent pas. »

Docilement, Harriet étala la cire en fusion autour de sa bouche.

« Moi je me fais aussi la barbe, annonça Miss Lazenby, casse-cou. Est-ce que cette soupe a attaché, Lovelace ? Il y a une drôle d'odeur.

— Maintenant vous tirez d'un coup sec, ordonna Miss Brimpton.

— Harriet, tu commences.

— Je ne peux pas. J'ai peur.

— La soupe a vraiment attaché, Lovelace.

— On demande Miss Claridge au téléphone », dit une des jeunettes, hors d'haleine, en passant la tête à la porte ; elle se retira promptement, avec une expression changée.

Harriet se mit la main sur la bouche, les larmes aux yeux. « Je ne peux pas. Je ne pourrai jamais enlever ça. Elle dévisagea dans la glace sa figure incrustée de cire.

— Regarde, comme ça, bon Dieu ! l'encouragea Miss Lazenby.

— Mais le téléphone, petite ! »

Personne ne l'avait jamais appelée au magasin. Une folle pensée de Vesey lui traversa l'esprit et elle se mit à paniquer. Elle saisit un bout de la cire et, s'inspirant un courage insensé en invoquant le nom de Vesey, fermant les yeux, elle se l'arracha du visage. Elle eut peur de regarder dans la glace ou de se mettre la main à la bouche.

« Petite, il faut que tu te dépêches. » Miss Brimpton avait l'impression de ne pas pouvoir le supporter, elle, si la personne, quelle qu'elle fût, raccrochait.

Vesey, Vesey ! pensait Harriet en dévalant l'escalier, sa jupe s'envolant à chaque courbe de l'escalier, ses cheveux soulevés de ses épaules. Mais ce n'était pas possible, se disait-elle, essayant de se fortifier contre la déception. Qui d'autre, pourtant ? Si jamais les gens font irruption mutuellement dans la solitude de l'autre, cela ne tient-il pas du miracle ? Ce miracle ne pourrait-il m'arriver ? Mais il ne m'arrivera pas, pensa-t-elle, le pied sur la marche du bas.

Elle s'enferma dans le placard sombre où se trouvait le téléphone, prit le combiné et dit « allô » d'une voix qui ne lui parut pas être la sienne.

« Oh, Harriet. C'est Charles. »

Elle se savait trop affable. Et je n'attendais rien, s'assurait-elle. Ce ne pouvait pas être Vesey. Comment ai-je pu le penser ?

Elle tenait le combiné maladroitement, comme s'il était très lourd ; elle sourit dans l'obscurité et sa voix était vive et chaleureuse.

Elle remonta l'escalier très lentement, en se traînant, la main sur la rampe.

Les autres étaient déjà en train de boire leur bouillon de poule. Elles détournèrent à peine le regard de leurs cuillères et leur détachement était symptomatique de la retenue que leur inspiraient les coups de téléphone, les lettres, les « affaires des autres ». Mais elles n'allaient pas commencer une conversation propre à camoufler sa gêne ou lui permettre de frustrer leur curiosité. Si elle comptait se sortir du silence sans leur faire de confidences, elles n'allaient pas lui venir en aide, n'étant pas prêtes à faire plus que s'occuper de ce qui les regardait.

Miss Lovelace écopa du bouillon avec une tasse cassée et le lui tendit sans un mot. Harriet se mit à boire. Miss Brimpton regardait fixement devant elle.

« C'était Charles, dit Harriet, incapable de tenir plus longtemps.

— Vraiment, cocotte. Du sel, Lovelace, s'il te plaît. »

Miss Lovelace lança un cornet de papier.

« Est-ce que tu vas le retrouver ce soir ? demanda Miss Brimpton, à présent libre d'aller de l'avant.

— Il voulait que j'aille prendre un verre...

— Ah oui, eh bien, petite, tu te souviens de ce que j'ai dit...

— Et ensuite que nous allions danser.

— Voilà qui me paraît plus intéressant. S'agit-il du bal de la Chasse à courre ?

— En fait, je crois que c'est juste une sorte d'hôtellerie.

— Peu importe. Cela peut être très agréable.

— Mais je n'ai rien à me mettre.

— Tu sais bien que ce n'est pas un problème.

— Et ma bouche me fait affreusement mal.

— Qu'est-ce que je déguste, moi aussi, renchérit Miss Lazenby. Je dois dire que c'est une de nos idées les plus merdiques.

— Je ne pourrais jamais endurer ça de nouveau », approuva Miss Lovelace.

Comme c'est étrange ! songea Harriet. Il m'a réellement proposé d'aller danser. Je suis effectivement en train de leur dire la vérité. Parce qu'elle leur avait laissé supposer tout cela auparavant, elles étaient moins surprises qu'elles auraient pu l'être. Elle était moins surprise elle-même.

« Moi j'emprunterais la robe en crêpe couleur de bleuet du stock, suggéra Miss Lazenby.

— C'est toujours bien, le bleu », ajouta Miss Brimpton.

« Une robe neuve ? demanda Charles.

— Pas vraiment.

— Vous devriez toujours la porter.

(Pas moyen, pensa Harriet.)

— Le bleu vous va bien. Avez-vous mal aux dents, chérie ?

— Non, Charles.

Harriet ôta la main de sa bouche et fit un sourire contraint.

— Alors, prenez un autre gin.

— Oui, merci. »

Sa mère avait demandé : « Où diable as-tu pris cette robe ?

— Je l'ai empruntée à une autre employée, avait menti Harriet.

— Comment peux-tu emprunter des vêtements ? En dehors de toute autre considération, ce sont des choses si personnelles. Elles reflètent la personnalité de chacun.

— Alors je n'en ai guère, avait répliqué Harriet d'un ton mordant.

— Il nous a fallu des années pour nous débarrasser de ces jupes encombrantes et vous voilà soumises, en train de les reprendre comme un troupeau de moutons. Et tout ce maquillage. Tu as l'air d'une femme de petite vertu », avait protesté Lilian, vaguement angoissée.

« Le bleu me plaît toujours », déclara maintenant Charles, d'un ton un peu provocant.

Kitty Vincent, qui avait tenté de passer cette robe bleue le matin même au magasin, ne dit rien : ce fut la première de ses nombreuses marques de gentillesse envers Harriet. Elle était assise à la table, les coudes au milieu des verres, le menton appuyé sur les mains ; ses manches dégageaient ses bras plutôt dodus. Elle se balançait au rythme de la musique, les yeux mi-clos. Quand son mari lui parla, elle sourit rêveusement et continua de chantonner la mélodie, puis ouvrit brusquement les yeux, leva les bras d'un geste ravissant — un peu comme un enfant qui demande à être porté — et ils s'éloignèrent sur la piste de danse.

« Comme elle danse bien, commenta Harriet.

— Kitty fait tout bien », dit Charles, n'offrant pas d'ouverture. Il faisait constamment tournoyer une pièce de monnaie sur la table, la posant à plat ensuite. Elle le regardait faire, les yeux battus à cause de l'air enfumé, les mains pesant lourdement sur les accoudoirs de son fauteuil. D'autres pièces furent ajoutées : elles étaient alignées en bon ordre et Charles joua avec distraitement en attendant que le serveur apporte leurs consommations. Harriet continua de fixer la table tachée et poisseuse à l'endroit où s'étaient trouvées les pièces. Elle ne pouvait ni bouger la tête, ni parler.

En sourdine, sous le battement et le braiment de la musique, on entendait le grattement de l'aiguille sur le disque. Chaque bruit était doublé d'un autre bruit sous-jacent. Harriet avait le sentiment que si elle pouvait se concentrer, elle arriverait à décoller les bruits externes de celui qu'ils enrobaient, enfoui à présent, le dernier bruit avant le silence total : le tic-tac du sang dans son poignet, pensait-elle, retournant sa main sur le fauteuil, la voix de son esprit. Ces couches de sensations existaient bien. Sous l'odeur de fumée, elle détectait aussi celle, glacée, de murs peints depuis peu, de plâtre frotté grossièrement comme sur des murs extérieurs, car la pièce s'était mise sens dessus dessous et, malgré son plafond et sa piste de danse, faisait semblant d'être une cour. Une vigne en tissu, une glycine en papier mâché étaient suspendues à un treillage vert ; les lanternes, persiennes et mobilier de jardin ne complétaient aucune illusion mais ajoutaient de l'absurdité. Des stores rayés recouvraient le bar, en faisant une tente lumineuse où la grenadine et la crème de menthe lançaient des éclats comme les bonbonnes des vitrines de pharmacie.

Chaque fois que passait Kitty Vincent, elle levait un peu la main de sur l'épaule de son mari et souriait.

Son mari, Tiny, homme dynamique, était l'associé de Charles. Il suppléait à l'intelligence par la bonhomie, qu'il pratiquait sans répit. On l'invitait beaucoup parce qu'il était toujours de bonne humeur ; de plus, il se souvenait de détails concernant les gens, prenait des nouvelles de mères âgées, de rhumatismes, de jambes malades, d'amygdales infantiles. On sentait — c'était un article d'étiquette implicite — que l'on ne pouvait pas lui faire une réponse pessimiste. Soudain, les enfants paraissaient aller mieux, les mères être en progrès. « Bien ! Bien ! » disait-il en se frottant les mains. Quiconque était assez rustre pour persister dans la dépression le prenait un peu à contre-pied. « Oh, pas de chance ! » disait-il, en lui envoyant une bourrade compatissante sur les épaules. Son regard errant cherchait le bar.

Avec Kitty, ses relations étaient sur le mode railleur, public. On n'éprouvait que rarement un malaise, ou alors l'espace d'un instant. N'y avait-il pas une pointe de haine dans ses taquineries ; la tape amicale sur les fesses n'était-elle pas plutôt méchante ? Mais Kitty faisait alors un sourire alangui. Ils sont très tolérants l'un envers l'autre, disait-on. Je peux tenir le coup, se disait Kitty. L'apathie, l'apathie la pénétrait. Depuis son mariage, elle avait grossi parce qu'elle ne s'activait plus. « Kitty a bonne mine », disait la mère de Tiny. Elle s'était mise à penser qu'elle était enceinte. L'idée de la nourriture la fascinait ; elle lisait des livres de cuisine, mais ne pouvait se décider à manger. Elle semblait bien être malade, avec des haut-le-cœur le matin à en avoir les poignets glacés, les jambes flageolantes. « La gueule de bois de la bourgeoise », disait Tiny. Elle ne faisait pas part de ses suppositions pour le moment, car ils ne parlaient jamais sérieusement de rien, si ce n'est d'argent, et elle redoutait toutes les allusions équivoques et humoristiques. Elle pratiquait gaiement la tournée des bistrots, les cocktails, la sortie du dimanche matin. Si seulement Tiny et Kitty arrivaient, pensaient de jeunes hôtesses inquiètes quand leurs soirées s'enlisaient. Kitty, qui avait tant besoin des autres, prenait ce qu'elle trouvait : elle était peu regardante, avait-elle découvert à ses dépens.

Tout en dansant avec son mari, elle jeta un coup d'œil en direction de Charles et Harriet, installés assez loin l'un de l'autre, chacun, maintenant, avec un verre à la main. Elle trouva que Harriet avait les traits un peu tirés, brouillés. Elle incrimina Charles pour le gin.

« Il faudrait que nous rentrions, dit-elle à Tiny, autant dans son intérêt propre que dans celui de Harriet.

— Comme tu veux, chérie. Tu n'as qu'un mot à dire. Une soirée foutue, qui dira le contraire ? Charles a une de ses humeurs, la petite Tartempion est éméchée, et toi à moitié endormie.

— Encore un verre ! dit Charles lorsqu'ils revinrent. Après on rentre à la maison.

— J'aimerais quelque chose de bon avec des feuilles, précisa Kitty. Surtout de la menthe. »

Lorsqu'elle fut servie, elle huma la boisson, debout à la table. L'odeur était provocante ; elle prit une feuille et la froissa. Elle en éprouva le plus exquis, le plus voluptueux des plaisirs, agaçant néanmoins. Même la lumière l'atteignit avec plus de force, si bien qu'elle se sentit dépouillée de son épiderme, malheureuse créature privée de carapace. Mais elle ne parvenait pas à boire : dès qu'elle portait le verre à ses lèvres, la glace touchait sa bouche. Non, elle ne pouvait pas le supporter : elle posa le verre et se tourna vers Charles. Ils allèrent danser et Harriet resta avec Tiny, qui demanda : « Et comment vous sentez-vous, mignonne ?

— Ça va.

— Bon. Bon. Alors, on pourrait danser, non ? »

Le regard de Harriet était tant resté au même niveau que lorsqu'elle se leva, la pièce sembla se transformer.

Tiny était un danseur énergique ; il la saisit fermement et la conduisit avec beaucoup d'autorité. Son pouce appuyait de façon plutôt automatique sur la paume de Harriet ; l'autre main s'agitait au creux de ses reins, faisant même sauter un élastique à travers sa robe. Par moments, il lui chantonnait à l'oreille ; à d'autres il l'attirait à lui en la serrant un peu.

« Ta Harriet a l'air fatigué, dit Kitty à Charles.

— Je sais.

— Où veux-tu en venir, mon cher Charles ?

— Des filles de cet âge... j'ai l'impression d'avoir oublié... je ne progresse pas beaucoup, apparemment.

— Jusqu'où souhaites-tu progresser, au juste ?

— Eh bien, comment le savoir tant qu'on n'a pas fait un bout du chemin au moins ? Jour après jour je la ramène chez elle. Nous ne nous disons jamais un mot.

— Bien sûr, tu es connu pour ta circonspection, ta prudence, cher Charles.

— Quand on a échoué si misérablement, si publiquement avec une femme...

— Mais il y a des années de ça.

— Cela m'a rendu timide, peu enclin à m'engager. Je déteste l'échec. Maintenant, je me trouve raide et lourd, incapable de dire des bêtises comme Tiny ; je lui envie cette capacité. Regarde comme il fait rire Harriet à cet instant même : moi je n'arrive jamais à faire rire les gens.

— Les rires qu'il provoque ne sont pas toujours de bon aloi.

— Je l'envie, répéta Charles, et je lui envie toi, en particulier. »

Elle sourit.

« Ah, tu vois, c'est ça que je veux dire. De la galanterie pesante. Tout ce dont je suis capable.

— Je l'ai pris pour un délicieux compliment. »

Harriet commençait à être dans le coup, trop tard. Tiny l'aidait : il conduisait ses pieds dans une direction, sa conversation dans une autre, bien que ce ne fût pas tant une conversation que, comme la danse, une série de figures à exécuter. Les deux l'enchantèrent et lorsque vint le moment de partir, elle le regretta.

Dehors, les voitures filaient comme des flèches sur la grand-route. Il avait commencé de pleuvoir, aussi le gravier crissait-il comme ils traversaient le parc de stationnement. Après les adieux, Kitty se pencha et fit un sourire supplémentaire à Harriet par la fenêtre de la voiture, puis releva son col autour de sa tête et s'éloigna.

Charles conduisit à sa manière habituelle, silencieuse et régulière ; ils traversèrent un village où les petites maisons venaient à leur rencontre aplaties à la lumière des réverbères, où les branches des arbres avaient l'air peintes.

Harriet était ravie du trajet nocturne en voiture. Ce passage rapide dans des villages vides, puis dans les rues désertes de la ville offrait un plaisir sans exigence aucune, comme de regarder un beau film sans intrigue.

Le spectacle extérieur n'apparaissait que par les espaces en forme d'éventail du pare-brise ; le reste du vitrage était perlé de pluie et voilé de vapeur, si bien qu'ils semblaient coupés du monde dans l'intimité la plus extrême.

« Êtes-vous heureuse ? demanda Charles

— Oui, je me sens vraiment très heureuse. »

Cependant, lorsqu'il gara la voiture sous des arbres, avec les branches gouttant tout autour d'eux et, une fois le contact coupé, le bruit de la pluie sur le toit, elle se sentit effarée, oppressée. Cette situation banale, à en croire les filles du magasin, paraissait incroyable s'agissant d'elle.

Il se tourna pour lui faire face, un coude appuyé sur le dossier de son siège. Elle attendit le coup suivant avec nervosité, au bord d'une crise provoquée par la gêne, par le sentiment d'être étrangers l'un à l'autre. Charles la contemplait intensément, les mains au niveau de la poitrine, les doigts entrelacés ; ses pensées au sujet de Harriet se lisaient sur son visage. Sur ses gardes, elle regarda ses mains se serrant, sa chevalière, ses yeux à la lumière spectrale.

« Je me demande, dit-il, ce que vous pensez de moi, si tant est que vous pensez jamais à moi ? Me trouvez-vous beaucoup trop vieux ? D'un âge qui n'entre même pas en ligne de compte ?

— Je ne pense pas à votre âge.

— Ma mère a dû vous raconter, je suppose... elle a toujours pris un malin plaisir à raconter cette histoire... autrefois, je devais épouser une jeune fille, mais une semaine avant la noce, elle est partie à l'étranger.

— Je suis vraiment désolée.

— Ma mère vous l'a-t-elle raconté ? insista-t-il.

— Non.

— Peut-être a-t-elle enfin extrait tout le plaisir qu'elle tirait de cet incident. Elle n'est pas partie seule : Mavis, comprenez-moi, cette fille. Ce qu'il y a d'épouvantable, c'est qu'elle est partie avec un de mes amis. Pardonnez-moi de vous raconter tout cela ; j'imagine que c'est embarrassant pour vous.

— Non, seulement je ne sais pas quoi dire.

— Personne n'a plus rien à dire, seulement je voulais vous en parler. »

Il lui prit la main et l'appuya pendant un court moment contre sa joue. « Je n'avais jamais aimé personne d'autre », poursuivit-il, déplaçant la main de Harriet et l'embrassant, les yeux fermés, le visage très sévère : elle le voyait dans la pénombre. « La jalousie est la souffrance la plus absurde de toutes. Quelle rancœur on en ressent ! Être amené à la supporter au grand jour : l'indignité publique, la douleur privée. Le choc qu'on endure dévaste l'âme affreusement, rend le monde entier incolore, annule tout souvenir de tendresse. L'on se met à se tourmenter si constamment de doutes et d'interrogations...

— Sûrement que ça passe avec le temps ? demanda-t-elle. Sûrement que ça va mieux maintenant ?

— Maintenant ? Oui, c'est complètement fini. À part quelques séquelles. Il leva les yeux et la regarda. Il y a des conséquences terribles sur le comportement : les craintes pour l'avenir, la prudence négative, le refus (il lui serra le poignet très fort, comme pour chercher à se maîtriser), le refus de s'engager. »

Dès qu'il commença de la caresser, la nervosité de Harriet disparut. Ce que, dans l'attente et la gêne, elle avait redouté, elle s'y attachait à présent avec une passion désordonnée mais exigeante. Il fut profondément ému, quoique choqué, de son outrance ; elle lui inspira de la pitié et un sentiment de responsabilité. Mais pour elle, la vie parut tout à coup simplifiée : elle était exaltée et apaisée.

« Harriet ! Harriet chérie ! »

Mais elle ne voulait pas lui parler ni prononcer son nom comme il souhaitait tant qu'elle le fît. Elle se cramponnait à lui comme si quelque chose, quelqu'un risquait de les heurter et de les disloquer. N'était-ce pas la voix de Joseph appelant depuis ce jardin, résonnant autour de cette pièce vide ? Lorsqu'elle comprit que c'était bien cela, elle frissonna et se laissa aller dans les bras de Charles. L'interprétation qu'il en fit était fausse, comme elle le serait toujours à l'avenir : il ne pouvait espérer qu'il en fût autrement.

Elle se tenait assise à présent, immobile comme une pierre, le visage plissé et perplexe.

« Harriet ?

— J'ai si froid. Elle se mit à se frictionner les poignets, rit et leva des yeux pleins de larmes vers lui.

— Je t'achèterai un manchon, promit-il, lui caressant la pommette du bout du doigt. Qu'en dirais-tu ? »

Charles était très respecté dans la petite ville où il travaillait. Solide, sérieux, avisé, c'était un fils étrange pour une telle mère, pensait-on. Les gens comprenaient aisément qu'elle soit gênante pour lui, mais peu nombreux étaient ceux qui se doutaient que Charles et Julia étaient en guerre, guerre qui stimulait Julia et la soutenait, mais entraînait une tension nerveuse incessante chez son fils.

Jeune épouse impérieuse, égoïste, insatisfaite, Julia avait quitté son mari pour retourner sur la scène, en emmenant son bébé. La première enfance de Charles dans les loges de théâtre, sommeillant dans les panières, les longs périples, cajolé par des dames sentimentales et indifférentes, le pensionnat plus tard, où Julia ne lui adressait jamais une lettre ni un gâteau pour son anniversaire, semblaient pourtant n'avoir laissé sur lui aucune trace visible. Il travaillait assidûment : on aurait pu le croire enfant de parents ambitieux qui avaient son avenir très à cœur. Les autres élèves l'aimaient bien, comme à présent les autres hommes le respectaient. Adulte, il se mit à ressembler physiquement à son père ; ses cheveux d'un blond roux dessinaient une courbe sur le front semblable à la sienne. Julia trouvait troublant que même ses tics, le coup d'œil hautain sur le dos de ses mains, sa façon d'étouffer un bâillement, fussent reproduits si exactement de ceux de son père, qu'il ne voyait jamais, qui avait fini par mourir. Dès l'utérus, pensa-t-elle avec terreur, nous sommes complets : nous ne faisons que nous déployer. Cela lui parut monstrueux, répugnant. Elle préférait penser qu'elle s'était faite seule, geste après geste, pensée après pensée, adoucie, rendue exquise par le passage du temps. Mais le moment arriva où elle ne parvint plus à tenir son fils ; échappant à son influence, son père se déploya en lui, irréductible. Charles mit la chevalière qu'il lui avait laissée, il prit devant la cheminée la même pose que lui. Il suivit sa profession.

Julia se lassa enfin. Elle avait mené une vie épuisante à l'excès, avec peu de loisirs, trop d'émotions. Elle s'installa avec Charles. Si seulement il l'avait su, elle ne s'attendait pas qu'il la supportât comme il le fit. Il n'y était pas tenu, mais il avait une autre manière de voir, celle de son père : il n'hésita pas un seul instant à faire ce qui lui déplaisait tant, vivre sous le même toit qu'elle. Les raisons de Julia — l'économie, la solitude — ne signifiaient rien pour lui. C'était la conformité et non la commodité qui l'influençait. C'était ce que son père aurait fait. S'il avait été marié, la question aurait été réglée autrement, il se serait conformé à des normes différentes, attaché à une fidélité différente. Mais comme il vivait absolument seul, il quitta son logement et trouva une maison à la campagne, près de son lieu de travail. Sa mère la remplit d'un mobilier qu'il méprisait. Son goût personnel n'était reflété nulle part : plus opulent, plus massif, porté vers l'acajou, le cuir, la serge rouge, comme dans son bureau où il aimait se trouver, se sentait le plus heureux.

Attirer l'attention avait constitué l'essence de la vie de Julia. Pour elle, le travail en équipe signifiait que le reste de la distribution lui abandonnât le milieu de la scène. À mesure qu'elle vieillissait, l'éventail des rôles se restreignant, elle acquit une capacité prodigieuse à casser une pièce, même si elle ne figurait que dans un seul acte. Les applaudissements lorsqu'elle entrait en scène interrompaient toute continuité dramatique : son petit camée — c'est ainsi qu'elle le voyait — brisait l'enchaînement. Les rappels, auxquels elle se présentait seule, ne ressemblaient à rien de connu : en souvenir du bon vieux temps, le public réagissait chaleureusement, les comédiennes plus jeunes étaient incapables de résister à l'atmosphère nostalgique. Elles semblaient, comparées à Julia, n'avoir que de la compétence.

À présent, elle était incapable de réorienter son existence sans applaudissements, comme si le bruit de battements de mains était indispensable à la circulation de son sang. Sans public, elle n'était rien, et elle n'avait pas de public : son fils était immunisé contre elle et malgré ses efforts initiaux, elle échoua complètement à captiver les campagnards. Elle eut l'impression d'être traitée comme si elle n'existait pas : personne ne lui demanda de présider quoi que ce soit, ni d'être magistrat, fonction dont elle avait eu l'intention de s'acquitter avec une miséricorde admirable, une éblouissante humanité. On ne lui demanda même pas d'inaugurer une kermesse et elle se lassa bientôt du foyer rural féminin, seul endroit où elle fût jamais conviée. D'écouter d'autres femmes lire les procès-verbaux avec une diction et un phrasé déplorables, avec des voix robustes et monotones, ou expliquer la fabrication d'objets consternants tels que pantoufles en feutre, collets en peau de lapin ou poupées noires avec des vieux bas la mettait dans un état de frénésie non dissimulée. Même à l'heure du thé, elle entendait seulement dire comme ce devait être agréable pour elle de vivre avec son fils. Exaspérée par ces femmes tout à fait ordinaires (c'est ainsi qu'elle les voyait) — la châtelaine, qui avait l'air d'avoir été élevée dans ses propres écuries, Caroline et Lilian, qui se passionnaient pour la protection de l'enfance — elle restait assise les yeux fermés, concentrée sur l'inconfort de sa chaise. Un tas de villageoises ! Elles faisaient des discours tandis qu'elle, elle gardait le silence. Quand on servait le thé, elle n'avait droit à aucune marque de respect. On lui demanda de faire la vaisselle à son tour.

« Je ne pourrai jamais y retourner, déclara-t-elle un soir à Charles. Cette épouvantable salle des fêtes et toutes ces mémères répandant l'odeur des repas qu'elles viennent de faire cuire. La propre femme de ton jardinier te demandant de faire passer des choses — tu sais, elles font circuler leurs travaux repoussants pour qu'on comprenne comment les confectionner — comme si on allait jamais le faire ! Des chaussons, je crois qu'elles appellent ça. Totalement inutiles. »

Un temps, l'ennui la poussa à la maladie ; elle tenait souvent sa main appuyée sur ses côtes, affection fatigante mais indéterminée. La douleur commença d'être présente même lorsqu'elle se trouvait seule. « Tu devrais consulter un médecin, conseilla Charles, se défaussant.

— Y a-t-il des médecins à la campagne ? » interrogea-t-elle d'un ton méprisant.

« Charles s'occupe-t-il de vous gentiment ? » demanda-t-elle à Harriet un jour.

Elle circulait dans la pièce, un petit coussin à la main, la frange qu'elle était en train d'y coudre traînant par terre derrière elle.

« Bien sûr.

— Il ne va pas vous transformer en une de ces jeunes bourgeoises provinciales buveuses de gin, à l'esprit étriqué ?

— Pourquoi me transformerait-il en quoi que ce soit ?

— Pourquoi, en effet ? À votre place, je ne toucherais pas cette porcelaine, ma chère. Elle a été réparée avec pas mal de rivets. »

Toute une course de chars en porcelaine de Meissen s'étirait sur la largeur de la cheminée. Harriet la réorganisait souvent. Maintenant, elle s'arrêta et s'assit.

« Alors vous avez fait la connaissance de la divine Kitty ? » poursuivit Julia, poussée par la malveillance. Mais la malveillance s'épuise rarement : elle est insatiable.

« Divine ? dit Harriet, exaspérant à présent Julia en ramassant un ouvrage de broderie inachevé et en y jetant un coup d'œil sans s'y intéresser.

— Chérie ! Vous ne tenez vraiment pas en place. Arrêtez de tout tripoter, je vous en prie. Divine ? Eh bien oui, divine. N'essaie-t-elle pas constamment d'être une déesse, une ravissante déesse wagnérienne, blonde et ennuyeuse.

— Je suis loin de la trouver ennuyeuse. »

Julia emporta son coussin devant la fenêtre, tournant le dos à Harriet, comme si elle n'arrivait pas à voir ses points. Ses mains tremblaient.

« Alors, Charles et vous, vous avez une quantité prodigieuse de choses en commun, dit-elle. Une quantité prodigieuse de sujets de bavardage. »

Elle ne voulait pas dresser Harriet contre elle, mais la scène lui avait pratiquement échappé. Du bout du pied, elle frappait nerveusement le tapis ; il montait de longs souffles de ses poumons comme si elle allait bientôt inonder son auditoire d'un grand flot de paroles.

« Comment va votre mère ? » demanda-t-elle d'une voix hautaine.

Harriet rentra les joues précipitamment pour cacher son sourire.

« Elle va très bien, répondit-elle humblement.

— Alors c'est une femme heureuse. » Julia se détourna de la fenêtre, le coussin tendu avec un geste tragique, une main appuyée sur ses côtes.

« Êtes-vous malade, Julia ?

— Oui, ma chérie. Follement malade. Malade et de mauvaise humeur — oh, ne parlez pas, cria-t-elle, le bras levé en signe d'interdiction, ne parlez pas de médecin, comme le fait toujours cet idiot de Charles. Je suis au-delà de tous les médecins. » Maintenant, son bras se replia d'un geste pesant à l'extrême, tragique à l'extrême et elle se toucha le front de son poing serré. (Vous ne voyez absolument jamais une jeune comédienne qui sait se servir de ses bras, se dit-elle.)

— Mais, Julia ! »

(Comme ces filles sont indifférentes à une scène, la laissent tomber par terre et circulent ensuite maladroitement parmi les débris, pensa-t-elle, agacée par Harriet et ses Mais Julia.)

« Je suis désolée d'avoir parlé méchamment de vos amis, dit-elle.

— Ce sont les amis de Charles, pas les miens.

— Pauvre Charles. C'est vrai qu'il a une vie décevante. Il allait épouser une jeune fille — Mavis, ou un nom de ce genre — plutôt mignonne, un peu du genre cocktail, mais comment faire mieux dans ces endroits perdus ? Tant que Charles la trouvait sublime, ce qui semblait être le cas, qu'est-ce que cela pouvait bien faire ? Ne m'interrompez pas quand je suis justement sur le point de dire quelque chose d'intéressant... hélas, hélas, ce pauvre petit Charles ! Tout était prêt pour la noce : les faire-part envoyés, les cadeaux reçus, les demoiselles d'honneur équipées, les bans publiés, et voilà, oh là là, qu'elle a écrit un petit mot touchant sur du papier rose — j'invente le papier rose, je serais bien incapable de me souvenir — alors qu'elle se trouvait déjà à Paris avec le frère du garçon d'honneur. Quel tollé ! Je suis seule à ne pas avoir été contrariée. Je n'avais rien de neuf... un truc que je portais dans *Hay Fever*... gris, avec des plumes... un peu crasseux autour du col, mais bien assez bon pour une noce provinciale. Vous pouvez vous faire une idée de Charles, la mâchoire serrée, marchant à grands pas en long et en large. Seigneur, comme on s'était moqué de nous, avons-nous tous pensé.

— S'il vous plaît, ne...

— Ne quoi ?

— Vous ne devriez pas me le raconter. C'est l'histoire de Charles. Elle n'appartient à personne d'autre.

— À personne d'autre ! Elle a appartenu à la ville entière. C'était l'unique sujet de conversation dans tous les cafés pendant des semaines. Ne soyez pas sainte nitouche à ce point ; je déteste qu'une femme n'aime pas les commérages. »

Mais Harriet trouva bientôt une excuse et rentra chez elle.

Charles l'a dressée contre moi, pensa Julia. Quelque chose a changé.

Elle ramassa le petit coussin à la broderie loupée et le tint devant ses yeux.

Un sentiment de honte troublée avait assailli Harriet après sa soirée avec Charles. Elle n'écrivit plus rien dans son journal ; la vie devint confuse et cependant sans saveur, le rôle qu'elle y jouait douteux. Elle ne souhaitait pas le revoir et ne savait comment se comporter quand ce serait inévitable. Elle n'avait jamais aimé Vesey aussi ardemment que lorsqu'elle avait tant exigé des étreintes de Charles. L'absence avait renforcé son affection et rendu son corps plus vulnérable. À l'instant le plus personnel, la personnalité s'était perdue. Elle était choquée qu'il pût en être ainsi. Une telle révélation, par l'intermédiaire de son propre comportement, de la nature de l'amour lui était insupportable. Que Charles, lorsqu'ils se rencontrèrent, n'enchaîne pas sur les gestes qu'elle avait faits fut une source de gratitude.

Il ne la ramenait plus chez elle en silence, car ils avaient maintenant des gens en commun, dont ils pouvaient parler, Kitty et Tiny en particulier. Le dimanche matin, ils se retrouvaient dans un des pubs les plus faussement rustiques des environs ; ensuite, ils partaient tous les quatre l'après-midi faire de longues promenades dans la campagne, revenant lorsque l'obscurité croissait en portant des branches chargées de baies. Le soir qui tombait, assombrissant le paysage, noyant les arbres nus, atteignait Harriet douloureusement. Marchant à côté de Kitty, qu'elle en était venue à aimer, elle espérait parfois pouvoir trouver les mots pour exprimer son manque, sa solitude. Partager, se confier. Mais elle ne trouvait jamais la force de se laisser aller à la faiblesse.

Elle rentrait chez elle à l'heure du thé, pour trouver la pièce chaleureuse de la petite maison, la lumière du feu rose sur les cuivres de la crédence, Lilian assise sur le tapis devant la cheminée en train de faire griller du pain, une main protégeant sa joue rougie.

« Tu devrais amener Charles prendre le thé, dit-elle, retournant la tranche de pain sur la fourchette.

— Il pense qu'il doit aller retrouver sa mère.

— J'espère que toi, tu ne penses pas la même chose.

— Bien sûr que non », mentit Harriet.

Les cloches se mettraient bientôt à sonner, répandant régulièrement leurs résonances métalliques dans l'air vif. Elle commençait à se sentir accablée par les pensées qu'apportait le dimanche soir, sur la mort, le cimetière aux croix ternies, sa mère, la culpabilité, la pitié, le fardeau d'une dette excessive. Il lui faudrait être mère elle-même pour savoir que ces pensées n'avaient pas lieu d'être, qu'elle ne devait rien à sa mère, que la pitié était mutuelle et que loin de craindre l'âge mûr, l'on s'y réfugiait, ne voyant rien de tragique au simple fait que les années s'étaient écoulées, qu'à la quarantaine sonnée, elle n'envierait pas la jeune fille qu'elle était à vingt ans. Harriet pleurait la jeunesse disparue de sa mère plus que celle-ci ne le faisait et, en regardant de vieilles photographies, elle était chavirée de pitié à l'innocence réfléchie du visage de sa mère jeune femme, à la maladresse avec laquelle sa maternité était assumée : elle tenait son bébé, Harriet elle-même, comme une petite fille aurait tenu sa plus belle poupée.

« Oh, je vieillis », dit Lilian en entendant craquer ses os lorsqu'elle se leva du tapis devant le foyer. Elle ne se rendait pas compte à quel point ses paroles chagrinaient sa fille.

« Charles dit toujours que tu as l'air jeune, improvisa Harriet.

— C'est gentil de sa part », répliqua Lilian, irritée du mensonge de sa fille, sachant qu'elle paraissait beaucoup plus âgée qu'elle ne l'était réellement.

Plus tard, elles prirent leur ouvrage et s'installèrent de part et d'autre de la cheminée ; la longue soirée commençait. Lilian se penchait sur son métier à broder : une guirlande pâle de fleurs au petit point encerclait les initiales de Harriet. Les fils de soie accrochaient parfois sur ses mains devenues rêches.

Le travail de Harriet, lui, exigeait peu d'attention. Tandis qu'elle rapetassait ses bas, les pensées tournaient en rond dans sa tête et elle jetait souvent un coup d'œil en direction de sa mère quand Lilian ne la regardait pas.

« Du velours gris, déclara Harriet.

— Mais c'est ridicule, dit Lilian. Quand tu auras mon âge, d'accord. À ce moment-là, tu regretteras toutes les robes blanches que tu ne peux plus porter. Une jolie robe blanche simple convient toujours à une jeune fille. »

Que sa robe soit belle, pas convenable, voilà ce que Harriet souhaitait. Elle imaginait comme elle aurait la peau marbrée, les coudes rouges, une fois vêtue de tulle blanc.

« Tu aurais pu prendre celle en velours noir, regretta Miss Lazenby quand on aborda le sujet au magasin, seulement il y a une vieille peau qui l'a achetée vendredi.

— Le velours noir est toujours flatteur, dit Miss Lovelace.

— On n'a pas besoin d'être flatté quand on a dix-neuf ans, objecta Miss Brimpton. C'est quand on a la quarantaine épanouie comme moi...

— Arrête ! » protesta Miss Lovelace par devoir, machinalement.

Les robes du soir avaient changé brutalement. Après avoir été courtes, pailletées, droites, elles descendaient maintenant au ras du sol. Au lieu d'éventails en plumes d'autruche, il fallait maintenant apprendre à manier des châles espagnols. Caroline et Lilian étaient désapprobatrices : les jupes longues, craignaient-elles, allaient menacer le statut des femmes.

« Oh Seigneur ! s'exclama Kitty Vincent quand Harriet lui rapporta ces conversations. J'aime porter des vêtements, pas en parler. Comme pour le sexe, ajouta-t-elle vaguement. Bla-bla-bla. » Elle était en train de garnir un chapeau, ce pour quoi elle avait un certain talent. « Elles doivent te rendre quasiment folle dans ce magasin. Ne les écoute pas. Ce que tu mets te regarde. Qui tu aimes aussi. » Elle gardait les yeux soigneusement fixés sur le chapeau qu'elle garnissait, l'appréciant de biais.

Que viennent faire le sexe, l'amour, dans tout cela ? se demanda Harriet.

« On dit que les aigrettes sont arrachées à l'oiseau vivant, dit Kitty. Crois-tu que c'est vrai ? On entend des choses si épouvantables. Ce sont les intermédiaires qui nous corrompent sans cesse. Après tout, qui voudrait arracher des plumes à un malheureux volatile juste pour se parer ? Mais quand ça se passe si loin, un autre pays, d'autres gens... comme pour les fourrures, bien sûr ! L'autre après-midi, à la réunion des organisateurs du bal, je me suis mise à compter toutes les petites taupes qui avaient contribué à la confection du manteau de Mrs Crockett... cela montait à cent et quelques, sans même que j'arrive à voir le dos. Quel massacre abominable, quelles garces nous sommes, ai-je pensé. » Elle se coiffa du chapeau et s'examina longuement dans la glace avec un grand déplaisir.

« À dix-neuf ans, se fait-on une fête d'un bal ? J'oublie.

— Je m'en fais une fête, dit Harriet en hésitant, et je le redoute à moitié.

— Tu redoutes quoi ?

— Eh bien, de paraître ennuyeuse, je suppose. »

Kitty rit.

« Moi, je redoute que les autres paraissent ennuyeux. »

Elle enleva le chapeau, comme s'il l'irritait. Son rire s'était vite dissipé ; elle était assise devant la glace, se regardant distraitement. Bientôt, elle soupira, se leva en appuyant les mains sur la coiffeuse. Harriet eut soudain l'intuition qu'elle était enceinte.

Tout le bonheur qu'elle avait éprouvé l'instant d'avant à se trouver dans la chambre de Kitty, à l'écouter, à l'observer, s'évanouit. Que Kitty ait bavardé de plumes, de fourrures, de chapeaux et tenu secret un fait d'une telle importance donna à Harriet le sentiment d'être brutalement exclue et négligée. Dix ans devaient apparemment encore constituer une barrière, comme dans la nursery, comme à l'école. Se mêlait également à la blessure d'amour-propre et à la déception, l'envie ; affectivement, physiquement, elle enviait Kitty et ne voulait pas parler ; elle lui était sombrement hostile.

« Et voilà, dit Kitty, rangeant sa coiffeuse. Elle ramassa un crochet à bottines en argent et le balança sur le bout du doigt. Comme je suppose que tu dois remarquer... je ne comprends pas que tout le monde ne remarque pas... il est tout à fait évident que j'ai le ballon. Ne tressaille pas, chère Harriet, à cause de cette expression familière. Je me suis passé toutes les autres en revue et elles sont ou pudibondes ou solennellement poétiques ou médicales... je trouve ce vocabulaire un grand inconvénient... on se sent obligé de faire des plaisanteries... bien que ce ne soit pas drôle, Dieu sait. Si je pouvais trouver l'expression adéquate, je pourrais même en parler à Tiny...

— Je suis si contente », dit Harriet, assise au bord du lit, balançant les pieds. Elle leva les yeux et sourit, pénétrée de bonheur.

« C'est comme " entrailles ", digressa Kitty, d'un ton indigné. En voilà un mot à trimballer, tellement sinistre, tellement biblique ! »

On n'entendait pas parler de Vesey. Harriet renonça à aller aussi souvent passer la soirée chez Caroline : pas la moindre miette d'information ne lui était offerte en guise de compensation pour l'ennui enduré à rester avec Hugo et Caroline après le dîner, dans la paix et la félicité de leur vie domestique ; Caroline en train de repriser, ses lunettes à monture d'écaille glissant sur son nez si bien qu'elle regardait par-dessus quand elle observait Harriet, Hugo lisant quelque livre assommant sur une guerre quelconque, se penchant en avant de temps à autre pour jeter une bûche dans le feu. Il sciait ces bûches lui-même le dimanche et les contemplait avec regret tandis qu'elles brûlaient, en s'époussetant les doigts sur son pantalon, observant la sève qui suintait et, pour finir, les grands andouillers des flammes qui se ramifiaient en tous sens.

Bercée par le tic-tac de l'horloge, le feu grésillant et explosif, Harriet s'occupait à caresser les oreilles du chien, essayant d'orienter la conversation vers Vesey sans attirer de soupçons, mais Vesey avait été emporté comme une feuille au vent, ne laissant aucune trace, semblait-il, aucun souvenir. Elle n'avait pas l'âge de savoir que si elle avait posé la question ouvertement, ils l'auraient moins soupçonnée, sans toutefois pouvoir lui en dire plus.

Maintenant qu'elle y allait rarement, elle trouvait étrange de traverser les pelouses de nouveau et de pousser la porte d'entrée par laquelle elle était passée quotidiennement naguère.

On approchait de Noël et la campagne s'écartait de la ville, intransigeante dans son obscurité nocturne, avec ses arbres dégouttants, les formes humaines solitaires de son paysage : l'enfant se dirigeant vers la ferme au crépuscule, une boîte à lait dans ses mains gelées, la femme arrachant son linge de l'étendage pour le rentrer, comme si la nuit était une voleuse, et Harriet à présent sur sa bicyclette, avec son éclairage vacillant projeté sur la petite route sillonnée d'ornières.

Les fenêtres de Caroline étaient jaunes, les sapins levaient de grands bras paniculés autour de la maison, le jardin grinçait et ruisselait. Quand Harriet poussa la porte du vestibule, les chiens arrivèrent à pas feutrés ; il régnait une odeur de nourriture végétarienne, un bruit lointain de vaisselle en train de se faire. Aucune voix ne répondit à son appel. Quand elle ouvrit la porte du salon, seul Vesey s'y trouvait.

« Je... je voulais l'éventail de Caroline », balbutia Harriet stupidement, saisie.

Vesey tendit une main pour éteindre la radio mais ne se leva pas.

« C'est tout ce que tu as à me dire ? Que tu voulais l'éventail de Caroline ? Comme c'est décevant de ta part, Harriet !

— Je ne savais pas que tu serais là.

— Cela ne t'empêchait pas de me saluer.

— Je le fais, dit-elle d'une voix éteinte. (Elle s'assit au bord d'une chaise et fixa le feu avec une concentration extrême.) Comment vas-tu ? continua-t-elle, faisant appel à une sociabilité moqueuse. À quoi ressemble Oxford ?

— Plein de vélos et de salons de thé, tu sais, répondit-il vaguement. Il y a une odeur de parapluies. De parapluies et de brioches grillées, de bois vermoulu, de vêtements humides.

— Tu ne t'y plais pas ? demanda-t-elle avec espoir.

— Même dans les librairies, la pluie qui coule des parapluies forme de petites flaques par terre.

— Mais sûrement qu'il ne peut pas pleuvoir tellement plus qu'ailleurs ?

— Probablement pas, dit-il négligemment. On ne la remarquerait pas autant, ailleurs. »

Oxford, semblait-il, n'avait pas été à la hauteur des espérances. Harriet essaya de le déplorer, mais fut seulement réconfortée.

« Comment, Harriet ! s'exclama Caroline. Je ne te savais pas ici.

— Les surprises sont générales, dit Vesey.

— J'étais venue te demander si je pouvais emprunter ton éventail pour le bal, celui en plumes grises. J'en prendrai grand soin.

— Bien sûr, à moins que Deirdre l'ait cassé. Vesey est arrivé, tu vois.

— Oui.

— De quel bal s'agit-il ? demanda Vesey. Je ne m'étais pas représenté ta vie si animée.

— C'est juste un bal qui a lieu au *Bull.* »

Il éprouva une impression de changement, de perte. Il brûlait de dire à quelqu'un — à qui, si ce n'était Harriet ? — « je ne peux qu'échouer. N'attends rien, jamais. À cause de quelque faille en moi, quelque erreur, je ne peux ni réussir, ni admettre la défaite et entre les deux, je reste cyniquement en attente de rien du tout. Quand on me touche, je donne une fausse note, comme un verre fêlé, une note de cruauté, ou de mépris ».

« Tu devrais venir aussi », disait Harriet.

Caroline était partie chercher l'éventail et Harriet alla se placer près de Vesey. Prouve-moi, le pria-t-elle mentalement, que l'amour n'est pas tel que les autres le dépeignent, pas ce qui est arrivé à Kitty, ni ce dont parlent les filles au magasin, un piège, un antagonisme, ni ce qu'il est sous ce toit, une habitude terne. Elle restait debout, très immobile, la tête légèrement dressée comme si elle tendait l'oreille. Si je pouvais acquérir la certitude, pensait-elle, que cela avait eu la même signification pour lui — de s'être trouvés dans la maison vide ce soir-là, ou s'il l'a déjà oublié — car les gens oublient des choses tellement importantes, ou font semblant de les oublier.

« Cela te ferait plaisir que je vienne ? demanda-t-il.

— Oui.

— Qui t'emmène ?

— Charles. Charles Jephcott. Mais ça ne poserait pas de problème. »

Si cela en posait, peu lui importait.

« Qu'est-ce que tu vas te mettre ? »

Alors il se passa une chose surprenante, merveilleuse. Il se pencha en avant, restant assis dans son fauteuil, et lui prit la main, l'examina soigneusement, un doigt après l'autre.

Et ce soir, quand je me suis mise en route, songea-t-elle, je n'avais aucune idée... je n'attendais rien de miraculeux.

« Ta robe, insista-t-il doucement, exerçant une pression sur la main de Harriet.

— Elle est en velours gris. » À présent, cette robe lui semblait mal choisie. Elle regrettait d'avoir gagné ce combat contre sa mère.

« Parle plus fort ! Tu n'as rien à craindre. Il te faut une rose rose, glissée à la taille. »

Il n'y avait pas de tailles cette année-là, mais d'une façon ou d'une autre, elle s'arrangerait pour en avoir une.

« Ou à la poitrine », ajouta-t-il.

Elle rougit. Il n'y avait pas de poitrines non plus. La sienne était aplatie sous une brassière en tissu élastique rose.

Il lui replia les doigts dans la paume de la main, qu'il enferma tendrement dans la sienne. « Tes pauvres petits os », dit-il en les écrasant.

Ensuite, en entendant quelqu'un dans l'escalier, il la laissa aller, se détourna et alluma la radio. C'était son jouet préféré : passer de station en station s'accordait à sa propre instabilité.

« Voilà ! » annonça Caroline. Elle déploya l'éventail d'un coup sec et battit l'air.

« Ce que tu sais bien brandir un éventail », commenta Vesey avec une admiration soutenue.

Du haut-parleur jaillissaient des glapissements effroyables. Caroline se plaqua les mains sur les oreilles. Le regard de Harriet était extasié.

« Cette rose a l'air terriblement théâtrale, objecta Lilian.

— Il faut que tu me permettes de m'habiller à mon goût, mère. »

Harriet cassa les épines rouges et coinça la rose dans son encolure où elle grattait inconfortablement.

« Tu pourrais peut-être l'épingler sur ton épaule », poursuivit Lilian.

Seulement Vesey avait dit « glissée » et pas« épinglée », avait dit « poitrine » et pas « épaule ».

« Voilà Charles », dit Lilian, puis elle se hâta de descendre ouvrir la porte.

Charles pénétra dans le vestibule en apportant une odeur d'air glacé.

« Celles-ci sont pour Harriet, dit-il en tendant un petit bouquet d'œillets roses et de capillaires, et les chrysanthèmes sont pour vous. (Il lui embrassa la joue et lui mit les fleurs entre les mains.) Vous n'avez pas l'air bien, Lilian.

— Vous ne devriez pas m'embrasser ; je crois que j'ai attrapé un rhume, un refroidissement. Dès que vous serez partis, j'irai me coucher, mais n'en dites rien à Harriet. Comme c'est gentil de votre part, Charles ! Quel ravissant bouquet ! » Elle lui offrit un verre du xérès qu'elle achetait à l'épicerie du village et emporta les fleurs.

Charles reversa le xérès dans la carafe et déambula dans la pièce. Il aimait la photographie de Harriet petite fille : ses yeux inquiets étaient levés vers lui, un chat persan se débattait dans ses bras. L'appareil-photo avait tout juste été déclenché à temps, lui semblait-il.

Le feu était presque éteint. Il se pencha pour remettre une bûche, puis se rappela que Lilian avait l'intention d'aller se coucher.

« Oh, Seigneur ! gémit Harriet en regardant les fleurs. Je ne peux pas porter ça.

— Que veux-tu dire ? demanda Lilian. Bien sûr que tu peux les porter, et que tu dois les porter.

— Mais elles ne conviennent pas.

— Elles conviennent parfaitement, beaucoup mieux trouvées que cette rose qui va se flétrir tout de suite, et même si elles n'allaient pas du tout, cela n'aurait pas la moindre importance.

— Cela m'importe à moi, déclara Harriet d'un ton tragique. (Elle enleva la rose de sa poitrine et la jeta de côté.)

— Mais Harriet, seuls les gens importent, et le fait de ne pas les peiner.

— C'est toi qui me dis ça, à moi ! »

Tremblante de dépit, elle épingla les œillets sur son épaule.

Lilian soupira. Elle avait beau essayer, elle ne parvenait pas à se rappeler avoir jamais fait autant d'histoires pour une vétille dans sa jeunesse. « Je dois avoir oublié », pensa-t-elle tristement en tournant dans la pièce pour ramasser les vêtements de Harriet.

« Comme tu es belle ! » dit Kitty en se penchant pour l'embrasser. Elle paraissait toujours tellement Belle Époque quand elle embrassait d'autres femmes, la tête à peine inclinée, le plus doux des contacts, pommette contre pommette. Pendant ce temps, Harriet jetait un coup d'œil sur la salle par-dessus l'épaule de Kitty : elle ne voulait pas être vue en train de chercher Vesey. Elle voulait que lui la trouve.

Avec Kitty, Charles, les Elliot, même Tiny, elle se sentait chez elle, en sécurité, mais son aventure se déroulait ailleurs. Danser une seule fois avec Vesey suffirait ; la pensée qu'il se trouvait sous le même toit et la perspective de croiser son regard à l'autre bout de la pièce la remplissaient de bonheur. Elle était reconnaissante aux autres qui lui donnaient confiance en elle — cette chère

Rose Elliott, dont le satin brillant mettait si cruellement en évidence les formes regrettables — les rehauts attiraient l'attention sur son petit ventre rond, ses larges hanches. Si je ressemblais à ça ! pensa Harriet, et que Vesey me voie ! L'absurdité de cette idée la mit en joie.

Le visage de Kitty paraissait changé. Un éclat, une transfiguration tels que Harriet ne pouvait qu'évoquer des fleurs, que Kitty ferait s'épanouir en levant simplement la main. Elle était irradiée de magie. Que personne d'autre ne s'en aperçoive était tout bonnement sidérant, que Tiny dise : « La patronne engraisse » et que seule Harriet sache la béatitude qui se préparait et voie Kitty comme un arbre en fleurs !

« Viens, Harriet ! » dit Charles.

Elle se leva et posa la main sur son bras. Tout en dansant, elle jetait des coups d'œil vers la porte par-dessus son épaule.

« Ça me barbe de me changer, dit Vesey à Caroline. Je vais plutôt aller me promener.

— Il y a quelque chose qui ne va pas ? demanda Caroline, gênée et désolée. Un problème chez toi ? Bien sûr, nous sommes ravis que tu sois venu, ajouta-t-elle. Tu nous a fait une surprise merveilleuse, tu le sais.

— Oui, oui », répondit Vesey, qui espérait ne pas penser à ce qui se passait chez lui.

Il était rentré d'Oxford dans l'après-midi. Lorsqu'il avait ouvert la porte de l'appartement de ses parents, il avait perçu un vide. Il n'y avait personne à la maison et des lettres gisaient sur le paillasson ; seuls les petits bruits habituels d'une maison déserte lui parvenaient, le bruissement des pendules, l'agitation des rideaux, l'eau dans les tuyaux. Puis il entendit une porte s'ouvrir et se fermer doucement. Un jeune homme sortit de la chambre de sa mère, hésitant dans le couloir sombre. « Vous êtes Vesey ? » demanda-t-il.

Il était blême.

« Oui.

— Ba... votre mère... voudrait vous voir. Nous étions en train de déjeuner tous les deux quand elle a eu un malaise. Elle s'est sentie mal tout d'un coup. »

Vesey attendit.

« Elle se repose maintenant.

— Ah, vraiment ?

— Oui. Je suis content que vous soyez là. Ça m'ennuyait de partir...

— Bien sûr.

— Nous déjeunions ensemble... Je ne me sens pas bien du tout, a-t-elle dit. Je ne vais pas attendre le café. »

Vesey l'observa en train de donner de la vie à son histoire.

« Mais maintenant, je suppose que vous... je suis déjà en retard... je téléphonerai, dites-le-lui... » Il tendit la main et Vesey la prit à contre-cœur.

Le jeune homme redit un certain nombre de choses et partit enfin.

Il y a une chose que je suis incapable de faire, pensa Vesey. Je suis incapable d'aller la voir.

Il entra dans la cuisine où il erra, puis fut bien obligé de se rendre auprès d'elle. Il ouvrit la porte et la vit étendue sur le lit, avec les rideaux tirés. Elle avait l'air d'une noyée dans la lumière verdâtre, une Ophélie sur le retour.

« Te faut-il quelque chose ? »

Elle tourna la tête sur l'oreiller d'un air las.

« Rien, chéri. »

C'était donc vrai : elle était malade.

« Tu es sûre ?

— Seulement que tu ne causes pas d'inquiétude à ton père avec cette histoire. Je vais me lever dans un petit moment. »

Alors, ce n'était pas vrai, en fin de compte ? Avait-elle jamais essayé d'épargner de l'inquiétude à son père ?

Il sortit et ferma la porte. Le lendemain, il appela Caroline et partit faire un séjour à la campagne.

Je n'aurai jamais de certitude, se dit-il maintenant, tandis qu'il longeait la petite route obscure, les poings serrés dans ses poches. Et il ne faut jamais plus que j'y pense.

À un moment donné dans la soirée, Harriet abandonna tout espoir. Il y avait eu cet instant désolant où le doute était né et puis, beaucoup plus tard, l'instant où elle ne put même plus douter, où elle cessa de regarder la porte et son miroir : elle se sentit vidée, sa vitalité épuisée. C'est ainsi qu'il me traitera toujours, pensa-t-elle. Il ne pense à moi que lorsque je suis avec lui. La réponse que je souhaitais hier soir m'est donnée maintenant.

Les lumières furent baissées partout dans la pièce puis, très audacieusement, lancèrent des éclats pourpres, si bien que tous les verres semblaient contenir du vin rouge et que toutes les fleurs blanches avaient rosi.

Harriet dansa avec Henry Elliott. Sa façon d'être grave et tranquille l'apaisa. « Kitty s'amuse, dit-il, la regardant danser avec Tiny. Elle travaille parmi nous comme un levain », et il sourit à Harriet.

Tiny ne se contentait pas de danser seulement avec sa femme. Il voulait danser avec la salle tout entière. Il donnait des petites tapes sur d'autres épaules en passant, faisait une remarque par-ci, un clin d'œil par-là ; il empoignait les coudes, ralentissait devant les tables de ses amis en essayant de les amener sur la piste, leur reprochait de boire. Kitty souriait avec une patience angélique, les yeux à peine levés, perdue dans un rêve intime. « La patronne est ronde, expliquait Tiny. C'te pauv' p'tite Kitty. Ma femme a l'est soûle. »

Que Dieu m'accorde la patience ! pensa Kitty.

Ce bal avait ressemblé à tous les autres. Demain dans cette pièce, des hommes d'affaires allaient déjeuner : les corbeilles dorées de chrysanthèmes auraient disparu. Déjà, des femmes allaient discrètement retirer du vestiaire leurs fourrures au parfum de camphre. Quand l'orchestre se mit à jouer le *God Save The King*, Harriet et Henry se tinrent côte à côte, le dos de leurs mains se touchant. Kitty tourna à demi la tête et fit un sourire, que Harriet lui rendit. Elle était exténuée de déception.

Pendant le trajet du retour en voiture, Kitty regrettait que la soirée soit finie. Quand Henry les invita à entrer prendre un verre, elle aurait accepté, mais Tiny s'était mis à penser au lendemain matin, l'esprit festif l'ayant quitté. Kitty quant à elle se sentait encore allègre, sans envie de se coucher. Elle essaya de trouver quelque chose qui la calme : en longeant les rues obscures, elle pensa à son bébé, imagina sa lente progression vers la vie, parcours plus étrange, se dit-elle, qu'aucun de ceux qu'il accomplira après sa naissance, évolution plus complexe. Fasse qu'il me rende patiente et satisfaite de mon sort !

L'ardeur de Tiny s'était ralentie, tout son entrain avait disparu. Il conduisait en silence, comme s'il était seul. Quand elle lui parla, il sursauta, semblant coupable de ce qu'il était en train de penser ; il se pencha en avant et essuya le pare-brise embué avec son gant, scrutant la route devant lui comme s'il cherchait à se donner une contenance.

« Tiny, je me suis aperçue que j'étais enceinte. »

Elle serra le poing en cachette contre son genou.

« Tu es quoi ? »

Mais elle ne voulut pas le répéter.

« C'est une blague, dit-il sans conviction.

— C'est vrai. »

Il était troublé, désarçonné. Elle n'avait pas besoin de regarder son visage à la lumière transitoire de l'éclairage urbain, à vrai dire, ne le pouvait pas puisque lui, chaque fois qu'ils dépassaient un réverbère, la fixait.

« Tu dois plaisanter.

— C'est tout ce que tu as à dire ? demanda-t-elle d'un ton las. (Et cela ne fait que commencer, pensa-t-elle.)

— Et alors, merde, qu'est-ce que je suis censé dire ?

— Rien, rien. »

Elle avait cessé de trembler. Elle se sentit extrêmement immobile et calme au fond d'elle-même, en paix dans sa haine comme elle l'avait été auparavant dans son amour.

Charles prit la photographie de Harriet enfant et, le regard fixé sur le petit visage inquiet et les cheveux tirés en arrière, dit à la vraie Harriet : « Cela te paraîtrait-il trop absurde si je te demandais de m'épouser ? »

Elle était en train d'ôter les œillets de sa robe.

« Bien sûr que ce n'est pas absurde, Charles.

— Mais hors de question ? »

Il remit la photographie sur la cheminée. Elle faisait tournoyer les œillets entre ses mains et ne parvenait pas à répondre.

« Je suis beaucoup trop vieux pour toi ? »

Elle secoua la tête.

« Eh bien, je le suis évidemment. Mais je m'étais demandé si nous ne pourrions pas être heureux quand même. En regardant les mariages autour de moi, j'étais arrivé à la conclusion que les choses qui paraissent importantes n'ont peut-être pas d'importance du tout... Pourquoi pleurer, Harriet ? Pourquoi pleurer ?

— Je ne pensais pas que quelqu'un me demanderait jamais de l'épouser.

— Et maintenant, ce n'est pas le bon. Pourquoi est-ce que personne ne te demanderait de l'épouser ? Il faut que tu aies plus confiance en toi. Rappelle-toi que tu es douce et belle et honnête...

— Travailleuse et sobre, ajouta-t-elle en essayant de sourire. Mais Charles, je ne pourrais vraiment pas.

— Ciel, comme tes bras sont froids ! Je t'aimerais et te chérirais toujours... j'essaierais de te rendre heureuse. »

Le mot de « chérirais » la toucha profondément. Elle glissa ses bras glacés à l'intérieur de sa veste et appuya la tête sur sa poitrine.

« Aimes-tu quelqu'autre genre de personne ? » demanda-t-il. Il ne pensait pas qu'il pût y avoir quelqu'un de réel, mais se croyait au fait des jeunes filles et de leurs fantasmes romanesques.

« Personne d'autre. Personne d'autre, répondit-elle précipitamment.

— Ce ne sera pas comme pour Kitty et Tiny, promit-il. Je t'estimerai et je t'aimerai à tout instant, en présence des autres et quand nous serons seuls.

— Je le sais », dit-elle.

Il se souvint du soir dans la voiture et de son étreinte impétueuse qui l'avait perturbé sur le moment et souvent depuis lors.

« Qui aimes-tu ? interrogea-t-il, la sentant maintenant raidie contre lui.

— Personne. Personne, cria-t-elle.

— Chut, nous allons réveiller ta mère. » Si seulement il y avait du feu, pensa-t-il, et que nous puissions nous asseoir devant pour parler. « Tu es fatiguée, ma chérie. C'est ce maudit magasin et les longues journées de travail. Comme je voudrais que tu n'aies pas besoin de le faire. Je suis désolé de t'avoir troublée. Il lui passa les mains sur la nuque, sous ses cheveux, leva son visage vers lui et l'embrassa. Va te coucher. N'y pense plus.

— Oui. »

Il lui frictionna doucement les bras et l'accompagna jusqu'au bas de l'escalier.

« Bonne nuit, ma douce Harriet.

— Bonne nuit, Charles. »

À mi-hauteur de l'escalier, elle se retourna, pensant comme une enfant à dire : « Oh, merci de m'avoir emmenée.

— Chut ! »

Il la regarda monter jusqu'au palier, puis il éteignit la lumière du vestibule et sortit de la maison.

Dès que la grande porte se ferma, Harriet eut conscience de faibles gémissements venant de la chambre de sa mère, comme ceux d'un grand malade qui s'agite pour échapper à la douleur. Pleine d'appréhension, elle ouvrit la porte sur l'obscurité. Lilian était étendue sur le lit tout habillée, le corps raide, le visage jaune. Elle tourna seulement les yeux vers Harriet.

« Mère, qu'est-ce qui t'arrive ? »

Elle s'agenouilla près du lit. Au contact, les mains de Lilian étaient glacées, bien qu'elle eût froid elle-même.

« Ne t'approche pas ; je crois que j'ai la grippe.

— Comment as-tu pu me laisser sortir ?

— Je ne savais pas. Ça a empiré plus tard. Ne t'approche pas de moi, Harriet.

— Tu as si froid.

— Mais j'ai chaud à la tête. Si tu pouvais juste m'apporter d'autres bouillottes.

— Bien sûr. »

Lilian n'avait jamais auparavant été malade au point de ne pas pouvoir se débrouiller seule. Harriet n'avait aucune idée de ce qu'il fallait faire. Elle se dépêcha d'aller remplir des bouilloires, puis revint déshabiller sa mère dont les bas étaient collés aux jambes par une sueur froide.

« Je suis sûre que je devrais faire venir le docteur.

— Demain matin, peut-être.

— Je veux dire maintenant.

— On n'appelle pas un médecin au milieu de la nuit pour une grippe.

— Et si ce n'était pas ça ? »

Lilian, en essayant de se redresser, vomit, le corps concave de douleur.

Harriet entassa des bouillottes autour d'elle et se mit à genoux près du lit, tenant la main de sa mère. Elle entendait chanter les coqs, et pourtant elle avait l'impression d'être encore au milieu de la nuit. Bientôt, la violence de la douleur l'affola. Elle avait peur de quitter Lilian, mais il n'y avait pas le téléphone à la maison ; elle sortit doucement et traversa la rue. L'acier du ciel annonçait le jour ; le sol était d'une dureté de fer, les branches incrustées de givre. Au Vieux Presbytère, les fenêtres renvoyaient des reflets obscurs. Elle tira violemment sur la sonnette, puis se posta en retrait sur l'allée, se frappant dans les mains d'impatience.

Charles, la voyant encore vêtue de sa robe de velours, crut soudain l'avoir poussée à quelque acte désespéré ou irréfléchi. Au début, elle ne parvenait pas à se faire comprendre, tant ses dents claquaient de froid.

Julia émergea de sa chambre et se pencha par-dessus la rampe, superbement furieuse d'avoir été dérangée, ses cheveux tombant sur ses épaules, son châle traînant. Elle eut toutes les peines du monde à se retenir de crier : « Or ça, que se passe-t-il ? »

Pendant que Charles téléphonait et essayait d'envoyer sa mère se coucher, Harriet était rentrée à la maison. Elle se mit à allumer un feu, tenta de s'occuper à d'autres tâches mineures, les abandonna toutes et retourna auprès de sa mère.

« Mère chérie, j'ai été si odieuse avec toi avant de sortir ; je ne peux pas l'oublier.

— Caroline ! Caroline, où es-tu ? appelait Lilian lamentablement, en versant des larmes incontrôlées qui lui inondaient le visage. Les dernières paroles n'ont peut-être pas plus de signification que les autres, en tout cas, ce furent celles qu'elle adressa à Harriet.

Lorsqu'on l'emmena à l'hôpital, elle était inconsciente. Pendant deux jours encore, Caroline et Harriet restèrent assises auprès d'elle, de chaque côté du lit, mais bien qu'elle ouvrît ses yeux immenses et creux et bougeât les lèvres, elle ne parla plus et ne ressembla en rien à la personne qu'elles connaissaient.

« Si seulement elle disait quelque chose ! chuchota Harriet. (Elle caressait les mains rêches.) Est-ce qu'elle entend ?

— Non, je ne pense pas. »

La neige se mit à tomber. Les flocons tournoyaient lentement au-dessus des jardins de l'hôpital, se détachant sur le ciel plombé, dérivant lugubrement dans le crépuscule. Harriet alla se mettre à la fenêtre et les observa. Elle ne faisait qu'attendre la mort, elle le savait, priant de savoir bien se conduire. « Je n'ai pas été gentille avec Lilian, dit-elle soudain.

— Tu as toujours été gentille.

— Non. Nous nous sommes disputées.

— C'est inévitable. On s'en prend à ce que l'on a de plus cher. Ça ne fait rien : c'est l'autre face de l'amour, cela en fait partie.

— Le docteur m'a rendue responsable.

— Non. Tu as fait tout ce que tu pouvais.

— Si j'avais été plus rapide... J'aurais dû être plus rapide. Elle a sûrement souvent souffert sans rien dire. »

Caroline avait des larmes dures comme des plombs sous les paupières. Elle ne pouvait plus réconforter Lilian, ne pouvait qu'essayer de consoler sa fille. Une longue intimité était achevée, faite de confiance, de souffrance et d'amour, ne connaissant pas de failles, comme celles qui existaient dans la relation de Harriet avec sa mère. À présent, aux prises avec l'âge mûr qu'elles avaient attendu ensemble, elle sentait qu'elle pouvait moins se passer de cette amitié que de n'importe quoi d'autre dans la vie. Maintenant, elle n'aurait plus personne chez qui courir avec ses quelques plaisanteries, ses nombreux coups de cœur, ses allusions, ses souvenirs. Nous sommes allées en prison ensemble, pensait-elle, j'ai tenu son bouquet à sa noce. Je l'ai soutenue quand elle a été veuve. C'est elle qui a porté à Hugo Deirdre nouveau-née dans ses bras, mais plus encore, nous avions notre vie quotidienne, les lettres subtiles, allusives, que les femmes s'écrivent, la décontraction, les sous-entendus, l'aisance. Elle porta la main à sa gorge douloureuse et regarda Harriet à la fenêtre, jouant avec le cordon du store.

De temps à autre, une infirmière venait prendre le poignet de Lilian entre ses doigts, reposant ensuite son bras sur la couverture piquée comme s'il n'y avait plus rien à faire.

Harriet observait la neige en train de remplir les choux dans le jardin en contrebas. Elle tenait à peine sur les routes, mais l'allée de gravier était déjà marquée de pas et les choux furent bientôt blancs comme des pivoines.

L'infirmière en chef entra, comme si quelque instinct de mort imminente l'avait fait venir d'une autre partie du bâtiment. Harriet se plaqua les mains sur les oreilles, appuya son front contre la vitre. Ses yeux étaient brûlants de larmes.

« Elle est partie », dit l'infirmière, attirant la tête de Harriet sur son épaule avec une bonté compétente. Une infirmière se hâta dans le couloir.

Harriet s'approcha du lit et regarda les mains de sa mère. Elle ne pouvait pas encore regarder son visage. Tous les dimanches soir de sa vie semblèrent l'oppresser avec une étrangeté consternante. Une de ses phalanges portait une petite cicatrice, qui ne disparaîtrait jamais maintenant, se dit-elle. Elle ne pouvait que se distraire par de si petites choses, étant incapable d'appréhender l'énormité de la perte.

Ensuite, avec une grande détermination, elle regarda le visage de sa mère. Le calme, l'austérité, une noblesse distante opposaient la même barrière que la sauvagerie de la douleur. Sa mère n'avait jamais eu ces caractéristiques ; elle avait été réservée, timide, mais pleine d'un courage vacillant et d'une ferme intégrité, nerveuse, mal à l'aise, intransigeante, loyale.

Elle posa un instant la main sur les cheveux doux de Lilian. Enfant, elle s'était souvent mise debout sur un tabouret derrière le fauteuil de sa mère pour lui brosser les cheveux tandis qu'elle cousait, ou lisait.

« Viens, Harriet, nous avons besoin de toi à présent », dit Caroline. Elle se pencha et baisa le front de Lilian, puis passa le bras sur les épaules de Harriet, qui jeta un coup d'œil désespéré autour de la pièce avant de suivre Caroline. Elles passèrent dans un long couloir, devant des portes entrouvertes. Il faisait nuit dehors. Charles arpentait le gravier enneigé à côté de sa voiture.

« C’est la façon dont les gens vous traitent, dit Miss Brimpton. Comme si tu ne pouvais pas être une dame parce que tu travailles derrière un comptoir.

— Eh bien, évidemment que tu le peux, affirma Miss Lazenby, à condition de le vouloir.

— Les circonstances t’obligent parfois à faire des choses que tu n’aurais pas crues possibles. Ce n’est pas très agréable quand tu as justement affaire aux gens qu’on t’a appris à traiter en égaux. Elle effaça les plis de sa robe avec ses mains potelées, faisant tomber les miettes de gâteaux secs par terre. Plutôt mourir de faim que conserver un emploi où je ne serais pas respectée.

— Oh, Seigneur ! s’exclama Miss Lovelace, qui regardait par la fenêtre la rue en contrebas. Si seulement je pouvais être une de ces femmes en train de faire leurs courses. Même une pauvresse avec une grande bourriche à poissons, qui cherche une nourriture pas chère pour quelqu’un. Quelqu’un pour qui marchander. »

Elle laissa tomber son mégot sur un autobus qui passait et ferma la fenêtre.

« Voilà qui est mieux, ma belle, dit Miss Brimpton en frissonnant.

— Faut-il vraiment que tu fasses frire de la viande ici, Lazenby ? demanda Miss Lovelace. L’odeur colle à mes vêtements et je sors ce soir.

— Je ne fais pas frire : je fais griller.

— Une des jeunettes va chez Lyons pour moi. J’avais envie de prendre une bonne tarte aux fruits, annonça Miss Brimpton. Puisque c’est jour de paie. Harriet mon petit, est-ce que ça te dirait aussi ? »

Elle offrait une tarte aux fruits au lieu de condoléances, qu’elles avaient décidé entre elles d’éluder.

« Une bonne, aux cassis, par exemple ? Là, tu veux bien ? Tu me fais plaisir. Je vais lui dire d’en apporter deux. Je crois que ta côtelette a attaché, Lazenby. »

Elles entretenaient des doutes et un peu de jalousie à propos des gâteries que s'accordait Miss Lazenby. Miss Brimpton avec ses rouleaux au fromage, ses tartes et ses brioches saupoudrées de sucre était perpétuellement repue, perpétuellement affamée cependant et catarrheuse également, mais s'acheter de la viande paraissait une folle dépense incongrue.

Miss Lovelace ne mangeait rien, ayant préféré s'acheter du satin. Repoussant les tasses et les journaux au bout de la table, elle l'essuya avec le gant de toilette de Miss Lazenby, le pendant ensuite au vaisselier. Puis, adroitement, admirablement, elle entreprit de tailler dans le satin couleur de pêche. Elles le regardaient se répandre sur la table en flaque voluptueuse, lustrée : Miss Brimpton, d'un air dubitatif, Miss Lazenby avec envie et Harriet, sans le voir du tout.

La surprenante aptitude à vivre du corps — elle l'avait constatée chez sa mère — il lui semblait en faire l'expérience elle-même à présent. Dépouillée de sa personnalité, elle était pourtant vivante, tout comme elle supposait qu'on devait dire que sa mère avait été vivante pendant les derniers jours avant sa mort. Mais il s'agissait d'une existence dont elle n'avait aucune idée précédemment et c'est en automate qu'elle se levait le matin pour aller travailler et qu'elle accomplissait les gestes pesants, lassants de la vie quotidienne. Elle pouvait rester longtemps assise, immobile, sans même bouger les yeux, mais elle n'avait pas le sentiment de souffrir ni d'éprouver quelque émotion. Certains — Charles, Caroline et Hugo — pensaient qu'elle se comportait trop bien, mais la vérité était plutôt qu'elle ne se comportait pas du tout. Ils avaient espéré qu'une fois passé l'épreuve de l'enterrement, elle se laisserait aller à une expression de chagrin quelconque. Quand Charles lui donnait un grand cognac, elle le buvait calmement comme si c'était un verre de lait ; c'est son estomac qui le refusait, comme si tout au long c'était son corps qui impulsait, respirait, dictait, interdisait, exigeait. Pour autant qu'elle souhaitât quoi que ce soit, elle souhaitait être au travail, vivre sa vie quotidienne au magasin avec les autres filles, sentir le temps passer sur elle comme sur une croûte de glace. Et Miss Brimpton, avec ses tartes aux fruits, lui faisait autant de bien que n'importe qui, et plus qu'un grand nombre d'autres, plus que Julia, avec tous ses drapés enveloppants, plus que Caroline, avec son attention à être inattentive. Tiny l'évitait. Il esquivait tout chagrin qui ne pouvait s'écarter d'un revers de main.

« Tu t'en remettras, Harriet, je te le promets », avait essayé de l'assurer Charles. C'était au moment où elle avait été le plus près de perdre pied, en prenant le livre que sa mère était en train de lire, la page marquée par une lettre. Elle en avait retiré la lettre et avait remis le livre sur l'étagère, affligée de son incompréhension absolue du mystère de la mort. Son bras était retombé contre son corps. Charles fut peiné de voir la maladresse de ses mouvements et tenta de l'empêcher de perdre pied de nouveau : il cacha tout ce qui rappelait la présence si récente de sa mère dans la maison. Lorsqu'elle trouva plus tard le petit point de Lilian, la guirlande de fleurs à demi achevée, au fond d'un placard, elle comprit que c'était Charles qui avait dû l'y mettre et fut touchée qu'il se fasse du souci pour elle. Avec quelque chose de plus laborieux peut-être que l'imagination, il essaya de tourner sa désolation, de l'aider à traverser un temps qui ne pouvait que s'écouler, en espérant qu'elle se servirait de lui comme il le fallait, pour se hisser hors de la nuit dès qu'elle retrouverait la volonté de le faire.

Elle passait beaucoup de temps avec lui : polie, silencieuse, souriante. Le soir, il l'emmenait chez Caroline. Harriet était reconnaissante de leur gentillesse, de leur bonté envers elle, mais la seule fois où la réalité la toucha fut le lendemain de la mort de sa mère, alors que Vesey était retourné à Londres sans rien dire, quand elle trouva un petit bout de papier plié dans la poche de sa veste. Elle l'emportait au travail ; il ne la quittait jamais, et dans les moments de tension, elle le cherchait des doigts et le tenait, le seul écrit de lui qu'elle eût jamais possédé — « Chère Harriet, je suis désolé. Je t'embrasse, Vesey. » Ce message lui avait semblé, et semblait encore, venir de quelque monde extérieur, plus naturel : brusque, simple, il la réconfortait. Ce papier l'accompagnait secrètement et ces paroles étaient toujours présentes dans son cœur.

Un jour où elle se croyait seule, Charles la vit s'approcher de la fenêtre et tirer le billet de sa poche. Absorbée, méditative, elle contemplait le jardin hivernal. Lorsqu'elle se retourna, il était de dos, debout près de la cheminée et — son vieux tic — était en train d'examiner ses ongles.

« Qu'y a-t-il, Charles ? Je ne savais pas que tu étais là. »

Le ton de sa voix était celui d'avant, avec le même calme non calculé.

« Tu comptes tant pour moi, dit-il de sa façon dégagée, et moi je t'ennuie tant. »

Les manières d'autrefois étaient plus commodes, songea-t-elle. Quand une demande en mariage avait été rejetée, on se tenait à l'écart. On ne restait pas, comme maintenant, à flotter au fil de l'eau, toujours ensemble. Pourtant, que ferais-je sans lui ? se demanda-t-elle dans un brusque accès d'honnêteté. Elle avait peine à l'imaginer.

Plus tard, voyant sa veste abandonnée sur un fauteuil alors qu'il se trouvait seul dans la pièce, il fut assailli de tentations resurgies d'une époque qui paraissait très lointaine, de douleurs qu'il avait oubliées. C'était comme si une main malveillante avait fait remonter des feuilles mortes du fond de son cœur. Il prit le papier dans la poche de Harriet et le lut. Son visage était plein de mépris à cause du dégoût qu'il s'inspirait, dégoût d'être retombé avec tant de faiblesse dans ses travers anciens, de souffrance, de secret et de soupçon.

Il s'approcha de la fenêtre où elle s'était tenue et regarda le jardin au jour déclinant. Sa mère longeait l'allée avec un chou rouge et argenté dans une main, un couteau dans l'autre. Elle tenait le chou à distance, comme s'il s'agissait d'une chose haïe : ç'aurait pu être la tête de saint Jean Baptiste, à voir la façon dramatique dont elle le portait.

Vesey, se dit-il. Il le connaissait à peine, et encore, adolescent. Veule, impécunieux, indolent. Il se souvint — marchant en long et en large, s'arrêtant parfois net quand des pensées intolérables se présentaient — d'abord, de l'étreinte de Harriet dans la voiture ; ensuite, de son visage rasséréné en lisant ce mot. Quels espoirs pouvait-elle nourrir de quelqu'un d'aussi asthénique, si jeune pourtant ! Et si espoirs il y avait, alors fondés sur quoi ?

À la cuisine, Harriet aidait Julia, hachant, râpant, frottant d'ail les casseroles, farcissant avec des anchois. Julia traversait une de ses phases culinaires. La préparation d'un chou exigeait un labeur considérable : il y fallait de l'oignon et de la pomme, du vinaigre et du sucre, des clous de girofle et du beurre.

« J'ai du sang russe dans les veines, dit-elle, en tendant son poignet à Harriet comme si quelque chose de particulier pouvait y être visible. Du côté de ma mère. »

Elle en aura bientôt assez, pensa Harriet. Alors il faudra que quelqu'un d'autre remette de l'ordre.

« À Noël, annonça Julia, nous aurons le plus merveilleux des sapins. J'ai des petites trompettes en verre argenté et des oiseaux en verre filé. Quelle poésie y a-t-il dans une vie domestique ordinaire, le rythme d'une maison... qu'est-ce que tu renifles, chérie ?

— Ceci, dit Harriet, incertaine devant une jatte. Qu'est-ce que c'est ?

— De la crème aigre pour le bortsch. Ne me dis pas que tu es comme Charles et que tu détestes ça ? »

Pour qui fait-elle la cuisine ? se demanda Harriet. À voix haute, elle dit : « Comme il fait noir ! » Ses moments de dépression étaient physiques, comme les approches de l'évanouissement ; sans avertir, ils l'enserraient, l'enveloppaient, surtout à cette heure-ci, semblable à un gouffre entre les vivants et les morts, pleine de terreur, de poésie et de panique ; l'isolant, elle l'encerclait de douves. De se déplacer la réconfortait un peu — lui prouvant qu'elle pouvait le faire — comme de parler. Elle traversa rapidement la cuisine et alluma la lumière, qui s'abattit brutalement sur le fouillis de nourriture colorée, la table couverte de vaisselle de cuisine.

« Chérie, quel brusque éblouissement », dit Julia.

Plus tard, en allant au salon, Harriet croisa Charles dans le couloir. Il parut étrange que malgré une hésitation, ni l'un ni l'autre ne sût trouver de propos d'une banalité suffisante pour la circonstance. Sûrement, sentaient-ils tous les deux, qu'ils étaient capables de découvrir quelque chose à se dire, mais aucune parole ne vint et ils poursuivirent leur chemin sans mot dire, lui s'effaçant contre le mur pour la laisser passer. Harriet eut l'impression qu'ils ressemblaient à de parfaits étrangers, s'apercevant, alors qu'ils sont emportés rapidement sur des escaliers roulants opposés qui les éloignent l'un de l'autre, sans s'inspirer de curiosité mutuelle.

Mais maintenant, le soir venu, elle était plus confiante. Elle pouvait même croire que pour chacun, il existe peut-être une autre personne qui ne se ternisse pas quand on s'en approche, avec laquelle les relations pourraient ne pas être entièrement semblables à celles des poissons dans les aquariums, se croisant et se recroisant, tissant leur réseau dans l'eau, craignant seulement, semblait-il, de se toucher, s'élevant et s'écartant instinctivement quand leurs parcours menaçaient de se rencontrer.

Elle mit de l'ordre dans le salon de Julia où s'étalait un vaste fouillis de journaux du dimanche. Un magazine périmé présentait la photographie de Julia sur une page jaunie, exposée comme par accident. La tristesse que l'on ressent en observant ses amis, songea-t-elle, tirant les rideaux d'un geste vif comme pour insulter la nuit noire à l'extérieur, c'est principalement la tristesse qu'ils soient tels qu'ils sont. Les effets que cela semble entraîner pour les autres.

Elle n'envisageait pas d'avoir jamais à regarder en arrière et dire que sa vie avait été de cet ordre. Parce qu'elle en était sûre, elle se mit à chantonner en rangeant la pièce pour la soirée. Quelques miracles avaient eu lieu, d'autres, avec le temps, suivraient sans aucun doute. Un matin, une lettre pourrait arriver, ou bien elle rentrerait chez Caroline après le travail et trouverait Vesey assis là.

« C'est un bonheur de t'entendre chanter, dit Charles en entrant.

— Je chantais ?

— N'arrête pas.

— Comment pourrais-je continuer ?

— Oh, mes chéris, mes chéris ! cria Julia. Quelque chose a tourné. C'est tellement contrariant, après tout le mal que je me suis donné, tellement affligeant ! »

Elle s'effondra au milieu du canapé et s'enroula les mains dans son tablier.

« Quand j'ai ajouté le jus de citron, c'est devenu tout bizarre... grumeleux, floconneux, vous savez, caillé, voilà le mot.

— Bois quelque chose, mère.

— Boire ? Tu ne peux pas me consoler avec tes alcools. Ta réponse à tout. T'en rends-tu compte, Charles ? La douleur, le deuil, la déception. On boit. Si facile à proposer, si inutile à accepter.

— Un verre de xérès ?

— Ton goût en xérès ressemble peu au mien. Sec, léger, acide, maigre. Moi, j'ai toujours aimé un xérès rond, généreux, avec du corps. Elle dessina une arabesque en l'air. Je m'aperçois maintenant que ce que je peux dire en faveur de ton père, c'est qu'il aimait le bon xérès.

— Il y en a de l'ambré qui te plairait...

— Alors apporte-le, apporte-le. Ne reste pas planté là comme un vendeur. Je te demande pardon, Harriet. Essaie de ne pas être si discutailleur, Charles, comme si tu espérais me vendre quelque chose. Ce n'est pas vraiment aimable de faire tant d'histoires pour commencer. »

Elle prit son verre et but à petites gorgées, assise là sans avoir enlevé son tablier. « Voilà, il n'y aura pas de soupe. Je suis tellement lasse ; je ne suis plus toute jeune. » Harriet tenta de mettre cette affirmation en doute, mais fut interrompue. « Oh, comment ce vieux magazine est-il arrivé là ? demanda Julia. D'où peut-il bien être sorti ?

— Tu as dû le laisser là toi-même, dit Charles gravement. Moi, je ne l'aurais pas fait. »

« Ce qui me plaît, c'est une bonne parlote », disait Kitty. Elle pourrait quand même servir le café, pensait Charles. Il observa les tasses vides tandis qu'elle jacassait et finit par les remplir à sa place. « Mais nous sommes tellement sordides ! poursuivit-elle. Nos conversations sont ennuyeuses, sordides. » Son regard se promena avec mépris autour du petit café. « Une personne sort une poignée de petites pièces, la trie, tend un penny, puis l'autre farfouille et finit par donner un demi-penny de monnaie. J'aimerais trouver quelqu'un qui prenne soudain un billet de cinq livres, l'enroule autour d'un *sovereign* et vous le jette sur les genoux. On est tellement avili par les bonnes recettes de pudding au riz et ce que fifille a dit à papa. Oh, c'est ce que fifille a dit à papa qui m'ennuie le plus. Les drôles de réflexions que font les bambins ! La chère Rose est tristement fautive à cet égard.

— Kitty ! » dit Charles. Il se pencha au-dessus de la table et lui secoua le poignet pour qu'elle s'arrête de parler.

« C'est gentil de m'avoir invitée à prendre le café. J'avais oublié que Tiny partait défendre l'assassin.

— Oh, tais-toi, chérie. Tu vas nous faire à tous un tort irréparable. Cet homme n'est pas un assassin tant qu'il n'est pas condamné.

— S'il l'a fait, il l'est, affirma-t-elle calmement, léchant le sucre du beignet sur ses doigts. C'est là que je suis tellement en désaccord avec vous. En admettant que Tiny le fasse acquitter, il l'est quand même s'il l'a fait. Les femmes trouvent ces choses simples.

— Tiny n'a pas le droit d'en discuter avec toi...

— Il n'en a pas discuté ; il y a juste fait allusion. Personne, pas même toi, ne peut m'empêcher de lire les journaux et de tirer mes conclusions personnelles. C'est la première fois que tu me sors au milieu de la matinée... Nous devrions le faire plus souvent pour faire courir des ragots à notre sujet. Ces femmes là-bas nous ont déjà à l'œil...

— Je t'ai amenée... je veux dire, je t'ai invitée... pour une raison particulière, pour te demander quelque chose, bien qu'il soit difficile de glisser un mot. »

Elle attendit, lui sembla-t-il, avec appréhension, le regard inquiet au-dessus de sa tasse tandis qu'elle commençait à boire son café.

« De quoi s'agit-il ? »

À sa légère hésitation, elle comprit qu'il allait dire quelque chose de désagréable.

« Tu es une terrible bavarde, Kitty, mais j'ai toujours vraiment respecté ton discernement. »

Néanmoins, en songeant à son mariage, il se demanda ce qui l'avait poussé à faire ce compliment.

« Comme c'est ennuyeux de ta part, protesta-t-elle, posant sa tasse, jetant un coup d'œil par la fenêtre. Oh, Charles, regarde Rose là-bas chez le marchand de légumes. Se rend-elle compte qu'elle a des kilomètres de jupon qui dépassent ? Devons-nous nous pencher à la fenêtre et le lui crier ?

— Permets-moi de dire ce que j'ai à dire.

— Oui, eh bien ? » Elle se résigna, lança un dernier coup d'œil à Rose et déclara : « Ce sera forcément désagréable, sinon tu l'aurais débité sans tous ces préliminaires. Je déteste les préliminaires.

— C'est seulement, je crois, désagréable — non, pas ça, vaguement inquiétant, tout au plus — pour moi. Quelque chose dans l'attitude de Tiny à mon égard. Je suis constamment amené à penser qu'il y a un problème. Sa façon de m'éviter est devenue telle que je ne peux pas éviter de la voir. Je t'en prie, ne dis pas “ balivernes ” ou quoi que ce soit de ce genre. Il faut affronter ce genre de chose.

— Oh, non, répliqua-t-elle vivement.

— S'il sait que je vais quelque part, lui n'y va pas.

— C'est peut-être Harriet. Les gens endeuillés le mettent mal à l'aise. Ils le rebutent profondément.

— Je ne passe pas tout mon temps avec Harriet. Elle ne se trouve pas avec moi dans mon bureau.

— Finalement je regrette d'être venue prendre ce café. Même l'économie de six pence et le plaisir d'inspirer des ragots n'en valent pas la peine.

— Tes échappatoires me convainquent que j'ai raison.

— Pourquoi ne pas poser la question à Tiny lui-même ?

— Oui, dit-il sans conviction.

— Vous êtes différents l'un de l'autre. Toi, tu es si sérieux... tu parais peut-être, oh, c'est de lui que je parle, pas du tout de moi — elle rit et posa la main sur celle de Charles — un peu trop grave, un vieux croûton. Il sentit la pression de sa main. Pas comme ses amis. Ses autres amis.

— Pas comme Reggie Beckett ? interrogea-t-il d'un ton détaché.

— Fichtrement pas comme Reggie Beckett.

— Tu ne l'aimes pas ?

— Eh bien, vois-tu, je n'en aime aucun. Il m'ennuient si follement avec leurs propos hippiques : toutes ces histoires de poneys et de magouilles. Je les appelle simplement les gamins. Ils n'ont même pas atteint l'adolescence, hein ? » interrogea-t-elle, avec son sourire vacillant, anxieux. Comment pouvons-nous pardonner, se demanda-t-elle, à celui qui crie Malheur ! Malheur ! qui instaure le désastre, qui révèle la première risée venant troubler notre calme ? « Ce que je veux dire, c'est qu'ils doivent connaître la panique, à moins qu'ils ne soient simplement d'une innocence enfantine.

— Tu restes assise parmi eux avec un sentiment de supériorité ? dit Charles, en souriant soudain.

— Non, je reste là en me sentant malfaisante, malveillante, coupable.

— Tu n'as aucune raison de te sentir coupable.

— Des idées me passent par la tête, comme pour tout le monde, répliqua-t-elle fièrement.

— Tu es une idiote, Kitty. Je t'adore.

— Parle plus fort, pour l'amour du ciel. »

Mais quand il ouvrit la bouche comme pour lui obéir, elle éclata de rire en rougissant et fit non de la main.

« Ainsi Vesey quitte Oxford ? » dit Caroline. Elle plia la lettre qu'Hugo lui avait donnée et la remit dans son enveloppe. Et que va-t-il faire maintenant, s'interrogea-t-elle à voix haute.

« Il ne donne guère de chance à quoi que ce soit, indiqua Hugo.

— Sa mère le gâte.

— On aurait dû l'obliger à tenir jusqu'au bout. Nous avons de la chance que notre génération ait vu la fin de la guerre : on peut imaginer ce que tous ces enfants à problèmes en auraient fait. Enfant à problèmes était un terme récent, qui lui plaisait.

— Vesey est un vilain garçon, annonça Joseph de façon péremptoire. Pourquoi Joseph est-il vilain ? poursuivit-il.

— Occupe-toi de ce qui te regarde, Joseph, » ordonna Deirdre, les yeux fixés sur le visage de sa mère.

D'une main, Harriet serra violemment son genou, protégé des regards par la table.

« Je lui prévois un triste avenir, à moins qu'il ne se ressaisisse, déclara Hugo, en jetant un coup d'œil à son fils.

— Oui, je crois que c'est un vilain garçon, répéta Joseph. Un très vilain garçon. Il a bien mangé de la viande, ajouta-t-il. Je l'ai vu un jour.

— Ne cafte pas, » dit Deirdre d'une voix retentissante, cherchant du regard l'approbation de Hugo.

Mais celui-ci ne se sentait concerné ni pour l'une ni pour l'autre raison. Les échecs des autres avec leurs enfants vous émeuvent si peu, même ceux de votre propre frère. Le souci se détourne si vite vers la comparaison avec vos affaires à vous. Pas trop mal réussi, jugea-t-il, en pensant à Deirdre et Joseph. Parfois perdu patience, été injuste. Mais dans l'ensemble, pas trop mauvais comme résultat jusqu'à présent.

C'est pourquoi apprendre que Vesey abandonnait eut pour seul effet sur Hugo d'inonder son cœur d'autosatisfaction. « Nous avons fait notre possible, dit-il, mais ce doit être angoissant pour ses parents, je n'en doute pas.

— Il faudrait trier les livres pour la vente de charité, rappela Caroline. Oui, c'est vrai. Très angoissant, j'imagine, pour cette pauvre Barbara. »

Lorsqu'elle se leva, le bout des doigts reposant sur la table, ce n'était pas pour dire le bénédicité, mais pour remettre ses idées en place. À mesure qu'elle vieillissait, elle avait plus de peine à le faire, ayant beaucoup de problèmes en tête, beaucoup de gens. Il lui arrivait de ne pas identifier des connaissances, mais leur nombre s'était tellement accru, si rapidement, dans le cours de sa vie active, que son esprit et sa mémoire ne pouvait plus en contenir, car il y avait une limite — elle s'accordait des excuses en son for intérieur, puisqu'elle ne pouvait pas en demander à ceux qu'elle avait offensés — à ce que l'on pouvait retenir. Quand il entre des nouveaux venus, à un certain moment il faut que d'autres se retirent. Tant de visages, au village, en ville, dans les comités, aux réunions, qu'elle ne pouvait pas les ordonner dans sa tête. Elle ne les avait pas émondés, comme elle s'apprêtait maintenant, en s'éloignant de la table, à émonder ses livres.

Il allait de soi que Harriet débarrassait la table. En allant et venant entre la salle à manger et la cuisine, elle les entendait procéder à cet émondage. C'était beaucoup plus, songea-t-elle avec mépris, l'occasion de se débarrasser de choses sans valeur que la bienfaisance qui leur inspirait tant de zèle. Qu'en dégageant la maison on puisse accessoirement fournir un soutien au parti libéral donnait une grande satisfaction.

Les livres qui se trouvaient dans la salle à manger n'étaient qu'un trop-plein, si bien que toute raison invoquée pour les conserver risquait d'être sentimentale, toute raison pour vouloir les acheter d'occasion complètement aberrante. Qui serait tenté de les lire ? Tachés, déformés, ils avaient l'odeur désagréable de livres conservés derrière une vitre. Éternuant, Caroline en sortait des brassées et s'agenouillait sur le tapis.

« Nous devrions être absolument implacables, Hugo, déclara-t-elle, remontant ses lunettes sur son nez pour scruter une rangée de titres. Ils sont simplement en train de moisir ici et cela tiendrait du miracle si nous en prenions jamais un pour le lire. Quelle énorme araignée ! Je suis étonnée qu'elles puissent continuer à vivre enfermées dans un placard année après année : il doit y avoir des années que je n'ai pas ouvert cette porte. Oh, elle est morte, de toute façon. Eh bien, en voilà déjà un dont nous ne voulons pas. *Le Cantonnier.* Tombe en morceaux. Sent mauvais.

— Ça c'est Vesey. Il l'a laissé dehors sous la pluie et en a fait une loque. À peine fait des excuses après. J'ai été très irrité à l'époque ; c'est mon frère qui me l'avait donné. (Hugo retourna tristement le livre entre ses mains.)

— Dans ce cas...

— Non. Après tout, nous avons dit que nous serions implacables et il faut que nous le soyons. Inutile de le conserver. »

Il sentait qu'à la vente de charité du parti libéral on lui trouverait un refuge accueillant, comme si c'était un chaton mal venu. Il le lança sur le fauteuil avec les autres rebuts.

« *Manuel de puériculture* lut Caroline tristement. Plus besoin de ça.

— Espérons-le », dit Hugo, comme les maris pensent devoir le faire.

Caroline se rappela avoir tourné ces pages dans l'angoisse et le désespoir. Parmi les horreurs décrites, peu lui étaient advenues : ni l'un ni l'autre des enfants n'avait eu de convulsions ou ne s'était enfoncé des perles de bois dans le nez. Elle jeta une pile de romans de Jules Verne sur le fauteuil.

« Doucement ! avertit Hugo. Joseph pourrait aimer les lire plus tard.

— Oh, ça m'étonnerait. Les garçons n'aiment plus ce genre de livres de nos jours. » Elle balança encore un peu de la jeunesse de Hugo : « Captain Marryatt, Ballantyne.

— Mais Caroline, c'était un prix, protesta-t-il.

— Oh, c'est vrai, chéri ? Désolée. Alors garde-le.

— C'est bien mon intention. D'accord pour laisser partir *Les Quatre Filles du docteur March,* je suppose ? Il y en a un autre au salon.

— Je crois que je vais garder celui-là pour Deirdre. C'est une assez jolie édition. Un cadeau de ma tante Hester.

— Alors, on peut donner celui du salon. Harriet, aurais-tu la gentillesse d'aller le chercher ?

— C'est ma mère qui me l'a donné, dit Caroline, choquée. Elle me le lisait après le goûter. Nous pleurions à chaudes larmes toutes les deux.

— Bon, bon, chérie. »

D'un geste négligent, il expulsa un autre livre, puis fut rattrapé par un vague souvenir. Il récupéra l'ouvrage et jeta un regard prudent sur la page de garde.

« Eh bien, en voilà un que nous n'enverrons certainement pas. En voici un qui ne suscite aucune discussion. Harriet, regarde ! Voilà un livre auquel je ne renoncerais à aucun prix. Jamais. C'est — je crois pouvoir le dire sans risque d'erreur — le premier que Caroline m'ait donné. *L'Histoire d'une ferme africaine :* " Allons, la route s'ouvre devant nous, a-t-elle écrit. Pour Hugo, de Caroline. " Nous venions de nous fiancer. Je l'ai toujours conservé précieusement et le garderai à jamais. Le parti libéral peut bien faire faillite avant qu'on me persuade de le lui donner. »

Il remit le livre, avec une impétuosité ostentatoire, en haut des étagères.

Tout va bien pour eux, pensa Harriet. Comme de tout temps. Suffisants, satisfaits. Allons, la route s'ouvre devant nous, sans blague ! Être si assurés, si absolus ! Elle ne pouvait pas s'imaginer jamais en train de mettre semblable inscription dans un livre pour Vesey. Aucune route ne s'ouvrait devant elle. Seulement un fourré de ronces, se dit-elle en emportant le dernier plateau de vaisselle de table.

« Est-ce que tu te rappelles celui-ci ? demanda Caroline à Hugo. *Le Rameau d'or.* Tu me le lisais pendant que je cousais la layette de Deirdre avant sa naissance. Cela évoque vraiment le Viyella* et le point d'épines. Et la gêne. J'avais de telles crampes et comme une douleur dentaire dans les côtes.

— Mon directeur d'école primaire m'a donné ça quand je suis parti. *Stanley en Afrique.* » Il hésita entre les deux tas, puis souffla la poussière des pages et posa le livre sur *L'Histoire d'une ferme africaine.* À l'époque, il avait eu une signification. Il pensait que ce devrait toujours être le cas.

« Je n'ai rien dit en présence de Harriet sur l'intention de Vesey de faire du théâtre, murmura Caroline, tenant un livre ouvert devant elle comme une sorte de déguisement.

* Genre de finette utilisée pour les vêtements d'enfant. *(N.d.T.)*

Tu connais les sentiments de certaines jeunes filles pour la scène. Elle les fascine.

— Si ce n'était pas ça, ce serait autre chose, commenta Hugo vaguement.

— Mais Barbara prétend que c'est sa vocation depuis toujours. C'était peut-être ça qui le tourmentait.

— Il fut un temps où c'était d'être écrivain, rappela Hugo avec mépris, comme si ce garçon passait d'une ambition douteuse à l'autre. Eh bien, qu'il essaie. Qu'il soit comédien, voilà mon avis. Il découvrira que ce métier ne rime à rien si on n'atteint pas le sommet assez vite. Voyons s'il parvient à le faire, conclut-il, avec la certitude paisible que Vesey n'y arriverait jamais.

— Je pense qu'il vaut mieux ne rien dire à Harriet pour le moment. Rien qui la déstabilise. C'est peut-être une lubie passagère. Qu'est-ce que tu tiens là, Hugo ? »

Il lui tendit des fleurs pressées, des violettes, blanches autrefois, maintenant jaunes, d'une finesse de papier de soie.

« Nous les avons cueillies l'après-midi où nous avons fait cette promenade à Stoner Hill.

— Oui, bien sûr.

— Elles se trouvaient dans ce livre. »

Elle regarda longuement les fleurs fanées. « J'aimerais tant, déclara-t-elle au bout d'un moment, j'aimerais tant que Harriet épouse Charles, qu'elle fasse une fin. (Sa voix s'accorda au mot, semblant se poser. Elle sourit.) Comme nous, nous l'avons fait », dit-elle.

« Chère Harriet, comme tu m'observes. Ça me met mal à l'aise : je sais que je ne parais pas à mon avantage. »

Harriet rougit. « Je te trouve si belle, bredouilla-t-elle. Pardonne-moi. »

À cette époque, les robes de grossesse semblaient toujours être bleu marine avec des touches de blanc. Celle de Kitty était discrètement croisée devant, et essayait ensuite de détourner l'attention soit vers ses coudes, avec un tombant plissé en accordéon, soit vers le jabot à son cou. Maintenant, elle avait l'air beaucoup plus capable, posant les pieds plus fermement quand elle marchait.

« Je t'envie tellement, dit Harriet simplement.

— C'est ce qu'on fait à ton âge, Dieu merci, quand c'est à venir, pas du passé. Heureusement que c'est dans ce sens-là.

— Quand tu cales ce coussin au creux de tes reins et que tu tiens ton ouvrage en hauteur au-dessus de ton ventre, je me dis : j'espère faire ça un jour. C'est si joli à voir.

— On ne joue pas à la poupée. Le jour venu, tu te sentiras seulement encombrante.

— Ça me sera égal.

— Tu passeras tes journées à rêver du voile de coton à fleurs que tu porteras en été quand ce sera fini.

— Rien n'est-il donc jamais bien sur le moment ? demanda Harriet, troublée.

— Je plaisante. Parce que tu m'as intimidée. Un jour, quand j'étais plus jeune, un homme m'a dit que j'avais un joli profil. Ensuite, j'ai été obligée de faire terriblement attention à ne pas le tourner sans cesse vers lui comme si je lui demandais de le remarquer ou d'en parler de nouveau. Je suis devenue très inquiète, fuyante. J'avais des ennuis au cinéma, je me suis mise à tout regarder en louchant. Les gens à qui on fait souvent des compliments sont moins désarçonnés.

— Quelqu'un est en train de longer l'allée avec Tiny.

— Homme ou femme ? » demanda Kitty. En pesant sur ses poignets, elle se hissa hors du canapé, faisant tomber des brins de fil de sa robe froissée. Elle sentit son enfant se retourner pesamment, comme un dormeur mécontent d'avoir été dérangé.

« Un homme, dit Harriet.

— Reggie Beckett », constata Kitty, debout à la fenêtre à côté d'elle. Elle leva la main à demi, mais ils ne la virent pas. Ils remontaient lentement l'allée de gravier, entre les arbustes dépenaillés, tête baissée comme s'ils discutaient d'un sujet grave.

« Dieu sait, interrogea Kitty, comment quelqu'un d'aussi puéril et gras, avec cet air de chérubin, peut être associé d'aussi près à un destin funeste. C'est curieux comme certaines personnes sont menaçantes en étant simplement elles-mêmes, joviales et sottes.

— Je ne peux pas imaginer comment lui peut l'être, dit Harriet. (Son rire brouilla la vitre et elle essuya la trace avec le revers de sa manche.) Il ressemble à ces angelots aux coins des cartes, qui soufflent le vent, les joues gonflées.

— Il s'épaissira, affirma Kitty. Elle se détourna de la fenêtre. Et il est vraiment inquiétant.

— Je vais aller leur ouvrir », proposa Harriet. Kitty s'assit de nouveau et reprit son ouvrage, attendant qu'explosent leurs saluts retentissants dans le vestibule.

DEUXIÈME PARTIE

1

« Alors, c'est ta province ici, dit Vesey tandis qu'ils dansaient. Tu y connais tout le monde, sauf moi. Moi, je ne connais que toi. Pourquoi as-tu dit que tu ne pouvais pas danser le tango ?

— Je ne savais pas que je pouvais. D'habitude, je m'assieds quand j'en entends un qui démarre. »

C'est ce que faisaient la plupart des autres. Pratiquement seule sur la piste, elle se sentait observée, surtout par son mari qui allait habituellement au bar quand l'orchestre jouait quelque chose de ce genre, mais était cette fois resté assis à leur table, se rafraîchissant avec l'éventail en dentelle noire de Kitty.

« Je ne peux pas ! avait plaidé Harriet, aussi timide qu'une jeune fille. Je ne sais pas danser le tango.

— Tu le peux avec moi, dit-il d'un ton égal.

— Mais pas tout de suite ! chuchota-t-elle, en regardant la piste vide.

— Maintenant. »

Il était si sûr de lui, qu'il pouvait risquer de la voir humiliée, pouvait l'emmener danser seule tandis que ses amis détournaient un peu leurs chaises des tables pour les regarder. Simplement, il ne lui permit pas de flancher, si bien que sa nervosité commença de se muer en exultation. Elle souhaita ne jamais s'arrêter, crut que c'était possible, car ils semblaient avoir triomphé du temps, qui réduit, qui escamote. Ils étaient suspendus dans une sorte de magie qui englobait aussi, sans signification, les corbeilles dorées d'azalées, les serpentins, et un grand lustre comme une pluie de bonbons acidulés crasseux. Dans le lointain, les silhouettes d'autres personnes se mouvaient au périmètre de leur espace de piste enchanté. Ils dictaient leur propre musique.

Presque vingt ans après, j'ai eu mon bal avec Vesey, songea-t-elle. « Il y a eu cet autre bal, dit-elle, dans cette même salle. Tu avais dit que tu viendrais, mais tu n'es pas venu. J'ai surveillé la porte pendant des heures par-dessus l'épaule de Charles, jusqu'à ce que je n'en puisse plus. » Pour la première fois, la figure de la danse avait failli lui échapper. En la tenant encore plus fermement, il la remit d'aplomb.

« Il faut que nous continuions, déclara-t-il. L'alternative serait de retourner à cette table où ils sont tous assis, en attente. Charles se lèverait et se pencherait vers toi avec sollicitude comme si je venais de te faire quelque mal.

— Pourquoi n'es-tu pas venu ce jour-là ?

— Je ne me rappelle plus.

— Quand on a atteint un certain âge, on peut poser un tas de questions.

— Les réponses ont-elles encore de l'importance ?

— C'était agréable simplement de danser, expliqua-t-elle. Ne parlons plus. »

Cela n'avait aucun rapport avec quelqu'autre danse qu'elle ait jamais pratiquée. On l'avait poussée, fait rebondir, bousculée sur la piste, tandis qu'elle essayait de suivre, de trouver quelque chose à dire ou de deviner ce qui venait d'être dit, tenue trop serrée ou trop mollement, souriant dans l'espoir d'avoir un regard extasié. Eux, maintenant, dansaient avec une précision grave et parfaite, en silence. Ils transformaient la danse en une sorte de rituel, un pacte, comme s'ils étaient seuls, extasiés au sens propre. Ils se donnaient en spectacle, se disait Charles.

Il ne voulait pas à son tour inviter la partenaire de Vesey à danser. D'abord, il ne savait pas danser le tango, ensuite, il pensait qu'elle était ivre. Elle n'avait quitté le bar qu'une fois ou deux quand Vesey l'avait emmenée sur la piste. Là, elle s'était affalée contre lui : ils s'étaient à peine déplacés, appuyés l'un contre l'autre, un peu comme des passagers debout dans le métro à une heure de pointe. De retour au bar, elle retrouva de l'animation, un verre à la main, au centre d'un groupe d'hommes dont les éclats de rire saluant un mot équivoque semblèrent la stupéfier. Elle s'étonna, le regard clair, son verre tenu à deux mains contre sa poitrine ; lorsqu'enfin le sens qu'ils avaient retiré de ses propos perça son innocence, elle s'empourpra, rentra les joues, but dans son verre à petites gorgées comme s'il s'agissait du lait pris par un enfant avant d'aller se coucher. C'étaient de méchants hommes, leur dit-elle ; eux la trouvèrent absolument inénarrable. Si, déclarèrent-ils, elle était capable de faire un aussi bon numéro sur scène, ils auraient presque été prêts à se taper *Hamlet* et les sièges durs de l'hôtel de ville pour la revoir.

« Je suis meilleure quand j'ai la gueule de bois, les assura-t-elle. Je suis plus extravagante. Je distribue des fleurs en tous sens. Parfois — se faisant provocante — j'introduis les passages salés que je suis censée omettre. »

Vesey fut obligé de parler, car il sentit que la musique approchait de sa conclusion. Il se savait sur le point de tomber amoureux ; il en prenait le chemin et il allait souffrir s'il se détournait, ne cédait pas au désir de déballer sa vie en sa présence, de disposer devant elle trésor après trésor (ou plutôt, pertes, rires, déceptions). Comme dans son enfance, lorsque sa mère revenait de l'étranger : les valises ouvertes traînaient partout dans la pièce, elle portait des brassées de robes, jetait des sous-vêtements fripés dans une corbeille ; « Ça c'est pour toi », disait-elle de temps à autre, lançant un petit paquet sur le lit où il était assis : une boîte à musique achetée en Suisse, une cravate à motif de timbres-poste de chez Charvet, un bouquet de dragées montées en fleurs. Elle tirait des bagages la tranche la plus récente de sa vie. Il tripotait les flacons et les pots de cosmétiques, explorait parfois, de façon impertinente pensait-elle apparemment, car elle faisait brusquement disparaître des choses dans les tiroirs, disant d'un ton répressif un « C'est à moi » qui n'avait pas de sens, puisqu'il n'avait rien supposé d'autre. Partager le déballage, fouiller avec Harriet l'enchanterait ; le faire sans ordre aucun, se montrer arbitraire, indiscret et qu'elle le soit, également.

« La semaine prochaine, je vais à Guildford, lui dit-il. Quoique cela n'ait pas d'intérêt. Peu importe où je vais. Je veux que nous nous parlions.

— Il faut que tu viennes dîner chez nous, proposa-t-elle pour le modérer.

— Tu n'y penses pas. Dîner ! Je n'ai dîné nulle part depuis des éternités : il faut que je sois au théâtre. Je ne vais jamais nulle part, si ce n'est tard le soir comme maintenant. »

La musique s'était interrompue. Il se tenait debout, applaudissant vaguement, la regardant. « Quand ? demanda-t-il.

— Vesey, c'est inutile. J'ai peur que cela rende Charles malheureux.

— Ne peux-tu avoir des amis à toi ?

— Si. Ne joue pas sur les mots.

— Toi, tu as joué sur les mots en m'invitant à dîner. »

Tout ce qu'elle avait pleuré autrefois, qui lui était à présent offert, la perturbait. Ils se dirigeaient lentement vers la table.

« J'ai une fille de quinze ans, l'informa-t-elle.

— On a peine à le croire », répliqua-t-il, avec une dérision lasse. Il écarta sa fille avec le genre de réponse qu'il méprisait, ignorant le sous-entendu de Harriet. Ils avaient perdu leur temps, à se contenter de danser là. « Demain après-midi, donne-moi rendez-vous quelque part, n'importe où.

— À ce moment-là, tu pourrais venir à la maison, proposa-t-elle d'un ton compassé.

— Je n'en ai pas envie, mais si cela fait une différence pour toi, je viendrai. As-tu des relations avec Joseph ou Deirdre ? interrogea-t-il d'une voix plus mondaine.

— Je les vois », répondit-elle.

Charles se leva, la main appuyée sur le dossier de sa chaise, l'air de prendre une pose, comme si on peignait son portrait. Vesey était debout à côté de lui. Ils avaient l'air de s'encourager mutuellement à la dignité. Tout le groupe était atteint d'une gêne légère, bien que Rose Elliott tentât de la dissiper en faisant des compliments aux danseurs. « Tout à fait espagnols », insista-t-elle, ce qui ne fit qu'accroître la gêne. Harriet se sentit mise à découvert, mais de son propre chef. Ils désapprouvaient, elle le savait. Quand Vesey partit, ils se détendirent un peu. « Un outsider, Harriet », commenta Tiny.

Au bar, follement impatiente, Ophélie attendait le retour de Vesey. Quand il revint, elle affecta de penser que c'était elle qui avait failli, qui l'avait abandonné. Effondrée sous le poids de la contrition, elle se protégea les yeux de la main, mordit sa lèvre inférieure, feignant de s'attendre à une réprimande.

« Je rentre, dit Vesey. Je vais appeler un taxi.

— Je ne suis pas prête, dit-elle catégoriquement, plus du tout la petite fille effondrée.

— C'est ton affaire.

— Espèce de petit mec odieux », cracha-t-elle.

Tiny venait de s'approcher du bar et elle s'appuya contre lui.

« Il faut que je rentre à la maison, dit-elle d'un ton pitoyable.

— Pas possible ! Ça commence seulement. Les cinq premières heures sont toujours les pires. »

Vesey se dit : Si elle ne vient pas, je ferai l'économie du taxi. Il retournerait à la pension de famille à pied. Mais elle alla, d'un pas traînant, en protestant, chercher son manteau de tweed au vestiaire. Elle se le mit sur les épaules puis prit le bras de Vesey. Il ne se retourna pas vers Harriet. Elle les vit partir, d'un coup d'œil rapide, en se penchant pour détacher et rattacher la boucle de sa chaussure, afin que Charles ne remarque pas son regard.

L'atmosphère est plus légère, songea Charles, plus douce. Fasse le ciel qu'une telle menace ne plane plus jamais sur nous.

L'orchestre jouait tant d'inepties à la mode qu'un certain temps s'écoula avant qu'il y ait un vrai fox-trot et qu'il puisse inviter sa femme à danser.

Une à une, les autres voitures s'étaient éclipsées dans l'obscurité, mais eux restaient là, soumis aux vibrations, aux pulsations, au bord du trottoir. Rose Elliott était retournée chercher ses gants. Charles marquait du pied la mesure de quelque musique imaginaire, un air martial, Harriet en eut la certitude en le regardant.

« Kitty grossit », dit Henry Elliott, en la regardant monter dans leur voiture, qui pencha de côté quand elle fit porter son poids sur le marche-pied.

Voilà Rose qui arrivait enfin, se hâtant le long du tapis qui menait aux portes vitrées. Son mari poussa un cri de douleur peu galant quand elle lui marcha dessus en entrant dans la voiture. Elle enleva ses chaussures et enfila ses pieds dans son manchon. Elle avait mal aux cuisses et ses orteils lui semblaient brisés.

« Sûrement qu'il est temps de renoncer à tous ces bals ? interrogea-t-elle en s'installant. Et pourtant, voilà Harriet, fraîche comme une rose.

— Non, je suis fatiguée, moi aussi, protesta Harriet vivement.

— Tous ces bals ! répéta Charles. Trois ou quatre par an, au plus.

— Je ne peux plus suivre ce qu'ils jouent, et toi, Charles ? Les rumbas et tout ça.

— Les Anglaises ne devraient jamais danser la rumba, lui dit-il.

— Mais vous ne pourriez pas danser ensemble...

— Le tango de Harriet, voilà quelque chose dont nous nous souviendrons tous », déclara Henry. Il était assis discrètement sur le petit strapontin du taxi, les yeux fermés, les bras bien rangés, croisés sur la poitrine. Il suggérait un modèle d'homme pliant, spécialement conçu pour être transporté en taxi.

« Oui, le tango de Harriet ! Sapristi, il n'avait pas l'air anglais, lui, s'exclama Rose.

— Tu vois ! dit Charles, faisant un signe de tête à Harriet.

— Que signifie “ tu vois ” ?

— J'ai toujours dit qu'il avait l'air d'un espingouin.

— À tenir ta main derrière ton dos de cette drôle de manière, commenta Rose en bâillant à se décrocher la mâchoire, à l'abri de son poing. J'imagine que tu étais gênée. »

Mais ce genre de danse est impersonnelle, pensa Harriet, si conventionnelle qu'elle transcende l'étreinte la plus intime. Quoiqu'elle ne l'aurait pas expliquée ainsi, même si elle en avait été capable.

« Pourtant, elle a bien dansé, dit Rose.

— Et qu'elle se soit levée, se plaignit Charles, dès que la musique a commencé. Personne d'autre sur la piste. On ne se lève jamais pour un tango avant qu'il soit pratiquement terminé, et encore.

— Il est à moitié irlandais », intervint Harriet soudain, sans comprendre pourquoi elle voulait qu'ils le sachent.

Au vestiaire, penchées vers les miroirs, côte à côte, Kitty lui avait demandé : « Qui est-ce ? »

Sa houppette appuyée un instant sur son menton, Harriet avait répondu : « C'est Vesey. Je le voyais dans le temps.

— Avant de connaître Charles ?

— Dans mon enfance. »

La houppette se remit à tourner sur son visage interdit et perplexe.

« Je ne t'ai jamais entendu en parler. Tu ne l'as pas revu ?

— Une seule fois, il y a quelques années, à l'occasion d'un office à la mémoire de sa tante. »

Kitty remonta ses bretelles, car elles entaillaient ses rondeurs. Sans se quitter des yeux dans la glace, elle dit : « Ce n'est pas du tout l'impression que vous donniez. Le sentiment que j'ai éprouvé à vous regarder, c'est qu'il s'agissait d'une chose préparée et cependant fatale, comme un fragment de ballet — oui, c'est ça — à le voir simplement émerger de la foule et s'emparer de toi, puis disparaître... c'est tout juste si l'horloge n'a pas sonné douze coups. » Elle rentra ses cheveux à l'intérieur de son col de fourrure et laissa tomber une pièce de six pence dans la soucoupe.

« Suis-moi ! »avait-elle dit en tendant la main pour prendre celle de Harriet comme si elle était aveugle et avait besoin d'être guidée pour sortir de la pièce. Harriet avait ri. Elle sentait la peau de chevreau tiède tendue sur la paume creuse, car rien que portât Kitty ne lui allait à présent. Ses volumes avaient toujours une longueur d'avance sur les couturières. Rose, nacrée, elle ressemblait à une immense déesse, oisive et voluptueuse, peinte sur un plafond. Elle aurait dû être flanquée de nuages, avec des chérubins accrochés à ses flots de ruban.

Maintenant, dans le taxi, Rose demandait : « D'où vient-il ?

— Du passé. Sorti du passé », dit Charles, sa voix parant les mots d'absurdité. Il se conduisait vraiment mal.

« Comme c'est romantique ! » murmura Rose, en tassant de nouveau ses pieds dans ses chaussures, car le taxi s'était engagé dans l'allée bordée de lauriers, conduisant au pensionnat de garçons dont Henry était directeur.

« Lumière allumée dans le petit dortoir, annonça-t-il en examinant la façade.

— Ce doit être l'otite du petit Stuart, supposa Rose. L'infirmière va nous parler sèchement quand nous lui soufflerons au visage nos haleines parfumées au whisky. Bonne nuit, mes amis.

— Tu as dansé merveilleusement, dit Henry à Harriet pour la réconforter, en lui prenant la main. Tu nous a tous étonnés.

— C'est bien mon avis », en convint Charles.

Pendant que la voiture faisait demi-tour, les pneus faisant crisser en profondeur le gravier mouillé, ils virent Rose entrer en clopinant sous le porche, l'infirmière, à cette heure-ci encore d'un blanc amidonné, lui ouvrir la porte, et Henry, debout sous la pluie devant les lauriers noirs et mouillés. Il leva la main tandis qu'ils s'éloignaient.

« Cher Henry ! » dit Harriet. Henry, cher et irritable, pensa-t-elle, car ses défauts mêmes lui apparaissaient un refuge en ce moment, partie intégrante du tissu de sa vie quotidienne qui lui avait permis depuis si longtemps de camoufler ses désirs. Mon univers et ma province ! Elle tourna la tête vivement comme pour esquiver cette parole de Vesey, employée plus tôt dans la soirée. Elle essaya de regarder par la fenêtre, mais au-delà des gouttes d'argent sur les vitres, qui devenaient dorées quand ils passaient devant un lampadaire, elle voyait très peu de chose. Un chapelet de lumières brouillées s'égrenait sur la colline, la coiffant. Les avenues et les demi-lunes étaient assombries, balayées par la pluie.

Charles, qui avait eu tant à dire en présence des autres, restait silencieux maintenant. Le col de son manteau remonté jusqu'aux oreilles, les mains enfoncées dans les poches, il se recroquevillait dans l'autre coin, loin de Harriet. Le mariage n'éclaircit pas les mystères, songea-t-elle. Il les crée et les augmente. Il était oppressant de se trouver enfermés physiquement dans cet espace sombre et pourtant isolés à jamais l'un de l'autre. Ils étaient anxieux tous les deux.

« Ça forcit maintenant, dit le chauffeur par-dessus son épaule.

— Oui, acquiescèrent-ils tous deux d'un ton las.

— M'étonnerait pas que ça continue toute la nuit... »

Charles étouffait des bâillements derrière sa main gantée et Harriet s'y mit également, s'apercevant que c'était contagieux.

« Une fois que c'est parti, ajouta le chauffeur.

— Nous voilà », indiqua Charles sèchement.

Jessica Terrace avait l'air d'une rangée de maisons de papier. Aucune des fenêtres ni des impostes n'était éclairée. Les arbustes à feuilles persistantes étaient vernissés sous la pluie ; ils poussaient au ras du trottoir, les grilles de fer ayant été enlevées pendant la guerre. La façade semblait si peu profonde que même Harriet, qui vivait ici depuis seize ans, avait peine à croire que derrière elle, des couloirs s'enfonçaient vers les cuisines, que dans des parties reculées, on n'entendait pas la sonnette de la porte d'entrée et que, dans des pièces à l'arrière, donnant sur les jardins étroits, au niveau des branches les plus hautes d'un mûrier, sa fille et la jeune bonne dormaient.

Elle adorait la sensation apaisante de se faire conduire la nuit et quittait à contrecœur même cette voiture sentant le moisi. « Réveille-toi », dit Charles avec humeur. Ils s'étaient arrêtés à côté du lampadaire familier. Elle dit bonsoir au chauffeur et se hâta vers le perron, tête baissée sous la pluie.

Passant au travers des feuilles de lierre, la lumière du réverbère éclairait la porte blanche. Attendant en frissonnant que Charles trouve la bonne clé, elle fixait devant elle le marteau de porte en fer : une main tenant une guirlande de roses. Demain — en fait, dans quelques heures — Vesey se trouverait ici. À l'intérieur de la maison, elle l'aurait attendu, contractée, au milieu de la pièce, loin des fenêtres, à l'écoute du bruit des coups du marteau et de leur sonorité métallique contre la porte. Et s'il ne venait pas ! pensa-t-elle. Si quelque chose arrivait et que je ne le revoie jamais plus !

« Je vais aussi vite que je peux », protesta Charles, prenant son frisson pour un reproche. En raison peut-être des années passées avec sa mère, il était très enclin à voir des reproches partout.

Dans le vestibule étroit, la petite chatte blanche, Blanchette, entreprit de s'approcher à sa façon hésitante, en biais, et s'insinua entre leurs jambes en ronronnant. Sur une chaise était posé le cartable de Betsy, préparé pour le lendemain matin, à côté d'un bouquet de fleurs pour Miss Bell.

« Je me demande si Elke a pensé aux bouillottes », dit Harriet en s'engageant dans l'escalier. En montant, elle regarda Charles par-dessus la rampe. Il avait enlevé son écharpe blanche et restait là à balancer la frange devant la chatte, l'air pensif et absorbé. Elle ne pouvait pas deviner quelles étaient ses pensées. Confrontée à lui, à son calme et à sa fermeté de caractère, elle se sentait confuse et incohérente ; en jetant un regard en arrière sur leur mariage, elle le vit comme une chose effilochée, embrouillée, fabriquée par deux étrangers.

Betsy se réveilla au bruit d'une portière de voiture qui claquait. Elle s'était endormie sur ses devoirs, au lit, la lumière allumée. Le coin du livre sur lequel son front s'était appuyé y avait imprimé une marque ; elle avait des fourmis dans une main, repliée maladroitement sous ses côtes. Elle ne supportait pas la sensation nerveuse de picotement lorsqu'elle essayait de déplier les doigts, mais elle entendit alors la voix assourdie de tard-le-soir de sa mère. Elle tendit sa main engourdie et tremblante pour éteindre la lumière, puis cacha son livre sous sa poitrine, la main douloureuse enfoncée sous les couvertures, diffusant ses fourmillements sur la face interne de son bras, si bien qu'il lui était difficile de rester immobile et de faire semblant de dormir, même en entendant le pas de sa mère sur le palier. Elle éprouva un besoin terrible de tourner la tête et d'étouffer son fou rire dans les oreillers. Lorsque sa mère entra dans la pièce, ses paupières tressaillirent. Elle sentit que même s'il avait fallu feindre la mort pour avoir la vie sauve, comme des gens l'avaient fait selon certaines de ses lectures, ce début de rire nerveux n'aurait pas pu être maîtrisé ; elle était persuadée qu'elle crierait pour relâcher la tension, qu'elle se mettrait à rire de façon incoercible.

Sa mère rattrapa l'édredon qui glissait, lui effleura même les cheveux. Betsy s'était raidie, sentant peser la présence de Harriet au-dessus d'elle, respirant ce qu'elle qualifiait poliment d'odeur-de-fête de sa mère. Quand Harriet fut sortie de la pièce sur la pointe des pieds, l'envie de rire partit avec elle. Détendue, Betsy trouva une attitude moins théâtrale, genoux remontés, chevilles croisées, les mains rabattues vers sa poitrine comme des pattes. Compacte, repliée, elle aurait pu se trouver dans l'utérus tandis qu'elle attendait le sommeil tranquillement. Elle était contente d'avoir mal à la tête, espérant avoir l'air fatigué demain pour sa leçon particulière avec Miss Bell. Elle voulait travailler avec une intensité hâve, une ferveur fragile, uniquement sur les nerfs, à force de volonté. Ce serait merveilleux que Miss Bell le pense ou fasse une remarque sur sa fatigue, si seulement elle pouvait éviter que sa mère — chose plus vraisemblable — en fît autant au petit déjeuner.

La vie était tout à fait belle, se dit-elle, se déployant étonnamment d'un cours de grec au suivant, chaque jour rendu heureux par la proximité de sa bien-aimée.

La chambre était en désordre car ils étaient partis précipitamment. Harriet détacha les œillets de sa robe et les mit dans l'eau. Elle avait promis à Betsy qu'elle pourrait les avoir pour Miss Bell (toutes les fleurs ayant été conçues pour elle) bien que cela parût peu gracieux. En fin de compte, même en se sachant mal agir, elle cédait habituellement.

Cela fait, elle se mit à se déshabiller en hâte, comme s'il lui importait terriblement d'être couchée avant que Charles monte. Au-delà de leur familiarité et de leur nudité, ils pouvaient maintenant percevoir leur isolement véritable : ils étaient plus totalement étrangers l'un à l'autre que des gens qui se croisent dans la rue.

Elle était seulement en train de faire sa toilette quand il entra.

« Ce chaton ! commença-t-il immédiatement, en fermant la porte. Voilà qu'il a mouillé le tapis. Il faut s'en débarrasser. »

Il posa un regard indifférent sur elle tandis qu'elle s'essuyait les bras.

« Oui, il va falloir s'en débarrasser, acquiesça-t-elle.

— Ça sent la fauverie.

— Je sais. »

Elle commença de se brosser les cheveux.

« Fatiguée ? »

Il se regarda attentivement dans la glace, comme pour découvrir s'il était lui-même fatigué.

« Un peu », dit-elle prudemment.

Lorsqu'elle se glissa dans le lit, ses pieds se recroquevillèrent. Elke, évidemment, avait oublié les bouillottes.

« Je vais t'en remplir une, proposa Charles.

— Oh, bien sûr que non.

— Tu ne vas pas t'endormir, tu vas parler, étendue là. »

Pour s'épargner cette épreuve, il s'en alla.

Elle s'assit dans le lit, se massant le contour des yeux avec une crème nourrissante. En bas, dans la cuisine, Charles s'activait. La bouilloire se mit à chanter. La maison était pleine de bruits : Betsy, qui se retournait parfois en dormant, Elke, la Hollandaise, qui ronflait sans répit, le lierre qui frappait au carreau, l'eau qui gargouillait dans les tuyaux.

Quand Charles revint, elle prit la bouillotte avec gratitude car elle claquait des dents ; couchée en boule, sur le côté, elle s'enroula autour de sa chaleur. Lorsque Charles se mit au lit, il tenta de la desserrer, comme il l'aurait fait d'un hérisson, enroulé pour se protéger. Elle se resserra de plus en plus.

« Harriet, ma chérie, dit-il, étendu sur le dos, loin d'elle, résigné. Aucune femme présente ce soir n'était aussi ravissante que toi. Je sais toujours, où que j'aille, que tu seras la plus belle. » Mais il ne parvint pas non plus à la dérouler par la flatterie.

Il tendit la main vers la sienne. Elle la saisit hâtivement comme pour le tenir à distance. Des larmes coulaient silencieusement de ses yeux, lui traversant le visage en diagonale.

À son immobilité, il sut qu'elle pleurait. « L'habitude ne m'enseigne rien, dit-il. Toutes ces années ne peuvent pas me prouver que tu es à moi. Le refus de croire a la vie dure. » Il fit glisser son bras sous l'épaule de Harriet et l'embrassa en prenant soin d'éviter ses larmes.

Au matin, la pluie était réduite à une brume fine. L'humidité laissait un dépôt fourré sur les gants de laine de Betsy ; ses cheveux blonds pendaient mollement sur les épaules de sa vareuse. Les vêtements qu'elle portait maintenant et ceux qu'avaient portés Harriet écolière étaient presque les mêmes : le chapeau de feutre avec son ruban et sa cocarde, le chemisier, la robe-chasuble et la cravate. Rien n'a si peu changé en Angleterre, se disait Harriet, que l'écolière anglaise. En faisant l'inventaire de la tenue scolaire au début du trimestre, elle éprouvait, en ce qui la concernait personnellement, un mélange de nostalgie et de soulagement.

Betsy, même à cette heure matinale, par un froid que les gens qualifiaient de rigoureux, éprouvait un vrai bonheur dans l'expectative, comme les femmes adultes ont tendance à en ressentir après le thé. Elle prenait des allures diverses en marchant, variant au rythme de ses pensées. Quand le père Keogh, surpris par son air décidé, lui dit bonjour, elle manqua reculer violemment dans les grilles et lâcha vraiment son Xénophon dans la mince couche de boue qui couvrait le trottoir. Il essaie de me convertir, pensa-t-elle, sentant des menaces venant de toutes parts fondre sur elle : Rome par exemple, et puis cette traite des blanches dont elle avait entendu parler. Désirée, en danger, elle poursuivit le périlleux chemin de l'école, son Xénophon tenu maladroitement dans sa main gantée.

Elle s'était toujours vue avec un destin funeste, n'arrivait pas à imaginer comment elle avait atteint l'âge de quinze ans sans désastre, ni pourquoi personne ne l'avait kidnappée dans sa petite enfance. Il lui arrivait d'être si persuadée qu'elle allait se faire arrêter pour quelque crime qu'elle n'avait pas commis qu'elle adopta une façon particulière de marcher nonchalamment dans la rue pour ne pas attirer les soupçons ; flânant, léchant les vitrines, puis se demandant soudain si on n'allait pas la prendre pour une prostituée — à propos desquelles elle avait lu beaucoup de choses — elle avançait d'un pas plus alerte, en regardant le trottoir.

Un assassinat avait été commis récemment dans la ville. Tous les jours, elle se sentait tenue de rentrer chez elle en passant par le quartier où le crime avait eu lieu. Comme si elle était vraiment l'assassin, elle était ramenée là fatalement. Elle ne rencontrait pas de policiers, mais se les figurait guettant depuis les fenêtres du haut. Pour ce crime, par chance, elle avait un alibi dramatique. Au moment même où on était en train d'assommer le malheureux buraliste avec un couperet, elle se faisait confirmer par l'évêque dans l'église St Gildas.

En allant au lycée ce matin, elle imaginait, comme elle l'avait souvent fait, qu'on l'interrogeait au tribunal : elle écoutait, affichant un sourire calme et imperturbable. Puis, juste au moment où les choses tournaient au pire pour elle, alors que sa mère pleurait discrètement et que Miss Bell gémissait distinctement, elle demandait si on pouvait faire entrer l'évêque de Buckingham pour qu'il dise quelques mots de ses activités le soir en question. L'auditoire était alors parcouru d'une légère agitation ou de murmures, comme elle l'avait toujours lu. L'évêque était superbe avec ses guêtres et ses basques violettes. Des cordelettes amarraient le bord de son chapeau — qu'il ne retirait pas — au fond... Mais elle ne pouvait pas s'empêcher de penser qu'il était très différent du père Keogh. Il se passait si peu de choses d'une nature inquiétante à St Giles. Le curé était, à vrai dire, rondouillard et plutôt jovial... Quoi qu'il en soit, elle était confirmée à présent, en sécurité au bercail... l'odeur de l'église catholique en briques rouges au coin de la rue n'existant que pour l'effrayer, la séduire et la mettre à l'épreuve.

Sa grande amie, Pauline Hay-Hardy avait eu envie qu'elles y entrent se confesser un jour en fin d'après-midi, en sortant d'une séance d'entraînement de hockey. Timidement, elles s'étaient attardées dans ce qu'elles supposaient être un porche byzantin. Ébranlées par l'odeur d'encens, elles s'étaient avancées d'un pas ou deux dans la pénombre. Une femme avec un panier à provisions était agenouillée devant des rangées de cierges. Pauline battit en retraite, la main sur le coude de Betsy, et mit l'élastique de son chapeau dans sa bouche, une habitude nerveuse qu'elle avait. Tournant le dos à l'église, elles virent que la soirée bleue était tombée soudain. Elles songèrent aux feux spécialement allumés dans la cheminée en vue de leur retour, aux mères qui attendaient, à la dernière crêpe épaisse dans le plat, poreuse, ruisselant de beurre, au thé sucré, aux biscuits roulés, la journée étant délicieusement exclue. « Nous n'aurions pas su s'il fallait payer quelque chose », dit Pauline quand elles atteignirent le carrefour où elles se séparaient. Toujours, lorsqu'elle se retrouvait seule, Betsy détalait au petit trot. Puis, avec une urgence soudaine, elle avait envie de se retrouver à la maison. Ce soir-là en particulier.

Miss Bell était une demoiselle à la Du Maurier, aux sourcils fortement dessinés, à la bouche très rapprochée du nez. Lorsqu'elle chantait un cantique pendant la prière du matin en commun, elle avait le cou et la mâchoire qui rougissaient d'un côté, lui donnant un air plutôt indigné qu'humble, comme si elle se livrait à quelque argumentation serrée et intellectuelle avec Dieu. Un jour, en leur lisant *Antigone*, elle avait pris la même teinte.

Elle enseignait le latin et ce qu'Elizabeth Barrett Browning appelait « Du grec pour dames, sans accentuation ». Que les jeunes filles soient dispensées de se soucier des accents lui semblait un affront à son sexe, un avantage qu'elles auraient pu traiter par le mépris, un peu comme d'être autorisées à se tenir en avant de la ligne du fond au jeu de massacre. Elle n'était aucunement féministe, mais n'aimait pas gâcher ses capacités, que jusqu'à présent elle n'avait trouvées inférieures à celles d'aucun homme.

Betsy avait mal débuté en latin avec un professeur qui n'éveillait pas d'émotion en elle, mais en grec, depuis la première déclinaison, c'est l'amour qui l'avait aiguillonnée. Par la suite, quelque chose de dramatique dans la langue elle-même la retint, quelque qualité exaspérée qu'elle reconnut comme appartenant à sa propre vie. Dans les sons mêmes des mots, des voix gémissaient, mentaient, promettaient la fidélité, juraient la vengeance, adoraient immodérément, acceptaient la défaite avec un dédain acharné.

Miss Bell, dont l'adolescence ne remontait pas si loin dans le temps, se remémorait la façon dont elle s'était hissée d'une bourse à une autre, en fuyant les contacts personnels, qui l'exposaient souvent à l'échec, car elle avait peu de dons naturels dans ce domaine et peu de temps pour développer ceux qu'elle avait. À Girton, elle avait atteint une certaine éminence, mais maintenant, elle redescendait lentement, essayant de trouver un semblant de patience à l'égard de ces filles qui butaient, effleuraient, soupiraient. Seule Betsy paraissait la récompenser. Une seule, peut-être, sur cent, se disait-elle en voyant le visage animé de l'enfant. Elle ne pouvait pas savoir que ce visage ne s'animait que pour elle, que ce qu'elle avait fui était maintenant dirigé intensément vers elle, une immense adoration éblouie. Les réactions qu'elle suscitait accaparaient la plupart des pensées de Betsy : ayant obtenu la réaction, elle devint assidue, presque furtivement, et engrangea accessoirement — comme elle engrangeait *L'Iliade* — à la fois du bon et du mauvais.

Miss Bell ne s'attribuait pas les bouquets de fleurs, les croyant déposés aux pieds d'Homère.

« Tout le monde a besoin d'être amoureux de quelqu'un », dit Miss Beetlestone, le professeur d'anglais, qui était fiancée. Elle était en train d'arranger des chrysanthèmes dans un vase, dans la salle des professeurs.

« Nous faisons l'affaire en attendant, je suppose, faute de quelqu'un d'autre. Nous n'avons pas lieu de nous trouver si intéressantes : je suis certaine de me rappeler que Sarah Bernhardt était tombée amoureuse d'une chèvre dans sa jeunesse.

— Amoureuse ? dit le professeur d'éducation physique, le mot lui écorchant apparemment la bouche. Cette atmosphère à l'école...

—Il y a toujours une atmosphère dans une école », répliqua Miss Beetlestone, qui devait bientôt la quitter.

Miss Bell écoutait, mais ne faisait aucun rapprochement avec elle-même et certainement pas avec la seule élève sensée qu'elle eût.

« N'employons pas de termes comme amour...

— Mais je sais qu'en fait c'est la même chose », dit Miss Beetlestone d'un ton tranchant, du haut de son injuste avantage. Elle enfonça les fleurs en bloc dans le vase, puis essaya de les desserrer. Quand elle riait, elles avaient l'impression qu'elle s'en moquait, mais c'était simplement une expression de bonheur.

Cela étant, Miss Bell réagit distraitement aux fleurs de Betsy ; elle les tenait un peu de côté, tout en démêlant la construction difficile qui avait donné tant de souci dans la nuit. Betsy avait un talent particulier pour poser des questions intelligentes juste avant la prière en commun.

« Je n'arrivais pas à dormir, expliqua-t-elle. J'y travaillais encore à onze heures.

— Ah bon », dit Miss Bell oubliant de faire des remontrances ou de consoler. Travailler jusqu'à minuit était ce qu'il y avait de plus pratique : elle l'avait toujours fait, quant à elle. Ce qui l'étonnait, c'est que si peu d'élèves le fissent.

Les œillets de Harriet, dont le bord des pétales commençait à roussir, passèrent presque inaperçus.

Une fois que Betsy était partie, suivie de Charles, la maison marquait une pause, les pendules semblaient se ralentir. Elke, la Hollandaise, montait à l'étage mettre sa literie à la fenêtre de sa chambre, à l'air humide. Harriet emportait sa dernière tasse de café devant le feu, relisait son courrier, allumait sa première cigarette. En commençant à récupérer après le branle-bas du petit déjeuner et du départ des autres, c'était le moment où elle pensait habituellement avec plaisir à la matinée qui l'attendait, car elle aimait les choses ordinaires, familières, sachant que ce qu'elle avait à faire était parfaitement dans ses cordes.

Pourtant, ce matin, elle était elle-même ébranlée, sentant qu'une suite ordonnée véritable était tellement brisée que l'arrivée ponctuelle du laitier, la femme de ménage entrant à l'heure habituelle par la porte de service n'étaient que petites dérisions, faux-semblants piteux, comme le premier repas après la mort d'un être bien-aimé, qui ne réaffirme même pas que le monde continue à tourner, qu'au sein de la mort nous sommes en vie. Un chien de cirque, ayant enfin pris sa retraite de la piste, continue sans doute à exécuter son numéro inepte, resté inepte.

Elle porta les lettres sur son bureau, fit le chèque pour Harrods, répondit à une invitation. Dans sa vie domestique, elle était devenue ordonnée et méthodique. Elle avait essayé comme elle le pouvait de faire plaisir à Charles.

Dans le verre de la photographie de Betsy, la confrontant, elle vit maintenant le reflet pâle de son propre visage. À certains égards, les deux visages étaient semblables ; les yeux de Betsy, grands et candides, s'accordaient aux siens ; les cheveux blonds se détachaient en clair sur les siens, plus foncés, mais la timidité était absente de l'expression de la jeune fille : elle paraissait plus engageante, plus adulte. Pourtant, physiquement, le reflet était une projection dans l'avenir, un fantôme qui passerait devant, attendant l'enfant. Les rides légères sur le front, le contour de la mâchoire moins pur avaient le caractère d'une prémonition.

Harriet détourna les yeux vers le jardin hivernal négligé, avec son mûrier dénudé, les rhizomes d'iris qui se soulevaient, noueux, tordus, dans les plates-bandes par ailleurs vides, les traces de chats sur le gazon mouillé, mal entretenu, les feuilles mortes entassées sous les arbustes. Cependant, l'hiver ne lui semblait pas incapable de changer comme il l'avait fait quand elle était jeune. À présent, dès que les feuilles tombaient, elle sentait monter les pousses potentielles à travers la terre durcie ; l'automne était implicite en été, aucune saison ne tenait. Il n'y avait plus d'étés qui n'en finissaient pas. Le dernier, c'est quand elle avait joué à cache-cache avec Vesey et les enfants. Depuis lors, les années avaient filé, chacune plus courte que la précédente. Elle n'avait pas trouvé le temps long, celui de son mariage. L'été et l'hiver s'étaient confondus. Betsy s'était plutôt déployée qu'elle n'avait mûri, comme si elle avait été intégralement présente dès le début, mais que chaque anniversaire en dévoilait un peu plus, en rendait un plus grand fragment visible, tout en en laissant présager plus encore.

Au cours de ces années, Vesey ne l'avait menacée d'aucune façon. La nuit parfois, d'avoir son nom à l'esprit la réconfortait, mais elle en avait peu de nouvelles, n'en recevait pas venant de lui. Tout ce que Hugo avait pronostiqué s'était révélé vrai, quoiqu'il n'y eût rien d'étonnant à cela. Après tout, il n'avait fait que prédire ce que personne d'autre n'avait osé formuler. Car Vesey n'avait pas prospéré. La tournée de la petite compagnie ne lui avait pas servi de marchepied ou si elle l'avait fait, Vesey n'avait pas encore atteint le degré suivant et, si ce que Deirdre laissait entendre était vrai, il parvenait à peine à se maintenir sur le premier. Mais Harriet pensait qu'elle était peut-être inspirée par l'hostilité ancienne que Joseph et elle ressentaient envers Vesey.

Pendant l'office à la mémoire de Caroline, qui était morte pendant la guerre, Harriet était assise derrière Vesey, coincée au milieu des femmes du Foyer rural. La petite église du village était remplie de représentants des nombreux domaines de la vie publique de Caroline. Installés au premier banc, Hugo et ses deux enfants étaient en uniforme — Deirdre et Joseph en bleu marine, Hugo en kaki — tous avec un rang estimable. Ils faisaient paraître étrangement civile la mort de Caroline. Derrière eux, Vesey avait l'air gauche en tenue de campagne. Le frottement du tissu rugueux semblait avoir mis son cou à vif, ses cheveux ras lui donnaient un air tondu, outragé, ses brodequins, que Harriet vit par-dessus le dossier du banc lorsqu'ils s'agenouillèrent, étaient énormes et cloutés. Elle supportait à peine de les regarder.

Hugo, Deirdre et Joseph se comportèrent admirablement. Pâles et fiers, ils donnaient l'impression de se tenir au garde-à-vous et que l'on pouvait compter sur eux. Les yeux de Vesey étaient dilatés par les larmes, comme ceux de Harriet. À un moment donné, il passa un doigt sous ses cils. Ayant tourné la tête et vu Harriet quand elle entra dans l'église, il avait regardé dans le désespoir les femmes qui le cernaient de part et d'autre. Ils ne savaient pas au juste comment se saluer : ils étaient reconnaissants de la retenue que cette occasion leur imposait. Ils ne se trouvaient pas comme Deirdre dans une situation où ils pouvaient répandre des sourires radieux et être jugés courageux ; des sourires radieux auraient pu être mal interprétés et il était plus convenable de se contenter d'y répondre dignement.

Lorsqu'ils entendirent célébrer Caroline, c'est une étrangère qu'on leur présenta. Le curé résuma ce qu'ils n'avaient jamais connu. Pour corriger cette représentation, ils essayèrent tous deux de voir Caroline sous un jour moins solennel, son aspect, par exemple : les voix sont impossibles. Vague, sérieuse, bonne, elle était assise (pour Harriet) à la table du petit déjeuner dans un rêve, ses lunettes lui glissant sur le nez, les enfants entraient et sortaient en courant — car les repas étaient faits pour les gens et non les gens pour les repas — mangeaient quand bon leur semblait, presque en haillons pensaient les villageois. Mais ses idées avaient triomphé. Debout là courageusement, au premier banc, ils lui faisaient honneur, ses enfants : leur allure présente justifiait leur éducation, de même que leur bonne santé avait toujours justifié leur végétarisme. Hugo avait l'air vieux. La dernière fois qu'il avait porté un uniforme, il ressemblait à Rupert Brooke ; maintenant, il avait les cheveux entièrement gris et se montrait plutôt irritable. Harriet se rappela soudain le livre que Caroline lui avait dédicacé quand ils étaient jeunes. Allons, la route s'ouvre devant nous ! J'ai été idiote de me souvenir de ça ! pensa-t-elle, forçant son esprit à revenir à la table du petit déjeuner, qui ne la faisait pas pleurer.

Mais il était évident que le curé et la majorité de l'assistance ne voyait pas Caroline vague ou en famille. Pour eux, elle devait toujours avoir une liasse de papiers à la main, parler avec autorité, connaître les statistiques et y croire. Elle avait été en prison et ceci — pas dans l'immédiat — avait établi son intégrité civique.

Harriet s'était demandé si ses larmes à elle n'étaient pas pour sa mère. Elle ne pouvait pas imaginer pour qui étaient celles de Vesey. Ils n'avaient ni l'un ni l'autre eu de lien profond avec Caroline, sinon qu'ils étaient habitués à elle (ce qui compte beaucoup plus que nous ne le supposons).

Ce matin, assise à son bureau, l'encre ayant séché sur sa plume, elle comprit que tous deux avaient versé des larmes nostalgiques sur leur jeunesse, dont Caroline avait fait partie de façon très importante, sur les étés prolongés, surtout le dernier, s'infligeant une douleur inutile et, seuls de l'assistance, se conduisant mal.

À l'extérieur, dans le cimetière, ils s'étaient parlé. Bouger, agir, les calma ; même sortir de l'église constitua une délivrance et un soulagement. Le ciel était d'un blanc implacable au-dessus des ifs taillés ; les jonquilles étaient toutes penchées dans le même sens, poussées par le vent. Il pourrait neiger, disaient les gens, bien qu'on soit fin mars. Ils se sentaient revigorés, par l'hommage rendu et le cantique « Menons le bon combat ».

Deirdre, avec un aplomb enviable, serrait des mains, debout sous le porche d'entrée du cimetière, incitant de façon charmante ses connaissances à rejoindre leurs voitures garées tout le long de la route : on aurait dit qu'elle avait offert une réception.

« Comment vas-tu, Harriet ? » demanda Vesey. Son visage était mauve de froid. Elle se demanda comment il pouvait supporter la vie militaire.

Elle remonta le col de son manteau bordeaux — car « pas de deuil » était aussi impératif que « pas de viande » — contre sa joue, comme si elle avait mal aux dents.

« Deirdre fait preuve de bon sens, dit Vesey. Caroline en aurait été contente. Il faut espérer que cela ne passe pas inaperçu.

— Comment est-ce dans l'armée ? demanda Harriet timidement, son regard se détournant de l'uniforme de Vesey.

— Je n'y suis allé que lorsqu'on m'y a invité et je n'ai pas vraiment été loyal envers elle. Hugo pourrait t'en parler plus équitablement.

— Je veux dire, pour toi.

— Vois-tu, je n'ai jamais aimé me déshabiller avec d'autres hommes : je me sens toujours chétif et pitoyable. Mais en fait, ce n'est qu'ennuyeux et bête, une vie à des kilomètres en dessous du niveau de subsistance. En plus, je n'ai pas beaucoup de goût pour le travail de bureau, copier des listes de numéros sur des cartes d'alimentation, on se trompe parce que c'est si facile, en finir une pile et puis se dire Oh Seigneur, octobre ne compte que trente jours, toutes les corriger, des macules et des pâtés, de l'encre jusqu'aux coudes, ensuite, oh merde, c'est novembre qui ne compte que trente jours. Tout ça dans une espèce d'endroit crasseux genre bureau de poste, poussière, plumes cassées, flacons d'encre pleins de fange. Et sentant le renfermé. »

À sa voie railleuse, elle pensa qu'il n'avait rien dit de tout cela auparavant et put s'imaginer sa patience désolée dans ce monde singulier.

« Un jour, poursuivit-il, comme s'il ne pouvait pas s'arrêter maintenant qu'il avait commencé, un jour ils nous ont donné du Weetabix, tu te rends compte, au petit déjeuner. Je croyais que c'étaient les petits bébés sur des chaises hautes qui mangeaient ça... Le pire de tout, quand même, c'était le repas de Noël. (Son regard s'échappa entre les ifs.) Tu sais, les officiers se conduisant gentiment, en copains — son regard s'attarda sur Hugo — et nous, rigolant, mais chacun renfermé en lui-même. Je me disais : Pauvres hommes et soldats, incapables de se réjouir. Peut-être que non, après tout. Peut-être qu'ils s'amusaient comme des fous. » Il désavoua sa vision et sa compassion, tourna son regard vers Harriet de nouveau et demanda soudain : « Pleures-tu toujours autant que lorsque tu étais adolescente ?

— Non, bien sûr que non, et aussitôt les larmes lui montèrent aux yeux.

— Je suppose qu'il ne faut pas que nous soyons les derniers invités à partir. » Il se mit à longer l'allée lentement, marchant de manière mal assurée sur l'étroite bordure de gazon comme si la partie sablée n'était assez large que pour Harriet.

« Je suis désolé de t'avoir ennuyée avec ma longue plainte. Comme les femmes doivent détester les récits de militaires !

— Ce que je ne supporte pas, c'est de penser à ce repas de Noël.

— Oh, ça m'a follement plu, en fait. »

Ils avançaient à pas mesurés, tête baissée, sans s'intéresser aux autres.

« Comment va ton mari ? demanda-t-il poliment.

— Très bien, merci. » Elle écarta Charles, qui se trouvait justement alité avec la grippe.

« Tant mieux.

—Est-ce que tu vas prendre le thé avec Hugo ?

— Non, il faut que j'attrape mon train. »

Maintenant retenus par des gens agglutinés dans l'allée, il jeta un coup d'œil impatient sur sa montre. « Je ne sais pas ce qu'on doit leur dire, et toi ?

— Peu importe ce que nous disons. Mais nous sommes bien obligés de dire quelque chose. Je ne sais jamais, je ne trouve jamais la note voulue. Je ne me vois guère disant : Pas de veine, Hugo, mais lui semble interdire quoi que ce soit de plus. Difficile de savoir ce à quoi ils s'attendent. Ils ne portent certainement pas leur cœur en bandoulière... Les galons de Joseph prennent tant de place qu'il n'en resterait plus, de toute façon. J'aimerais bien pouvoir m'esquiver par quelque sortie dérobée... » Il regarda désespérément autour de lui, mais les petits caillots de gens s'étaient dilués. Ils furent amenés, sans être préparés, face à face avec Hugo. Vesey se rappela soudain qu'il fallait saluer.

« C'est gentil d'être venu, Vesey », dit Hugo.

Harriet embrassa Deirdre en hésitant. Elle avait craint qu'il n'existe une loi interdisant d'embrasser les femmes officiers.

Joseph affichait une modestie tranquille relativement à ses succès : les galons, la fierté qu'il inspirait à son père. Les cœurs fondaient en le voyant : il semblait bien jeune pour porter le fardeau de toutes leurs vies. Plus symbolique que ne pouvait l'être personne dans l'armée, plutôt un sauveur individuel : ils avaient le sentiment qu'il partait seul les défendre. Ils l'avaient regardé devenir adulte : il avait à peine eu le temps d'aller jusqu'au bout.

« Il n'y a pas moyen de leur faire honneur », dit Vesey à Harriet, à voix basse. Il souriait.

Elle l'avait suivi des yeux tandis qu'il s'éloignait sur la route, faisant crisser le gravier avec ses gros brodequins et ne l'avait plus revu jusqu'à la veille au soir.

Un frémissement dans l'air, comme s'il se rétractait par appréhension, se résolut en une sonnerie de téléphone. Harriet trempa sa plume dans l'encre. Quand Mrs Curzon ouvrit la porte, elle était occupée à écrire.

« C'est votre belle-mère, cocotte.

— Comment allez-vous ce matin, Mrs Curzon ? demanda Harriet en se dirigeant vers le vestibule.

— Mal foutue, ma belle, merci. À trois heures du mat', j'ai cru mourir et j'aurais préféré. Vous savez comment c'est, on a le lit qui part dans un sens et l'estomac dans l'autre. Quelques heures plus tôt, j'avais pas un souci au monde. Vous auriez ri ! Je suis tombée sur la rocaille en passant dans l'allée, et me v'là assise sur le mâchefer sous la pluie... »

Harriet attendit poliment, le combiné à la main, pendant que Mrs Curzon se ragaillardissait. « Oui, y a de quoi rire ! Un monsieur aurait-il l'obligeance de me lever de là ? que je demandais. Tu parles de la fée sur l'arbre de Noël... des hoquets terribles... qu'est-ce que vous auriez trouvé ça drôle, madame...

— Un instant... (Harriet se mit le combiné à l'oreille.) Bonjour, Julia.

— Que se passe-t-il donc, Harriet ? Qui sont tous ces gens ?

— Seulement Mrs Curzon et moi.

— Eh bien, pour l'amour du ciel, mets-la au travail. Vous devez vous sentir beaucoup mieux que moi à cette heure de la matinée.

— Nous étions toutes les deux de sortie hier soir ; nous nous sentons encore plus mal, j'imagine.

— Je me disais que ce serait un bon jour pour que tu viennes prendre le thé... Miss Bastable sort... elle me tape sur les nerfs, Dieu sait, mais je me demande parfois si ce n'est pas pire quand elle n'est pas là... à côté du cimetière avec toutes ces tombes... on commence à se sentir comme ces épouvantables filles Brontë...

— Mais Julia, il n'y a pas une seule tombe en vue... et tu ne pourrais jamais ressembler à aucune des filles Brontë...

— Eh bien, chérie, c'est très gentil à toi de le dire. Tu me remontes toujours le moral. Au thé, donc. Viens de bonne heure, puisque Miss Bastable sort.

— Je ne peux pas, Julia. Demain...

— Oh, demain, ça ne va pas. Miss Bastable sera là. Nous n'arriverions pas à placer un mot.

— Je ne peux pas aujourd'hui...

— Pourquoi donc ?

— Un instant... je n'entends rien. Je vais juste dire à Elke d'arrêter l'aspirateur. » Harriet posa le combiné et alla s'asseoir dans l'escalier pendant un petit moment, en essayant de réfléchir. Elle entendait la voix de Julia, métallique et indignée. Le répit ne servit à rien : il lui fallut retourner au téléphone et à la mauvaise humeur de Julia sans avoir aucune excuse toute prête à mettre en avant.

« Où étais-tu ? Vraiment, Harriet, je ne peux pas rester pendue au bout du fil toute la matinée tandis que tu vas parler aux domestiques. Où en étions-nous avant que tu t'esquives ?

— Je disais que je ne pouvais pas venir prendre le thé.

— Et je te demandais pourquoi ?

— Je suis déjà prise, dit Harriet posément.

— Tu me parais bien mystérieuse. Je vais penser que tu as un amant.

— Mais c'est ça, bien sûr. Comme tu es maligne, Julia !

— Je n'en crois pas un traître mot. Tu es juste en train de te montrer complètement sournoise.

— C'est bien normal pour ce genre de chose.

— Eh bien, je ne peux pas continuer à gâcher la matinée. Je vais aller retrouver mes pierres tombales.

— Je vais t'imaginer là.

— Ne va pas croire que tu peux entrer en passant prendre un repas quand ça te chante, n'est-ce pas ?

— Non, chère Julia, je ne le ferai pas. Je promets.

— Je n'aime pas être exploitée.

— Bien sûr que non.

— Et cesse de m'apaiser. Tu sais que je déteste qu'on m'apaise. Il y avait une comptine que chantait la nounou de Charles, disant : Celui qui ne veut pas quand il peut, ne pourra pas quand il le voudra. Quelque chose de ce genre...

— Ça paraît plausible. Au revoir, Julia. L'aspirateur se remet en marche. »

Qu'avec l'âge Julia devienne plus agressive était déplorable : c'est le parti qu'elle avait pris quand elle n'avait plus été à même de provoquer l'adoration ; si elle pouvait seulement susciter la discorde, c'était au moins une réaction d'une certaine violence. Elle ne voulait pas qu'on l'aime pour elle-même, n'ayant jamais su ce qu'elle-même était. Quand Harriet l'adoucissait, elle se sentait détruite. Charles l'avait toujours menacée. Les sentant dressés contre elle — mais médiocrement, en ordre assez dispersé — elle retournait à ce qu'elle nommait ses pierres tombales, en réalité, le rudoiement de Miss Bastable.

Miss Bastable était sotte comme une dinde. Les dividendes s'amenuisant, elle n'avait rien à vendre que sa compagnie, que la plupart des gens auraient payé pour éviter. Julia, qui avait peur des fantômes et se sentait prédisposée aux visions, était heureuse de l'avoir dans la maison la nuit tombée et contente de la persécuter toute la journée. J'ai travaillé dur pendant ma vie entière, se disait-elle. Si je ne peux pas avoir quelqu'un pour me chercher mes pantoufles à présent... Miss Bastable n'avait jamais travaillé et ne pouvait pas, à son âge, déchoir. Elle trouvait Julia commune — ce qu'elle était, sans aucun doute — et s'estimait suffisamment sacrifiée en résidant sous son toit. Son statut était flou. Quand elle était dans une pièce, elle pensait qu'elle devrait peut-être se trouver ailleurs. Si Julia recevait du monde, elle ne parvenait pas à décider s'il fallait partir ou rester. Elle hésitait, sursautant nerveusement si on lui parlait. Julia adorait verser le thé et Miss Bastable tendait les tasses qui barbotaient dans les soucoupes, en espérant que les invités remarqueraient que sa main à elle était ferme. Toutes les petites tâches qu'une dame de compagnie aurait pu faire sans perdre la face, Julia aimait les accomplir elle-même. « Laissez ces foutues fleurs tranquilles ! tonnait-elle, j'y ai passé des heures », ou bien, « Ne touchez pas à la porcelaine de Meissen. Je la lave toujours moi-même », ou bien, « Je suis capable de trier mes propres soies à broder, je ne suis pas aveugle. » Au début, Miss Bastable avait proposé de faire la lecture à Julia, car elle avait entendu dire que les dames de compagnie le faisaient parfois. Elle n'oublierait jamais la façon dont Julia avait enlevé ses lunettes et l'avait dévisagée, ayant posé son livre sur ses genoux. Après une longue pause, qui devait permettre à Miss Bastable de réfléchir à la mauvaise qualité de sa voix, Julia reprit son livre et chaussa ses lunettes. « C'est à moi qu'il revient de faire toutes les lectures à voix haute qui s'imposent », proféra-t-elle majestueusement.

Au milieu de la matinée, elle se demanda soudain si Harriet n'avait pas fait preuve d'une habileté redoutable en admettant avoir un amant. Elle ne paraissait pas tout à fait à la hauteur d'une telle duplicité, mais il plut à Julia de penser qu'elle l'était. C'était un mystère — et un reproche — que Harriet ait supporté Charles tellement plus longtemps que Julia n'avait été capable de supporter son père. À un moment donné, croyait-elle, la fissure devait devenir apparente. Qu'elle se manifeste avec une Harriet maîtresse d'elle-même, gaie — à en croire sa voix — et se montrant retorse, n'était pas ce à quoi l'on eût pu s'attendre. Julia avait pratiquement renoncé à guetter les écarts de conduite. Aucune faille ne s'était jamais révélée. Charles avait prospéré. Harriet, par devoir, lui cachait, autant qu'il était possible en ce temps-là, le fonctionnement de la maison, lui offrant une image de calme, bien que ce fût parfois de justesse. Il n'était jamais obligé d'attendre un repas : si jamais les repas l'attendaient, il n'en paraissait rien. Julia avait trouvé sa belle-fille ennuyeuse et servile. « Tu tournes autour de lui comme une mante religieuse ! déplorait-elle. Et ce milieu ! Cette bande provinciale de gens mariés. Je les traiterais de coterie. Ces affreux cocktails, ces virées en groupe dans ces clubs chichiteux à Maidenhead ! Je suis bien renseignée sur votre petit train-train morne. Comme vous êtes tous ennuyeux présentement, et ordinaires ! »

Ce matin, en faisant le tour de la serre avec un arrosoir, elle se demandait s'ils étaient tous aussi ennuyeux qu'il avait semblé. Ce cadre ne dissimulait-il pas plus facilement l'interdit, l'illicite ? Cette idée la séduisit délicieusement. « Miss Bastable ! appela-t-elle. Voulez-vous venir éponger ces étagères ? » Miss Bastable courut chercher ses gants en caoutchouc. Julia, prévenante, versa une peu d'eau supplémentaire sur les lattes peintes en blanc.

Harriet mit de l'ordre dans sa chambre. En bas, Mrs Curzon s'adressait en criant à Elke, dont l'anglais était faible. Elle laissait entendre qu'Elke n'avait de maux de tête que pour agacer ; si elle ne les inventait ni ne les favorisait, elle en était certainement responsable néanmoins.

« Peut-être que vous êtes constipée, l'accusait-elle à présent.

— Je ne comprends pas “ constipée ”.

— Je veux dire, est-ce que vous êtes allée là-haut ce matin ?

— Je n'ai pas encore fini de passer l'aspirateur...

— Je veux dire, avez-vous été à la selle en haut ? » Mrs Curzon hurlait presque d'exaspération. L'Angleterre aux Anglais, semblait proclamer sa voix.

« J'ai fait mon lit.

— Qu'est-ce que ç'a à voir ? Ce que j'essaie de vous faire comprendre, c'est avez-vous été au W.C., aux cabinets, aux toilettes ? (Sa voix s'éleva.) Sur le trône », ajouta-t-elle pour augmenter la confusion.

Un silence s'ensuivit. Une porte se ferma. Même la porte paraissait froissée, pensa Harriet. Elle alla épousseter la chambre de Betsy. Quelque chose en ce lieu semblait toujours lui interdire d'entrer : les jeunes ont tant de secrets. Harriet se souvint de son journal intime et de la façon dont elle traitait sa mère.

Ce qui ne pouvait s'appeler qu'un instantané de Miss Bell était parti de travers dans son cadre de chez Woolworth's. Elle avait l'air, pensa Harriet, d'être une jeune femme courageuse et plutôt pataude, debout sur quelque escalier, portant une robe universitaire garnie de fourrure blanche. Depuis un cadre du même ordre, Robert Helpmann* paraissait se pâmer vers elle. Mais Miss Bell regardait résolument droit devant elle, menton levé, agrippant un livre comme si c'était une planche de

* Danseur de ballet célèbre, partenaire de Margot Fonteyn. *(N.d.T.)*

salut, sa bouche s'efforçant de sourire. Elle donnait l'impression d'être honnête, innocente et bonne. Harriet se dit que Betsy, pas toujours aussi stable, montrait du discernement dans cet amour. Miss Bell valait mieux que la fille dans la classe de Betsy qui était partie danser dans une revue-féerie pendant les vacances de Noël, avait toujours l'air si déluré et effronté et rendait même l'uniforme scolaire élégant. Elle écrivait des lettres interminables, avec d'interminables post-scriptum et même des griffonnages mystérieux au dos des enveloppes, avec des encres de couleurs diverses.

« Cette fille ! éclata Mrs Curzon. Elle aurait dû être employée de maison du temps de ma jeunesse. Je me demande pourquoi elle se donne le mal de venir ici ?

— J'ai idée que pour elle, c'est une façon bon marché d'apprendre l'anglais », dit Harriet d'un ton désillusionné. Elle se mit à la fenêtre et regarda dans le jardin, voyant fuir les toits pentus, tournoyer à l'horizon les girouettes à fumée ; la ville, dans un berceau de branches dénudées brumeuses, s'étendait en contrebas. Elle s'imagina Vesey gravissant la côte dans l'après-midi. Au déjeuner, elle devrait en parler à Charles. Pourtant, s'il ne venait pas — et elle se prit à penser qu'il ne viendrait pas — il lui aurait fallu s'attirer le déplaisir de Charles, ainsi que son mépris, pour rien. On pouvait difficilement être sûr de la parole de Vesey ; elle l'avait déjà attendu en vain, mais elle était à présent tellement faite à l'idée de le voir qu'elle ne pourrait pas, lui semblait-il, affronter le lendemain et les jours suivants s'il ne venait pas.

« Essayez de vous en tirer, s'entendit-elle dire.

— M'en tirer ! Bien sûr que j'y arriverai, ma belle. Il me faut plus qu'une mauviette comme ça pour me déranger.

— Je savais bien que vous m'aideriez.

— Madame, cocotte, qu'est-ce qui va pas ? » Mrs Curzon, pleine de sollicitude, passa le bras autour des épaules de Harriet. « Ne la laissez pas vous tarabuster. Ça fait treize ans que je travaille pour vous et plaise à Dieu je serai encore là quand vous direz ma chère Curzy vous gâtifiez bigrement alors voilà une demi-couronne en souvenir du bon vieux temps. Vous savez que je ferais n'importe quoi pour vous, sans problème.

— Vous avez été une bonne amie pour moi.

— Été ? Suis, vous voulez dire, ma belle. Je suis. Il faudrait plus qu'un tas d'étrangers pour nous séparer, nous deux.

— Elle n'est pas un tas d'étrangers, vous savez. C'est une pauvre fille déboussolée loin de chez elle. Nous la déroutons.

— Déroutons ? Elle m'a raconté la semaine passée qu'elle sortait avec un Polack. Méfiez-vous, ma fille, que je lui ai dit, vous allez vous faire avoir. On va abuser de vous un de ces jours.

— Oh, vous n'auriez pas dû. Elle ne pouvait pas comprendre ce dont vous parliez.

— C'est vrai. Abuser ? qu'elle a dit. Je ne comprends pas abuser. (La voix de Mrs Curzon se fit plus aiguë pour l'imitation.)

— Ce doit être affreux pour elle. Quand elle est arrivée, tout ce qu'elle savait dire, c'était Princesse Elisabeth.

— Je lui en ficherai des Princesse Elisabeth. Elle me disait que nous sommes tous sales. Sales ! que j'ai dit, et ce chiffon dont vous vous servez pour la peinture blanche de madame, aussi noir qu'une gueule de mineur, sans mentir... et elle qui nettoie la cuisinière à gaz avec la serpillère. Elle a compris qu'elle avait poussé. " Oh, bon, dit-elle, peut-être que les Français sont pires ". " Cette engeance ! que j'ai dit. Il s'agirait pas qu'on nous compare ". Non, honnêtement, madame, sans vous manquer de respect, elle vous scie, pas d'erreur.

— Elle est très jeune. »

Par la fenêtre, Harriet observa la chatte blanche dans le jardin. Elle émergea d'un fouillis de feuilles mortes, s'enfonça avec circonspection dans une jungle imaginaire, un léopard traquant sa proie, furtive, puissante. Puis tout à coup, la fantasmagorie s'effondra. Elle s'assit paisiblement et se mit à lécher le dessous rose d'une patte. Une pendule qui sonnait ramena Harriet elle aussi à la réalité.

Au bout de l'allée, la rangée de maisons s'interrompait brusquement. Elle ne se perdait pas dans des chemins non goudronnés ou des terrains à bâtir dévastés, présentant les panneaux d'agents immobiliers, mais trouvait une jolie conclusion en bordure d'un parc. Dans cette direction, la ville ne possédait pas de faubourg du XXe siècle. Les maisons avaient rejoint la clôture du parc au temps de la Régence et ces allées et demi-lunes étaient abondamment fréquentées par les promeneurs le dimanche ; le samedi, elles étaient attristées par les coups de sifflet, le bruit des coups de pied dans les ballons, les cris d'encouragement assourdis. L'hiver, en semaine, le parc était vide, personne ne longeait ses allées. On se serait cru au fin fond de la campagne. La maison Queen Anne abandonnée qui se découpait sur le ciel, avec ses arbres en demi-cercle, était fermée. (En été, on y vendait de la limonade.) Personne ne savait qu'en faire et les trous des planchers restaient en l'état. La pourriture sèche infestait les lambris : des champignons se dégageaient du mur de l'office comme des consoles.

Au bout de Jessica Terrace se dressaient des montants de barrière avec des cerfs en pierre et une grille de fer cadenassée. Sur le côté, un tourniquet interdisait le passage des bicyclettes et garantissait que des essaims de gens en trop grand nombre ne puissent pas violer la sérénité du parc. Une fois qu'ils l'eurent franchi, Harriet et Vesey se sentirent seuls dans l'après-midi d'hiver.

À la maison, l'atmosphère au départ avait été à la récrimination, au désir de se punir mutuellement. Elle avait été heureuse d'aller chercher son manteau. Vesey avait regardé autour de lui, d'un œil effrontément critique, les murs tapissés de papier pourpre, la peinture blanche, le verre de Venise rouge sang. Harriet ne parvenait pas à oublier son déjeuner avec Charles, au cours duquel elle n'avait fait aucune allusion à Vesey, repoussant l'échéance de bouchée en bouchée jusqu'au moment où elle sut que sa voix allait la trahir. Charles une fois parti, elle s'était précipitée dans sa chambre et n'avait pas — peut-être parce qu'elle en avait tant besoin — tiré le meilleur parti de son visage. En attendant, mains et poignets glacés, essayant de se calmer, elle avait brusquement su, complètement et à jamais convaincue, qu'il ne viendrait pas, au moment même où le coup de sonnette à la porte d'entrée avait retenti formidablement dans toute la maison. Si Vesey ne pouvait pas lui pardonner cette belle pièce éclatante, elle, elle ne pouvait pas lui pardonner aisément ce qu'elle avait enduré.

Pendant tout ce temps — quand elle descendit dans son manteau de fourrure plutôt fatigué, alla dire un mot à Elke, emmena finalement Vesey dans l'allée — elle avait conscience qu'il était silencieusement en train de la situer. Il échafaudait tout autour d'elle son milieu et son passé. Maintenant, dans le parc, ailleurs que chez elle, Harriet se sentait moins intimidée, moins observée. L'espace semblait illimité, et même le temps. Pour cette raison, ils prirent sans parler une allée conduisant au lac.

Elle avait poussé Betsy dans son landau le long de ces

allées, ou avait traînassé avec elle quand elle marchait en trébuchant, portant des guêtres. Son regard plein d'ennui avait embrassé ce décor, été comme hiver. Le parc était un endroit lié dans son esprit à la lassitude morale et à la solitude. Les amoureux, par les soirées tièdes, s'enfonçant dans les allées plus étroites, n'avaient fait qu'intensifier cette association. Ces temps derniers, elle n'était plus venue.

Au bord du lac, il y avait des bancs en fonte. Quand ils s'assirent, des canards montèrent des roseaux comme s'ils attendaient d'être nourris. Au bout d'un moment, ils se dispersèrent de nouveau, plongeant tristement dans l'eau. Vesey passa le bras à l'intérieur du manteau de Harriet et l'attira vers lui. Assis la joue contre ses cheveux, il ne l'embrassa pas, mais regarda fixement l'autre rive du lac. Ils restèrent longtemps tranquillement côte à côte.

« Est-ce que toi tu saurais par où commencer, demanda-t-il enfin. Et tout cela a-t-il de l'importance ? Sommes-nous peut-être pratiquement des étrangers ? J'imagine qu'à un moment donné, l'idée que je me faisais de toi a dû diverger de ce que tu étais en vérité. Au cimetière, ce jour-là, je n'avais pas perçu de décalage, mais dans ta maison, oui. Cette photographie de ta fille, par exemple. Je me sentais complètement désemparé dans cette pièce. Et toi ?

— Moi aussi.

— Chaque foutu bibelot sur la cheminée paraissait me chasser, chaque fauteuil ressemblait à un piège. J'avais l'impression que Charles se cachait derrière un rideau et... chose, comment... Betsy... derrière un autre. J'étais fâché que tu m'y aies fait entrer, et tout avait l'air astiqué à mon intention.

— C'est toujours astiqué, dit Harriet en souriant, appuyant son front contre la joue de Vesey dans une béatitude voluptueuse.

— Hier soir, je pensais que je pourrais échapper à l'apparence de clandestinité, que nous pourrions agir ouvertement. Je pensais pouvoir mettre Charles au courant.

— Oh non, répliqua Vesey, d'un ton cavalier. Il nous est impossible de ne pas être abjects. Un peu de fange ne messied pas. Nous ne pourrions qu'avoir peur si tout avait la beauté de ceci.

— Tout ? Mais il ne peut y avoir que ceci. »

Elle s'écarta de lui et quand il lui prit les mains, elle les retira immédiatement.

Le crépuscule, comme un sédiment, filtra à travers le ciel bleuâtre. La surface du lac était marquée de cercles par les cailloux que Vesey s'était mis à y lancer l'un après l'autre, mu par de petites poussées d'énergie haineuse.

« Je veux te parler de Charles, dit Harriet, mais tu me déconcentres tellement. »

Il jeta les cailloux restants et mit les mains dans ses poches. Cela lui fit penser aux cigarettes et il sortit un paquet écrasé. Elle fit non de la tête et il les remit tristement, comme si le refus s'adressait aussi à lui.

« Charles, la poussa-t-il sombrement.

— Nous formons un couple heureux, expliqua-t-elle d'une voix désolée. Je ne pourrais pas le trahir. Tout le monde semble le faire.

— Il y a des gens qui le méritent, commenta Vesey avec rudesse.

— Non, c'est un homme de bien. Je l'aime. Elle prononça le mot d'une voix hésitante. Betsy, vois-tu, aussi. Elle n'est plus une enfant... Je ne pourrais pas... quand on est en train de devenir adulte, on a besoin que sa mère sache se conduire.

— J'en conviens, dit Vesey d'un ton amer. La mienne ne le savait pas.

— À quoi penses-tu ?

— Que ton bégaiement ne t'a pas passé. »

Elle détourna vivement le regard.

« Ma Harriet bien-aimée, ajouta-t-il, presque d'une seule haleine.

— Je suis trop vieille. Nous avons trop attendu.

— Je comprends pourquoi tu l'as épousé : c'était raisonnable de ta part, ce que tu pouvais faire de mieux, après tout. C'est vrai que les gens se marient parce qu'ils ont peur. Comment moi aurais-je jamais pu t'aider ? Je fais l'inverse. Je le fais maintenant, et le ferai encore beaucoup plus. Et je n'ai jamais d'argent... Si tu grelottes parce que tu as froid, nous pourrions continuer un peu à marcher... Je ne pense jamais que les manteaux de fourrure sentent très bon, et toi ? » interrogea-t-il du ton de la conversation, lui remontant son col.

Un homme âgé, chaudement vêtu, arriva vers eux d'un pas vif ; son terrier courant, la truffe au niveau du gravier. Il les observa d'un œil sévère en les croisant.

« Il savait tout de nous, cet homme, supposa Vesey. Je l'ai vu à son regard. Lui, sans doute, l'a compris au nôtre. Oh, il sait tout ce que nous avons en tête, tout ce que nous allons faire... rencontres secrètes, mensonges, faux-fuyants, baisers, comme celui-ci — ciel, ton visage froid, chérie —, centaines de baisers interdits, et nous, nous attendant l'un l'autre dans des endroits étranges. Tu me donnes le sentiment d'avoir à peu près dix-sept ans. Tu es si timide. »

Elle s'efforça de ne pas penser à d'autres femmes, qui n'avaient pas été timides. Ils continuaient à marcher, rapprochés, du même pas, cuisse contre cuisse.

La grande maison, avec ses murs écaillés, rugueux, se dressait devant eux à présent. Passant entre des urnes pleines de mauvaises herbes, ils s'approchèrent des fenêtres, mais à l'intérieur, des volets étaient tirés, de travers.

« Te rappelles-tu cette autre maison vide ? » lui demanda-t-elle. Dépendant tant de sa réponse — que depuis des années elle essayait de deviner, ne sachant pas qu'elle pourrait jamais poser la question — elle ne pouvait pas le regarder, mais appuya son dos et les paumes de ses mains gantées contre le mur raboteux de la maison. Ils étaient sur la hauteur maintenant : la ville bleue s'étendait dans la vallée, des lumières picotaient le lointain brouillé. Les usines, sur des coteaux qui se confondaient avec le ciel, ressemblaient à des navires éclairés.

Il l'observait et ne répondit pas. Quand elle se tourna, il tendit la main. Ils ne pouvaient pas se retenir longtemps de se jeter dans les bras l'un de l'autre. En rentrant, redoutant toujours d'atteindre la lisière du parc et d'autres gens, « De quelle autre maison vide voulais-tu parler ? » demanda-t-il.

Les rues s'étiraient dans le crépuscule et s'estompaient, jalonnées de lumières brouillées, sous la voûte d'obscurité croissante. D'étranges contrastes de perspectives vagues et de premiers plans éclatants en faisaient un monde de cinéma, pensait Betsy, tentée d'enfiler des ruelles pavées en rasant les murs, hésitant devant des entrées béantes, le visage blanc comme un linge, s'imaginait-elle, ses cheveux blonds luisant. Elle regrettait son cartable, se voyant pour le moment comme une jeune fille quelconque dans un film français, mal vêtue, remplie d'amertume, passive, pauvre. S'apercevant dans la glace d'une vitrine, elle fut surprise de voir qu'elle n'était affligée que d'un visage dur.

Elle fixait avec hauteur ce qui la séduisait vraiment : les vieilles affiches qui se décollaient des murs, les entrepôts noirs, angoissants, les petites boutiques avec leur timbre à la porte, leur éclairage médiocre, leur étalage maculé de chiures de mouches. Devant une des maisons, elle voyait l'intérieur d'une pièce, discernait un séchoir à linge devant le feu, un dessus de cheminée encombré, un vieil homme au gilet ouvert assoupi dans un fauteuil. Une femme était assise à sa machine à coudre d'où s'écoulait du tissu blanc jusqu'au sol.

À un instant, elle se sentait au-dessus de tout cela, très puissante et libre ; au suivant, en passant devant un cimetière et des tombes, elle était pétrifiée d'incrédulité et d'horreur glaçante. Dans la rue animée, éclairée, cette zone ténébreuse la retenait et la menaçait. Insouciants, des cyclistes passaient. Des femmes rentraient chez elles en traînant, outre leurs provisions, leurs soucis. Sous ces pierres moussues, la beauté s'était effondrée, se disait-elle, s'attardant près des grilles, en collection absurde d'ossements. Cela ne pourrait pas m'arriver, songea-t-elle. Cela m'arrivera. Pas d'ici bien des années, se consola-t-elle. Tout de même, elle savait que ces tombes, dans leur silence et leur obscurité, étaient prêtes à attendre. Quelle que soit sa relation au temps, pour elles il n'était rien. Du lierre noir, aux branches poilues, volubiles, poussait partout comme s'il puisait une vigueur supplémentaire ici ; des petits pots de fleurs étaient disposés comme pour une dînette de poupée, tristement pathétiques. Un réverbère projetait l'ombre penchée des grilles sur une dalle de granit.

« Quelle fille étrange ! » pensa le père Keogh, qui passait par là.

La vie la giflait comme un clown avec un ballon de baudruche, se dit-elle. S'éloignant du cimetière par une tangente, elle recula en le voyant, bien qu'avec un foulard autour du cou, il ne fît pas impression. C'est le col, décida-t-elle, forçant l'allure en sautillant, la mort oubliée. Sans lui, il semble même un peu ennuyeux.

Elle se mit à gravir la côte lentement, quittant les boutiques. Ici, les maisons se trouvaient convenablement en retrait, derrière des jardins. Des grappes d'écoliers descendaient de la colline, se bousculant, faisant des croche-pieds, s'arrachant leurs casquettes. Elle les traita par le mépris. Quand l'un d'entre eux la siffla, elle fixa le trottoir, outragée, puis remarqua que son cœur battait. Il est à supposer qu'il l'avait toujours fait, mais elle n'y avait pas pensé ; maintenant, elle pouvait même l'entendre. La montée l'avait aussi mise hors d'haleine et elle ralentit le pas, inquiète de sa santé, se demandant si elle souffrait d'angine de poitrine, sujet souvent rencontré dans ses lectures.

Quand elle aborda Jessica Terrace, la rue lui parut vraiment sombre. Ce cul-de-sac, dont l'extrémité était fermée par les grilles de Prospect Park, ressemblait au bras de décharge d'une rivière, silencieux, sur lequel des maisons, et non des arbres, se pencheraient confidentiellement.

Deux personnes, arrivant lentement en sens opposé, s'arrêtèrent devant sa grille.

Sa mère, qui tendait déjà la main, fit un geste plus ample pour inclure sa fille. « Voici Betsy », annonça-t-elle, comme si ce fait avait une signification terriblement dramatique et embarrassante.

Betsy remonta son cartable sur son épaule et donna une poignée de main. Elle leva le regard sur les yeux de Vesey ; ils semblaient scruter son visage. Il avait oublié qu'il lui tenait la main et elle ne savait pas comment le lui rappeler. Sa mère s'attardait, mal à l'aise, devant la grille. Debout sur une marche, elle regardait par-dessus la tête de Betsy.

« Eh bien, au revoir Vesey », dit-elle d'un ton enjoué, comme à un enfant.

Il leva les yeux tout de suite et rendit sa main à Betsy. Elle se sentit un peu petite, debout là entre eux.

« Au revoir, Harriet. »

L'éventail de lumière au-dessus de la porte tombait sur les cheveux éclatants de Betsy. La tête de Harriet était penchée tandis qu'elle fourrageait dans son sac pour trouver sa clé. Avant qu'il eût atteint le bout de l'allée, il entendit la porte se fermer. L'écho de ce bruit parut le poursuivre le long de la rue.

Aussi, au dîner, Harriet fut-elle obligée de dire à Charles : « Vesey est venu cet après-midi. » Il s'en était fallu de peu qu'elle n'eût pas à le faire. En essayant de paraître désinvolte, à peine intéressée, elle avait une voix blanche. Ce n'était pas seulement la culpabilité qui l'inhibait, mais aussi de savoir que tout ce qui touchait Vesey était ce que Charles ne supportait pas. Cette question n'avait pas été soulevée souvent, mais était reconnue. Presque comme s'il s'agissait d'une irritation physique, d'une allergie, il réagissait de manière étrange, révélatrice. Sa mâchoire bougeait sensiblement, il regardait vers le bas, ou de côté ; impérieusement, comme méprisant la discussion, il attendait que la douleur passe.

Car c'est Vesey qui avait miné leur vie conjugale, l'idée de lui dans leurs deux têtes. Dans leurs rares désaccords, il savait vers qui les pensées de Harriet volaient ; découragé, il se rappelait son amour de jeunesse inconsolable et le silence qu'elle gardait depuis lors. Bien des fois, lorsqu'elle n'avait pensé à rien, était simplement restée immobile, les yeux fixes, il avait cru qu'elle pensait à lui. Il avait toujours su qu'un jour Vesey reviendrait les trouver comme il l'avait fait la veille au soir, sans prévenir. Harriet avait blêmi, puis au bout d'un petit moment avait regardé par terre devant elle, comme pour désavouer un fantôme. Charles ne pouvait pas savoir combien de fois auparavant elle avait cru voir Vesey venir vers elle dans la rue ; le cœur bondissant, elle avait à peine osé lever les yeux sur l'inconnu qui finissait par passer à côté d'elle, habituellement un homme très dissemblable de Vesey. Voir un seul visage continuellement dans les foules est l'un des désagréments mineurs que l'on encourt en étant amoureux.

« De l'eau, Betsy ? demanda Charles, la carafe tenue de façon presque menaçante au-dessus de son verre.

— Nous sommes allés nous promener dans le parc », raconta Harriet, en pensant qu'elle n'en avait pas assez dit.

Charles remplit son propre verre. Il n'avait rien de léger à annoncer. « Flash avait besoin d'exercice », trouva-t-il enfin. Flash n'était que ce que l'on appelle un corniaud.

De nouveau, à cause de Betsy, Harriet fut obligée d'avouer : « J'ai oublié de l'emmener. »

Cela parut bizarre et Charles le rendit encore plus bizarre en ne répondant pas.

Pourquoi ai-je oublié ? s'interrogea Harriet. J'aurais si facilement pu l'emmener.

À présent, même Betsy sentait que quelque chose n'allait pas, et son regard passait vaguement de l'un à l'autre. Après le dîner, elle restait toujours dans la salle à manger pour faire ses devoirs. Ce soir, elle eut l'impression que sa mère et son père s'attardaient tous les deux, comme s'ils répugnaient à la quitter et à se retrouver seuls.

Lorsqu'elle eut aidé Elke à débarrasser la table, elle s'assit et tira son cartable vers elle. Ce cartable semblait si familier qu'il faisait partie de sa personne et lui servait de lien entre le lycée et sa maison. Respirer son odeur d'encre et de gâteaux secs en sortant ses livres était un peu rassurant. La lumière se déversait paisiblement sur elle, la pendule faisait tic-tac, des bulles d'encre et des pâtés sortaient de son stylo. Pourtant, elle avait l'esprit perturbé et cette soirée ne ressemblait pas vraiment aux autres.

Elle feuilleta les pages de son livre en soupirant, dessina des lunettes à Jules César, lui encra le globe des yeux, signa son nom de plusieurs manières différentes sur la page de titre. Elle chercha à entendre les voix de ses parents, mais ils se taisaient. À la cuisine, Elke cognait les assiettes contre les robinets, faisait tomber les couteaux par terre. Mère trouve cet homme sympathique ; père n'est pas d'accord, pensa Betsy. En ce qui la concernait, elle avait éprouvé un sentiment d'étrangeté totale, brusquement de ne plus se trouver dans son élément : pas absolument agréable, car c'était un peu comme de lever un pied pour atteindre une marche absente, mais excitant.

Des années auparavant, elle avait inscrit en caractères d'imprimerie à l'intérieur de son cartable :

Elizabeth Lilian Jephcott,
8, Jessica Terrace,
Market Swanford,
Buckinghamshire,
Angleterre,
Europe,
Le Monde,
L'Univers.

En passant ainsi du particulier au général, elle n'avait pas paru s'amenuiser, elle. Au contraire, son importance était accentuée : c'était le monde, l'univers qui se réduisaient à rien. Revenant sur les pages tournées, elle ajouta des pendants d'oreille et une fraise élisabéthaine à César. Plus tard, mais en pensant à autre chose, une pipe et une auréole. Elle se demanda pourquoi ses parents étaient si silencieux. Elle prit son album d'autographes dans la petite poche de devant de son cartable. Pauline Hay-

Hardy avait dessiné une dame en crinoline à l'encre de Chine. En travers d'une page couleur pêche, de ses pattes de mouche étriquées, comme celles d'un médecin, Miss Bell avait écrit : « Plutôt effectuer un trajet plein d'espérance qu'arriver, et le succès véritable réside dans l'effort. »

Elke avait vite allumé le radiateur électrique dans sa chambre après le goûter, si bien qu'à neuf heures du soir la pièce était agréablement tiède. Harriet ne violait jamais son intimité ici ; elle pouvait y compter, ce qui était une bonne chose, car le placard était rempli de la vaisselle de porcelaine cassée qu'elle cachait. Elle en cassait beaucoup. Si elle fêlait une assiette un jour et que celle-ci se séparait en deux le lendemain, elle pouvait toujours invoquer une excuse parce que l'assiette était fêlée : si elle se cassait en deux dès le début, elle pensait qu'il valait mieux la cacher dans sa chambre.

C'était une blonde massive, paraissant à la fois contente d'elle-même et exploitée, ce qui mettait les autres considérablement dans leur tort. Elle rappelait souvent à Harriet des vaches poussées dans un chemin creux, leur visage à chaque grand coup de bâton sur la croupe affichant un air plus ulcéré et cependant plus avantageusement vertueux. Parfois aussi, Elke prenait un pas de course pesant, ce qui en soi était un reproche.

L'Angleterre la déroutait et l'ennuyait. Il semblait n'y avoir rien à faire pour les jeunes. Elle ne pouvait pas s'habituer à tous les contrastes absurdes : les bains pris sans cesse et les boutiques crasseuses, les femmes faisant un travail d'hommes et les hommes poussant des voitures d'enfant. Les voitures démodées la faisaient rire, les trains crachant la fumée l'horrifiaient. La conversation la rendait particulièrement perplexe. Elle croyait que les

Anglais étaient aussi obsédés de météorologie qu'ils le paraissaient, ne sachant pas que c'était un recours. Il lui apparut que toutes les expériences de la guerre, ennuyeuses, devaient être passées sous silence ; on trouvait ennuyeux les gens qui racontait des histoires de bombardements aériens.

Le dimanche était un jour bizarre. Ils mettaient des vêtements non pas plus élégants, mais plutôt plus moches que les autres jours. Avec un vieux pantalon de flanelle, un coude saillant de sa veste rapiécée en cuir, Charles commençait par laver sa voiture, puis sortait prendre un verre. Quand des invités venaient prendre du xérès avant le déjeuner, ils étaient tous habillés n'importe comment eux aussi. Au lieu d'un jour de repos, c'était apparemment celui où l'on accomplissait toutes les petites corvées. Harriet lavait les brosses à cheveux et ses houppettes à poudre. Après le déjeuner, la journée semblait se dissoudre : les rues se vidaient, les journaux du dimanche créaient un grand fouillis, une brume de fumée restait en suspens. Charles somnolait. Si des gens passaient à l'improviste avant le dîner, on les saluait, ce qui n'avait rien d'étonnant, en sauveteurs de naufragés. On offrait à boire une nouvelle fois. Betsy continuait à faire ses devoirs. Elke seule allait à l'église.

Elle tentait d'expliquer tout cela dans les longues lettres qu'elle envoyait chez elle. Ce soir, après avoir étalé une couche de vernis sur la précédente, écaillée, elle s'installa pour reprendre ses observations. Harriet songeait parfois avec inquiétude à ces épîtres : elle voyait comme elle devait paraître vague et indécise et avait honte, personnellement, de l'état de la boucherie où des mouches circulaient sur le marbre sanguinolent et où les carcasses gisaient par terre dans la sciure.

Elke se fourra un gros bonbon dans la joue et se mit à écrire. Mevrouw était partie se promener cet après-midi-là avec un inconnu. Meinheer était en colère. Étant beaucoup plus âgé que Mevrouw, il était jaloux, naturellement. Mevrouw avait même oublié d'emmener le chien, qui était si gentil, vraiment le seul ami qu'elle, Elke, eût parmi toute la maisonnée, mais les Anglais n'aiment pas les chiens. Elle n'avait pas le droit de l'avoir dans sa chambre. Si elle le cajolait, Meinheer se fâchait. Pourtant la fille, Betsy, cajolait toujours la chatte qu'elle, Elke, ne pouvait se résoudre à toucher. Mevrouw avait invité une autre Nederlander à prendre le thé, mais elle s'était révélée être une paysanne avec un accent affreux. La conversation était impossible avec elle. Les Anglais semblent penser qu'il suffit de parler la même langue. Eux-mêmes ne seraient sûrement pas prêts à fréquenter toutes les classes, quoique à vrai dire, Mevrouw prenait le thé avec la femme fruste qui venait laver par terre. Elles s'appelaient mutuellement « cocotte ». Quand Mevrouw s'est absentée pendant une semaine, Mrs Curzon l'a embrassée en lui disant au revoir. Le jour de l'anniversaire de Mrs Curzon, elles ont bu du gin ensemble. Mevrouw a dit « Longue vie, chère Curzy. » « Et encore bien des années chez vous, madame, pour sûr. » Elles avaient les larmes aux yeux, toutes les deux. Quand le chat précédent s'est fait écraser, Mevrouw a pleuré, mais quand le roi est mort, elle est restée calme. La mort de sa mère, elle y a fait allusion une fois, très froidement, comme une simple date : « Je me rappelle que c'est l'année de la mort de mère. » Quand la fille, Betsy, est allée à l'hôpital se faire opérer des amygdales, elles sont parties en riant toutes les deux, la mère et la fille. Elles ont fait arrêter le taxi en route et sont entrées dans un café manger une glace comme s'il s'agissait juste d'une joyeuse sortie. Cette même nuit, on a couché une invitée dans la chambre de Betsy. Car Mevrouw était très froide, très insensible. Elle ne posait pas de questions et ne manifestait pas d'intérêt, ne posait jamais de questions sur le contenu des lettres, ni sur les raisons des retours tardifs à la maison. Malheureusement pour elle, Meinheer ne manquait pas autant de curiosité. Il était probablement en train de poser un grand nombre de questions en bas au salon.

Le séjour d'Elke en Angleterre n'allait pas se révéler une expérience enrichissante. Elle en tirait peu de chose. Ses parents étaient parfois troublés.

En bas au salon, Charles et Harriet étaient assis en silence. La radio comblait le vide utilement. Charles lisait *Persuasion*, son livre préféré, auquel il avait recours, pensait Harriet, quand il était blessé. Elle cousait des noms brodés sur les chemisiers de Betsy en pensant au parc bleu et enchanté.

Charles tournait les pages théâtralement. Il savait que Harriet avait attendu Vesey cet après-midi-là, bien qu'elle n'en eût pas parlé au déjeuner. Sa mère, qui était passée à son bureau s'enquérir de ses investissements, l'avait rendu inquiet, laissant échapper des sous-entendus, demandant des conseils sans écouter ses réponses, surtout, peut-être, en demandant des conseils. Elle avait clairement cherché à animer sa propre après-midi en le troublant. Comme sa petite-fille, elle préférait une scène pénible à pas de scène du tout. Son attitude envers le mariage de Charles était détachée et cynique. Des années auparavant, quand ils lui avaient appris leurs fiançailles, elle avait tapoté la main de Harriet comme pour la congédier, l'envoyer jouer dans la nursery. Une arrière-pensée lui avait fait dire : « Toi tu ne nous laisseras pas en plan, n'est-ce pas, ma chère ? Une seconde fois, je tiendrais cela pour une véritable honte. » Même à la sacristie, après la cérémonie, elle avait été malveillante. Enveloppée de marabout brisé, elle avait dominé tout le monde. « Ainsi tu as vraiment tenu jusqu'au bout ! » avait-elle dit, louant la mariée pour sa persévérance comme si elle n'avait aucune autre raison de le faire. Allait-il être acculé au rôle ridicule et humiliant de mari âgé avec une femme volage, ne serait-ce pas ce qu'elle avait toujours attendu et ce qui pouvait la faire renaître à la vie ?

En lisant, il passait la main sur ses cheveux, avec le geste rapide et impatient que connaissait Harriet. Ses cheveux devenaient gris mais, comme chez beaucoup de blonds, sans beaucoup changer son apparence. Par intervalles irréguliers, il tournait les pages ; une ou deux fois, il jeta un coup d'œil au feu, mais jamais à sa femme. Harriet restait très immobile, sur ses gardes, tirant l'aiguille nerveusement à travers le tissu. Elle avait beau essayer de se concentrer sur sa tâche, le parc bleu aux perspectives brumeuses surgissait devant elle, sa magie l'engloutissait comme si elle n'était amoureuse que du parc. Quand Charles tournait une page, elle baissait les paupières, ses lèvres se serraient. Elle se demanda s'il lisait le chapitre sur la constance des femmes, car le livre devenait un reproche en lui-même.

Quel choix de roman ai-je fait ! pensa Charles. Seuls les gens heureux en amour devraient le lire. Il est insupportable de voir exprimer notre solitude douloureuse, de tirer les feuilles mortes du fond de nos cœurs, quand nous, nous n'avons rien qui puisse prendre la suite (aucun paradis naissant miraculeusement dans Union Street) sauf en rêve, comme il se peut que Jane Austen n'en ait jamais eu, sinon sur la page qu'elle écrivait.

« Qu'est-ce qu'il y a, Charles ? » demanda Harriet soudain. Elle sentait qu'il n'allait jamais parler, qu'il la punirait pendant des années sans fin, en silence. « À quoi penses-tu ? »

Il ferma sèchement le livre, le tenant serré dans une main comme s'il l'excluait de son expérience. Se levant, il arpenta la pièce, bâillant derrière son poing, disant : « Que veux-tu dire ? Pourquoi poses-tu la question ?

— J'ai pensé que tu ne lisais pas vraiment », répondit-elle courageusement.

Tout ce qu'elle disait, il le reprenait et le répétait, l'air étonné.

Elle pensa : Je ne reverrai jamais plus Vesey, car je ne peux pas supporter mon châtiment. Comme s'il ne voulait pas qu'elle soupçonne qu'il la soupçonnait, il déclara : « À vrai dire, tu sais, il se passe des choses au bureau qui m'inquiètent. Cela fait longtemps déjà. Je commence à me demander ce que manigance Tiny. »

Il regarda s'apaiser sa nervosité, écouta se détendre sa voix, tandis qu'elle disait : « Mais que pourrait manigancer Tiny ?

— Rien de bon. Avec Reggie Beckett. » De façon diabolique, il prit un certain plaisir à voir son visage s'éclairer, ses mains tenant son ouvrage mollement posées sur ses genoux. Pourtant, il avait souvent souhaité lui parler de ces inquiétudes précisément, s'était souvent retenu, ne voulant pas lui faire porter ce poids. Maintenant que ces soucis ne paraissaient rien au regard d'autres, pires, il s'en servait pour couvrir la vérité. Grâce à eux, il attendait son heure, et il piégeait sa femme.

Le soulagement envahit le visage de Harriet. Sa culpabilité alimenta sa sympathie.

« Reggie Beckett ? Je crois l'avoir vu chez Kitty. Mais pas depuis des années.

— Il était parti. » Charles regarda ses ongles d'un air très sévère. Cela signifiait, elle le savait, qu'il attendait quelque chose, mesurait quelque chose. « Oui, il était parti dans les coulisses. Pendant la guerre, il avait d'autres chats à fouetter. Dommage qu'il ne soit pas resté à les fouetter là où il se trouvait. Je crains que Tiny ne se laisse utiliser facilement ; il aime trop l'argent. Ça c'est la faute de Kitty, bien sûr.

— Oh, non !

— Oh, si ! Elle est oisive et dépensière. Elle ne fait aucun bien à Tiny. Ni à moi, indirectement.

— Comment pourrait-elle t'affecter ? »

Il mit longtemps à répondre, tapotant du bout du pied le devant de la cheminée en laiton, l'observant. « Je suis fier de mon étude, finit-il par dire. Je veux que rien de mal ne s'y passe. »

Il l'avait vu changer. La rêverie de doute, d'amour et de culpabilité avait disparu de ses yeux. Maintenant, à cet instant, c'était une femme indignée. Pour lui.

« Est-ce que ce Vesey vaut quelque chose ? demanda-t-il abruptement. En tant qu'acteur, veux-je dire. »

Elle reprit son ouvrage et dit très calmement : « Je ne l'ai jamais vu jouer. Tu dois le savoir.

— Non, j'avais oublié. Je croyais que tu avais raconté hier soir que tu l'avais rencontré pendant la guerre... je ne savais pas quand...

— Mais je t'en ai parlé à l'époque. C'était à l'enterrement de Caroline — l'office à sa mémoire, plutôt.

— Bon, ma chère, ça va, ça va. Je ne peux pas me rappeler tout ce que tu as raconté depuis des années et des années et des années. »

Si jamais elle était belle, c'est quand elle était en colère ou embarrassée, pensa-t-il.

« Tu devrais aller voir ce *Hamlet* », dit-il d'un ton condescendant. Même *Hamlet* semblait douteux.

« Je suis sûre que ce sera très mauvais. (Elle sourit avec assurance mais ne leva pas les yeux de son ouvrage.)

— Tu devrais emmener Betsy.

— Mais il ne reste que deux jours de représentations.

— Tu savais qu'il allait venir cet après-midi, n'est-ce pas ? Vous avez arrangé ça hier soir ?

— Oui. Oui, c'est vrai qu'il a dit qu'il viendrait. (Elle détourna vivement le regard.)

— Pourquoi n'en as-tu pas parlé ?

— Je ne sais jamais s'il a l'intention de faire ce qu'il dit.

— Tu ne sais jamais ?

— Je veux dire, autrefois je ne savais pas.

— Pourquoi y as-tu attaché tant d'importance que tu n'en as pas parlé ? Et si tu pleures, Harriet, je vais... Je ne l'accepte pas. Je ne l'accepte vraiment pas.

— Je ne croyais pas... oh, j'étais sûre qu'il ne viendrait pas.

— Bégaies-tu quand tu lui parles ?

— Pourquoi le demandes-tu ?

— Il m'importe de le savoir.

— Tu sais que je bégaie toujours avec tout le monde.

— J'ai remarqué que tu le fais surtout avec moi. C'est quelque chose que j'ai essayé de ne pas savoir. Est-ce que je te trouble et t'effraie à ce point ?

— Non. Mais je ne veux pas de ce contre-interrogatoire. Je ne suis pas une de tes victimes.

— Et moi, je ne veux pas que tu restes là à pleurer et que Betsy te voie si elle entre. Il sortit son étui à cigarettes et le serra très fort dans sa main.

— Alors ne me tourmente pas », protesta-t-elle avec colère en portant son mouchoir à sa bouche. Jamais il n'en a été ainsi entre nous, songea-t-elle. Jamais, jamais auparavant. L'espace d'un instant, elle ressentit l'allégresse de n'avoir rien à perdre ; puis la pièce sembla se transformer en gouffre comme dans un cauchemar, cette pièce que Vesey avait détestée, dont la beauté lui avait paru le mettre en garde.

« Harriet chérie, regarde-moi ! »

Les larmes agrandissaient ses yeux.

« Pardonne-moi ! »

Les larmes atteignirent le bord de ses paupières et coulèrent de nouveau.

« Pourquoi ne m'en as-tu pas parlé ?

— Je ne pouvais pas le faire. Je sais que tu le détestes.

— Je ne le déteste pas. Je ne le connais pas.

— J'ai essayé de le dire, au déjeuner.

— Mais sûrement, si nous nous aimons... nous sommes mari et femme... j'ai confiance en toi. Évidemment que j'ai confiance en toi. Je veux que tu sois heureuse.

— Je sais. Je sais.

— Tu comptes... plus que tout pour moi. Tout ce que tu as apporté à notre mariage... cette maison, Betsy... il faut que tu saches ce que cela a signifié. Ça n'a pas été un foyer ordinaire, mais quelque chose de tout à fait extraordinaire, beau et bien ordonné. Pour l'amour du ciel, ne t'imagine pas que j'ignore qu'une femme ne pourrait pas se défaire de tant de choses — tout ce qu'elle a créé — ni même les mettre en danger. Si tu avais eu plus d'amis masculins, avais moins dépendu de moi, tu le saurais, et tu saurais que je le sais. Comment le fait de te promener dans le parc avec Vesey pourrait-il affecter notre vie ensemble dans cette maison... ? » Il s'interrompit, sentant qu'il parlait trop souvent de la maison, que son regard errait trop dans la pièce, comme si la décoration intérieure était déterminante.

Elle s'était arrêtée de larmoyer et baissait les yeux en tortillant son mouchoir, d'un coin à l'autre. C'est vrai qu'elle est plutôt pleurnicharde, pensa-t-il avec distance, puis recouvrit cette pensée aussi soudainement qu'il l'avait découverte.

« Pardonne-moi, Charles.

— C'est moi qu'il faut pardonner. Je me conduis odieusement mal.

— Non.

— Tu vas déchirer ton joli mouchoir. »

Elle l'enroula au creux de sa main et sourit vaguement, comme si elle n'était pas sûre de pouvoir le faire.

« Pour montrer que tu m'as pardonné, dit-il, veux-tu m'en donner une preuve ? »

Elle ferma ses paupières brûlantes. Il vit qu'elle redoutait quelque chose, peut-être qu'il lui demande de ne plus jamais revoir Vesey. En fait, c'était qu'elle avait peur de remonter au point de départ de leur conversation.

« Quelle preuve ?

— Veux-tu emmener Betsy voir la pièce ? Et lorsqu'elle sera terminée, ramener Vesey ici prendre un verre ? Nous inviterons Tiny et Kitty. Comme ça, nous serons à l'aise et... Tu veux bien le faire ?

— Je ne pense pas en être capable, répondit-elle d'un ton las. Je ne crois pas que j'aie envie de le voir avant son départ. Nous avons eu trop d'histoires à cause de lui. J'ai l'impression de détester jusqu'à son nom.

— Tu préférerais que ce soit moi qui le déteste ? C'est quelque chose que je t'ai demandé de faire pour moi.

— Cela ne prouverait rien. » Elle imaginait le regard de Charles sur eux et l'indignité de leur situation. Ne pas accepter serait déclarer leur amour l'un pour l'autre.

« Alors si je le dois.

— Pas “ dois ”.

— Alors je le ferai. Oh, bien sûr que je le ferai si c'est ce que tu veux vraiment. Mais je suppose qu'il ne viendra pas. Je ne pourrai pas l'obliger à venir. Il me semble qu'il n'aime pas sortir le soir.

— S'il ne veut pas, tant pis. Je veux que tu l'aies invité. (C'était, pour le moment, le maximum de douleur qu'il puisse infliger à Vesey.) Alors je saurai que tu sens ma confiance en toi ; ton silence au déjeuner paraîtra totalement absurde. Quand il partira, cette scène sera oubliée et il n'y aura plus rien de consternant entre nous. »

Elle se mit à ranger son ouvrage. « Très bien, j'irai. Je l'inviterai. Et maintenant, je pense que je devrais dire à Betsy d'aller se coucher. Il est tard.

— Moi je le lui dirai. Et toi, tu devrais aussi aller te coucher, ma chérie. Tu as l'air très fatigué. J'ai été tellement plus haïssable à ton égard que je ne m'en serais cru capable. Mais je me sentais si menacé, si rejeté par toi. Maintenant, tout est arrangé. (Il lui prit les mains et la tira du canapé.) Maintenant tout est arrangé ? répéta-t-il interrogativement.

— Oui, Charles.

— Ne le dis pas comme si tu étais une petite fille qu'on a mise au coin. » Il lui secoua les mains jusqu'à ce qu'il l'amène à sourire, puis il l'embrassa. Le baiser de retrouvailles s'intensifia jusqu'à ce qu'elle devienne d'une immobilité marmoréenne, le bras écrasé contre son flanc, les articulations de ses doigts blanches.

« Ma chérie, je t'aime. Ne m'abandonne jamais.

— Bien sûr que non.

— Tu dois avoir tout ce que tu veux pour les siècles des siècles.

— Je ne veux rien.

— À l'instant présent, tu vas aller au lit. (Il se balança en la serrant dans ses bras, les lèvres posées sur son front.) J'aimerais t'y porter, mais Elke risquerait de trouver cela étrange.

— Peut-être qu'on porte toujours les Hollandaises dans leur lit, dit-elle d'une voix chevrotante. Alors, après tout, cela pourrait lui sembler normal.

— As-tu jamais vu une Hollandaise ? Oui, eh bien, ne sois donc pas stupide. Il faut que tu montes ; je t'apporterai quelque chose de bon à boire et je dirai à Betsy que tu as mal à la tête.

— Tu es très réconfortant.

— Je t'ai donné des baisers pour te guérir, mais je me rappelle que c'est moi qui t'ai fait pleurer. »

C'est le pire endroit où être, pensa-t-elle, au bord des larmes. Le parc bleu avait disparu. Elle se sentait abattue, ses émotions malmenées. Il nous est impossible de ne pas être abjects, avait dit Vesey, et cela lui donnait des forces à présent. Elle ne savait plus que penser et, bizarrement, c'est Charles qui la consolait avec des réconforts de personne âgée qu'elle aurait méprisés autrefois. Se détendre dans un lit tiède, dans une chambre agréable, était tout ce qu'elle pouvait demander : ne pas parler, ne pas penser, ne pas rêver.

Devant la porte, elle dit : « Je suis désolée, Charles, que tu aies ces soucis dans ton travail, à cause de Tiny et de ce type méprisable. »

Il sourit d'un air assuré. « Je peux en venir à bout. C'est le genre de chose que je suis capable de maîtriser, tu sais. »

Elle monta l'escalier en traînant les pieds. De la salle à manger, Betsy l'entendit partir. Elle posa son stylo très doucement sur la table, comme pour ne pas déranger ses pensées. Charles resta assis pendant un petit moment au bord du canapé, la main sur la bouche, l'ongle de son pouce cliquetant contre ses dents. Il commença de se demander s'il n'avait pas édifié lui-même ce qu'il venait d'essayer de détruire. Il alluma une cigarette, puis alla envoyer Betsy au lit.

Comme Laertes reste longtemps en France ! pensa Harriet. Car, ayant donné des conseils, excellents et embarrassants, à Ophélie, Vesey était parti et avait, semblait-il, été oublié. Depuis lors, les scènes, tissées de beauté chatoyante, élimées d'avoir trop servi, avaient défilé pesamment. La reine se tordait les mains sans cesse ; la voix de mêlécasse d'Ophélie était entrecoupée d'instants de grâce inattendus. Polonius fut assassiné mais pas, comme il le méritait abondamment, pour avoir oublié son texte, chuchota Harriet à Betsy. Betsy fronça les sourcils. Elle était penchée en avant, les mains sur les genoux, les poignets saillant de ses manches trop courtes.

Après tout, se dit Harriet, c'était une grande pièce — quoique gâchée et rendue minable — mais elle ne pouvait pas se concentrer comme Betsy le faisait, comme si elle n'avait jamais rien vu de tel. Elle trouvait les sièges durs ; les portraits des maires accrochés autour d'elle la gênaient. Lorsque quelqu'un quittait la scène, elle suivait son parcours jusqu'à la sortie de la salle avec intérêt. On aurait entendu voler une mouche.

Après, soupirant, médusée, Betsy suivit sa mère jusqu'à la voiture. Un éclairage bleuté présentait les rues sous une lumière livide et aveuglante. Assises dans la voiture en attendant Vesey, elles regardèrent les petits groupes s'amenuiser et se disperser, comme si cette illumination atroce faisait s'atrophier et disparaître toute vie humaine. Elle ajouta dans le cœur de Harriet au caractère déroutant de cette soirée, à la cruauté dont Charles avait fait preuve envers elle en la chargeant d'une telle mission et à sa façon de lui imposer une chose pareille. La pièce, et le rôle qu'y jouait Vesey, étaient quelque chose dont il fallait se remettre et ne plus se souvenir. Comment pouvait-elle s'empêcher de sentir que l'étrangeté de la situation, que ni elle ni Vesey n'auraient choisie, les tournait en dérision tous les deux. La langue elle-même et le costume les coupaient l'un de l'autre : son saut dans la tombe, ces coups d'estoc si ridiculement retenus, son inaptitude à être à la hauteur d'une telle démonstration, car il ne savait rien parer qu'en paroles

Si elle avait senti passer un frémissement amusé du public, elle le niait et regardait ses gants sur ses genoux pendant une partie du temps. Leur danse ensemble, leur promenade dans le parc revêtaient maintenant à jamais leur autre aspect grotesque et pitoyable. Quand il lui arrivait d'observer Vesey, elle tenait son amour en suspens, comme si son imagination risquait sinon d'encourir quelque dommage.

La colère à l'égard de Charles la déstabilisait. Elle ne ressentait plus de culpabilité en ce qui la concernait ni de pitié envers lui. Par orgueil, elle espérait exercer des représailles, mais la façon de le faire dépassait sa capacité d'invention. Ses moyens étaient entièrement concentrés sur la manière de diriger le reste de la soirée, que Charles avait prolongée de façon si perverse.

« Il était très bon, ton ami, déclara Betsy, en frappant ensemble ses mains gantées de fourrure. Mais c'est qu'ils étaient tous tellement bons, il m'a semblé.

— C'était un peu long, dit Harriet. Il est plus tard que je ne pensais. » Elle imagina Charles attendant à la maison, un verre à la main, l'œil sur la pendule, et Kitty ayant peut-être bu un coup de trop.

« Le connaissais-tu quand tu avais mon âge ? Betsy écarta ses gants de ses poignets et souffla son haleine tiède à l'intérieur.

— Vesey ? Oui, je le connais d'aussi loin que je me souvienne. »

Betsy ne s'était pas figuré qu'elle eût des souvenirs antérieurs à l'âge qu'elle avait elle-même. Cela paraissait un exploit en soi.

« Mais quand as-tu cessé de le connaître ?

— Je n'ai pas cessé, mais quand nous sommes devenus adultes, nous avons été obligés d'aller dans des endroits différents... et je me suis aperçue que la guerre avait dispersé les gens...

— C'est un grand acteur, commenta Betsy simplement.

— Chérie, ne mords pas tes gants. Tu n'es plus un bébé. »

Vesey sortit par une porte latérale et traversa une cour, le visage mauve sous cet éclairage maléfique, avec son col remonté et un paquet informe sous le bras. Harriet mit le moteur en marche et ses mains se serrèrent sur le volant.

« Je vous ai trouvé absolument merveilleux », dit Betsy en se penchant pour lui ouvrir la portière.

« Oh, il a été absolument merveilleux, raconta Betsy à Charles.

— Que buvez-vous ? demanda Charles, par-dessus sa tête. Cognac ? Scotch ?

— Oh, du cognac, s'il vous plaît. » Vesey examina maintenant le salon une nouvelle fois. Du lilas blanc était disposé devant les rideaux de damas rouge ; le chaton blanc dormait sur un coussin pourpre. Avec Charles présent, la splendeur de la pièce semblait accomplie. Il tendait les verres en ayant l'air de s'attendre qu'ils les lèvent tous d'abord pour porter un toast à son triomphe.

Kitty avait installé ses rondeurs sur le canapé. Harriet se pencha pour l'embrasser, retira ses gants et mis ses mains froides dans celles, tièdes, de Kitty. Près du gramophone, Tiny scrutait les titres sur les disques.

« Absolument merveilleux ! continuait Betsy, surexcitée.

— L'heure du lit ! annonça Charles d'une voix cassante.

— Eh bien... Bonne chance ! » dit Vesey en levant son verre.

Dans sa lettre, Harriet lui avait permis de deviner pourquoi il se trouvait ici. Il ne craignait pas les situations, comme elle le faisait, redoutant plus ses propres humeurs que celles des autres. Pour venir en aide à Harriet, pour la revoir une dernière fois avant de partir, il avait accepté de venir. Toutefois, il lui semblait que c'était à Charles maintenant de trouver quelque chose à dire, de donner une tonalité ; en allant se réchauffer devant le feu, il décida d'attendre son heure et de regarder Harriet. Elle était assise à côté de Kitty, qui lui tenait encore les mains, et levait son visage souriant vers lui comme si elle le faisait participer à leur conversation. À la lumière rosée de la lampe, ses cheveux lisses avaient un éclat de bronze ; des perles étaient enroulées autour de ses poignets, là où les bracelets d'argent avaient pendu autrefois.

« Ainsi vous étiez le petit compagnon de jeux de Harriet ! dit Kitty. J'imagine une illustration à la Kate Greenaway, avec des cerceaux.

— Au lit ! » répéta Charles à Betsy, essayant de faire passer son irritation pour une sévérité badine.

Elle fit tournoyer son soda au gingembre dans le verre et l'avala rapidement. « Je voudrais faire du théâtre, annonça-t-elle.

— Je suppose que Mr Macmillan t'en découragerait, répliqua Charles.

— J'essaie de ne pas être décourageant, dit Vesey en redressant un coin de tapis du bout du pied.

— Elle va tenir de sa grand-mère, commenta Kitty.

— Ma grand-mère ? Oh ! rit Betsy. Je ne la vois jamais comme actrice.

— Tu ferais bien de ne pas le lui dire, conseilla Charles. Elle était célèbre de son temps.

— Eh bien, bonne nuit tout le monde ! dit Betsy. (Elle essuya sa bouche avec la main et la main sur sa jupe.) Au revoir, Vesey ! Je n'oublierai jamais comme vous avez été merveilleux. Vous penserez sans faute à signer mon programme quand vous partirez ? Je l'ai laissé sur la table dans l'entrée.

— Tu lui donnes l'impression d'être Sir Henry Irving, plaisanta Charles, d'une voix qui n'était pas plaisante. J'espère que vous êtes habitué à ces enthousiasmes de lycéenne, Vesey ?

— Non. Je ne m'habitue jamais à la gentillesse.

— À présent, intervint Kitty, il faut que vous nous parliez de Harriet petite fille. Des choses amusantes, si possible. Pour la voir sous un nouveau jour. Elle ne vous en voudra pas.

— Comment pourrait-il se souvenir ? demanda Harriet.

— Oui, renchérit Charles, qui s'occupait déjà du verre de Vesey. J'y attacherais un grand prix ; moi, je n'ai que des photographies.

— Alors c'est plus que n'en a Vesey, dit Harriet. Lui n'a que sa mémoire, qui n'a pas été impressionnée.

— Elle portait des bracelets d'argent aux poignets, répondit Vesey lentement, en regardant son verre, puis Kitty. Je me rappelle le bruit qu'ils faisaient.

— Oh, il faut que vous remontiez beaucoup plus loin que ça pour nous donner ce que nous ne possédons pas, protesta Charles. Elle portait des bracelets d'argent quand je l'ai connue, et c'est Betsy qui les porte maintenant, alors ceux-là, nous y sommes habitués. »

Vesey se tortura la mémoire pour l'amour de Harriet, mais ne se rappela que son manque d'assurance, son bégaiement, un courage qu'il n'était pas disposé à définir pour eux et qu'un jour, ils s'étaient disputés (pourquoi, il n'en avait aucune idée). Puis il dit soudain : « L'image principale que j'ai retenue, c'est elle traversant des champs avec un bouquet de fleurs à la main. Elle cueillait tout le temps des fleurs. »

À son expression, il comprit qu'il l'avait remplie d'angoisse et d'appréhension. Le cognac, ajouté à la fatigue et à l'absence de nourriture lui avait peut-être fait perdre le nord. Il revit brusquement, comme si un dessin se mettait en place dans un kaléidoscope, le reste de cette soirée : ils étaient allés à travers champs jusqu'à une maison vide. Maintenant, il remonta jusqu'à ce jour en tatonnant, se remémorant la question de Harriet dans le parc, sa question si révélatrice et pitoyable, qu'il n'avait pas comprise sur le moment. « Quelle maison vide ? » avait-il demandé. Mais elle avait doucement refusé de répondre et avait détourné la conversation vers d'autres sujets.

« Elle a toujours aimé les fleurs, dit Kitty, posant le regard sur le vaste pot de lilas de serre.

— J'ai l'impression d'être morte, objecta Harriet.

— La maison où vivait ma tante était toujours pleine de chiens, reprit Vesey d'un ton plus net, plus sûr de lui maintenant qu'il ne disait pas la vérité. Un jour, ils se sont battus effroyablement. Personne ne tenait vraiment à intervenir, nous montrions peu d'empressement et c'est Harriet qui a couru les séparer, sans hésiter. De ses mains nues.

— Ça ne ressemble pas à Harriet, commenta Charles. De montrer une telle décision. Et elle a plutôt peur des bêtes. » Il avait beau sourire, il ne parvenait pas à faire rendre un son plaisant à ses propos. Au lieu de quoi, il remplit de nouveau le verre de Harriet.

« Elle a dû changer, dit Tiny calmement.

— Oui, elle a dû changer. (Vesey la regarda.) Mais elle n'a pas changé au point de pouvoir supporter toute cette discussion à son sujet. C'est le tour de quelqu'un d'autre. » Il jeta un coup d'œil circulaire, finissant par Charles, qui fixait sa cigarette.

« Comment était la pièce ? » demanda Kitty. C'était la première idée, pas la meilleure, qui lui vînt à l'esprit. Elle la regretta aussitôt et tenta de faire passer la question en y répondant elle-même. « J'ai toujours trouvé qu'elle était tellement pleine de gens disant à d'autres gens de ne pas perdre quelqu'un de vue. Veille sur celui-ci ; suis celui-là ! Mais j'étais jeune, bien sûr, la dernière fois que je l'ai vue.

— Elle n'a pas changé, répondit Vesey.

— Introspective, ricana Tiny. Ça me scie toujours. Bougrement inutile, pour ne pas dire plus. » Il rougit. Il détestait les désagréments et il y en avait tant dans le monde. Que des gens en inventent, remplissent de souffrances inventées le vide de l'air, était ce qui l'irritait et le laissait perplexe. Il le tenait pour un acte du plus mauvais goût, et inutile était ce qu'il pensait vraiment. « Morbide », ajouta-t-il peu après, fixant le mur, assez haut, là où il n'y avait absolument rien à voir.

« Oh, je ne sais pas, dit Kitty d'un ton dégagé. Quand on regarde autour de soi, je pense qu'on voit tout cela se passer, quoique d'une façon un peu obscure.

— Alors pourquoi en concevoir encore ?

— Mais Shakespeare n'a fait que montrer la vie. Quelqu'un d'autre est censé l'avoir inventée, objecta Vesey. Je crois que ses pièces se déroulent tout le temps, comme... faute de se rappeler le nom de Kitty, il se tourna et lui sourit, comme vous venez de le dire. Certaines plus que d'autres, bien sûr.

— Certaines plus que d'autres, assurément, approuva Charles.

— Aucun de nous ne s'exprime aussi bien, dit Kitty.

— Et nous disons une chose en voulant dire une autre, ajouta Charles. Comme si nous craignions ce que nous pourrions ramener à la surface.

— Et nos drames sont plus restreints, signala Kitty.

— C'est aussi bien de ne pas ramener des choses à la surface si elles sont désagréables, dit Tiny, en retournant vers la pile de disques. Mais je ne vois jamais rien de si choquant se passer autour de moi, pas même dans notre métier où nous pourrions nous y attendre. La plupart des gens sont parfaitement gentils, heureux et banals. Exactement comme nous tous ici. Ni meilleurs, ni pires. Haine, désespoir, suicide, assassinat et tout ça, sont des exceptions rares, même si d'après les livres qu'on lit, les films qu'on voit, c'est le respect humain qui le serait.

— Peut-être que le mal n'existe que dans l'œil de celui qui le voit, avança Kitty gaiement. Ce doit être ça puisque toi et moi, Tiny, nous aboutissons à des conclusions si différentes après avoir vu les mêmes choses. Il faut que nous partions, chère Harriet. »

Elle éprouva un certain soulagement après avoir jeté un coup d'œil à la pendule et tendit son verre vide à Harriet. Celle-ci, prenant trop les gens au mot à propos de boisson, se pencha pour poser le verre sur la table, trébucha et le cassa.

« Bon Dieu, tu es pire qu'Elke », dit Charles d'un ton sec.

Elle rougit de mortification et ne trouvant rien à dire, se mit à genoux et commença de ramasser les éclats de verre sur le tapis. Sa détresse, si mal dissimulée, mit Charles en fureur. Il n'avait pas conçu cette soirée pour l'humilier mais pour mettre en évidence à son intention plusieurs vérités. L'amour qu'il lui portait, sa confiance et sa générosité ; l'insuffisance de Vesey, qu'il ne mettait pas en doute ; la position de Harriet dans son monde à lui, Charles. En la voyant ramasser le verre sur le tapis, il comprit que tout ce qui la faisait souffrir ne servait qu'à les séparer.

« Pour l'amour du ciel, laisse-le, laisse-le ! ordonna-t-il impatiemment. Je vais te chercher un autre verre, Kitty. Il faut que tu en prennes un pour la route.

— Un pour le dodo », approuva Tiny.

Kitty commença par hésiter, puis se ravisa. Ce soir-là, ses réflexions après coup valaient toutes mieux que les premières.

Seul Vesey remarqua que le poignet de Harriet saignait. Il l'installa dans un fauteuil, sortit le petit mouchoir parfumé, plié, de sa manchette et en enveloppa sa main. « Chérie, où y a-t-il un bandage ? » demanda-t-il, car le mouchoir se révéla tout à fait insuffisant.

Kitty et Tiny regardèrent la porte, terrorisés. Ce n'était pas tant le mot « chérie » que le ton de sa voix qui les effrayait. « Je vais en chercher un », proposa Kitty, sortant de la pièce en courant presque.

« Tu veux un cognac, ma belle ? demanda Tiny, qui avait envie de suivre sa femme.

— Je suis si affreusement maladroite », bégaya Harriet.

Vesey alluma une cigarette et la lui mit entre les lèvres.

« Voilà, voilà ! » annonça Kitty, hors d'haleine.

Charles était derrière elle, apportant son nouveau verre.

Vesey prit le pansement et s'agenouillant à côté de Harriet, entreprit de lui bander la main.

« Qu'est-ce que tu as encore fait ? demanda Charles. Vraiment, ma pauvre petite, tu as un génie pour mettre tes invités sens dessus dessous. Je n'oublierai jamais — et toi, Kitty ? — le jour où elle a cassé la bouteille de cognac.

— Ce soir n'est certainement rien en comparaison de cette occasion-là, dit Tiny, en essayant de détecter une plaisanterie là où il n'y en avait pas.

— Moi, j'ai laissé tomber un plat de purée un jour », raconta Kitty inutilement. De toute évidence, elle faisait don du plat de purée et d'elle-même par-dessus le marché pour tenter de sauver son amie.

Imperturbablement, Vesey enroulait la bande autour de la main de Harriet ; le sang qui passait au travers fut bientôt couvert, tout comme la nervosité de Harriet le fut par sa sympathie. Elle observait sa tête courbée, son visage impassible. Il avait le pouvoir de la couper du reste de la pièce, si bien que les accès de gentillesse de Kitty s'entendaient à peine et les paroles de Charles ne l'humiliaient plus. Son attention silencieuse l'isolait de telle façon qu'il semblait lui bander le cœur aussi bien que la main. Il ne s'intéressait qu'à ce qu'il faisait. Le fait qu'il ne lui parle pas la soutenait en soi, raffermissant l'amour qu'elle lui portait, auquel cette soirée atroce, destinée à une tout autre fin, l'avait vouée corps et âme.

« Eh bien, à votre santé, donc ! » dit Kitty, souriant à Charles. Elle ne savait qui réconforter ; ses gestes impulsifs paraissaient partir dans tous les sens.

— Versons du whisky sur les eaux troublées », proposa Tiny, levant son verre, en disant plus qu'il ne pensait le faire.

Quand Vesey eut terminé, il regarda Harriet brièvement puis détourna les yeux.

« Merci, dit Charles. Votre présence a été providentielle, avec vos premiers secours. Si sa main est aussi atteinte que cela, nous aurions tous été tout à fait désarmés. »

Le comportement de Charles commença de devenir inexplicable, pour lui, et même pour les autres. Son attitude à l'égard de sa mère fit partie du changement. Maintenant, il en parlait beaucoup, d'elle en tant qu'actrice, s'efforçant de se rappeler certains des succès qu'il avait pris en mauvaise part à l'époque. Il semblait tout à coup avoir de grandes connaissances sur le théâtre sans l'avoir jamais beaucoup fréquenté. Une photographie de Julia en Cléopâtre, les cheveux sur le front, parée de ribambelles, de chapelets de perles, l'air mécontent, fut découverte parmi de vieilles lettres et dressée sur son bureau, où elle resta. Il parlait souvent de sa vie précaire et laborieuse, bien qu'elle eût été, disait-il, au sommet de sa profession.

Envers Tiny aussi son attitude changea et devint plus souple. Ces soupçons-là furent calmés tandis que d'autres les remplacèrent. Il allait au fumoir du *Bull* en sortant du bureau et prenait quelques verres avec Tiny et Reggie Beckett. Ce monde d'hommes solide le réconfortait.

Tandis que ses relations avec les autres s'amélioraient, sa vie avec Harriet se détériorait. C'est moi qui manquerai en premier à mes engagements, semblait-il déclarer. On ne peut rien me prendre que je désire encore. Ses manquements s'exprimèrent en sarcasmes. Il s'abstenait de commenter la maladresse qu'il avait engendrée chez elle, d'une façon positive, qui la soulignait. Sous son regard, les tasses paraissaient tomber en morceaux, les tapis se relevaient pour faire des croche-pieds, les boutons quittaient les vêtements.

Betsy changea aussi. Elle se mit à lire du Shakespeare à voix haute dans la salle de bains où un écho léger apportait, pensait-elle, une qualité envoûtante à sa voix. Tout ce qu'Elke pouvait supposer, c'était que la nation entière était bizarre, peut-être déséquilibrée par la récente guerre. C'était ce qu'il y avait d'anglais en eux, décida-t-elle. Les lettres qu'elle écrivait chez elle devinrent de plus en plus longues, son expression de plus en plus fermée. Elle eut le mal du pays. Elle fait penser à une vache frisonne, exilée dans le blé soufflé, pensa Betsy pendant un petit déjeuner. Ses meilleures plaisanteries étaient impossibles à répéter, bien que celle-là le fût à son amie Pauline Hay-Hardy. Elles manquèrent mourir de rire. Pauline dit : « Oh, ma vieille ! Tu me feras crever. » « Elle écale son œuf à la coque avec des petits ongles rouges écaillés », raconta Betsy. « Oh, arrête ! hoqueta Pauline, je me tiens les côtes. »

Elke écrivait : « Elle s'enferme dans la salle de bains et crie à tue-tête. Elle s'essuie la bouche avec sa main. Elle ressemble plus à une enfant avec ses jupes au-dessus du genou. Elle a le droit de parler pendant les repas. » La première partie était très drôle en hollandais. Ses parents s'inquiétaient du contenu de ces lettres : ils espéraient qu'Elke n'essaierait pas de parler à table quand elle reviendrait.

L'idée que Betsy se faisait de Miss Bell commença aussi d'évoluer. Celle-ci descendit d'un cran, de celui où Vesey ne lui laissait désormais plus de place et, en descendant, elle ne pouvait que se rapprocher de Betsy elle-même, qui ressentait en sa présence plutôt plus d'aisance et d'assurance qu'auparavant, puisqu'il y avait moins à perdre. Miss Bell avait vu *Hamlet* aussi. La représentation avait été inégale, dit-elle, préférant ne pas déclarer qu'elle l'avait trouvée égale. Hamlet avait communiqué, entretenu, la suggestion de souffrance intense, quoique ce fût principalement celle causée par le trac, se sentit-elle obligée de dire. « Et qu'avez-vous pensé de Laertes ? » demanda Betsy. Alertée par la lueur dans les yeux de la jeune fille, Miss Bell essaya de retrouver un souvenir quelconque de Laertes. « C'était un ami de ma mère », expliqua Betsy, craignant soudain une critique adverse. « Je l'ai trouvé très sympathique », répondit Miss Bell. « Oh, c'est vrai », dit Betsy avec ferveur. « À l'époque, je me suis demandé, ajouta Miss Bell comme si elle parlait d'un temps lointain, s'il n'aurait pas fait un meilleur Hamlet que... que celui qui l'était. » « Je suis d'accord, approuva Betsy. C'est ce que j'ai pensé aussi à l'époque. Je suis convaincue que ce sera un très grand acteur. Un jour. »

Déposer la personne adorée afin de lui faire des confidences à propos de celle qui lui succède procurait un plaisir exquis. Elle s'aperçut qu'elle avait plus d'affection pour Miss Bell qu'auparavant. Mais elle est simplement humaine, songea-t-elle avec témérité... Je peux lui dire n'importe quoi. Il est périlleux de trouver humains des gens qui ont autrefois été divins.

Julia se sentit renaître à la vie grâce au souci qu'elle se faisait pour son fils. Ah, aux humbles les mains pleines !, pensait-elle de Harriet, persuadée qu'il se passait quelque chose de louche. Elle était décidée à prouver que les femmes sont toutes sœurs quand on gratte un peu. Procédant par touches légères, légères, ses insinuations ne pouvaient être relevées que par l'oreille la plus exercée et la plus coupable. Tous les autres devinrent ennuyeux.

« Allez vous en prendre à l'âme de Miss Bastable, dit-elle au curé quand il vint lui rendre visite. J'ai des problèmes domestiques à tirer au clair. »

Lui au moins savait comment se comporter avec une femme du monde ; il était lisse, courtois, tout en laissant entendre, pour ne pas courir de risque, que c'est ainsi qu'il était à l'abri du mal.

« J'aimerais mieux vous parler à vous. Qui plus est, je n'aurais aucune chance de réussir face à votre influence.

— Mais elle est en train de déchoir, de perdre la grâce, dit Julia, désireuse de se débarrasser du prêtre. Elle a fait des réussites dimanche au lieu d'aller à l'office du soir, si c'est bien ainsi que vous le désignez. »

Il se pencha en avant et se choisit un chocolat dans la boîte qu'elle avait tendue une fois, avec indifférence, et avait à présent oubliée.

« Un jour, je me trouvais dans une pièce, raconta-t-il, souhaitant parler de lui, quand soudain, sans aucune raison apparente, j'ai perçu une présence maléfique. »

Elle eut un rire insouciant et jeta un coup d'œil pardessus son épaule.

« Il était dix heures du matin », ajouta-t-il, comme si cela confirmait ses propos, ce qu'elle pensa effectivement.

Il sélectionna une ganache au café et la laissa tomber dans sa bouche, se nettoyant le bout des doigts avec un mouchoir à dessin cachemire. « Peut-être, suggéra-t-il, la bouche pleine de chocolat, qu'à la lumière de la vie qu'elle mène ici avec vous, Miss Bastable estime-t-elle qu'il est possible d'être bon sans religion. Une tromperie gravement troublante. Elle est affrontée à ce qu'elle tient pour votre bonté.

— Moi aussi, je me crois bonne. »

Il choisit un caramel.

« Vous, vous ne me croyez pas bonne ? »

Il se carra dans son fauteuil, mastiqua, sourit et déclara, les yeux clos : « Je vous crois présomptueuse. (Il ne voulut pas ouvrir les yeux.)

— Cela signifie " prendre des libertés ", s'écria-t-elle. (Il ouvrit enfin les yeux.) — J'employais la terminologie théologique ». Son regard resta fixé sur elle.

Julia parut apaisée.

« Où va Betsy, avec cet air tellement extatique ? demanda Kitty quand Harriet lui ouvrit la porte. Je l'ai vue partir dans l'allée comme si elle était en route pour le paradis... je veux dire, un paradis d'une espèce passionnante. Quand je l'ai hélée, elle a sursauté violemment. Je remarque souvent que lorsque les gens sourient, ils ont l'air moins heureux que l'instant d'avant. Cela peut être assez attristant. J'ai trouvé que son sourire... celui de Betsy... avait complètement gâché son air de bonheur. J'espère qu'elle l'a retrouvé. » Elle retira ses gants et, debout devant la glace de l'entrée, se passa les doigts dans les cheveux, donnant l'impression d'emménager, de prendre possession de la maison ; elle entra la première dans le salon et, en passant, fit tomber dans sa main des pétales de lilas éparpillés sur une table.

« C'est un événement majeur. Elle va se promener avec Miss Bell.

— Passera-t-elle d'une adoration à une autre, je me le demande ? Une sorte de progression affective ? Qui pourrait être assuré, alors qu'elles sont si terriblement sensibles aux personnalités nouvelles, que cela se terminerait avec le mariage ? Une fois que cela commence, cela doit sûrement durer pendant la vie entière ? Chacun paraissant à son tour être le bon... cette Nathalie Sansoin, ou quelque chose de ce genre, que Betsy adorait tant l'année dernière... te rappelles-tu ?... il se pourrait qu'on s'aperçoive un jour que l'homme qu'on a épousé, finalement ne faisait que prendre son tour. Ce n'est pas que je veuille t'inquiéter...

— Il n'y a rien que je puisse faire.

— Je sais. Jouer à beaucoup de jeux et avoir ce que les gens appellent de nombreux centres d'intérêt ne sont d'aucun secours, parce qu'on est toujours capable de faire deux choses à la fois... surtout si l'une d'elles est ressentir... moi je n'ai jamais vraiment été comme ça... peut-être que je suis trop égocentrique... mais un jour quelqu'un m'a parlé de l'amour... elle détourna le regard... m'a expliqué que quoi qu'elle fasse, quel que soit son acharnement au travail, à chaque pas, à chaque respiration elle y pensait, l'éprouvait et s'en souvenait. Comment va ta main ? »

Sans raison, Harriet la mit derrière son dos. « Oh, mieux.

— Étais-tu comme ça, enfant ? Toujours obligée d'avoir quelqu'un... ces passions débordantes ?

— Non. Je ne pigeais pas assez les autres... au lycée, les professeurs m'angoissaient simplement.

— Comme je suis d'accord. Et puis elles avaient toujours des moustaches ou bien elles postillonnaient en parlant. Quoiqu'elles m'aient fait une peur bleue, je les méprisais. (Kitty sourit paisiblement, posa ses pieds sur un tabouret et cala un coussin derrière sa tête.)

— Mais tu aimais Tiny... ? dit Harriet sans conviction. (Personne ne pouvait prétendre que Kitty l'aimait encore, mais autrefois, sûrement...)

— Il faut se marier, déclara Kitty d'un ton péremptoire. Et puis, je suis, comme je l'ai dit, égoïste. Même les enfants... même Ricky... je l'aime avec une sorte de déchirement, qui tient plus à moi qu'à lui. Je suis heureuse que ta main aille mieux ; j'étais très inquiète.

— Il n'y avait pas de quoi.

— Je crois que dans ma jeunesse, j'étais plutôt coquette que passionnée, raconta Kitty, comme si la conversation précédente justifiait, voire exigeait, cette confession. C'est pourquoi il m'est difficile d'imaginer qu'une personne donnée est tellement plus importante qu'une autre. Si je ressentais de l'affection pour quelqu'un, j'avais atteint le summum. Mon summum, mettons. Personne ne pouvait en espérer plus. Les autres peuvent-ils être tellement plus merveilleux que je ne le suis, moi, demandais-je. Et chacun se sait peu merveilleux. As-tu jamais rencontré quelqu'un qui te semble plus merveilleux que toi ?

— Beaucoup de gens.

— Tu es modeste.

— Je n'ai pas lieu d'être modeste.

— C'est de la vraie modestie de le croire. On pourrait même appeler ça de l'humilité, dit Kitty dédaigneusement. Tu te tiens en trop piètre estime, si piètre qu'on se met à penser que cela cache quelque chose. Serais-tu illuminée, transportée, à l'idée d'être en compagnie d'une autre personne, comme l'est ta fille ? »

Harriet, debout devant le feu, mains jointes derrière le dos, regardait gravement droit devant elle, sachant qu'il était inutile de répondre. Kitty tordait son collier de perles, le remontait sur son menton, mais gardait les yeux baissés.

« Pourquoi est-ce que tu me fais ça, Kitty ? demanda Harriet d'une voix lasse.

— Parce que je t'aime... je veux dire, j'ai de l'affection pour toi.

— Qu'est-ce que tu veux savoir ?

— Rien. Je sais déjà tout.

— Alors...

— Je veux seulement dire qu'aucune personne ne vaut quelque chose. Nous sommes tous pareils. Nous nous valons tous. Ça passera. (Elle parlait vite, comme si une idée en annulait une autre et que le tout fût absurde.) Tu es mariée avec Charles depuis quinze, seize ans ? Et vous étiez tout à fait heureux. À propos des autres, il faut que tu te demandes : Aurait-t-il pu en être de même pour eux ? Comment ces seize années se seraient-elles passées ? Comment, sur une telle durée, le mariage peut-il rester excitant ? Et ne restons-nous pas éternellement amoureuses de celui que nous n'avons pas épousé ? L'amour partagé vaut bien l'autre espèce, et celle-là pourrait finir par être partagée elle aussi, te laissant aussi mal lotie qu'auparavant. Mets seize années en balance avec l'amour le plus récent, ou imagine-le au bout de seize ans. Le résultat n'est-il pas calculable ? Je suis désolée que mon sens commun soit si commun, mais c'est par bonté que je suis cruelle. Ça ne t'ennuie pas que j'enlève mes chaussures, hein, chérie ? Elles me font un mal de chien. Le daim se tend tellement. »

Elle envoya d'un coup de pied ses chaussures de l'autre côté de la pièce et étira ses orteils. Une échelle remonta le long de son bas qu'elle essaya d'arrêter avec une goutte de salive. Elle devenait négligente et désordonnée, fumant à la salle de bains, laissant tomber la cendre dans le lavabo. Ses brosses étaient frangées de cheveux ; elle utilisait ses mouchoirs parfumés fripés pour marquer la page dans les romans qu'elle lisait. À la cuisine, les chats buvaient leur lait dans des soucoupes en porcelaine de Rockingham.

« Ces magazines chez le coiffeur, reprit-elle. Ces lettres que les lectrices envoient au sujet de leurs problèmes : Est-ce bien l'amour cette fois ? Suis-je amoureuse ? Comme si l'amour était une variété particulière de poisson que l'on prend dans son filet... en triant une poignée d'herbes, se demandant : Est-ce le bon ? Est-ce celui-là que je cherchais ? Mais comment peut-on prendre ce qui n'est qu'une humeur, ou un reflet de soi-même ? Le fruit défendu serait tout aussi ennuyeux que les autres si nous le mangions tout le temps.

— Fruits ! Poissons ! Reflets ! s'exclama Harriet nerveusement, se tournant face au feu, les mains sur la tablette de la cheminée.

— Alors, venons-en à Vesey. Appelons tout par son nom véritable. Je vais être très dure, je te préviens. Je vais employer des mots tels que entichée.

— Tout ce que j'éprouve dépasse les mots, si bien qu'aucun ne peut me toucher.

— Tu es en train de te laisser embarquer dans les difficultés.

— Oui, j'en suis consciente.

— Des difficultés très difficiles.

— Que signifie entichée ? Ou tout autre mot de ce genre ? Je l'ai aimé dès l'enfance, je le sais...

— Et depuis lors tu as aimé l'idée que tu t'en es fait. Les sentiments que nous éprouvons pour les gens évoluent à mesure que nous devenons adultes, mais si nous restons avec une idée à la place d'une personne, celle-là ne change peut-être jamais. Après chaque erreur commise par Charles, je suppose que tu as pensé : Vesey n'aurait pas fait ça. Mais une idée ne peut jamais commettre d'erreurs : il a vécu une vie impeccable dans ton cerveau. Quand il a refait surface, le climat lui était favorable, tempéré par ton imagination. Mais son climat ne t'est pas favorable. »

Son climat ! se dit Harriet, fixant le feu jusqu'à en avoir les yeux qui piquent. Ce mot exprimait une part de ses sentiments lorsqu'elle se trouvait avec lui, comme elle avait aimé, étant jeune, simplement se tenir près de lui. Quand il s'était écarté, il lui avait enlevé quelque chose de miraculeux.

« Je ne te rappellerai pas l'existence de ton enfant, dit Kitty.

— Et moi, je m'abstiendrai de dire que je trouve cette conversation pénible. »

Toujours en train de rire à propos de rien, ces deux-là ! pensa Elke en passant dans le vestibule.

« Pénible ou pas, répliqua Kitty, il faut que je te dise, chérie, de savoir ce que tu veux, de ne pas te laisser aller. Pense aux conséquences. Souviens-toi de Madame Bovary. Non, je suis désolée, je n'ai pas l'intention d'être désagréable, seulement, eh bien, Charles te rembarrant, grondant, du malaise partout, des orages dans l'air, les verres se fracassant par terre, du sang qui coule... parce que le visage, ou la voix de quelqu'un t'obsède. Alors que vraiment tout le monde est pareil.

— Non, protesta Harriet. Tout ce qui fait que la vie vaut la peine d'être vécue, c'est que nous sommes complètement différents les uns des autres, puis — et c'est toujours merveilleux quand cela arrive — nous voyons des petites ressemblances, nous découvrons quelque chose qui s'anime, une réponse, un terrain d'entente. »

Elle parlait calmement. Quand un morceau de charbon tomba dans l'âtre, elle sursauta violemment. Elle semblait, pensa Kitty, dans un état de convalescence stupéfiée, affaiblie, lointaine et cependant irritée par des vétilles.

« Pourquoi est-ce que tu ne pleures pas un bon coup ? suggéra-t-elle. Tôt ou tard, il faudra que tu le fasses.

— Le temps passe si vite. Au début, je ne pouvais pas croire qu'un jour j'atteindrais l'âge mûr, comme ma mère. Maintenant, je ne peux pas croire que c'est fait. Tout a disparu et n'a plus aucun sens. Ce qui arrivera maintenant viendra beaucoup trop tard.

— Absolument ! dit Kitty avec satisfaction. Alors ne mets pas en péril ce qui t'appartient véritablement. Joli mot : péril. Je l'ai toujours adoré. Dès l'enfance.

— Il faut que je le revoie.

— Pourquoi ne pas laisser la situation en l'état ?

— Elle n'est dans aucun état. Rien ne l'est. Je ne sais rien. L'autre soir était seulement bouleversant... atroce pour lui... Je n'ai pas pu lui dire comme j'étais désolée...

— Écris-le-lui.

— Nous n'avons qu'une vie.

— L'autre soir... si tu en restais là... cela ne te laisserait pas un trop mauvais souvenir, sûrement ? Charles se conduisant de façon intolérable, incontestablement, mais seulement parce qu'il t'aime. L'amour et la sympathie de Vesey se sont exprimés à leur manière, malgré notre présence. Je suis désolée d'être si pleine de bons conseils. J'essaie peut-être de t'empêcher d'avoir ce que je n'ai jamais eu personnellement.

— Quel que soit ton motif, ce ne peut pas être celui-là.

— Mais je t'aime vraiment. Ceux que j'aime, je suis heureuse de les voir douillettement installés, à portée de ma vue. Je ne supporte pas qu'ils soient en train d'errer, d'avoir des chagrins et des aventures, de s'exposer au danger et d'être en péril.

— Tu as toujours été merveilleuse avec moi », dit Harriet d'une voix légère et enjouée. Mais en vérité elle se sentait lointaine et convalescente. Kitty lui semblait presque irréelle. Dans son isolement, elle ne voyait que des gens nébuleux se mouvant autour d'elle, n'entendait que des bruits assourdis. Bien qu'on l'approchât, elle était vraiment inapprochable.

« C'est drôle, disait Kitty. Maintenant que nous avons vieilli, nous paraissons d'âges beaucoup plus semblables, mais c'est à toi de le dire, bien sûr, pas à moi. »

Kitty était partie quand Betsy rentra. Les pétales de lilas tombaient sans inquiéter personne. Le feu du salon était dans l'entre-deux, d'une certaine manière, ayant perdu sa beauté nerveuse et énergique de l'après-midi, les bûches ajoutées pour l'après-dîner étant en train de crachoter tranquillement. Bien que Harriet eût redonné forme aux coussins et remis le tapis d'aplomb, pour une raison quelconque la pièce donnait encore une impression de désordre : une fenêtre avait été ouverte grande pour évacuer la fumée de cigarette et on avait fait glisser les rideaux sur les tringles.

Heureusement, pensa Betsy, qu'elle ne sentait pas le besoin d'être accueillie à son retour, ni ragaillardie. Debout, tournant le dos au feu qui fumait, elle porta soudain les mains de chaque côté de son front et du bout des doigts dégagea les cheveux de ses tempes, puis, affichant une expression de vacuité théâtrale inepte, un pathos creux, contempla une chaise posée de travers contre le mur et lui fit une révérence bancale extravagante. Quand Charles ouvrit la porte, elle était en train de renouer son lacet précipitamment.

« Eh bien ! » dit-il, en frappant sa jambe avec son journal du soir roulé. C'était son entrée traditionnelle.

« Bonjour, père.

— Qu'est-ce que tu fais par terre ?

— Je noue mon lacet.

— Tu fais toujours les choses les plus simples comme si tu étais en train de préparer un mauvais coup. Où est ta mère ?

— Je ne l'ai pas vue. En haut, je suppose.

— Comment ça s'est passé ?

— Oh, très bien merci. »

Charles prit des verres sur le plateau et les leva à contre-jour : deux avec des traces de rouge à lèvres, les autres propres. L'espace d'un instant, avant d'être soulagé, il éprouva de la déception, presque comme s'il était fâché d'être frustré dans sa recherche de la douleur, d'être privé d'un soupçon chéri. Il remplit un verre et le monta.

Harriet était assise devant sa glace.

« Tu as changé de coiffure. » Il lui tendit son verre pour qu'elle y trempe les lèvres comme elle le faisait d'habitude. Ce soir, elle hésita avant de boire. « N'est-ce pas ?

— Je faisais seulement la raie un peu plus haut, mais ça ne me va pas. Je me suis dit que je devrais peut-être avoir une frange.

— Alors dis-toi autre chose, s'il te plaît, conseilla-t-il froidement, comme si elle avait esquissé quelque projet immoral.

— Kitty est venue.

— Alors vous avez passé une bonne après-midi à papoter sur les coiffures. » C'est ce qui lui plaisait : imaginer, alors que lui était au travail, la gent féminine bien au chaud près du feu, en train de manger de jolis gâteaux, parlant chiffons. Il en retirait une impression de sécurité.

« Je vais me faire les ongles, l'avertit Harriet.

— Bon, je vais m'en aller ; je ne supporte pas cette odeur. Mais descends vite, chérie, descends vite. Il y a un superbe assassinat dans le journal. » Il songea qu'elle avait eu toute la journée pour faire sa manucure.

Betsy était moins dérangée par l'odeur du vernis à ongles ; elle déboucha même les flacons et les renifla.

« Chérie, j'ai horreur d'avoir quelqu'un dans mon dos.

— J'ai passé un après-midi merveilleux.

— Ça me fait très plaisir. Où êtes-vous allées ?

— À l'héronnière. Miss Bell connaît tout des oiseaux. Je n'aurais pas cru qu'ils pouvaient être intéressants, et toi ?

— Cela dépend peut-être en grande partie de la personne qui te les explique.

— Oui, ce doit être ça. Quand tu n'arrives pas à les différencier, je pense que ce n'est jamais intéressant.

— Si tu t'y connaissais assez, tu pourrais différencier toutes les espèces.

— Je veux dire, ceux de la même espèce. Je veux dire, tous les hérons se ressemblent à moins d'être difformes, ce qui n'est pas une façon très sympathique de les distinguer. Une autre chose en quoi je suis mauvaise, c'est les préjugés raciaux. Ce n'est pas que j'en aie l'intention... mais je sens que j'en ai plein... et je lutte contre moi-même parce que je sais que c'est mal, bien sûr. Ce que je me dis toujours, c'est que je ne pourrais pas tomber amoureuse d'un Noir, d'un Chinois ou d'un Esquimau... je ne pourrais absolument pas... je fais des efforts, encore et toujours... mais, vois-tu, ils ne seraient simplement pas vrais... je veux dire, je ne leur trouve pas ce supplément de vérité que tu devrais trouver aux gens que tu aimes. Ils ressembleraient exactement à tous les autres... je me sentirais tellement ridicule...

— Tu n'es pas obligée d'en tomber amoureuse, ma chérie. Personne n'attend cela de toi. Ni de qui que ce soit d'autre, d'ici bien des années. Si tu dois commencer à te mettre à l'épreuve à propos de tous les gens dont tu n'as pas envie de tomber amoureuse, tu t'apprêtes à endurer un tas de souffrances. Ils seront tellement plus nombreux d'un côté que de l'autre. Sais-tu que tous les soirs depuis au moins dix ans, je t'ai demandé de ne pas jouer avec ces boucles d'oreille ? Je t'en prie, remets-les soigneusement dans l'écrin. Tu devrais essayer, chère Betsy, de ne pas seulement penser aux autres par rapport à toi et aux émotions qu'ils te font éprouver...

— Je suppose que tu tiens beaucoup à ceci ? (Betsy prit le vieux badge de Lilian avec la grille de prison et le regarda de près.)

— Pourquoi ?

— Moi, je tiendrais beaucoup à tout ce qui vient de toi.

— Eh bien, oui, ma chérie, évidemment, mais pour l'amour du ciel, ne pleure pas. Épargne-toi cette souffrance ! ordonna-t-elle à sa fille par un acte de volition, se rappelant ses sentiments à l'égard de sa propre mère.

— Surtout si tu avais été en prison.

— Tu aurais aimé que je sois allée en prison ? demanda Harriet avec étonnement, en se passant soigneusement du vernis sur les ongles.

— Eh bien, j'aurais été fière, je crois.

— C'est vrai ? »

Comme certaines choses peuvent se transmettre complètement par-dessus les têtes d'une génération, songea Harriet.

« Elles paraissaient si belles, dit Betsy. Avec ces drôles de vêtements d'autrefois. » La pauvre Lilian semblait tout à fait rejetée dans un passé romantique, dans la malle aux costumes, éloignée de tant et tant d'années, entrée dans l'histoire.

« Dans ses albums, il n'y a pas de photos de Vesey et toi enfants ? demanda Betsy.

— De Vesey et de moi ? Non, je suis sûre que non. Pourquoi ?

— Oh, tu as dépassé le contour. J'aimerais bien te faire les ongles, je suis certaine d'en être capable. Ça me permettrait de m'exercer, quoique je n'aie pas l'intention de le faire moi-même quand je serai plus vieille, ajouta-t-elle en pensant à Miss Bell.

— Qu'est-ce qui t'a fait penser aux photographies ?

— Je les aime... celles de personnes âgées quand elles étaient jeunes... celles de toi en maillots de bain qui descendent jusqu'aux genoux, avec des petites manches.

— Chérie, c'étaient des costumes de bain. Avec des manches courtes, oui, mais ils ne descendaient sûrement pas jusqu'aux genoux ? Elle rit, en pensant : Je n'ai jamais laissé voir à ma mère que je la trouvais vieille.

— ... et des drôles de bonnets de bain comme des casques, Pallas Athéna. Es-tu sûre de ne pas en avoir juste une de Vesey ?

— Non, chérie, non.

— Oh, bon... dommage.

— Mais pourquoi ?

— Je l'adore, répondit Betsy simplement. J'arrive à peine à penser à quelqu'un d'autre.

— Tu ne le connais pas.

— Si, ce qu'il y a de drôle, c'est que j'ai l'impression de le connaître.

— Betsy... !

— Oui, mère ?

— Quelquefois, je trouve vraiment un tantinet bizarre... je veux dire, la façon dont tu parles des gens, de les adorer, par exemple. » Elle se leva et entreprit de donner une grande importance au séchage de ses ongles, en agitant les mains, mais elle avait rougi. « Les gens ne trouveraient-ils pas cela bizarre... les filles parlent-elles ainsi... à ton âge ? Vesey a...

— ... l'âge d'être mon père », songea Betsy. Elle était convaincue que sa mère avait failli le dire et s'était interrompue pour une raison quelconque.

« Je sais que ton père serait tout à fait irrité de t'entendre parler d'une manière aussi aberrante. »

Elle arpentait la pièce. Quand elle se retourna, Betsy était assise sur le tabouret devant la coiffeuse, regardant fixement le miroir d'un air d'innocence attachante, les mains légèrement jointes sur les genoux comme si un photographe les y avait arrangées.

Après le dîner, Charles, jetant dans le jardin la chatte blanche qui avait vomi, signala une lueur rouge dans le ciel.

« De l'autre côté du parc, vers la ferme.

— Comme tu as jeté cette pauvre petite bête méchamment. Imagine que tu aies vomi toi-même et qu'on te projette dans l'inconnu comme ça.

— Parce qu'elle a vomi, je l'ai jetée. Cette maison ressemble à...

— La fauverie au zoo, confirma Harriet.

— Il semble que tout ce que je fais soit mal, soupira Charles.

— C'est bien ce qu'il semble. »

Harriet était désespérée, car Vesey paraissait avoir disparu de nouveau, n'avait ni téléphoné ni écrit. S'il avait toujours été soit moins cruel, soit moins bon ! songea-t-elle brusquement. « Pardonne-moi, Charles. Je ne pensais vraiment pas ce que j'ai dit.

— Si nous faisions un tour dans le parc pour voir ce que c'est ?

— Voir ce qu'est quoi ?

— Tout ce rougeoiement dans le ciel.

— Pourquoi pas.

— Oh, et moi, je peux venir aussi ? Je peux ? J'aimerais tellement, s'écria Betsy.

— Non, toi tu fais tes devoirs et tu vas te coucher », dit Charles.

Harriet rangea son ouvrage. « Je vais laver les tasses à café d'abord. Je trouve qu'Elke en a cassé suffisamment pour aujourd'hui.

— Je voudrais vous accompagner », répéta Betsy.

Charles attendit Harriet impatiemment. Lorsqu'elle revint, il ne lui permit même pas d'aller chercher son manteau, mais lui jeta un des siens sur les épaules. Il imaginait le feu crépitant vigoureusement sans lui et quelque chose d'immense apparemment, une église ou, mieux encore, l'Hôtel du Parc. Il était parfaitement capable de se figurer les silhouettes minuscules, dans des attitudes grotesques, noires devant les flammes, sautant dans des couvertures tendues, les femmes en chemise de nuit gémissant sur les pelouses, l'agitation frénétique autour des grandes échelles et puis, juste avant qu'il l'atteigne, la grande bâtisse se penchant, se courbant, s'effondrant. Quand il arriverait, les ambulances seraient parties, les badauds restants clairsemés, quelqu'un se tournerait et lui dirait : « C'est dommage que vous ne l'ayez pas vue tomber. »

« Charles, tu marches trop vite ! »

Il ralentit l'allure pendant un moment, mais le bruit d'un camion de pompiers assez proche le fit repartir. Il sentait nettement une odeur de brûlé dans l'air.

« Le poids de ce manteau ! » dit Harriet.

Betsy avait très peu envie de travailler. L'après-midi délicieux l'avait troublée. L'endroit où elles étaient allées avait paru singulier et solitaire, avec ces oiseaux étranges et les grands arbres où des nids comme des caillots étaient suspendus. Il y avait eu un combat avec des freux ; le ciel, le marécage environnant avait résonné de cris rauques.

Miss Bell avait parlé de ses propres années de classe et du temps passé à Girton. Une ou deux fois, elle avait fait allusion à un écrivain assez connu qu'elle avait rencontré. Betsy trouva que ce nom était amené de façon un peu artificielle dans la conversation, mais cette pensée lui fit horreur aussitôt ; elle se hâta de chasser cette miette infime de déloyauté.

Au retour, Miss Bell l'avait invitée à venir prendre le thé dans sa chambre meublée, avait tiré les rideaux bleu foncé et allumé le radiateur à gaz. Betsy n'y était jamais entrée et pouvait à peine croire qu'elle s'y trouvait à présent. Assise devant le feu avec une tranche de pain qui branlait au bout d'une fourchette et refusait de changer de couleur, elle promena attentivement le regard sur toute la pièce. C'était un mélange sympathique, mi-païen, mi-chrétien. Un triptyque aux couleurs vives de la Sainte Famille voisinait avec la pendule et une copie en plâtre jaunissant de la *Victoire de Samothrace*, un peu plus mutilée qu'elle n'aurait dû l'être. Des croix des Rameaux poussiéreuses étaient coincées derrière des photographies des frontons du Parthénon. Des copies d'examen traînaient partout, maintenues en place — bien que rien ne pût s'envoler dans cette pièce morte — par des pierres sorties des fouilles à Cnossos. Betsy fut très admirative de l'ensemble et imagina Miss Bell, assise près du feu, vêtue de la robe de chambre bleue qui pendait derrière la porte, en train de boire son cacao avant de se coucher. Des bulbes pointaient luisants dans les coupes sur le rebord de la fenêtre, la bouilloire chantait sur le réchaud à gaz. Mais le pain grillé devint noir avant même d'avoir été doré.

Miss Bell voua sa chambre à un projet pédagogique. Elle expliqua les fouilles et des pierres furent éparpillées sur le tapis devant la cheminée pour que Betsy les regarde en mangeant. Sur le secrétaire, elle voyait une photographie de celle qu'elle supposa être l'auteur célèbre : une femme âgée, tenant un porte-plume au-dessus d'une feuille de papier, adossée à des rangées de livres. Elle jetait un coup d'œil en l'air comme si elle entendait une musique céleste. Le photographe l'avait saisie juste à temps, pensa Betsy, qui détestait les affectations des autres ; une seconde plus tard et l'inspiration aurait pu tout gâcher, la tête étant courbée, la plume ayant abîmé la belle feuille de papier. Elle était un peu jalouse de cet auteur célèbre, dont la photographie trônait dans la chambre de Miss Bell. Dès qu'elle le put, elle se mit à parler de Vesey, n'ayant besoin d'autre encouragement que le silence. Lorsqu'elle rentra à la maison, elle laissa une jeune femme très inquiète, assise devant son radiateur à gaz fixant des fragments de pierre mais songeant à d'autres choses, plus vivantes.

Quant à Betsy, elle était trop stimulée pour pouvoir se mettre au travail. La pensée du feu, du ciel rougeoyant avait fini de l'agiter. Pour voir mieux, elle monta dans la chambre de sa mère et tira les rideaux de côté. Des branches se détachaient de manière très pittoresque sur les nuages tachés et illuminés. Ça devait se trouver au bord du parc.

En contrebas, un triangle de lumière s'agrandit et Elke se posta devant la porte d'entrée. La chatte blanche en profita pour se glisser à l'intérieur. Les mains en visière, Elke contemplait la scène. C'était peut-être le commencement d'une autre guerre et une étendue d'eau la séparait de son foyer, comme de l'ennemi. Avec leur flegme et leur stupidité caractéristiques, les Anglais s'étaient éloignés de leurs postes de radio. Ou bien s'agissait-il d'une autre fête bizarre, comme celle de novembre*, dont ils avaient essayé d'expliquer l'origine ? Plus ils l'avaient expliqué, moins elle comprenait la raison de

* Guy Fawkes Day, anniversaire d'un complot avorté pour faire sauter le Parlement. *(N.d.T.)*

faire des feux d'artifice ou de manifester sa joie d'une façon quelconque. Elle rentra. Betsy laissa tomber le rideau.

Avant de se coucher, elle eut envie d'essayer des colifichets de sa mère. Assise devant la glace, elle s'installa le collier de perles de Harriet sur le front, formant une boucle, et se mit un bouquet de violettes derrière l'oreille. Ils ne seraient pas rentrés de sitôt, elle le savait. Si Elke disait quelque chose, elle pouvait toujours la contraindre au silence par une remarque du genre de « Et jeudi soir ? »

Affairée à s'accrocher des boucles d'oreille, soulevant les plateaux du petit coffret à bijoux, elle tomba sur une enveloppe cachetée, assez usée et fanée par l'âge, ne portant aucune inscription. Que cachent les gens au fond de coffrets à bijoux, se demanda-t-elle. Des instructions en cas de décès, peut-être (alors elle aimerait les lire), ou une lettre d'amour (alors elle aimerait énormément la lire.) Elle supposa que c'était plutôt la première hypothèse que la seconde et, le bouquet de violettes encore enchevêtré dans ses cheveux, leva l'enveloppe à contre-jour, mais elle était trop opaque. Ensuite, car sa curiosité était maintenant trop excitée pour souffrir ne serait-ce qu'un délai minime, elle prit une lime à ongles et la passa sous la patte de gommage aussi soigneusement qu'elle le pouvait.

Elle sortit une vieille photographie et un bout de papier plié. Sur le papier était écrit : « Chère Harriet, je suis désolé. Je t'embrasse, Vesey ». La photographie, passablement jaunie, montrait trois enfants assis les uns à côté des autres sur l'herbe. Celui du milieu était incontestablement Vesey jeune garçon. Une heure ou deux auparavant, sa mère avait nié avoir jamais possédé une telle photographie. Tremblante maintenant, Betsy courut dans sa chambre recoller l'enveloppe. Elle n'arriva pas à lui redonner son aspect primitif, mais elle craignait le retour de sa mère. Elle la cacha de nouveau au fond du coffret. Sur le plateau suivant, elle laissa tomber les boucles d'oreille et le collier de perles.

« Que vous faites ? demanda Elke dans l'embrasure de la porte, de sa voix lente et gutturale.

— J'essaie juste quelques petites choses. » Mais les violettes s'étaient prises dans ses cheveux soyeux. Assise là à détacher les mèches blondes des fleurs, elle tentait de pousser mentalement Elke à partir.

« Je pense votre maman ne pas aimer vous être ici...

— Et dimanche dernier ? » demanda Betsy d'une voix menaçante, mais ses mains étaient glacées. Il lui tardait d'être seule.

Après tout, ce n'était qu'un incendie de meule de foin en bordure du parc, près de la ferme. Pour commencer, ils l'avaient dépisté à travers les rues désertes. Chaque fois qu'ils rencontraient quelqu'un, Charles s'arrêtait pour s'informer. C'était un dépôt de presse, dont il ne restait que les murs, c'était le foyer des infirmières près de l'hôpital, ou des étables peut-être, car quelqu'un avait entendu meugler des vaches.

« Des étables ! » s'exclama Charles avec mépris. Il n'avait pas fait tant de chemin uniquement pour voir sauver des vaches. Mais les étables étaient intactes et la meule flambait tranquillement à présent ; pour une raison quelconque, les pompiers l'avaient laissée brûler. Ils l'observaient, debout à côté de leur splendide camion. De l'eau coulait partout sur la route, se tressant dans la côte un chemin de ruisseaux vagabonds.

« Quelle chance, dit Harriet, que ce n'ait pas été une maison habitée.

— Oui, bien sûr, » reconnut Charles d'un ton irrité.

Ils s'étaient chamaillés tout au long du chemin, à en avoir le cœur las ; maintenant, les flammes les apaisaient. Ils restaient à observer, en silence : Harriet, avec le grand manteau au col relevé, les mains dans les poches. Cloués au sol sous le charme des flammes, retenus jusqu'à un certain point par leur chaleur, toute parole inutile face au crépitement et au ronflement régulier, ils regardèrent pendant un moment puis, comme d'un commun accord, se détournèrent, enjambant les ruisselets, et rentrèrent tête baissée en longeant la route.

« Nous pourrions peut-être aller en Italie, suggéra Charles. J'aurais la possibilité de m'absenter d'ici une ou deux semaines. »

Il avait pris un ton conciliant.

« En Italie ? » Harriet avait le sentiment d'être déjà affrontée à trop de problèmes sans y ajouter l'Italie pour aggraver la confusion.

« Nous avons besoin d'un changement ; ces temps derniers, nous ne nous sommes plus bien entendus. »

Comment allaient-ils mieux s'entendre en tête-à-tête, réunis de force par un pays étranger, jour après jour ? Harriet ne le concevait pas. Elle sentait qu'il accordait beaucoup trop de confiance aux guides, au tourisme, à l'ennui et aux ennuis des voyages.

« Mais, Charles... qui s'occuperait de Betsy ?

— Elle pourrait aller chez ma mère.

— Elles ne s'accordent pas, ces deux-là.

— Je les trouve tellement semblables... qu'elles se tirent dans les pattes... ça les distraira toutes les deux.

— Et Elke ? Elle est trop jeune pour rester seule à la maison.

— Elle pourrait y aller aussi. Et se tirer dans les pattes avec Miss Bastable.

— Pauvre Elke ! Tu veux dire, fermer la maison ? Dans ce cas, et la chatte ?

— La chatte, dit Charles, hochant la tête patiemment.

— Je crois que je n'ai pas envie de partir, déclara Harriet pour finir.

— Tu as toujours dit que tu aimerais tant aller à Florence.

— J'ai dit ça ? Oh, tu sais comme c'est agréable de parler de certaines choses, mais l'énorme effort que cela représente quand il s'agit de les mettre à exécution. »

L'Italie devint une terrible source d'angoisse. Elle les voyait tous les deux, assis l'un en face de l'autre dans les trains et les restaurants, déambulant dans des rues inconnues ou, guide en main, devant les murs des salles de musée. Elle fut prise de panique comme si quelqu'un, jamais rencontré auparavant, lui avait demandé de partir avec lui. J'aurais moins peur avec un inconnu, comprit-elle. J'aurais moins peur de ce qu'il pourrait dire.

Comme si elle se remettait d'une grave maladie, Charles lui prit le bras et, en marchant moitié moins vite qu'à l'aller, lui présenta ce qu'il pensait être des vignettes tentantes de l'avenir, le soleil, la mer, les fleurs, Florence, Rome. Tristement embarrassée, elle écoutait ; avec mauvaise grâce, elle répondait.

Lorsqu'ils arrivèrent à la maison, debout sur les marches pendant que Charles ouvrait la porte, elle jeta un regard en arrière sur le parc. Le ciel était tout à fait sombre maintenant, barré de branches noires. Personne ne passait dans les rues désertes, mais dans une des maisons, elle entendait jouer du piano.

« Cette chatte est encore dedans, dit Charles. Comment est-elle rentrée ?

— Peut-être que quelqu'un est venu », suggéra Harriet, regardant le bloc-notes du téléphone. La maison était calme : Betsy et Elke couchées toutes les deux.

« Mr Birdcat — c'est ce que je lis — a cloché pour Meinheer, lut-elle. J'aime beaucoup “ cloché ”.

— Birdcat ? Charles s'arrêta à la porte, le chaton blotti à l'intérieur de son pardessus. Je suppose que c'était Beckett. » Il posa le chat sur la marche du haut, très doucement cette fois.

Puisqu'elle s'est donné le mal de la cacheter et de la dissimuler, elle n'a pas pu l'oublier, se dit Betsy, étendue dans son lit. Ce n'est pas possible.

Elle serrait contre elle sa bouillote brûlante ; son ventre et l'intérieur de ses bras étaient marbrés presque en permanence de cicatrices. C'était divin d'être au lit. Elle y inventait souvent des histoires où, par exemple, elle sauvait son professeur de sciences sur une corniche de rocher et la quittait froidement au milieu d'un débordement de gratitude atypique, ou bien soignait Miss Bell au cours d'une maladie si rebutante que personne d'autre ne voulait s'approcher d'elle.

Elle menait rarement ces scénarios à leur terme : le sommeil la surprenait. Ce soir aussi, il la surprit, mais des pensées de Vesey et de sa mère se bousculèrent dans ses rêves comme elles l'avaient fait en état de veille. Le romanesque, la passion semblaient exclus du monde de sa mère. Cette révélation n'entraînait pas une désillusion, mais le choc qu'elle infligeait lui faisait voir sa mère sous un jour nouveau. Ce choc la tira du sommeil à de nombreuses reprises, à se poser des questions, étendue là. Harriet avait dissimulé la vérité et l'avait maintenue cachée par un mensonge. Elle avait très peu parlé de son adolescence. Betsy possédait de rares photos d'elle, connaissait de rares anecdotes. Lorsqu'on l'interrogeait, aucun souvenir ne semblait avoir été emmagasiné ; elle ne disait pas : « Dans mon enfance », ni ne parlait du passé. Un jour, elle avait ri, d'un air perplexe, disant que les histoires que racontait sa mère à propos de sa propre enfance l'avait ennuyée. « Mais elle ne te racontait rien du temps passé ? » insista Betsy. « Pour elle, ça ne paraissait pas être le temps passé, essaya d'expliquer Harriet, et mon enfance ne me le paraît pas à moi non plus. » « Alors tu devrais d'autant plus t'en souvenir. » « On se rappelle de telles bêtises, dit Harriet, rien qui vaille d'être raconté, certainement pas d'anecdotes. » « Mais ta mère ne t'a-t-elle pas parlé du séjour en prison et d'avoir suivi le cortège funèbre d'Emily Davidson ? » « Je m'efforçais de ne pas écouter, tellement j'en avais horreur. » « Je regrette de ne pas l'avoir connue, dit Betsy. Quand j'aurai des enfants, je leur raconterai tout ce qui s'est passé pendant la guerre, les enfants évacués que nous avons reçus ici, la bombe qui est tombée sur Prospect Park. Je dirai : Jamais je n'oublierai cette nuit-là, des choses de ce genre. »

C'était comme si sa mère avait édifié délibérément un passé où rien n'était mémorable. Vesey avait été occulté : elle l'avait maintenu caché, tout en chérissant ce qui se rapportait à lui. Une seule promenade dans le parc en sa compagnie l'avait rendue étrangement radieuse, ce que Betsy voyait maintenant, se souvenant de leur retour au crépuscule. L'amour qu'elle-même portait à Vesey n'en souffrit aucunement ; elle n'éprouva ni souffrance ni rancune à l'égard de Harriet. Elle était trop jeune, malgré toutes ses idées romanesques et dramatiques, pour connaître autre chose qu'une fixation à lui. Si Vesey et sa mère avaient été amants — ce qu'elle supposa, sans preuve aucune — alors il n'en était que plus proche d'elle. Ce qu'elle avait ressenti en le voyant avait été si fort qu'elle commença, très avant dans la nuit, de se demander s'il n'existait pas une affinité certaine. La vie, telle qu'elle l'avait connue jusqu'à présent, bascula, sa vision dévia, certaines suppositions furent submergées, d'autres exposées à l'étrange propriété perturbatrice de l'air. Elle entreprit, avec une certaine passion, d'échanger l'idée de Charles contre celle de Vesey. Avec le sérieux qu'elle apporterait un jour au choix d'un mari, elle se choisit maintenant un père. Charles parut tout à la fois plus lointain et plus noble. Pour avoir adopté Vesey, elle ne l'en aimait pas moins. Il lui avait toujours semblé vieux et plutôt négatif. C'était le genre de fille à se laisser aller à des fantasmes d'illégitimité, sans s'en offusquer mais en y puisant un sentiment d'importance. Elle était suffisamment imbue d'elle-même pour répudier des origines ordinaires. Sa mère, apparemment, ne pouvait être contestée. Son père — la littérature grecque en apportait la preuve — le pouvait. L'ambition ne la faisait pas remonter jusqu'aux personnages royaux, mais rares étaient les acteurs d'un certain âge, pourvus d'un tant soit peu de prestance ou de présence, qui eussent échappé à ses conjectures. Même un poète officiel n'était pas, à son avis, au-dessus de tout soupçon. Que la vie fût si différente de la littérature grecque était au tort de la vie, pensait-elle. Ce soir — par la grâce d'un billet cryptique, d'une photographie décolorée — elle s'en rapprochait superbement.

Au matin, elle lança un bombardement de questions désinvoltes et obliques, sur la jeunesse de Harriet, ses fiançailles, son mariage ; Harriet y fit à peine attention. C'était un matin de brouillard feutré. En descendant, elle avait trouvé une lettre de Vesey ; elle n'avait pas reconnu son écriture de prime abord, puis, la certitude soudain acquise, elle l'avait glissée sans la décacheter, à l'intérieur d'un livre. Maintenant, elle attendait, fébrile, qu'ils partent. « Tu as l'air fatigué, Betsy », se força-t-elle à dire.

Betsy comptait exploiter cet air, car elle n'avait pas fait son devoir de grec.

« Pourquoi n'étais-tu pas en blanc quand tu t'es mariée ? demanda-t-elle d'un ton détaché.

— En partie parce que ma mère était morte depuis trop peu de temps.

— Et l'autre raison ?

— Je me serais sentie ridicule, je suppose.

— Pourquoi donc ?

— Chérie, je t'en prie, mange. J'imagine que j'ai tout bonnement horreur de me déguiser.

— Que c'est drôle d'avoir horreur de ça. »

Harriet tourna vers Elke son expression d'encouragement à participer et, d'une voix plus forte, demanda : « En Hollande, vous vous mariez en blanc ? (Comme si les Hollandais étaient une tribu peu connue.)

— Toujours, dit Elke, intransigeante.

— Et toi, qu'est-ce que tu as porté ?

— Je te l'ai déjà dit, un tailleur gris.

— Gris ! je ne comprends pas comment tu as pu. »

Le brouillard approchait des fenêtres. Le train paraissait ramper vers Londres ; de part et d'autre, les accotements étaient voilés. Harriet se demanda s'ils se trouvaient en rase campagne ou à l'arrière d'usines ; elle se ménagea un jour sur la fenêtre avec son gant, mais ne vit que le reflet de ses yeux effrayés.

Bien qu'on ne soit qu'en fin d'après-midi, le brouillard cotonneux avait viré au noir et, dans le compartiment, les gens semblaient déjà fatigués ; bercés par l'ennui, ils étaient assis, bras repliés, fixant des photographies de la cathédrale de Lincoln ou de vieilles maisons à Norwich, sans être tentés de jamais y aller, et bâillant.

La chaleur montait régulièrement autour de leurs chevilles. Les journaux du soir étaient tous abandonnés. Le train n'avait pas encore pris assez de retard pour fournir un prétexte à la conversation. Harriet se demanda si les Anglais, quoique bavards invétérés, n'attendent pas impatiemment une situation critique pour libérer leur langue qu'emprisonne la crainte d'une rebuffade. C'est peut-être pour cela que nous parlons tellement du temps qu'il fait, songea-t-elle. Tellement plus qu'il nous importe.

Assis là, ils se posaient des questions les uns sur les autres. Harriet était la femme dans le coin qui se recoiffait sans cesse et se frictionnait les mains à l'intérieur de son manchon. Elle avait essayé de s'en empêcher, car elle n'avait pas vraiment froid.

« Une demi-heure de retard, se plaignit enfin l'homme en face d'elle. Avec une gelée par-dessus le marché, nous serons gâtés.

— Pas de danger de gelée », répliqua un autre. Alors ils se mirent à parler de baromètres et de prévisions météorologiques. Puis ils s'interrompirent, se fixant mutuellement les pieds. Au bout d'un petit moment, ils décidèrent de reprendre, passant par les dahlias, les chrysanthèmes, et les récoltes de pommes de terre pour arriver au gouvernement (« Cette bande que nous avons maintenant »). Bientôt, quelqu'un disait : « Moi, je suis un type plutôt moyen, mais à mon avis... »

Comme c'est faux ! songeait Harriet. Je ne peux pas croire que quelqu'un se juge moyen. Je ne pense jamais que je suis une femme moyenne. Elle jeta un coup d'œil à son reflet dans la fenêtre embuée. Personne d'autre ne me ressemble, se dit-elle. Je ne représente personne. Je ne suis typique de personne. Personne d'autre n'a les mêmes pensées que moi, ne comprend mes espoirs ni ne partage ma culpabilité. Je suis tout à la fois meilleure et pire que je ne serais prête à l'admettre devant des tiers.

« Mais pourquoi le train aurait-il du retard ? » demandait une fille massive, un peu comme Elke. Elle sourit à la ronde, avec un air de bonté, pensa Harriet, le sel de la terre, un visage honnête et sans fard. Elle parlait anglais avec une aisance dédaigneuse, s'attirant l'hostilité de toutes parts, le sentiment général étant que — même s'il est nécessaire que les étrangers parlent l'anglais — le faire aisément est un affront. « En Suisse, déclara-t-elle, les trains sont ponctuels et moins sales. »

Après un bref silence au cours duquel tous les autres avaient fait corps, et table rase de leurs différends, comme s'ils se trouvaient dans un abri anti-aérien et pas dans un compartiment de chemin de fer, le porte-parole évident répondit : « Le brouillard, évidemment. À cause du brouillard, il ne peut pas voir les signaux. »

Oui, c'était là l'explication parfaite, se disaient-ils tous. Quant au train sale, il leur appartenait ; ils lui donnaient du prix en en étant les propriétaires. Ce cher train. Ce brouillard bien-aimé.

« En Suisse, nous n'avons pas de tels brouillards », énonça-t-elle simplement.

Quel espoir y a-t-il pour la paix mondiale si les gens circulent d'un pays à l'autre ? se demanda Harriet.

Maintenant, les voyageurs plus chevronnés se mirent à prédire la fin du voyage. Ils sortirent leurs billets et s'assirent un peu plus au bord de la banquette comme si cela pouvait faire avancer les choses. Lorsque des lumières brouillées arrivèrent enfin vers eux, le cœur de Harriet chavira de douleur.

En descendant sur le quai, elle eut soudain le sentiment que Vesey n'y serait pas et ne put se résoudre à regarder les gens qui attendaient au portillon. C'est lui qui doit me chercher, pensa-t-elle, mais ce serait trop difficile. Ses problèmes à elle avaient été tellement énormes ; si ceux de Vesey les valaient maintenant, comment pourraient-ils jamais accomplir le miracle de se retrouver enfin au même endroit, en même temps ? Alors elle marcha vite, comme si elle avait une destination, mais s'il n'était pas là, elle n'en avait aucune. Elle craignait d'être en passe d'aller vers le désespoir ; elle joignait les mains fortement dans son manchon et n'avait pas l'air nonchalant comme elle le souhaitait, mais inquiet. Elle esquissait de petits projets pour couvrir son humiliation, qui paraissait inéluctable à présent : un cognac à l'ouverture du bar et retour à la maison par le train suivant. Charles ne saurait jamais rien de cette excursion. D'une certaine façon, elle serait sauvée. Si sa volonté n'avait pas été capable d'assurer sa bonne conduite, les circonstances l'auraient fait. (« En Suisse, on ne commet pas l'adultère », lui semblait-il entendre de cette voix catégorique.)

« Pourquoi souris-tu ? »

Vesey la prit par le coude et ils passèrent le portillon. Sous la verrière aux carreaux cassés, la gare ressemblait à une scène en enfer. Une brume sulfureuse épaississait l'air, les quais étaient visqueux, des formes vagues se dégageaient et détalaient, toutes animées de mauvaises intentions, semblait-il, mais elles se mouvaient à l'intérieur d'une immobilité plus vaste et, bien qu'apparemment libres d'aller et venir, elles étaient toutes enfermées.

À l'extérieur, le brouillard était une fumée expirée par quelque bouche immonde. Elle les enveloppa obscurément. Quel choix de soirée, dirent-ils ; elle faisait partie de leur faiblesse générale.

Une belle femme les dépassa, d'un pas rapide, et disparut ; une rose, tombée de son manteau de fourrure comme elle se hâtait, atterrit aux pieds de Vesey. Il la ramassa. Le cliquètement des talons de la femme s'éloigna et se fondit dans le silence.

Il marcha à côté d'elle, la rose pendant au bout de sa main. Ils avaient le goût du brouillard au fond de la gorge. Ne distinguant l'un de l'autre que la silhouette, quand ils parlaient, ils se sentaient dans une telle intimité, une telle sécurité qu'ils n'hésitaient ni ne dissimulaient. Dans ce monde flou, les mots étaient plus beaux et ils les employaient de façon plus vraie que dans d'autres circonstances.

Il se dépouilla du désespoir que lui coûtait son travail ; elle répandit ses angoisses et ses craintes.

« Adolescente, dit-elle, j'ai volé à Caroline une photographie de toi. Je ne possédais rien. Ça, et le petit mot que tu m'as laissé quand ma mère est morte, je les ai mis dans une enveloppe que j'ai cachetée et toujours conservée. »

Il était ému à un degré intolérable et redoutait de parler.

« L'autre jour, j'ai vu qu'elle avait été ouverte et recollée. Moi-même, je ne l'ouvrais jamais : il me suffisait de savoir qu'elle était là. J'ai été glacée de peur quand je m'en suis aperçue, pas tant du fait qu'elle ait été découverte, mais d'avoir découvert chez Charles une action pareille. Des étendues désertes d'horreur et d'incompréhension nous séparent maintenant.

— Ne garde rien, ma chérie. Ne sois pas sentimentale. Possède l'instant présent, cette soirée. Tout le reste n'est que poussière chargée de menaces.

— Je ne peux pas. Imagine que je me retrouve sans rien ?

— Si des bouts de papier sont tout ce tu as, tu n'as rien. Qui plus est, Charles pourrait avoir envie de se battre avec moi. »

Ils atteignirent un petit salon de thé dans une rue minable. Dans les ténèbres ouatées, c'était une oasis obscure. Un écriteau disant OUVERT pendait de travers derrière la porte et dans la vitrine, une assiette de gâteaux était éclairée étrangement, comme des gâteaux fossiles dans un musée. Ils avaient un tel air de permanence qu'ils leur donnaient l'impression de ne pas plus pouvoir se décomposer que des coquillages ou des pierres.

« Ils ne vous fondraient pas vraiment dans la bouche », dit Vesey.

Ils s'arrêtèrent et regardèrent la vitrine, bras dessus, bras dessous.

« Je suis ravi que tu aies volé ma photographie, dit-il. Je te chérirai à jamais. Lequel de ces gâteaux prendrais-tu si tu pouvais choisir ?

— La brioche aux raisins, peut-être.

— Ou cette corne d'abondance arrachée à quelque statue de jardin... ?

— Des gâteaux bizarres, peu appétissants !

— Entrons en manger. Demandons justement cette assiettée dans la vitrine ! »

Mais ce qui avait débuté comme une plaisanterie menaça de les rendre tristes et lorsque les gâteaux se trouvèrent entre eux et que la serveuse déroutée se fut retirée, la plaisanterie s'effondra et ils furent pris de panique. Se lancer un coup d'œil était impossible. Il était difficile de renoncer à un badinage aussi affecté et la brioche était immangeable, surtout pour rire.

« Une fleur d'occasion », dit Vesey, posant la rose à côté de l'assiette de Harriet.

Elle la prit, mais s'abstint de le regarder.

Courageusement, il se mit à dérouler sa brioche. « Charles, lança-t-il, t'emmènerait tout de suite dans un endroit charmant, avec de la musique, du lilas de serre et quelque chose de bon à manger. C'est tenter la Providence que nous sortions ensemble tous les deux.

— Parce que nous avons certaines ressemblances, il faut qu'il y ait des inconvénients aussi bien que des avantages. »

Vesey détacha des petits morceaux de la brioche et commença de manger.

Il a faim, pensa-t-elle, lui en voulant de cela, déplorant qu'il le lui ait laissé voir. Très posément, elle versa le thé, son gant entourant la poignée de la théière.

L'endroit était désert. La serveuse, ayant répandu du charbon sur le feu, l'annulant ainsi et réfrigérant la pièce, disparut derrière des rideaux. Ils entendaient des voix trop assurées et un bruit trop assuré de vaisselle qui se lavait ; pendant tout ce temps, le brouillard gras épaississait l'obscurité de l'autre côté des vitres et faisait d'eux une île.

Avec un effort énorme, il essaya d'arracher leur soirée au désastre ; penché en avant, poussant de côté son assiette, il dit : « Pardonne-moi cet endroit horrible ! »

Elle promena son regard sur les miroirs publicitaires ternes, les tables recouvertes de carreaux de faïence verts, le porte-manteau à bois de cerf, le vase d'herbes de la pampa comme des plumes que l'on aurait trempées dans le brouillard.

« Peu importe le lieu où nous sommes, répondit-elle, sachant que c'était vrai.

— Te rappelles-tu le jour où j'ai fait manger des côtelettes à Joseph et Deirdre ?

— Oui.

— Je m'en suis brusquement souvenu l'autre jour. Je ne comprends pas pourquoi. »

Harriet, elle, ne l'avait jamais oublié. Elle le voyait encore — le garçon maigre et exsangue qu'il avait été — se penchant pour couper la viande de Joseph ; elle se rappela le désir exténuant qu'elle avait éprouvé.

Tout en parlant, il tendit la main vers le bas de sa chaise, arrondissant les doigts pour attirer un petit chat blanc, semblable à la Blanchette de Harriet, qui s'approchait en biais. Il bondit sur ses genoux très délicatement et se mit à le travailler de ses griffes comme s'il piquait ses vêtements à la machine. Il était rose et blanc : la lumière qui traversait ses oreilles paraissait rosée, ses coussinets étaient recouverts de soie rose. Ils le regardaient tous les deux en parlant. Il rappelait sa maison à Harriet ; essayant d'oublier, elle dit : « Parle-moi de ton meublé. »

Caressant le chat jusqu'à ce que sa fourrure crépite, il raconta : « J'ai enlevé la gravure au-dessus du lit. Psyché à la fontaine. Un pied dans l'eau, une main sur le sein. La propriétaire a pensé que je l'avais fait par indignation morale, mais c'était de l'indignation tout court. Il y a un grand rectangle à la place, les motifs du papier peint très éclatants. La fenêtre donne sur une cour avec des poubelles et des fougères et près de la fenêtre se trouve une table de toilette à dessus de marbre qui me sert de bureau, très froid pour les poignets. La baignoire porte une tache verte qui descend sous le chauffe-eau et... est-ce que je te déprime ? Ça ressemble peut-être à du George Gissing... Je prends aussi mes repas sur la table de toilette — ils sont assez infects — et c'est assis là que je t'ai écrit ces lettres. Les tiennes, je les garde enveloppées d'un sac en papier kraft dans le tiroir de droite en haut de la commode. J'ai pensé que tu serais contente de le savoir. Mes livres sont rangés dans des cartons sous le lit. »

Elle construisit sa vie mentalement. C'était comme de lire un roman écrit par quelqu'un que l'on aime, une lecture allusive, intime, entre les lignes.

La serveuse passa entre les rideaux et retourna l'écriteau derrière la porte, si bien qu'il annonçait maintenant FERMÉ. Harriet le regarda se balancer. Vesey posa le chat par terre et fit tomber les poils blancs de ses vêtements. Il prit une poignée de pièces dans sa poche et régla l'addition ; ils se retrouvèrent bientôt dans la rue, laissant derrière eux une scène de plus, une vignette en couleurs de plus.

La rue était silencieuse. Ils marchaient serrés l'un contre l'autre dans la ville déserte, l'épaule de Vesey effleurant parfois la joue de Harriet. Une fois, il lui prit la main à l'intérieur de son manchon. Ils ne voyaient rien ; quelquefois seulement, lorsqu'ils passaient sous un réverbère, des feuilles mortes collées au trottoir. Le brouillard déposait des perles dans leurs cheveux et sur leurs cils, son manchon en scintillait ; leurs vêtements étaient couverts d'une pruine d'humidité.

Dans tout Londres, il semblait n'y avoir personne d'autre ; pourtant, lorsqu'ils entrèrent dans un pub, dans une ruelle, ils le trouvèrent plein et bleu de fumée. Mais la foule, comme le brouillard, faisait d'eux une île. Ils s'installèrent dans un coin, sans attirer l'attention, entourés d'un grouillement hogarthien. Entre les jambes pressées les unes contre les autres, un chien se faufilait, reniflant la bière renversée par terre. Les voix étaient trop vibrantes et chaque rire évoquait le cri du paon.

« Quand nous étions jeunes, dit Vesey, je ne savais jamais vraiment ce que tu pensais. Je portais le fardeau d'assumer tous les risques, de prendre toutes les initiatives. Un jour, tandis que nous entrions déjeuner, je t'avais frôlée exprès, pour voir. Tu avais rougi, mais ce pouvait être de colère. Quand tu t'étais assise à côté de moi, tu avais touché les couteaux et les fourchettes nerveusement, comme si tu hésitais. Oui, comme un enfant qui attend de dire le bénédicité.

— J'avais le sentiment que tout le bonheur qui était en moi s'était épanoui, mais le doute s'était vite installé. Je n'ai pas tardé à être convaincue qu'il s'agissait d'un accident, tellement tu paraissais indifférent de nouveau. »

Elle regarda d'un air de défi un homme debout près d'eux, qui avait tourné la tête en l'entendant parler. « Il y avait une azalée rose dans la pièce, reprit-elle. Je la regardais fixement et il me sembla tout d'abord que mon bonheur était de cet ordre, un grand envol de fleurs, une grande remontée de la gamme. »

Aujourd'hui, songea-t-elle, toujours peut-être, le bonheur doit être isolé. C'est seulement lorsque nous oblitérons tout ce qui l'entoure que nous pouvons le connaître parfait, de même que nous connaissons si souvent un chagrin parfait. Elle comprit qu'il ne fallait pas qu'à tâtons elle remonte dans le passé par-dessus sa conscience, ni qu'elle avance par-dessus ses désirs, mais qu'elle conserve le contentement qu'elle éprouvait dans ce climat différent, tant qu'elle le pouvait.

Ils restèrent longtemps dans le pub et lorsqu'ils sortirent dans la ruelle à pavés ronds, ils marchèrent lentement, rasant les portes des garages.

« Qu'allons-nous devenir ? demanda-t-elle.

— Ne t'inquiète pas maintenant. Ne rattache pas cette soirée-ci à quelque autre moment de nos vies. »

Le brouillard avait enveloppé les heures qu'ils avaient passées ensemble, comme s'ils étaient des bijoux dans un écrin. Lui allait retrouver sa chambre avec sa table de toilette en marbre, ses papiers peints passés. Elle, elle resterait assise dans le train lent et sale, à regarder son reflet dans la vitre, ne se coiffant plus, ne se frictionnant plus les mains dans son manchon. Quand Charles rentrerait bien plus tard de sa réunion d'anciens élèves, elle serait couchée sur le côté, faisant semblant de dormir.

Vesey s'arrêta entre les bâtisses sombres et l'embrassa, l'attirant à l'intérieur de son manteau ouvert, agrippant ses épaules maigres.

« La nuit, je te mets dans mon lit. Tu es couchée dans mes bras, sous le rectangle où Psyché était accrochée autrefois. Sans toi, je suis tout à fait seul. Ma vie n'est qu'une longue empoignade minable avec les autres. Tu as toujours été ma bien-aimée, mais je n'ai pas su comment me comporter. Malgré tout, quand je te tiens dans mes bras, je suis en paix. Dans mon désir de toi le plus désespéré, je reste en paix. Étendu là, je me souviens, par exemple de ce jour où nous sommes allés déjeuner en ville, et j'imagine d'autres choses. Tu justifies tout, tu sanctifies tout. Que je ne puisse pas payer le loyer n'a plus d'importance. »

Elle ressentait jusque dans les plantes de ses pieds, les paumes de ses mains, à quel point elle luttait pour l'atteindre, en ne tenant compte ni du temps ni de l'espace, si bien qu'elle ne parvenait pas à relâcher son étreinte et pensait que ses nerfs ne résisteraient pas à leur séparation. Elle était obsédée par lui, comme elle l'avait été dans sa jeunesse.

« Tu reviendras ?

— Il y a si peu d'occasions.

— As-tu un sentiment de clandestinité et de laideur ?

— Non. C'est au-delà de tout cela.

— En mentant, veux-je dire.

— Si je mens pour te rejoindre, cela ne me touche pas.

— Je voudrais être riche, dit-il d'un ton détaché, regardant par-dessus son épaule, vers le fond de la ruelle. Je voudrais que tu n'aies pas cette Betsy. Je voudrais que nous ayons dix-huit ans de nouveau. Parler me soulage, brise la concentration de mon corps. Rien de ce que je dis ne signifie quoi que ce soit. Il me faut aussi savoir que Charles et toi vous êtes ensemble la nuit. Je suis heureux de t'épargner cette souffrance, je veux dire, celle de penser à moi de cette manière. Tu vois comme je suis généreux ? J'accepte de bon gré la pire part. Ne pense jamais à moi dans ces circonstances, veux-tu ? Pardonne-moi d'en parler. Mais s'il t'était possible de me chasser...

— Je ne peux te rapprocher de moi que lorsque je suis seule. »

Lorsqu'ils se remirent à marcher, la rose qu'il avait glissée dans l'encolure de Harriet tomba sur les pavés gras. Ils se baissèrent pour la chercher, mais en vain. Chaque fois qu'il grattait une allumette pour les aider dans leur recherche, la brève lueur crépitante paraissait lui renvoyer le brouillard magnifique au visage.

2

Hugo tomba malade au début du printemps. Le temps était instable : un soleil anémique alternait avec un ciel violet menaçant, un vent changeant faisait danser tous les arbustes.

Seule la maladie de Hugo permettait à Harriet de voir Vesey. Ils s'asseyaient chacun d'un côté du lit et se regardaient fixement. Puis, par moments, elle se sentait gagnée par l'excitation. Elle se déplaçait sans naturel, sachant qu'il la suivait des yeux ; ce qu'elle disait à Hugo était toujours destiné à Vesey. Hugo la trouvait bonne et douce. Bien qu'elle fût timide dans ses rapports avec lui, elle était plus apaisante que Deirdre. Il n'était pas assez sot pour trouver Vesey gentil d'être là, mais le charme irradiant la pièce le revigorait, il sentait qu'il avait part à la tension exquise et en tirait des forces. Le soleil entrait avec eux. Il comprit soudain que la vie est courte et le bonheur une chose désirable, dont il faut faire grand cas. Étendu là, se sentant à bout, laissé de côté, il vit qu'ils se servaient de sa maladie ; ils pouvaient se retrouver chez lui sans être dans leur tort. Sa mort allait les priver de leur chaperon, et renvoyer Vesey au mensonge et à l'intrigue. Il ne pensait pas que Harriet mente ni n'intrigue, ignorant qu'ils agissaient à l'unisson et qu'il était impossible de dissocier leurs conduites.

Bien qu'il les réunît, il constituait un frein à leur amour ; c'est lui qui le réduisait à une histoire de regards, d'yeux soudain baissés, de mains se frôlant accidentellement. Il se demanda ce qui allait leur arriver ; ses conjectures le menaient de jour en jour, sans qu'il éprouve de pitié pour eux : il ne les jugeait ni ne s'en rendait complice. Ils auraient pu être des personnages de théâtre, quoique moins intéressants, puisqu'il s'agissait d'une pièce dont il ne verrait pas la conclusion.

Quand la fin survint, ils n'étaient pas là. Hugo mourut dans les bras de Deirdre, son fils se tenant au bout du lit. Sa famille avait été heureuse, loyale. Il pensa, pendant ses dernières heures, et quand il était capable de penser, qu'ils avaient réussi quelque chose. Peut-être que Harriet et Vesey n'y avaient pas leur place.

Lorsqu'ils se rencontrèrent de nouveau, les stores étaient baissés. Joseph et Deirdre étaient une fois de plus polis, calmes et bien élevés.

« Je me rappelle toujours, dit Harriet, en se promenant avec Vesey dans le jardin broussailleux, comme il m'a aidée quand ma mère est morte. Je n'avais jamais assisté à une incinération. Il m'a fait asseoir et l'écouter expliquer tout ce qui allait se passer, pour que rien ne puisse me choquer. Quand le cercueil commencerait à glisser, il m'a conseillé de penser à un paquebot dans la cale de lancement, commençant son voyage, une occasion triste mais noble. Il ne m'a rien épargné, mais le moment venu, je me suis sentie d'aplomb et je lui ai été reconnaissante. Il était bon et ne regimbait pas devant les choses difficiles.

— Moi je ne l'attirais pas trop et il me faisait toujours sentir que j'étais difficile et caractériel. »

Un épagneul à moitié aveugle trottinait en se dandinant sur leurs talons. Quand Vesey jeta un bâton pour le faire courir, il tourna seulement vers lui un œil larmoyant et indifférent.

Dans le vallon, l'ancienne balançoire de Deirdre était remontée sur une branche de pommier. On voyait les restes d'une cabane que Joseph avait commencé à construire dans un chêne bien des années auparavant.

Vesey décrocha la balançoire et Harriet s'assit dessus. L'endroit était abrité ; la première chaleur du printemps semblait un souffle qui montait de la terre. Les feuilles nouvellement déployées des jonquilles sauvages et des arums maculés avaient l'air vernies et d'un vert éclatant parmi les feuilles mortes et les brindilles cassées.

« Alors c'est le dernier jour, dit Harriet, se balançant un peu, mais en laissant traîner le bout de ses pieds par terre.

— Il faudra que nous nous retrouvions à Londres, répondit Vesey. (Il s'adossa au tronc de l'arbre, appuyant les paumes de ses mains sur l'écorce rugueuse.)

— L'autre jour, quand j'y suis allée faire des courses, j'ai été interrogée affreusement...

— Nous pourrions concocter des mensonges, inventer des endroits où tu irais, où tu serais allée.

— Nous faisons un monstre de Charles, ce qu'il n'est vraiment pas.

— Est. N'est pas. Quelle importance ? Ne perdons pas notre temps à parler de lui. Ne part-il jamais en voyage ?

— Pas sans moi. (Elle ne lui raconta pas la façon dont elle éludait l'Italie depuis un mois ou deux.)

— Je croyais que tous les maris allaient parfois participer à des congrès et ainsi de suite. J'ai vu des plaisanteries à ce sujet dans *Punch* .

— Le problème, c'est que Charles ne le fait pas.

— S'il le faisait, partirais-tu avec moi ? »

Cette idée la terrorisa. Elle se cramponna aux cordes de la balançoire, tremblante. Détestant le danger, elle prévoyait les difficultés, les embarras, les conséquences peut-être désastreuses.

Il saisit une des cordes, immobilisa Harriet, la tira en arrière contre lui, mettant les mains sur sa poitrine.

« Alors c'est entendu. Nous n'avons plus qu'à attendre l'occasion. Hélas, personne d'autre que nous n'a montré une telle patience avant de faire l'amour ! »

Il la dégagea de la balançoire et se coucha auprès d'elle dans l'herbe fine parmi les jonquilles en boutons. La douceur tiède de la terre semblait magnétique, exerçant une attraction sur leurs membres, les rendant silencieux. Elle avait la tête appuyée sur le bras étendu de Vesey ; de la main il atteignait enfin son sein nu, la posant si tendrement qu'elle sentit un temps d'arrêt se marquer en elle, son sang, lui sembla-t-il, faisant une profonde révérence. Retenue, immobilisée, elle respira profondément pour rapprocher sa poitrine de cette main, calant la tête de Vesey contre son épaule. Dans ses yeux, elle vit le reflet de son propre visage et au-dessus d'eux, par-delà les arbres, un mur de maison et des fenêtres dont tous les rideaux étaient fermés.

« Ainsi tu t'es fait une frange ? commenta Julia d'une voix condescendante. Tes yeux te mangent le visage.

— Mais les yeux de Mrs Jephcott sont d'une beauté si expressive, dit Miss Bastable.

— Beaux, peut-être ; expressifs, non. Des yeux expressifs, ma chère Miss B., doivent exprimer quelque chose. Ceux de Harriet me rappellent ce conte de fées, lequel ? Barbe-Bleue : Je ne vois que la route qui poudroie et l'herbe qui verdoie. »

Elle leva son visage ravagé, le ton de ses paroles était menaçant. Ses mains — un peu déformées par les rhumatismes — avaient l'air trop grandes pour ses poignets frêles ; ses manches flottaient autour de ses bras amaigris, sillonnés de veines bleues. Ses gestes étaient moins impétueux, plus tragiques, plus beaux peut-être. Ses yeux traduisaient une attente vide, qui était son imitation de Harriet.

« Que pourrais-tu exprimer, chérie ? Quelle souffrance as-tu endurée au cours de ta vie protégée ? Mariée au sortir de la salle de classe...

— Je travaillais dans un magasin à cette époque-là », signala Harriet en riant.

Julia jeta un coup d'œil en direction de Miss Bastable, qui se hâta de reprendre sa broderie.

« Tout radieux, entonna Julia. Tout radieux. Les tendres attentions de ton mari. Il t'a gâtée. Il avait peur que tu te tires comme l'autre.

— Un peu de tenue, Julia !

— Miss Bastable, auriez-vous la bonté de mettre la bouilloire à chauffer pour le thé, si vous pouvez vous arracher à votre macramé.

— Tu es une vieille femme acariâtre », dit Harriet, lorsque Miss Bastable eut rapidement enroulé son ouvrage et pris la fuite. Soit elle s'en saisissait dans la confusion, soit elle le faisait disparaître. « Cruelle envers cette pauvre femme, poursuivit Harriet.

— Pauvre ? fit écho Julia. Elle connaît le luxe ici. Elle vivra le reste de ses jours en s'adonnant à des passe-temps aimables. Rien de pauvre chez elle.

— C'est un personnage qui fait pitié.

— Ne marmonne pas en t'adressant à moi. Soit tu bredouilles, soit tu bégaies. Je ne lui vois rien de pitoyable. Elle a ses ouvrages de dames. Elle a sa fameuse prétention à la distinction et ses souvenirs de feu monsieur son père. Je trouve qu'elle est plutôt plus à envier que moi. En premier lieu, il lui reste plus de temps à vivre, et moi j'aime la vie, la pensée de la mort me fait horreur. Je crois vraiment que la vieillesse l'améliore. Elle a certainement plus de prestance maintenant que sa moustache est grise, tu ne trouves pas ? Beaucoup plus distinguée. Pourquoi, je me le demande — puisque nous parlons d'aspects améliorés, ou changés — pourquoi tout ce fourbissage, cette rénovation, ces recherches capillaires auxquels tu te livres, toi ?

— Un jour, j'ai éprouvé une lassitude et une aversion affreuses en me regardant dans la glace. J'avais beau ne pas me sentir comme ça à l'intérieur, il est clair que c'est l'impression que je donnais, d'être élimée. Ce que je souhaitais, c'était ne plus jamais revoir ça, être aussi différente que possible et de toutes les manières possibles...

— Cœurs perfides et traîtres ! dit Julia, fixant ses mains déformées. Nous laisser lycéennes à l'intérieur et nous détruire extérieurement de tant de façons atroces : les articulations raides, les veines noueuses, les matelas de graisse, les poitrines défaites, les dents douteuses... chérie, comme je sais ce que l'on ressent et avec quelle soudaineté épouvantable il est trop tard. À un instant, on est en train de fouler au pied des jeunes gens qui se languissent d'amour, au suivant, tout a disparu brusquement, les jeunes gens se languissent d'autres femmes, on se retrouve seule, objet de railleries peut-être. Il faut prendre ce qui se présente sur-le-champ. Je ne pense pas que l'infidélité soit une chose que l'on regrette jamais...

— Je me plaignais simplement d'avoir l'air moche, protesta Harriet.

— Tu penses que je cherche à animer ma vieillesse en m'appesantissant sur tes aventures ?

— Pas du tout. Quelle idée détestable ! Et je n'ai pas d'aventures.

— Je suis d'un autre avis. Quoique je ne te demande pas de confidences... » Elle s'interrompit et promena le regard sur la pièce, comme s'il s'agissait d'un endroit inconnu d'elle. « Non, je ne tiens vraiment pas à être au courant, dit-elle, quand Harriet resta silencieuse. Tellement déprimant ! Les liaisons actuelles donnent l'impression d'être des petites histoires si minables et si morbides. On boit du gin dans des bars, les voitures sont garées au bord de la route ; faire l'amour dans une voiture, tu imagines ! Je suis incapable de concevoir comment une chose pareille est praticable. Le levier de changement de vitesse, je pense que c'est ainsi qu'on le nomme...

— Penses ? Tu le sais parfaitement bien.

— Un jour j'ai vu un film... un couple d'un certain âge vêtu d'imperméables, où tout se passait dans une gare... me croiras-tu ? De mon temps, cela ne nous aurait pas tentées... nous faisions ce genre de chose chez nous, dans le lieu approprié... quand nos maris étaient sortis...

— Tu fais surgir un tableau si ravissant de boudoirs de satin rose saumon et de négligés en dentelle. Et si le mari rentrait au beau milieu ?

— Au milieu ? Le milieu de quoi ? » Julia paraissait sidérée. Miss Bastable entrait en portant le plateau. « Nous en parlerons quand nous serons entre nous. » Sa voix devint forte et atone.

« Nous ne ferons rien de tel, dit Harriet. Nous allons abandonner la question là, dans le boudoir rose, s'il te plaît. »

Harriet pensa aux verres pris dans les bars, aux salons de thé où l'on s'attarde, aux gares, aux bancs de jardins publics, aux rues au pied d'une bâtisse sombre, à l'endroit le plus sombre entre deux lampadaires. Les amours illégitimes sont toujours semées d'embûches, elles sont peu dignes, peu romanesques.

À présent, Julia, affectant l'effort, parlait des jours qui s'allongeaient, comme pour laisser entendre à Miss Bastable que rien de plus confidentiel ne pouvait être mentionné en sa présence. « Ce bref espace de temps après le thé avant d'allumer les lampes, si bienvenu, déclama-t-elle d'une voix mondaine haut perchée. Et on en est si reconnaissant le matin de bonne heure. Les oiseaux qui chantent, ajouta-t-elle vaguement. Bientôt nous allons être en été. C'est encore autre chose, tu le remarqueras, dit-elle à Harriet, à voix plus basse, la vitesse à laquelle les saisons passent. »

Pendant tout le carême, Betsy alla beaucoup à l'église. Miss Bell remarqua sa présence, en éprouvant une inquiétude qu'elle ne parvint pas à analyser clairement. Bien que pieuse elle-même, elle trouva les dévotions de Betsy conformes à l'agitation générale qu'elle manifestait et à ses mauvais résultats en grec. Le travail pas fait, les bâillements, la stupidité occupaient l'esprit de Miss Bell chaque fois qu'elle jetait un coup d'œil en direction de la jeune fille pâle aux cheveux d'or clair, avec un béret posé à plat au sommet du crâne. Elle s'asseyait toujours au même endroit, à côté d'un pilier, comme pour s'y cacher. Quand elle s'agenouillait pour prier, elle regardait droit devant elle, ses longues mains de chaque côté de son visage, ses poignets à la rougeur déchirante jaillissant de ses manches trop courtes.

Ces temps-ci, elle avait l'air vague, hors d'elle. Elle dormait mal. Parfois, elle restait assise au bord de son lit, dans un état de conscience suspendue, ne sentant le passage du temps que par l'effleurement le plus léger de son esprit ; se sentant un jour tellement désincarnée qu'elle pensa n'avoir qu'à lever les bras pour être emportée, flotter, s'envoler. Elle leva les bras, mais resta liée par des racines si pesantes ; son imagination en fut à tel point confondue qu'il lui vint des larmes aux yeux.

Un jour, en traversant la salle d'assemblée sentant l'encaustique, décorée d'estampages et de blasons, dont le parquet reflétait le piano à queue, les miroirs, le ciel d'un blanc implacable, Miss Bell trouva Betsy, plutôt sombre, debout sous le tableau d'affichage recouvert de feutrine verte, les mains posées sur le radiateur.

« Quel ennui cultives-tu dans cet Orient désert ? demanda Miss Bell, de la voix pédante, citante, qui navrait parfois Betsy.

— J'ai été virée de l'instruction religieuse. »

Miss Bell rattrapa les livres qu'elle portait sous son bras. Ce ne fut pas l'attitude provocatrice de l'adolescente qui la retint de poser d'autres questions, mais la règle qu'elle observait de ne pas chercher à connaître les motivations ni les méthodes de ses collègues.

« Il va falloir que tu te ressaisisses « , dit-elle d'un ton cassant, le rouge lui montant au cou tandis qu'elle s'éloignait à travers la salle.

Les yeux embués, Betsy relut toutes les petites annonces et listes affichées sur le tableau, en tapotant le radiateur trop chaud pour ses mains. Elle s'était enfoncée dans des difficultés si profondes qu'elle était maintenant convaincue de ne jamais rien pouvoir remettre d'aplomb ; elle pria qu'une catastrophe survînt, une rupture d'une violence telle qu'elle ait la possibilité de repartir à zéro. Elle pensa que si elle se plaignait de douleurs au côté, sa mère l'enverrait peut-être tout de suite à l'hôpital. Sa grand-mère étant morte d'appendicite, ils ne tarderaient sans doute pas à l'opérer. Ensuite, plus frêle, plus maigre, elle rentrerait en classe pour trouver qu'on avait passé l'éponge sur ses méfaits. Ou bien, elle se laisserait aller à une dépression nerveuse jusqu'aux confins de la folie. Comme Hamlet, elle exprimerait de nombreuses opinions qu'elle refoulait à présent, suscitant des circonstances particulières, répandant le trouble.

Une des élèves chargées de la discipline, l'observant d'un air distant, entra dans la salle, empoigna une grande cloche de cuivre et l'agita. Dans les salles de classe, les couvercles des pupitres claquèrent, les voix de l'autorité s'élevèrent au-dessus de la bousculade confuse, puis les portes s'ouvrirent les unes après les autres, des murmures polis accompagnèrent les professeurs qui quittaient les lieux, le bruit croissant après leur départ. Bientôt, les lycéennes sortirent, mangeant des gâteaux secs tirés de sacs en papier. Elles se promenèrent dans la grande salle et se juchèrent en grappes sur les banquettes devant les fenêtres. Il faisait trop froid pour sortir : un vent aigre fouaillait le massif d'arbustes. Elles étaient toutes en quarantaine pour cause d'oreillons, se tâtant le cou de temps à autre dans l'expectative, s'imaginant de petits symptômes.

« Tu es vraiment idiote, dit Pauline Hay-Hardy. Tu finiras par te faire envoyer chez Miss Anstruther. »

Betsy eut un pâle sourire, mais elle se sentit victime d'un traitement à part, dans une situation de danger solitaire.

« Et ça la met tellement en pétard contre nous, se plaignit Pauline.

— Vous n'avez qu'à vous défendre.

— Bon, c'est pas la peine d'être désagréable. Prends un *ginger-nut*. Ils sont bien mous.

— Moi, je les aime durs, dit Betsy.

— Tu ne veux jamais être pareille que les autres.

— Pareille aux. De toute façon, ce n'est pas que je veuille être différente. Si les *ginger-nuts* étaient destinés à être mous, ils les fabriqueraient mous pour commencer.

— Regarde ce que tu as dit à propos de saint Paul.

— Je le pensais.

— Personne ne te plaît ces temps derniers. Vanessa a dit qu'elle ne t'inviterait pas à sa fête, parce que tu allais faire la mijaurée. »

Betsy avait vu distribuer les invitations, le cœur d'une immobilité de pierre.

« Je l'aurais probablement fait, admit-elle. Rappelle-toi comme c'était assommant l'année dernière ; tous ces jeux d'éclaireuses et ces gages. “ Les métiers ”, par-dessus le marché : quelle idée !

— Toi et Ricky Vincent, vous trichiez tout le temps pour pouvoir sortir ensemble.

— Ricky Vincent ! dit Betsy d'un ton de mépris. Nous étions pour ainsi dire ensemble dès le berceau. J'y suis tellement habituée que je ne traverserais pas la rue pour lui dire bonjour. En plus, il est vaniteux. Et il appelle sa mère Maman. Je tricherais pour ne pas sortir avec lui.

— C'est ça ! Mets-toi en pétard. Encore quelqu'un que tu n'aimes pas. »

Pauline roula en boule le sac des biscuits et d'une glissade à travers le parquet, rejoignit la corbeille à papier. Le cœur de Betsy se retourna quand l'élève responsable reprit la cloche. Mademoiselle apparut promptement, alors qu'elles étaient encore nombreuses à entrer dans la salle de classe. Betsy s'assit et joignit les mains sous son pupitre, n'ayant pas appris ses verbes, ni préparé sa lecture.

Harriet attendait Vesey, assise sur un banc dans Regent's Park. Seule la plus légère des brises ridait le lac. Des mouchetures de couleur éblouissante — les jeunes feuilles minuscules parsemant les arbres — le soleil entrecoupé, donnaient à la scène une apparence de tableau. Les buissons s'écartaient puis se refermaient lorsque des oiseaux en jaillissaient. Des maisons sans couleur, décrépies, encerclaient le vert tendre. Leurs manteaux déboutonnés s'ouvrant grand, les gens marchaient dans les allées, admirant les tulipes qui, en ce début de soirée, étaient encore déployées au soleil. Une femme d'un certain âge assise près de Harriet paraissait, elle aussi, déployée au soleil : renversée en arrière, détendue, indifférente, assoupie comme un chat. Quand elle se leva brusquement et assujettit un chapeau rouge sur sa tête sans un coup d'œil dans une glace, elle devint une autre femme, prudente et soupçonneuse. Harriet sourit en la regardant se rassembler et s'éloigner à grandes enjambées vers les grilles.

Sur le banc, à côté d'elle, un homme et une jeune femme poursuivaient une conversation pénible à mi-voix. « Sûrement que tu as quelque chose à raconter après tout ce temps . »

La jeune femme lissa ses gants.

« Ah, maintenant je vois ce qui ne va pas, je veux dire, ce qui a changé, dit son compagnon. Tu t'es épilé les sourcils. T'essaies d'avoir l'air sophistiqué, hein ? »

La femme s'empourpra de façon disgracieuse. Elle espérait s'être améliorée, s'était donné du mal pour faire face à cette rencontre affreuse.

Et si c'était comme ça entre Vesey et moi ! se dit Harriet, jetant un coup d'œil dans la direction d'où il devait arriver.

« As-tu vu quelqu'un de la bande d'autrefois ? demanda l'homme.

— Seulement Phil.

— Ah, oui, je me rappelle.

— Et toi ?

— Moi ?

— En as-tu vu ?

— Pas l'ombre d'un. Tu sais comment ça se passe. On se perd de vue. D'autres lieux, d'autres gens. Et puis, au bout d'un certain temps, eh bien... pour être tout à fait franc — il rit, sans être tout à fait franc — tu perds l'envie, tu sais.

— Oui. »

Oui, pensa Harriet, il s'est bien débarrassé de la bande d'autrefois, pour lui, et pour elle.

Une main posée sur son épaule était celle de Vesey. Elle leva les yeux, sans étonnement, et sourit.

« Je suis désolé d'être en retard, dit-il.

— Non, c'est moi qui étais en avance. »

« Pas mari et femme », commenta l'homme sur le banc, les suivant vaguement des yeux tandis qu'ils s'éloignaient. La jeune femme eut l'air songeur et triste. « Même s'il arrive bien que des gens mariés se donnent rendez-vous dans un parc », ajouta-t-il.

« J'ai eu une répétition qui n'en finissait pas, expliqua Vesey. (Ils suivaient l'allée lentement.)

— Tu as l'air fatigué.

— Oui, je le suis, mais de te voir je me sens mieux, comme si je prenais un verre. Allons boire. »

En traversant, il tenait le bras de Harriet serré contre ses côtes. Elle avait le sentiment merveilleux d'être aimée et tirait de cet amour, en descendant la rue avec lui, une sensation de triomphe pareil à celui d'une jeune fille, comme si elle disait aux passants : « C'est lui que j'ai toujours voulu. »

Ils trouvèrent la fraîcheur passé la porte battante. Les bulles dans les vitres étaient rosées au soleil du soir ; un perroquet poussait des cris rauques de l'autre côté du bar vide. Harriet s'assit à une table et regarda Vesey apporter les verres. Il avait l'air malade, bien qu'il n'eût jamais donné une impression de santé. Les talons de ses chaussures étaient usés en oblique ; une houppe de fils pendait de son manteau à la place d'un bouton.

Se montrer à présent audacieux et à découvert dans des lieux publics les stimulait. Quand il vint s'asseoir, il posa la main sur celle de Harriet, sur la table, lui lança un coup d'œil engageant, et en prenant son verre, commença par boire à sa santé.

« Ce soir, où es-tu censée te trouver ? demanda-t-il. De toute évidence, pas assise dans un pub de Baker Street avec moi.

— Non. Une certaine Miss Lazenby... je n'en suis jamais arrivée aux prénoms avec elle... mais je l'ai connue quand nous étions au magasin... maintenant elle travaille à Londres, et bien qu'elle soit loin de recueillir l'approbation de Charles : elle est de moralité douteuse, dit-il, et je suppose qu'il n'a pas tort, quoique je ne sois pas la mieux placée pour le dire de quiconque...

— Chérie !

— Je la vois de temps à autre... d'une certaine manière, j'avais de l'affection pour elle... enfin, je suivais ses aventures avec intérêt... elles faisaient penser à un merveilleux roman feuilleton, tu sais. Je vais y acheter des gants et écouter le dernier épisode ; de temps en temps, nous déjeunons ensemble. Oh, assez rarement... mais ce soir, l'amitié s'est soudain épanouie ou a mûri et nous sommes au cinéma ensemble.

— Serait-ce vraisemblable ?

— Je n'ai pas d'autre moyen de prendre le dernier train.

— Ce n'est pas possible que tu sois obligée de rendre compte de chaque heure.

— Je suppose que les gens à qui on ne peut faire confiance doivent être préparés à ça. »

Elle jeta un regard vers la porte lorsqu'elle s'ouvrit pour laisser entrer quelqu'un.

« J'en suis malheureux pour toi. Je regrette que nous soyons si moches. Raconte-moi les aventures de Miss Lazenby.

— En premier lieu, elles s'imbriquent si merveilleusement. Quand elle en achève une, il y en a toujours une autre qui l'attend. Elle émerge parfois avec une cape en renard ou une de ces mignonnes petites montres-bracelets fantaisie qui ne marchent pas. Il est certain qu'elle a de jolies affaires et qu'elle est bien mieux lotie à Londres... elle rencontre un genre d'hommes beaucoup plus déplaisant. Mais elle n'est plus jeune... je me demande ce qui peut lui arriver.

— Tu te demandes toujours ce qui peut arriver aux gens.

— C'est bizarre et triste, la façon dont certaines filles prennent insensiblement l'habitude de ne pas se marier.

— Toi, de terreur tu as pris le chemin inverse trop tôt, dit-il avec froideur.

— Je sais que j'ai mal fait, surtout à l'égard de Charles, mais comment peut-on savoir qu'il y a autre chose à attendre ?

— À vingt ans ?

— Et à trente, répliqua-t-elle calmement. Et encore après.

— Tu ne pourras jamais me pardonner, n'est-ce pas ?

— Et toi, tu ne comprendras jamais ce qui concerne Charles.

— Si, je comprends.

— J'ai travaillé avec une autre fille... une certaine Miss Lovelace... une personne généreuse, tragique. Elle n'avait pas beaucoup d'argent... aucune de nous n'avait un demi-penny dès le jeudi de chaque semaine. Le peu qu'elle avait, elle le dépensait en vêtements. Elle ne mangeait pas à sa faim et elle était solitaire. Ses aventures ne s'imbriquaient pas. Il y avait des solutions de continuité. Pendant un de ces trous, se sentant faible et malheureuse après la grippe, elle s'est simplement couchée par terre, la tête sur un coussin, complètement rentrée dans le four à gaz...

— Mais Harriet chérie, nous passons une merveilleuse soirée ensemble, protesta Vesey. Arrête de te rappeler des choses si affreuses !

— Tout n'était pas triste. Nous étions quatre dans ce magasin. Je crois que nous nous aimions, ou que nous étions habituées les unes aux autres. On devient très proche des gens avec lesquels on travaille, d'une façon exceptionnelle, particulière, tu ne trouves pas ?

— Quelquefois, dit-il prudemment.

— Même des gens mal assortis. Quand je me suis mariée, je me suis sentie seule et elles m'ont manqué. Je les ai invitées à prendre le thé un jour où le magasin fermait tôt, mais ç'a été complètement raté. Elles étaient raides, sur leurs gardes et polies. Elles ont absolument tout admiré. C'était si peu détendu. En leur tendant leurs tasses, j'avais l'impression qu'il s'agissait d'une dînette de poupée et que j'étais une petite fille jouant à être une maîtresse de maison. Miss Lazenby regardait autour d'elle sans arrêt et ne jurait pas, ce qu'elle n'arrête jamais de faire d'habitude. Charles est rentré avant qu'elles partent... à vrai dire, j'avais l'impression qu'elles ne partiraient jamais... pour me faire plaisir — je suppose qu'il a senti quel ratage ç'avait été — il s'efforça de les faire rire, mais elles réagissaient à peine. Miss Brimpton, la plus âgée, se laissa aller à un ou deux gloussements distingués, mais les autres s'abstinrent délibérément : elles respectaient des codes moraux très stricts interdisant d'empiéter sur les intérêts d'une autre femme. J'ai su que ce ne pourrait jamais plus être pareil, que le lendemain matin elles allaient tout passer en revue, s'animer, devenir familières, piquantes, naturelles, mais que je ne serais pas là pour l'entendre, ni pour y prendre part.

— Si tu y étais restée... que tu n'aies pas commencé à jouer la maîtresse de maison... tu serais devenue de plus en plus flétrie. Un jour, je serais entré acheter un mètre cinquante d'élastique...

— C'était un magasin de confection, pas une mercerie.

— ... je serais entré acheter un tailleur... je ne sais jamais quand un ensemble devient un tailleur... je me serais penché par-dessus le comptoir...

— Nous n'avions pas de comptoirs.

— ... et j'aurais dit : Chère Miss Claridge, voulez-vous m'épouser ? Et pauvre comme tu l'étais, tu aurais été bien heureuse d'accepter. Veux-tu que j'aille ramper devant mon père ? Si tu acceptes de sacrifier Betsy, je suis prêt à sacrifier mon orgueil. Je l'avalerai même, ce qui est pire que de le mettre simplement de côté, tu ne penses pas ? Plus douloureux. Je renoncerai à ma brillante carrière de comédien et j'irai travailler dans un bureau, en partant du bas, selon la coutume pour les fils, comme si on prenait l'ascenseur... sortez à chaque étage et jetez un coup d'œil... “ Salut, les gars, content de vous voir. Désolé de ne pas pouvoir rester ”... jusqu'au sommet. Une table dans le bureau à côté de celui de mon père, un peu moins grande, et deux téléphones au lieu de trois. “ Portez ce dossier à Mr Vesey ”. “ Le jeune Mr Vesey ”, m'appelleront-ils, je pense. D'ici quelques années, mon père prendra sa retraite, sachant que je tiens les rênes fermement. Je m'installerai dans le bureau voisin, je signerai des chèques et j'assisterai à des conférences. La secrétaire fera des réservations par téléphone, en mettant des documents dans ma serviette. “ On vous appelle de New York, Mr Vesey ”. Peux-tu l'imaginer ?

— Non.

— Moi, je peux l'imaginer. Ma mère plaiderait peut-être en ma faveur, bien qu'elle ne fasse pas beaucoup d'impression, ce qu'il faut faire pour atteindre le cœur de mon père. Je me demande en quoi ma vie a été tellement pire que cette vie d'un autre genre, la vie de bureau. Ni l'une ni l'autre ne me semblent très estimables. Si l'on travaillait dans une mine de charbon ou un vignoble, ce serait différent, mais mon père et moi, nous paraissons à peu près à égalité. Je n'ai pas fait plus de mal que lui, sauf à toi. Qui, à part toi, est plus pauvre par ma faute ? Beaucoup de gens sont plus pauvres par sa faute. En fait, je suppose qu'il gagne sa vie en les appauvrissant. Tandis que moi, au moins, je l'ai enrichi, en ayant été déshérité, laissé sans un sou. Ce sou m'aurait parfois rendu service ; cela m'a préoccupé, prouvant qu'il ne pouvait même pas être un père dénaturé naturellement. “ Eh bien, tu as été suffisamment prévenu ”, m'a-t-il dit. “ Tu n'as qu'à t'en prendre à toi-même ”, et ainsi de suite. J'ai attendu en traînant les pieds, mais il n'a rien proposé. Je pensais qu'il allait peut-être envoyer un mandat, mais il ne l'a jamais fait. Ma mère m'a envoyé quelques billets de banque en vrac dans une enveloppe mauve — sept, un drôle de chiffre ai-je pensé — et une boîte de marrons glacés. Je me rappelle que tu les adores, écrivait-elle. Je ne savais pas auxquels elle faisait allusion. »

Pendant tout le temps qu'il parlait, il cassait des allumettes brûlées en petits morceaux, les arrangeant et les réarrangeant. Elle l'observait gravement. Quand elle leva les yeux pour rencontrer son regard, leur sérieux n'était pas en accord avec les paroles qui venaient d'être dites.

« Je n'ai nulle part où t'emmener, dit-il. Nous n'avons nulle part où aller.

— Vesey, je pense que tu es malade.

— Je suis né crevé. Mais je n'ai jamais de maladies.

— Cette femme te donne-t-elle assez à manger ?

— Plus qu'assez, rien que d'apercevoir sa nourriture. La cuisine qu'elle fait est une sorte de malédiction qu'elle appelle sur les aliments. Seules d'étranges incantations et une malveillance éternellement tenace seraient en mesure de perpétrer de tels dommages. Je peux difficilement me plaindre, bien sûr. Cynthia et moi, nous ne payons presque jamais notre pension... honnêtement, nous n'y arrivons pas. Elle a dit que nous étions comme les poissons qui sucent la coque d'un bateau : j'ai trouvé cette image parlante.

— Cynthia ?
— Cette fille qui est venue au bal avec moi.
— Ah, oui.
— Elle habite là aussi. »
Harriet eut un pâle sourire.
« Chérie ?
— Oui ?
— Qu'est-ce qui ne va pas ?
— Comment quelque chose pourrait-il ne pas aller ?
— Je me le suis demandé. Eh bien, prenons encore un verre. »

Bien sûr, pensa Harriet, il a cette autre vie, les logeuses, les meublés, apprendre des rôles, répéter, se maquiller. Il rentre chez lui tard le soir. Il connaît d'autres femmes. Mais elle n'avait pas voulu l'imaginer. Ils avaient été seuls au monde, entourés d'inconnus, anonymes, protégés. Des voix brouillées constituaient leur arrière-plan, couvraient les paroles qu'ils se disaient. Personne ne se tournait vers eux ni ne leur parlait. La foule indifférente avait gardé leur secret.

Les rues aux alentours de la gare étaient désertes. Lorsqu'ils passaient sous les lampadaires, leurs ombres les contournaient et s'allongeaient devant eux. Des courants d'air tourbillonnaient sous les arches obscures, des bouts de papier journal sales voletaient, l'air crissait. Dans l'espace vide sous la haute verrière, ils se sentaient minuscules, homme et femme symboliques, écrasés, impuissants, comme dans un film d'anticipation.

Tous les kiosques étaient fermés, le train symbolique attendait à quai, l'aiguille de l'horloge avançait par saccades de minute en minute.

L'heure était si tardive pour Harriet, elle avait le sentiment d'avoir passé tant de temps loin de chez elle, que

Miss Lazenby et le cinéma parurent l'excuse la plus absurde, conçue imprudemment. Elle se mit à redouter le retour.

« Te demandes-tu ce qui va nous arriver ? demanda Vesey. Puisque tu te soucies tellement des autres. »

Ils étaient en train de longer le train.

« Rien ne peut nous arriver. Tous les obstacles sont insurmontables.

— La pauvreté. Betsy... (Il se mit à énumérer.)

— Et Charles, aussi. Outre Betsy, je ne serais pas capable d'asséner un coup pareil. Le mariage est une institution. On la trahit maintes et maintes fois, mais je pense qu'il ne faut pas commencer à la mettre en question, sinon le monde se disloque... Ne tiens pas ma main, s'il te plaît, Vesey. Il y a peut-être des gens que je connais dans ce train...

— Il n'y a pas de gens dans ce train. Il est si vide qu'il en paraît sinistre. Ça me déplaît que tu montes dedans. Impossible de savoir où il pourrait ne pas t'emmener. Entends-tu, demanda-t-il en ouvrant la portière, que nous continuions ainsi, pendant des années et des années ? »

Le compartiment était sale et sentait le renfermé. Ils s'assirent l'un en face de l'autre ; il se pencha en avant et lui prit la main de nouveau.

« Ces soirées dans le grenier quand nous étions jeunes, jouant à cache-cache avec Joseph et Deirdre... j'y repensais l'autre nuit.

— Oui.

— Comme nous avons perdu notre temps ! Chérie, tu grelottes. »

Elle eut un sourire contraint sur ses dents qui claquaient.

« Je te fais toutes mes excuses, dit Vesey, pour cette nuit froide et ce train sale. Quelqu'un a arrêté le chauffage.

— Quelle heure est-il ?

— Nous disposons de deux minutes.

— Ne te laisse pas emporter. » Elle rougit aussitôt de l'ambiguïté de sa remarque.

Un homme corpulent ouvrit violemment la portière et les frôla. Ils lui en voulurent si amèrement, en pensant au vide de tout le reste du train, qu'ils se refusèrent résolument à le regarder, semblant figer autour d'eux un silence désapprobateur.

Maintenant, ce qui n'a pas été dit ne peut pas l'être, songea-t-elle.

Vesey la fixait. Parfois, il hochait la tête, comme s'il apprenait ses traits par cœur, mémorisant son visage. Elle se tourna vers la fenêtre, gênée devant cet examen, trop consciente de ses défauts, puis, lorsqu'elle ne put plus détourner les yeux, elle les leva rapidement et lui adressa un sourire nerveux, sans signification, se tordant les mains dans son manchon.

Il le caressa, comme si c'était un chat qu'elle avait sur les genoux. « Tu es fatiguée, dit-il à voix haute, puis chuchota, avec un coup d'œil en biais vers l'homme corpulent dans le coin, tu sais bien comment tirer le cordon du signal d'alarme ? »

Soudain, le train s'ébranla. Elle ouvrit la portière avec une telle brusquerie qu'elle se fit mal à l'épaule. Ils perdirent la tête tous les deux. « Ah, prends garde, mon amour ! » s'écria-t-elle comme il sautait sur le quai.

Maintenant, le train les arracha l'un à l'autre. Elle le vit lever le bras en signe d'adieu, sa main disparut, puis les fenêtres présentèrent le vide de l'obscurité.

« C'était un peu juste », commenta l'homme dans le coin, d'un ton désagréablement solennel.

« Il fait froid ici », ajouta-t-il, car elle grelottait encore.

« Nous avons ouvert le chauffage », dit-elle. Nous !

pensa-t-elle en désarroi, et elle prit un journal du soir que Vesey avait tiré de sa poche de pardessus.

« Cigarette ? L'homme tendit un grand étui en or.

— Non, merci.

— Vous avez l'air fatigué. »

Étonnée, elle lui lança un coup d'œil.

« Été au spectacle ?

— Non. »

Elle se mit à lire son journal, en en faisant toute une histoire, froissant les pages, les repliant, s'y mettant pour de bon.

« Londres a changé, reprit-il. Très calme dans les pubs. Avec un ami, nous en avons essayé un ou deux ce soir. Personne ne vous parle. On boit à deux, par peur d'élargir la tournée, l'argent manque tellement. Pas très convivial. À moins d'appartenir à un club, ce qui coûte la peau des fesses. Été au cinoche ?

— Non. »

Harriet se dit : S'il bouge, je tire le cordon. Elle apporta une telle intensité à sa lecture — sans en voir un seul mot — qu'il fut réduit au silence. Peu à peu, elle se détendit et se mit à se remémorer sa soirée, l'attente dans Regent's Park, l'éblouissement de la scène avec l'eau éclatante, l'animation, les fleurs au soleil de fin d'après-midi, le perroquet dans le bar ensoleillé, le restaurant et ses serveurs miteux, traînant les pieds, le cheminement vers la gare, les adieux maladroits.

« Comment va ce vieux Charles ? » demanda soudain l'homme dans le coin.

Surprise, effrayée, elle le regarda de nouveau : mise recherchée, chaussures admirablement cirées, des yeux marrons globuleux et une petite moustache bien taillée ; des traits étriqués, trop concentrés au milieu de son visage rond avec ses lourds plis de chair. Tant d'hommes qui lui ressemblaient.

« Je vous connais ? » l'interrogea-t-elle d'une voix agacée.

Il fit passer un genou sur l'autre et effleura son pantalon d'une main distraite. « Oui, ma belle. » Il contempla son pied qui ballottait, en souriant, prenant plus de plaisir à ce voyage en train qu'il ne l'avait espéré. « Oui, nous avons fait connaissance.

— J'ai du mal à reconnaître les visages, dit-elle d'un ton lointain.

— Ne vous en faites pas. Pour ma part, je ne les oublie jamais. Mon nom est Beckett. Reggie Beckett.

— Ah oui. »

Il prit son chapeau dans le filet. « Moi, je descends au club de golf, expliqua-t-il. Il faut que je vous laisse à vos souvenirs. (Il ouvrit la portière et se tint prêt à sauter tandis que le train ralentissait.) Ne vous inquiétez pas, ma vieille », dit-il juste avant de claquer la portière.

« M'inquiéter ?

— Pas un mot à Charles. »

Il fit un clin d'œil amusé, un signe de tête et disparut.

« Eh bien, voilà quelque chose que je ne suis pas et n'ai jamais été, c'est femme de ménage, déclara Mrs Curzon fermement. Je lui ai dit : Je suis aide ménagère. Voilà comment cela s'appelle en Angleterre, et c'est comme ça que madame me voit toujours.

— Mais ce n'est pas vrai, chère Curzy, protesta Harriet. Je vous vois vous-même.

— Oui, mais en parlant à quelqu'un, vous diriez de moi : Mrs Curzon, mon aide ménagère. »

Harriet eut l'air dubitatif. « En vérité, je ne sais jamais ce que sont les gens. » (Le jour où elle s'était décrite comme vendeuse, Miss Brimpton avait rectifié en conseillère de vente.)

« Elke, par exemple, poursuivit Mrs Curzon, est aide familiale. C'est comme ça qu'on les nomme, toutes ces étrangères. Allons, qu'est-ce que vous êtes en train de fabriquer là, ma belle madame ?

— J'allais astiquer les glaces.

— Et moi, on peut pas me demander de le faire ? À quoi je sers ici ?

— J'ai demandé à Elke de le faire hier pendant que j'étais à Londres. J'ai l'impression qu'elle a oublié.

— Ouais, je suppose qu'elle a oublié parce que ça l'arrangeait, dit Mrs Curzon, en soufflant d'un air sarcastique sur une glace. Je suppose qu'elle l'a fait sortir de sa tête. Quand il s'agit d'éviter quelque chose, elle est aussi large que Regent Street, pas de problème.

— Je me demande si vous ne pourriez pas vous servir d'une peau de chamois, dit Harriet sans insister.

— Oh, oui, pour finir, bien sûr », répondit Mrs Curzon promptement. Elle n'aimait pas les conseils, mais faut être juste, pensa-t-elle, c'est pas souvent qu'elle intervient.

« C'était bien, madame, votre après-midi à Londres ?

— Oui, très bien.

— Des choses intéressantes dans les magasins ? demanda Mrs Curzon d'un ton supérieur.

— Oui, m'a-t-il semblé.

— Ça revient. Moi je suis pas travailliste, madame, quoique Fred il le soit, enfin, avant de le rencontrer je l'étais, bien sûr, mais vous savez ce que c'est avec ce genre de type, bla, bla, c'est ça, que je dis, on va enlever le chiffonnier et mettre une estrade à la place... le syndicat par-ci, le syndicat par-là, ça vous donne le cafard, madame, carrément. Mais j'aime dire les choses comme elles sont et, sans manquer de respect, ça commence vraiment à s'arranger. Ils râlent, ils râlent dans le bus le matin. Qu'est-ce qu'on peut attendre avec cette bande qu'on a au pouvoir ? qu'ils disent, à la moindre chose qui va pas, comme un retard du bus ou le receveur qui se paie leur tête, ce que certains d'entre eux n'ont pas volé. Je leur ai dit l'autre matin : Les précédents, ils vous ont même pas donné un flacon de sirop pour la toux, sans compter un dentier et tout ça ? Non, je prends Dieu à témoin, madame, j'aime dire les choses comme elles sont, et quand on voit qu'il y a de nouveau de la marchandise dans les magasins, il faut tirer ses propres conclusions. Allons, qu'est-ce qui va pas, ma belle ?

— Rien, Curzy. Je vais astiquer ces poignées de tiroir pendant que j'ai l'humeur à ça. C'est un travail minutieux.

— Et je pourrais pas le faire, moi ?

— Vous, vous faites les glaces, dit Harriet sans ironie. Et il faut bien que je fasse quelque chose, après tout.

— Vous en faites trop. Je disais justement à Fred l'autre soir : Madame elle en fait beaucoup trop.

— Et qu'a dit Fred ?

— Il a répondu : C'est ce que tu dis toujours, Florrie. J'en suis sûr. Y en a pas beaucoup comme elle d'après ce que j'entends dire, improvisa avec aisance Mrs Curzon. Y en a qui se croient au-dessus de ça, mais pas ta dame apparemment, parce que je dis toujours ce qui est. Vous le savez. Je ne dis rien que je vous dirais pas en face. Enfin, vous me connaissez. Bon, je vais aller chercher la peau de chamois et donner le coup de grâce. »

En mettant de l'ordre dans son bureau, Harriet rangea ses papiers soigneusement. Elle trouva les quelques lettres de Vesey non pas là où elle les avait laissées, cachées et enveloppées, mais traînant en vrac sur d'autres documents, la première chose en vue quand elle avait ouvert le tiroir.

Elle resta complètement immobile, espérant par cette immobilité saisir à l'improviste quelque souvenir des circonstances où elle aurait laissé ses lettres là où elle les trouvait à présent. Mais il ne lui revint rien de tel. Elle sentit que cette découverte annulait le comportement détendu, rassurant de Charles lorsqu'elle était rentrée, la veille au soir. Il était encore debout à son retour. Alors qu'elle mettait la clé dans la serrure, elle l'avait entendu jouer du Schumann. Avec une belle sérénité, le flot de sons était venu à sa rencontre à travers la maison. Tandis qu'elle se tenait près de la porte du salon, il avait souri et hoché la tête en jouant, comme s'il ne pouvait pas s'arrêter, ou jouait pour elle. Par-dessus la musique, d'une voix monocorde, comme en dormant, il lui avait demandé : « T'es-tu bien amusée ? »

Il faut, s'était-elle dit, que j'aille mettre les mains sur ses épaules. Sa musique même lui demandait de le faire. Restée près de la porte, elle avait répondu : « Oui, merci. »

En étouffant un cri perçant qui tentait de crever son silence, elle avait ressenti une douleur aux poumons. Puis il s'était arrêté de jouer et avait fermé le piano. Il s'était activé joyeusement dans la pièce, lui avait versé à boire. Calme, caressant, il n'avait pas posé de questions, demandé de nouvelles, de Miss Lazenby par exemple. Il l'avait emmenée doucement au lit et là, lui avait fait l'amour.

À présent, dans tout cela elle voyait non pas tant sa détresse que la certitude d'avoir été dupée ; une trahison était dévoilée pour en révéler une autre. Toutes ses traîtrises, son mari les avait observées avec cynisme. Il la surveillait, jusqu'à ce qu'elle paraisse à ses propres yeux à la fois trompée et trompeuse, fallacieuse, une pacotille. Aucune femme, avait-elle pensé, n'aurait pu attendre son heure comme lui l'avait fait.

Elle se mit à se voir atroce, réprouvée, se souvenant des paroles de Kitty, de la manière dont elle avait fait appel à Madame Bovary pour donner du poids à son argumentation. Convaincue de faire du mal à tous ceux qui s'approchaient d'elle, de détruire son mari et sa fille, elle eut l'impression d'infecter, de contaminer la société, dont jusqu'alors elle n'avait jamais été tentée de violer les règles, qu'en fait, poussée par son sentiment d'insuffisance naturel, elle avait renforcées et maintenues.

Quand elle avait épousé Charles, il lui avait semblé également épouser un ordre social. S'y étant convertie, ainsi qu'à la vie de province et au rôle de maîtresse de maison, elle s'y était adonnée de façon fanatique, comme si elle craignait les reproches. Personne n'avait reçu avec plus de régularité, ni mieux entretenu les liens sociaux. Elle avait infatigablement rédigé des lettres de condoléances, des télégrammes de félicitations, s'était souvenue des anniversaires de naissance et de mariage, avait pensé aux lettres de château et aux coups de téléphone des lendemains de fête. Elle s'était efforcée de tout faire dans les règles pour sa fille, n'avait jamais manqué une distribution de prix ni un concert de fin de trimestre, avait parlé aux professeurs principaux et manifesté de l'intérêt, pour reprendre leurs termes.

Mais maintenant, voilà qu'elle se moquait de ce qu'elle avait aidé à créer, l'illusion d'une société ; elle avait mis de l'huile dans des rouages qui tournaient mais n'avançaient pas ; elle avait adhéré à des conventions qui ne pouvaient exister qu'aussi longtemps que l'émotion était suspendue.

Mais je ne suis ni la première, ni la dernière, à tomber amoureuse d'un homme qui n'est pas mon mari, pensa-t-elle dans le désespoir. Elle ne voulait s'estimer ni monstrueuse, ni anormale. Mais elle ne trouvait pas de réconfort dans le nombre, n'évoquant que des femmes qui, au nom de l'amour, avaient entraîné de grands malheurs pour les autres, étaient mortes pauvres, ou seules, ou même — telle était son angoisse — sur l'échafaud. Mais les femmes moyennes, celles qui prenaient leur café le matin dans les salons de thé, celles-là se contentaient de vies rangées. Elles ne laissaient pas se propager le soupçon et la tromperie chez elles. Mais je ne sais pas dans quelle direction me tourner, se dit-elle soudain, se mettant les mains sur les yeux et le front.

« Madame mon chou, qu'est-ce qui cloche ? » demanda Mrs Curzon. Elle lâcha la peau de chamois et prit Harriet dans ses bras.

Je ne peux pas être si mauvaise, pensa Harriet, pas si intégralement mauvaise, car Curzy m'aime et c'est une brave femme. À moins que je la trompe, elle aussi.

« Qu'est-ce qu'il y a, cocotte ?

— J'ai mal à la tête.

— Allez vous étendre un peu et je vous monterai quelque chose. Londres me réussit jamais non plus. Ma fille là-bas — enfin, à Hammersmith — elle a donné un de ces coquetèles. Vous auriez dû voir ça, porto, cognac, chouettes canapés au jambon. En moins de deux, me voilà installée sur la cuvette des cabinets en train de chanter. Vrai, je me suis sentie mal de suite. Jamais plus. Fred était furax. “ Si 'y a quelque chose qui me met en boule, c'est une femme qui a bu un coup de trop. ” Comment je suis venue travailler le lendemain, j'en sais rien. Je me disais sans arrêt : Londres c'est fini pour toi, Florrie ! J'aime boire un bon coup avec les copains, mais mollo. Quand nous allons aux soirées fléchettes du *Jockey*, j'ai toujours dans l'idée de passer un bon moment, mais mollo. On rigole bien, sans que personne déconne. Je pense toujours qu'en se tenant au gin-vermouth... c'est ce que vous devriez faire, madame, vous aurez pas d'ennuis. Et puis, bien sûr, une Guinness en faisant son marché, c'est agréable...

— Curzy, si vous me permettez de dire un mot, je voudrais expliquer que mon mal de tête n'a rien à voir avec l'alcool...

— Tout de même, ma belle, vous avez besoin de vous étendre. Je suis sûre que monsieur dirait la même chose.

— Je me sens mieux à présent.

— Je fais du thé ? demanda Mrs Curzon d'un ton encourageant.

— Oui, oui, c'est ça. »

Une fois seule, elle déchira les lettres et les jeta dans le feu. « Ne garde rien, avait dit Vesey. Si c'est tout ce que tu as, tu n'as rien. »

Depuis la fenêtre d'une tourelle, Betsy regarda les autres élèves rentrer à la maison. Elle entendait les roues de leurs vélos sur le gravier mouvant et les portières de voitures qui claquaient. Quand elles eurent enfin disparu derrière les arbres de l'avenue couverts de bourgeons, le lycée sembla un puits d'aération sonore au fond duquel le gardien arpentait les couloirs de pierre, des poignées de seaux tintaient et des voix aiguës montaient de la cuisine. Le bâtiment de brique rose de style féodal, avec des machicoulis, construit à la Belle Époque, absorbait le rose du coucher de soleil. Les fenêtres à meneaux renvoyaient des éclats rubis ; les peupliers luisants chatoyaient.

La tourelle se trouvait au coin de la salle de sciences naturelles. Tout autour, sur les rebords de fenêtres, des têtards s'élançaient en tous sens dans des aquariums pleins d'herbes où flottait du frai de grenouille, des pousses décolorées perçaient des marrons fendus. Contre le mur était disposé ce que Betsy voyait comme des engins baroques, tubes de verre et de caoutchouc, fioles de liquides colorés. Rien ici ne parlait à son imagination. Elle avait passé des heures fastidieuses et peu profitables assise devant une balance avec des pinces et des poids d'une finesse de papier. Elle ne supportait pas d'être précise au point qu'une empreinte de pouce ou un grain de poussière fût susceptible, comme on l'en avait avertie, d'affecter ses calculs.

Elle aimait ce qui était personnel, particulier, elle aimait adorer et être adorée. Mais ici, dans cette pièce, elle n'était la protagoniste d'aucun drame. La froide compilation de faits exerçait si peu d'attrait affectif ; la recherche de la vérité lui paraissait la plus morne des quêtes. À un bout de l'échelle se trouvaient les personnalités démesurées, les conflits de volontés dont elle prenait connaissance en grec. Même à son stade balbutiant d'apprentissage, elle saisissait la puissance et l'éclat de ce drame qui la vivifiait. Son manque d'exactitude tenait à sa précipitation. À l'autre bout de l'échelle, il y avait cette pièce bien rangée, la précision, les têtards, tous pareils, et le livre plein de figures et de schémas qu'elle était censée étudier maintenant.

Elle courbait la tête sur son livre, mais sans rien apprendre. Il lui semblait à présent impossible d'occuper son esprit à autre chose que des pensées de Vesey et de sa mère. Dans son imaginaire, c'est la figure de Vesey lui-même qu'elle exploitait : elle le dépistait et se collait à lui. Elle le poursuivait par tous les procédés qui s'offraient à elle, cherchant des lettres en fouillant le bureau de sa mère, qu'elle importunait de questions obliques, faisant le tri des indices.

À certains moments elle éprouvait de l'horreur et de l'effroi au cheminement de ses idées, à d'autres elle était simplement amère de se sentir exclue, mais en tout instant, Vesey l'obsédait. Quand elle les lisait, elle avait l'impression que ses lettres — si modérées, si allusives qu'elles fussent — court-circuitaient sa mère et lui étaient destinées, à elle.

Betsy était isolée de sa famille et de ses amies par l'énormité même des pensées qui la hantaient et l'accablaient ; elle avait oublié ce qu'était sa vie avant d'entretenir ces pensées, dont elle ne souhaitait pas être soulagée, elle ne pouvait pas revenir au temps où il n'y avait eu que Miss Bell et elle était persuadée qu'avec son amour nouveau et la connaissance fraîchement acquise, elle allait jouer quelque rôle décisif.

À la lumière de cette idée, les leçons à apprendre paraissaient futiles, mais les punitions qui pleuvaient sur elle l'isolaient encore plus. Enfermée après les cours, à mesure que le jour diminuait et que les bruits familiers s'éloignaient, elle éprouva un sentiment de solitude plus profond qu'elle n'aurait cru possible. Ne t'y trompe pas, se mettait-elle en garde, nous sommes absolument seuls. Il n'y a personne à nos côtés. Avoir fait cette découverte semblait terrible, aussi terrible que de comprendre pour la première fois que la justice n'existe pas toujours dans ce monde. Ces temps derniers, ses compagnes lui avaient fait sentir qu'elle était mise au ban de la communauté. Même Pauline était passée des observations sombres au silence. Il existait des limites à la révolte, avait-elle dit, comme il existait des limites à la soumission. L'une peut être aussi embarrassante ou irritante que l'autre, et Betsy avait effectué un passage trop rapide. « Personne n'est parfait, je ne le suis pas moi-même », avait commenté Pauline, magnanime, mais elle était lasse, laissa-t-elle entendre, de prendre la défense de son amie. Complètement lasse. « Je ne te comprends pas », se désespérait-elle, et Betsy pouvait croire que personne ne le ferait. Ce qui était maintenant à l'œuvre dans sa tête était si différent des autres choses qu'elles avaient partagées, la religion, par exemple — elles avaient été confirmées en même temps — et la littérature. Elles étaient toutes les deux tombées amoureuses de Lord Nelson, puis, plus tard, d'Edgar Allan Poe. Encore plus tard, de Robert Helpmann. Pauline n'avait pas partagé l'enthousiasme pour Miss Bell, penchant plus quant à elle vers une adoration pour Miss Beetlestone, mais elles s'accordaient à penser toutes les deux que les sentiments qu'elles éprouvaient étaient différents des délires absurdes des autres filles, et plus sérieux.

Tout en réfléchissant, elle gardait les yeux fixés sur la page ; quand elle les fermait, elle voyait des schémas blancs imprimés sur le noir. Elle avait regardé avec une telle intensité, sans rien voir. Je ne le retiendrai jamais, se dit-elle. Chaque fois qu'elle s'efforçait de se concentrer sur sa leçon, son esprit, comme une créature menacée, parvenait à se libérer. Elle se demanda quel point culminant allait apporter une conclusion, se voyant en fuite, descendant par la fenêtre de la tourelle en s'aidant d'une corde faite de housses de protection attachées les unes aux autres. Elle tripota un robinet au bord de la paillasse, se pencha et respira le gaz. On n'est seul que quand on est mort, réfléchit-elle soudain. Donc nous, nous ne pouvons pas l'être. Le gaz émettait un sifflement. Elle était sur le point de le fermer quand Miss Bell ouvrit la porte.

Ayant simplement l'intention de transmettre son message et de partir, Miss Bell mit la tête à la porte, les bras, comme d'habitude, pleins de livres.

« Que fais-tu, Betsy ? »

Elle entra et ferma la porte. « Éteins ce gaz tout de suite. Tu n'as sûrement pas le droit de toucher ces choses ? » Du haut de son point de vue, classique, elle parlait avec un mépris distant. « Qu'est-ce que tu es supposée faire ?

— Un travail refusé, répondit Betsy, d'une voix atone.

— Effectivement, j'ai reçu un message de Miss Smythe, disant que tu peux rentrer à la maison maintenant. Je suis consternée simplement du fait que tu te trouves ici.

— Oh, j'ai toujours des ennuis, indiqua Betsy d'un ton insouciant.

— Toujours n'est pas une excuse, dit Miss Bell, s'appuyant à la porte. Toujours rend les choses pires, pas meilleures, comme tu le laisses entendre. »

La tête penchée au-dessus de la paillasse, assise sur le haut tabouret, jambes ballantes, Betsy se dit : Quand les choses vont si mal, on ne peut sûrement plus vous en tenir responsable ?

« Tu ne peux pas t'abriter derrière “ toujours ” et “ de pire en pire ”. Tout vient de toi, évidemment, rien de l'extérieur. Et si tu n'étais pas en retenue pour Miss Smythe, tu le serais pour moi. Le travail que tu m'as rendu ce matin était insultant, à mon avis. Un insulte à nous deux. Était-ce par hasard ton intention ?

— Non.

— C'était du travail de troisième ordre, et tu n'es pas une personne de troisième ordre. »

Les schémas du livre prirent un air penché et les larmes lui brûlèrent les yeux. Betsy se mit la main au côté du visage pour les cacher.

« Il vaut mieux que tu rentres à la maison », dit Miss Bell sèchement. Mais Betsy ne parvenait pas à bouger, ni à enlever sa main. « Sinon, ta mère va s'inquiéter. »

Là, Miss Bell vit les larmes couler à flots sur le poignet de l'adolescente, sous sa manchette plutôt douteuse. Ce qu'elle faisait pour le bien des autres la plongeait toujours dans la consternation. Parce qu'il n'était pas dans sa nature d'être dure, elle était plus dure que jamais. Les moyens, pensait-elle, justifiaient les fins, mais nos instincts sont souvent terriblement mis à mal par rapport à cette doctrine-là. Une impulsion l'incitait maintenant à prendre cette petite dans ses bras, mais son éducation ne le lui permettait pas, et ses bras, de toute façon, étaient pleins de livres. Ce qu'elle fit, néanmoins, c'est lui tendre un mouchoir propre, car Betsy essayait de se tirer d'affaire avec sa manche.

Ce mouchoir apporta la défaite finale. Elle appuya sa tête sur ses bras et les larmes détrempèrent son chemisier et son manuel de chimie. Ses cheveux se répartirent n'importe comment de part et d'autre de sa nuque, et tombèrent en avant ; ses omoplates saillantes semblaient des ailes. Miss Bell finit par poser ses livres et mettre sa main sur le bras de Betsy.

« Que s'est-il passé ? demanda-t-elle. Je suis obligée d'être dure avec toi, bien que ce soit l'aspect le plus pénible du métier d'enseignante. À moins de te ressaisir, tu ne peux pas réussir ton examen. J'entretenais de grands espoirs pour toi, vois-tu. Je n'en avais pour personne d'autre. Si seulement tu pouvais me dire ce qui ne va pas...

— Mais je ne pourrais pas.

— Est-ce chez toi que tu as des ennuis ? » C'est certainement ici qu'il y a des problèmes, pensa Miss Bell, en se demandant comment des problèmes ailleurs pouvaient expliquer ou simplifier les choses.

Les vrais ennuis de Betsy, à son âge, étaient que rien ne s'expliquait, même pas pour elle. Quand elle pleurait, c'était de désarroi. Ses émotions embrouillées l'épuisaient. Elle était à cran par incertitude plus que pour quelque raison spécifique.

Soutirer des confidences à ceux qui souhaitent, pour finir — mais pour finir — raconter, exige de la patience. Miss Bell s'installa sur un tabouret et remonta sa montre tout en réfléchissant aux questions qu'elle pouvait poser.

« T'es-tu disputée avec tes amies ?

— Je n'ai pas d'amies, répondit Betsy d'un ton réprobateur.

— Pauline et toi, je croyais...

— Pauline me hait.

— Eh bien, toi et moi nous étions bonnes amies, m'a-t-il toujours semblé. Et je pense que tu devrais me parler...

— Oui, seulement je ne sais pas quoi dire.

— Tout ce qui te vient à l'esprit... on pourrait faire le tri plus tard, s'il le faut.

— Oui, mais je ne sais pas par où commencer.

— Commence par la dernière chose dont tu te souviennes et remonte dans le temps. Je ferai de mon mieux pour suivre. Il faudrait simplement que tu ne t'étendes pas trop ; j'ai peur que ta mère commence à se faire du souci à ton sujet...

— Oh, elle ne s'en fera pas. » En cet instant précis, Betsy le croyait vraiment.

Miss Bell chercha prudemment quoi dire.

« Elle ne pense qu'à Vesey...

— Vesey ?

— Je vous en ai parlé... vous vous rappelez, dans *Hamlet,* ce jour-là...

— Oh, oui.

— Ma mère va le voir à Londres.

— Oui, tu m'as dit que c'étaient de vieux amis.

— Je pense à lui constamment. » Betsy jeta un regard sur le manuel de chimie, comme pour prouver la vérité de ses dires. Elle essuya des larmes sur la page. « Quand il est venu à la maison, on m'a envoyée me coucher. Je me suis penchée par-dessus la rampe et je l'ai regardé partir. À l'époque, je ne pensais pas que cela avait de l'importance, mais par la suite, je me suis rendu compte comme j'avais été triste. Quand j'y repense, je vois ce que j'ai éprouvé. Il me semble que je ne prends pas conscience des choses sur-le-champ, parce qu'à ce moment-là je ne ressens que de l'émotion.

— Betsy, je t'en prie, arrête de tripoter ce robinet à gaz.

— Excusez-moi.

— Que vas-tu faire de ton existence si tu dois être soumise au bon vouloir de tes émotions de cette façon ? Si tu es comme ça à quinze... seize...ans, l'un ou l'autre, à quoi ressembleront vingt-cinq et trente ?

— Trente ? interrogea Betsy, effarée.

— Tu dois apprendre maintenant, avant qu'il soit trop tard. Le travail assidu apporte un soutien considérable ; toi, tu l'écartes, au lieu d'y faire appel. »

Elle-même avait toujours eu recours au travail, non pour échapper aux obsessions — elle n'était jamais obsédée — mais pour épargner son amour-propre et dissimuler sa solitude. L'état d'esprit de Betsy l'effraya ; elle était inquiète pour elle à la fois du présent et de l'avenir. Elle ne pouvait pas traiter ces révélations avec les formules faciles de Miss Anstruther « on ne fait pas », « on n'est pas », « on n'a pas le droit ». Par affection pour cette fille, elle aurait voulu la protéger de ces expressions convenues, mais elle était affligée d'une circonspection étrange, nourrie de l'échec de ses relations humaines et une crainte des chocs et des heurts qui la tireraient de l'existence rangée qu'elle s'était aménagée. Elle n'éprouvait pas souvent de difficulté à déterminer la bonne façon de se conduire ; elle avait rarement trouvé les conventions en opposition avec sa conscience et avait le courage d'agir selon sa conscience le cas échéant. Cet après-midi, la solution paraissait plus obscure. Sa tête et son cœur n'étaient pas à l'unisson, sa conscience se taisait. Elle sentait qu'elle devait écouter Betsy dire tout ce qu'elle avait à dire ; en même temps, elle n'était pas disposée à la laisser même pleurer tout son soûl, de peur que la porte s'ouvre sur Miss Anstruther avec son air de « nous avons été quelque peu étonnées ». L'impression donnée serait — car les confidences de Betsy seraient respectées et cachées — qu'elle était en train de réconforter la victime d'une retenue infligée par un autre professeur.

À présent, réfrénée, les yeux secs, mais le visage marqué de traces de larmes, Betsy avait le regard fixe. Son air délaissé était pitoyable.

« Je laverai ce mouchoir, dit-elle calmement. Je vous remercie de me l'avoir prêté. » Elle parlait comme si les paroles ne pouvaient plus rien lui apporter, avec le brin de fierté de quelqu'un à qui on a proposé de l'aide et qu'on a ensuite rejeté.

« Ne comprends-tu pas, demanda Miss Bell désespérément, que personne au monde ne peut vraiment t'aider que toi-même ? Il ne faut pas que tu sois tellement esclave de tes émotions. Tu as déjà suffisamment à faire pour les maîtriser sans y ajouter cette broderie supplémentaire. C'est toi qui as dit que c'était après, pas sur-le-champ, que tu as été si bouleversée, que tu t'es sentie si... dépossédée », conclut-elle, un peu étonnée du mot qu'elle n'avait utilisé auparavant qu'en traduisant du grec. Andromaque, Hécube, mais pas vraiment Betsy Jephcott.

« Ça c'est avant de savoir.

— De savoir quoi ?

— Qu'en fait, c'est lui mon père. »

Betsy lui jeta un regard terrifié en coulisse. C'est dit, pensa-t-elle. Tout est réglé maintenant. Une fois que c'était formulé, il ne subsistait plus d'incertitude.

Miss Bell était égarée dans le paysage étrange qui s'ouvrait sous ses yeux. Toutes les expressions de Miss Anstruther lui venaient à l'esprit et elle en voyait l'utilité. Elles tiraient des voiles décents, elles éloignaient la réalité.

« Est-ce que tu te rends bien compte de ce que tu avances ?

— Oui, bien sûr.

— Ne recommence pas à pleurer.

— Je suis tellement seule. Je ne sais pas ce que je suis censée faire, ni être, ni ce qui va m'arriver...

— Quelle raison as-tu de dire une chose pareille ? Je veux dire, je suppose que tu as bien une raison ?

— J'ai lu des lettres.

— Il ne faut jamais lire des lettres adressées à d'autres personnes, déclara Miss Bell machinalement. C'est une affirmation grave. Je pense que tu t'es trompée. »

Maintenant, Betsy était sûre ; elle était absolument convaincue de ce qui avait été une vague conjecture. Elle était en paix.

Miss Bell avait été élevée dans une respectabilité pauvre ; les élèves de Miss Anstruther étaient élevées dans une respectabilité cossue. Harriet était l'unique mère en qui Miss Bell avait mis sa confiance, celle qui avait écouté, discuté, encouragé. Le travail de Betsy avait reflété la valeur solide de son entourage. Si l'entourage se désagrégeait, alors le travail devait en faire autant. La chair, le diable s'approchèrent de Miss Bell, la poussèrent du coude. La solitude, elle comprenait ; la peur, elle comprenait. Elle ne s'attendait pas que les autres fussent aussi courageux qu'elle était obligée de l'être quant à elle. La pitié l'emporta ; elle prit Betsy dans ses bras, comme jamais Harriet ne le faisait. Elle la consola, comme Harriet n'aurait jamais osé le faire. Elle avait les yeux congestionnés de larmes.

« Ne raconte jamais à personne ce que tu m'as raconté, dit-elle de sa voix saccadée, autoritaire. Ce sera la rançon d'avoir appris des choses que tu ne devais pas savoir. Mais je t'aiderai toujours, si je le peux. Et je penserai à toi, même si tu en doutes parfois, car je dois toujours paraître impartiale. Quand tu as besoin de moi, je suis là. (Elle lissa les cheveux emmêlés de Betsy.) Et si tu fais un effort, si tu travailles et viens à bout de tes...

problèmes, je le saurai. Toi, tu sauras que j'applaudis en secret. »

Betsy, de l'un des gestes de sa grand-mère qui, si Miss Bell l'avait reconnu, aurait réduit à néant tout ce qui avait été dit, appliqua son poignet sur son front douloureux.

Que les traits soient héréditaires, personne ne le conteste. Le caractère traverse les époques. Le tempérament se transmet. Le génie saute des générations, resurgit étrangement. Que les gestes le fassent est ce qu'il y a de plus étrange. Plus étrangement révélateurs, ils sont aussi plus miraculeux : ils portent en eux l'importance et le mystère de la personnalité humaine. La façon dont une main se lève pour dire adieu a pu être apprise, déterminée, développée dans l'utérus.

3

Cet été-là, Vesey joua dans une pièce au bord de la mer. Éloigné de Harriet, il ne pouvait que lui écrire. Elle cachait les lettres par-ci par-là pendant un ou deux jours, puis les détruisait une fois qu'elle les savait par cœur.

La chaleur alanguit Vesey. La grande station balnéaire semblait être épuisée par son propre bruit, la fanfare militaire sur le front de mer interprétait *Les deux pigeons*, la mer au-delà, les mouettes mécontentes au-dessus, et sur le fond de trilles flûtées, de flonflons vibrants, se détachaient le flot de voix inextricables des gens, le raclement si lent de leurs pieds sur l'asphalte chaud, et les pleurs des enfants. Les rues étaient engorgées ; même les boutiques se déversaient sur le trottoir avec des bouquets de pelles en bois et de chaussures de toile, des piles de seaux, des tourniquets à cartes postales.

Il résidait dans une des pensions de famille perpendiculaires au front de mer. Dans la bay-window, on voyait une table mise, avec des verres gravés et des serviettes pliées en forme de fleurs de lys. L'hortensia près de la porte d'entrée se fanait en passant par d'innombrables teintes de bleu. Entre la porte extérieure et celle en verre du vestibule, de temps à autre des crabes dépérissaient dans des seaux. Les enfants oubliaient les vagues projets qu'ils avaient entretenus en les apportant là et lorsqu'ils avaient de nouveau besoin des seaux, retrouvaient les malheureuses bestioles mortes dans deux ou trois centimètres d'eau trouble, rouillée. « Quelle odeur pestilentielle ! » s'exclamaient leurs mères.

Le samedi, le nouvel arrivage avait lieu. Vesey l'observait sombrement. Le silence bien élevé, le premier repas pris à mi-voix seraient bientôt remplacés, il le savait, par ce qui ne pouvait s'appeler autrement que de la grosse rigolade. Les jeunes gens en blazer ne tarderaient pas à faire des lits en portefeuille et des remarques grivoises. Les rengaines de la radio constituaient la monnaie courante de leur conversation. Des enfants précoces participaient à ces échanges ; on les exhibait. Les mères se sentaient de plus en plus fatiguées à mesure que les vacances passaient et qu'elles pensaient aux piles de linge sale là-haut, dans la malle.

Vesey n'échappait pas complètement à cette exubérance. Pour lui, c'était la toile de fond de l'été tout entier, pas d'une quinzaine de jours seulement. Les gens, le pensant solitaire, le faisaient participer à leurs conversations. Des jeunes filles essayaient parfois de l'entraîner sur le perron pour une photographie. Quand des hommes joviaux lui donnaient des bourrades dans le dos tandis qu'ils entraient dans la salle à manger, il s'efforçait de ne pas tousser. Il se demandait comment ils faisaient pour garder un entrain pareil. Ils se comportaient comme s'ils étaient ivres, pensait-il, mais la boisson ne faisait pas partie de leur existence : une ou deux fois seulement au cours de l'été, il arriverait que deux maris se lient d'amitié et sortent en douce prendre une bière blonde pendant que leurs femmes nettoyaient les enfants avant le déjeuner. Ce que cela avait de singulier se voyait aux expressions neutres des femmes au-dessus de la tête des enfants quand elles se penchaient pour attacher leurs bavettes ou couper leur viande. Un froid était perceptible dans l'air.

Les plus jeunes déroutaient Vesey. Il ne comprenait pas comment on pouvait si mal se conduire sinon aux stades ultimes de l'ébriété. Je n'aime que la gaieté de ceux qui savent être graves, écrivit-il à Harriet. Ici, l'autre aspect n'est qu'abattement. Tu répandrais un mépris froid, dressant ta tête ravissante.

Dans une galerie marchande, bondée, sentant les vieux journaux et le sable humide piétiné, il acheta un coffret constellé de petits coquillages jaunes comme des grains de maïs. Sur le chemin du retour, il comprit qu'il ne pourrait jamais le lui envoyer et se sentit stupide et frustré. Sa plaisanterie devint pitoyable, comme l'étaient devenues certaines autres de leurs plaisanteries.

Il commença de se rendre compte que la négligence était profondément installée en lui, trop profondément pour être éradiquée maintenant : négligence à l'égard de ses amis — car il n'avait fait aucun effort mondain — de sa vie, de ses amours, de son corps. Il n'était pas porté à s'apitoyer sur lui-même, mais il se demanda comment il en était arrivé à gauchir sa vie à ce point. En pension, ses professeurs avaient critiqué ce qu'ils appelaient son attitude. Cependant, en cherchant à en adopter une, il n'avait trouvé que le néant. Bien sûr, se dit-il, ma mère ne valait pas cher, mais je ne peux pas lui en vouloir. Elle a toujours été très gentille pour moi.

L'après-midi, il s'affalait sur un des bancs en fonte qui paraissaient issus laborieusement de l'asphalte du front de mer, de même que les arbustes sortaient du sol desséché des jardins ornementaux derrière lui. Il se sentait vaguement invalide et à l'écart, occupé à regarder les gens sur la plage en dessous de lui. Dans le courant de l'après-midi, la lumière effectuait une rotation lente, apportant de légers changements à l'aspect de la scène. Il fut fasciné par les garçons écarlates, couverts de cloques et les robustes filles qui se boxaient et s'envoyaient des claques. La répartie physique, la lutte infructueuse le transportaient. « Oh, toi alors ! » s'écriaient les filles, vautrées, éclaboussées de sable. Tout près, une religieuse, son visage mince courbé sous une coiffe compliquée, attendait pendant que les orphelins, trop vêtus, marchaient le long de l'eau, leurs bottines suspendues à l'épaule. Des enfants bâtissaient des châteaux de sable, chacun le sien, assis dos à dos, parlant par phrases animées, rapides, se chamaillant tandis qu'ils tapotaient le sable avec leurs petites pelles. Isolé, loin d'eux, un bébé était assis, faisant des gestes des bras saccadés, sans objet. Il levait les poings et le sable s'envolait de ses mains fermées. À l'heure du goûter, la nourriture sortait des paniers : sandwiches à la pâte de poisson, reines-claudes aux peaux fendues, crevettes, et même des paquets de *fish-and-chips*, en train de refroidir et dégoulinant de vinaigre. Les petits garçons se mettaient à pleurnicher en se tenant entre les jambes. « Faut que tu m'embêtes, bien sûr ! » grognait la mère. Le père regardait la mer, indifférent.

Parfois, déprimé jusqu'à la nausée, il rejetait l'ensemble ; à d'autres occasions, il était touché au cœur presque intolérablement. Le soir, lorsqu'il partait pour le théâtre, la plage piétinée, les chaises longues vides orientées dans des directions diverses, certaines par deux, tournées l'une vers l'autre, plantaient le décor d'un tableau de genre fantasmagorique. Il avait de nouveau le sentiment que la mer se retournait. Quand il quittait le théâtre, il faisait nuit ; à ce moment-là, le bruit de la mer étouffait tous les autres : le ressac attirait impitoyablement le sable et les galets. Bien plus loin le long de la côte, un phare marquait les secondes. Il pensait à Harriet en rentrant chez lui ; il avait, semblait-il, gâché leurs vies.

Le matin, les jeunes gens chahuteurs, les enfants geignards, les boute-en-train si persistants le mettaient en fureur, si bien que la vie paraissait une charade minable et baragouinante, mais la nuit ou le soir, son humeur s'adoucissait. Les chaises vides étaient bizarrement associées à Harriet. L'employé qui les pliait et les empilait semblait une figure symbolique, vague, issu du Léthé : il effaçait la journée et tout ce qui l'évoquait.

Un après-midi, dans un café, il vit une petite fille qui lui rappela Harriet enfant. Ses longs cheveux étaient éparpillés sur ses épaules, elle avait des bras maigres sous les manches de son chandail serré. Elle était installée à une table avec son père et deux enfants plus jeunes. Lorsqu'on apporta le thé, son père lui fit un signe de tête désinvolte et flatteur. La couleur lui monta aux joues. Elle se leva et attrapa la théière à deux mains. Vesey voyait que le père, apparemment si détendu, se tenait prêt à voler à son secours. Le ruisseau tremblant de thé parvint jusqu'à sa tasse. Il la lui prit en remerciant négligemment. Elle sourit, rayonnant de soulagement. « C'est la première fois, annonça-t-elle, que je verse le thé. » Vesey détourna les yeux, éprouvant une culpabilité personnelle à l'égard de la petite fille grave, triomphante et bien-aimée, outre une culpabilité tardive à l'égard de Harriet. L'amour, ce n'est pas difficile, pensa-t-il. Chez le père de l'enfant, il avait paru la plus simple des choses, comme l'était son expression. Vesey se mit à espérer que la mère était seulement en train de prendre un après-midi de repos, qu'elle n'était pas morte. Mais ayant été témoin de tant de bonheur, il en désira plus. Il imagina la mère à la maison, venant d'accoucher. Je vais emmener les enfants prendre le thé dehors, avait dit le mari. Au retour, il se dépêcherait de monter à l'étage, excité, non pas inquiet, à la naissance de son quatrième enfant. Il appellerait sa fille pour qu'elle vienne le voir. En gravissant l'escalier posément, avec son petit sourire timide, elle imaginerait un avenir merveilleux, pas simplement à verser le thé, mais à pousser des landaus, remettant le bébé d'aplomb tous les mètres environ, redonnant du gonflant à son oreiller, pour qu'il lui fasse honneur. Mais la mère est peut-être morte après tout, songea-t-il en réglant son addition. Il s'agit peut-être des premières vacances qu'ils passent sans elle. Il fait de son mieux, et réussit beaucoup mieux que ceux qui pensent pouvoir se dispenser de faire un effort.

Pendant tout l'été, Harriet vécut en paix sans Vesey et aurait pu vivre longtemps ainsi, se dit-elle, dans la sérénité de son indécision, libérée des montages de la tromperie. Les lettres qu'il lui adressait la troublaient, si bien que les matins où il n'y en avait pas — et il se passait parfois une semaine sans qu'elle en reçoive — son soulagement était plus fort que sa déception. L'avenir était un pays étranger.

Elle se rendit tout de même compte que l'amour était un facteur de désorganisation. Faisant irruption au milieu d'autres relations, il avait le pouvoir de les bouleverser, si bien qu'elle sentit tout autour d'elle se défaire l'équilibre de son univers, comme s'il avait glissé, comme si un affaissement général avait eu lieu. Personne n'était pareil. Charles était poli, évasif, Betsy maussade et rebelle.

Harriet se prit à espérer que le changement n'existait qu'en elle, qu'elle s'était harmonisée de façon morbide avec les inclinations des autres. Elle espérait totalement imaginaires la vigilance de Kitty, inquiète, et celle de Julia, malveillante. Tiny lui-même se comportait différemment. Elle avait souvent lu et entendu dire que d'être aimé a un caractère infectieux, mais elle répugnait à croire que cela expliquait toutes ses attentions nouvelles. Son comportement soudainement intime la tourmentait et tout ce qu'elle pouvait imaginer, c'est que Reggie Beckett avait raconté son histoire avec talent. Par moments, ses angoisses s'apparentaient à des hallucinations, lorsque par exemple elle entrait dans le salon de thé où ses amies se retrouvaient pour prendre leur café le matin et qu'un silence tombait, lui semblait-il, et le jour de la distribution des prix, où Miss Bell donna si visiblement l'impression de l'éviter et rougit quand elle croisa son regard. C'est une forme de délire, se dit-elle, d'entendre des chuchotements, de se croire au centre des conjectures et persécutée. Mais c'est ainsi que la vie de province se fissure et s'effondre autour de l'individu : elle l'avait vu arriver à d'autres et elle avait peur. Elle se voyait également à la merci de personnes pires qu'elle, méritant l'ostracisme, ce qui n'était pas son cas, mais le défi ne la mettait pas à l'aise et elle s'aperçut que dans la pratique, elle avait tendance à recourir à l'apaisement. Quand avec d'autres femmes elles parlaient recettes de cuisine, maladies infantiles, chiffons, elle entrait dans le jeu et faisait son offrande avec un enthousiasme forcé. C'est mon univers de bout en bout ! semblait-elle déclarer. Enrouler à la perfection un gâteau roulé, toute mon ambition ! De retour à la maison, elle se trouvait méprisable et se demandait distraitement si d'autres parmi elles jouaient la même comédie.

L'attitude crispée de Betsy persista après qu'elle eut brillamment réussi son examen. Son opposition à l'encontre de Charles, son humeur maussade, avaient été expliquées, successivement, par le surmenage, les couchers tardifs, l'anxiété, l'excitation excessive, le manque de distractions, le contrecoup, la croissance trop rapide et, peut-être, une carence en fer. Mais la réussite, les louanges, et même un fortifiant ferrugineux n'apportèrent aucun changement. En fin de compte, on jugea que son attitude était une phase passagère. Harriet aurait débattu de ce problème avec Miss Bell, si celle-ci n'avait pas toujours pris la direction inverse.

C'est vrai, songea-t-elle, que nous sommes tous solidaires. Si l'un de nous tombe, il en entraîne d'autres dans ses bras.

« Si Tiny coule, nous coulons aussi, déclara Charles. Quelles que soient les sottises qu'il manigance, elles auront des répercussions sur nos moyens d'existence. »

Les hommes disent « moyens d'existence ». Les femmes disent « vies », pensa Harriet. « Moyens d'existence » n'était qu'une demi-menace, lui semblait-il, ne signifiant apparemment qu'un appauvrissement. L'économie la plus rigoureuse. Pas de fleurs achetées. Elle disait adieu à Mrs Curzon, en larmes, mais Mrs Curzon refusait de partir. « Ce n'est pas une question d'argent, ma chère madame, pleurait-elle. Entre nous, dès le début, c'était pour le meilleur et pour le pire. »

« Chère Harriet, il ne faut pas pleurer ! Pour le moment, il ne s'agit que du plus triste des soupçons.

— Oh, ce n'est pas ça. Tu me connais. Je pensais à Mrs Curzon. »

Charles appuya un genou sur le tabouret de piano et exécuta un ou deux arpèges, comme pour assouplir sa patience aussi bien que ses doigts.

« Explique-moi, s'il te plaît ! demanda Harriet.

— À quoi bon, alors que tu écoutes à peine ? Si jeune que tu sois comparée à moi, tu as malgré tout passé l'âge d'être cette femme-enfant exaspérante dont tu affectes parfois le comportement. Tu me donnes l'impression d'être Carlyle.

— Mes pensées suivent un cours trop rapide. En fait, Mrs Curzon était liée à notre ruine...

— Ruine ? Oh, Harriet ! »

Il joua la gamme de do majeur, les yeux fermés, tête courbée. Puis il plaqua un accord. Enfin, il ferma le piano.

« Ruine ? Tu vois comme tu affabules ! Il n'y a pas de ruine : peut-être une perte de fierté, une confiance diminuée et conséquemment une diminution de revenus. De petites économies mesquines telles que je les méprise. Vendre le piano, peut-être, » ajouta-t-il avec une noblesse impressionnante, car il était seul à en jouer. Très bien ! pensa Harriet. Je disais simplement adieu à Mrs Curzon, comme tu le fais au piano.

« Mais qu'est-ce qui te fait soupçonner Tiny, demanda-t-elle en épouse dévouée.

— Tu sais que je pense qu'ils ont des combines, Reggie Beckett et lui... »

L'esprit de Harriet fit un écart en entendant le nom. « Oui, je me rappelle que tu m'en as parlé.

— Quand j'entre dans le bureau de Tiny, Reggie s'y trouve toujours, vautré dans un fauteuil... Me suis juste pointé pour le caoua, dit-il, avec ce langage affecté qu'il pratique... ou alors ils parlent de courses de chevaux... la pièce bleue de fumée... comment le travail peut-il se faire... Une ou deux fois, j'ai vu des clients dont je me suis toujours occupé personnellement contourner mon bureau et disparaître dans celui de Tiny. Ils se sont juste pointés pour le caoua aussi, je suppose. Je ferais aussi bien de mettre la clé sous la porte et d'ouvrir un café. Si j'interroge Tiny, il devient si péniblement évasif que moi aussi, je me sens gêné. Je serais bien tenté de m'en prendre à Reggie lui-même avant qu'il soit trop tard, s'il n'est pas déjà trop tard. J'ai envie de l'attraper par la peau du cou et de le laisser tomber dans la rue.

— Moi, je ne le ferais pas, » dit Harriet précipitamment. Moins Charles se trouvait face à Reggie, mieux c'était. Qu'il le fût en étant en colère risquait de délier dangereusement la langue de Reggie.

« Tu me vois le faisant ? Mais que cela plaise à Tiny ou pas, je vais lui dire de passer moins de temps chez nous... difficile d'être vraiment désagréable quand même, je suppose... je le rencontre dans un bar et il insiste pour me payer à boire. Je ne peux pas refuser, et ensuite je suis obligé de lui offrir un verre moi aussi... toujours ces inconvénients d'une petite ville. Il n'est pas facile d'être brutal, et le fait d'avoir des ennemis est embarrassant pour tout le monde. Si seulement Tiny n'avait pas tellement envie de s'enrichir rapidement... de s'enrichir, veux-je dire. Kitty devient plus avide en vieillissant. Et plus paresseuse. Leur train de vie suppose pas mal d'efforts avec des revenus moyens... si elle ne doit jamais donner un coup de main dans la maison... vautrée à manger des loukoums toute la journée en lisant *Vogue*... et ses projets ambitieux pour Ricky... Il ne vaut pas mieux... complètement gâté. De nombreuses façons, je plains Tiny avec ces deux-là sur les bras.

— Kitty pense que Betsy est gâtée.

— Tous les enfants sont gâtés, » trancha Charles, refusant de se laisser détourner par cet argument-là.

Miss Bell n'avait nulle part où aller pendant les vacances. Elle resta dans sa chambre meublée et mit de l'argent de côté. L'année prochaine, elle espérait faire un circuit en Grèce, qu'elle n'envisageait pas vraiment comme touristique, mais plutôt comme quelque vision fluctuante dans l'air à laquelle la convierait par enchantement l'Association hellénique. Toutefois, depuis que Miss Anstruther lui avait donné congé, avec préavis d'un trimestre, cette vision s'était éloignée. Elle n'avait jamais vraiment cru qu'elle partirait.

Les vacances lui parurent longues. Elle s'inventait des petites gâteries : une journée de marche, des parcours en autocar, un déjeuner au café. Elle se demanda si les employées de la bibliothèque la méprisaient d'échanger son livre si souvent. Elle voyait parfois Betsy à l'église.

« Tu devrais l'inviter à prendre le thé, suggéra Harriet.

— Oh, elle n'accepterait pas.

— Pourquoi ?

— Elle m'a dit un jour qu'elle détestait sortir prendre le thé.

— Alors, prendre un xérès avec nous avant le dîner...

— Oh, non, elle ne boit pas d'alcool.

— Tu sembles connaître par cœur toutes ses habitudes. »

Harriet était sensible à la la solitude de cette pauvre jeune femme. Elle l'avait vue assise seule au café, bien que le regard de Miss Bell refusât de croiser le sien.

Un dimanche soir, Betsy rentra de l'église avec elle. Ce jour-là, le temps avait été couvert et la lumière blafarde ; on ne voit jamais autant d'obscurité en hiver que cette journée en avait connu avec ses feuillages oblitérants. Les trottoirs étaient graveleux et les haies poussiéreuses. Des graines ailées gisaient dans les caniveaux sous les sycomores. Des femmes étaient assises aux fenêtres du premier étage, regardant distraitement les passants. L'air semblait retenu par l'attente angoissée de la pluie et rien ne pouvait soulager l'ennui et la dépression de Miss Bell. Elle avait essayé pendant tout l'après-midi de les chasser en marchant, mais ils trottaient à ses côtés comme quelque chien importun. Tout ce qu'elle pouvait espérer à présent, c'était d'aborder une meilleure journée le lendemain. Même parler à Betsy représentait un effort.

« On a dû être content de toi à la maison, après ton succès à l'examen ?

— Oh, ils étaient assez contents, admit Betsy, de mauvaise grâce.

— Eh bien moi, j'étais très contente. J'étais contente de ton travail et que tu aies eu la volonté de le faire. »

À ceci, Betsy ne trouva aucune réponse, mais fit entendre un bruit déplaisant, moqueur.

« Je pars à la fin du trimestre prochain, annonça Miss Bell d'un ton dégagé. Les autres élèves ne le sauront pas avant un certain temps. Tu pourrais peut-être le garder pour toi jusque-là. »

Betsy pâlit, puis fronça les sourcils. « Ce n'est pas possible, dit-elle brusquement.

— Je crains que ce ne soit un peu décevant.

— Comment avez-vous pu ? Qu'est-ce que je ferai ? Que vais-je devenir ?

— Tu seras tirée d'affaire dorénavant.

— Je ne le serai pas. Je ne le suis pas. Vous ne pouvez pas me laisser seule comme ça. Pourquoi ? Pourquoi devez-vous le faire ?

— Je pense qu'il faut que je change d'air.

— Où allez-vous donc ? »

Miss Bell regarda fixement la longue rue déserte qui semblait aussi morne que son avenir.

« Je ne sais pas. »

Betsy continua à marcher, obstinément silencieuse.

« Je sais que je peux te faire confiance, dit Miss Bell. Aucune des autres ne doit être mise au courant... Je n'ai pas le choix, vois-tu. Miss Anstruther m'a demandé de... de changer d'air.

— Mais pourquoi donc ?

— Apprendre et enseigner sont deux choses différentes. J'étais capable d'apprendre, mais je ne sais pas enseigner, alors je ne peux tirer aucun parti de ce que je sais.

— Vous m'avez tout appris.

— Seulement les autres n'apprenaient rien, et tu aurais réussi aussi bien, ou mieux, avec quelqu'un d'autre... les résultats étaient mauvais et la discipline pire encore... toi-même, tu sais comme les cours ont parfois été bruyants...

— Mais je n'ai pas deviné... si nous avions su... j'aurais dû les obliger à s'arrêter... mais il m'arrivait de me conduire aussi mal qu'elles. Comment pouvez-vous nous pardonner ?

— Sans peine. Il n'y a pratiquement rien à pardonner. Vous avez simplement profité d'une faille qui existait en moi. Les filles ne respectent pas la connaissance. C'est tout ce que j'avais. »

Elle ne voulait pas dire que Miss Anstruther s'était plainte des bonnes notes de Betsy : « Ce n'est pas qu'on ne soit jamais satisfaite... mais un meilleur résultat moyen... on ne souhaite pas voir de favoritisme... et c'était mauvais pour les nerfs de cette fille. Ne faites jamais porter toute votre attention sur une élève à l'exclusion des autres... »

Un après-midi, on avait vu Betsy partir tard du lycée, les yeux rougis, Miss Bell suivant à courte distance. Miss Anstruther aimait que ses élèves circulent en troupeaux protecteurs et fut irritée que l'une d'entre elles se montre en ville, le visage bouffi avec le ruban de l'école à son chapeau.

« Mais si vous n'êtes pas bonne enseignante ici, pourquoi seriez-vous meilleure dans un autre établissement ? » demanda Betsy, que sa stupéfaction rendait brutale.

Miss Bell eut un léger sourire pincé. « Il faut que je m'acharne plus la prochaine fois, je le comprends. » Et je ne m'attacherai jamais à aucune d'entre elles, pensa-t-elle.

4

En voyant la pièce, Harriet éprouva une consternation si intime, si profonde qu'elle pouvait à peine respirer : c'était l'aboutissement qui convenait à un tel voyage : un destin autant qu'une destination.

Un radiateur à gaz antique était installé devant une grille de poêle à charbon, sans cacher le fouillis d'allumettes brûlées et de mégots qui se trouvait derrière. Elle trouva un shilling pour alimenter le compteur et passa une allumette entre les résistances cassées mais, malgré la flamme bleue et ronflante qui monta, elle sentit que la chambre ne se réchaufferait jamais.

Elle s'agenouilla sur le tapis miteux et frissonna, persuadée qui ni Vesey ni personne ne pourrait l'empêcher de le faire.

Les retrouvailles avec lui après tant de mois avaient constitué une souffrance en soi : le premier choc de non-reconnaissance et la transformation de son aspect. Elle avait jeté sa valise à l'arrière de la voiture qu'il avait empruntée avec une timidité honteuse. « Tout est si gênant et prémédité, s'excusa-t-elle.

— Cela n'aurait certainement pu être plus prémédité, dit Vesey. Ou en tout cas, pas par moi. »

Il conduisait mal. Elle commença de se demander combien de fois il l'avait déjà fait, tant il accélérait dans les virages, comme pour les négocier plus vite. Elle se cramponnait à la portière en songeant comme ce serait triste et humiliant pour Charles qu'elle fût tuée dans de telles circonstances. « Je n'ai pas beaucoup d'essence, annonça Vesey. Dans quelle direction as-tu le moins d'amis ? Le Berkshire ? L'Oxfordshire ?

— Toute ma parentèle habite l'Oxfordshire, et Charles a des amis à Reading.

— Le Surrey ?

— Ce serait parfait. Il n'y a que Tante Ethel à Camberley, et elle est grabataire. »

Il s'était mis à pleuvoir. Quand ils s'arrêtèrent pour boire quelque chose, il commanda de grands verres, comme par désespoir. Elle nota son souffle court, son air vanné. L'inquiétude semblait couchée en elle comme une bête fatiguée.

« Allons, Harriet, un peu de gaieté ! Avec la perspective de telles turpitudes, tu devrais sûrement être plus réjouie ?

— Je te trouve l'air malade, Vesey.

— Oui, j'ai eu la grippe.

— Il y a combien de temps ?

— Je crois que c'était hier, ou par là », répondit-il d'un ton désinvolte.

Une bruine voilait le paysage. À mesure qu'ils avançaient, l'architecture devenait plus déprimante, projetant des pignons et des tourelles au milieu des araucarias et des aucubas.

Une insistance appuyée sur la propriété privée déterminait une éruption de pancartes blanches. Dans chaque taillis, les promeneurs étaient avertis, chaque massif de rhododendrons était défendu, de petits carrés de gazon étaient enclos de piquets et de chaînes. Les pubs s'unissaient dans un assaut d'hostilité aux autocars. Des petits salons de thé baptisés *L'office* ou *La cuisine* abondaient. Rien n'aurait pu être plus désenchanteur. Vesey s'inquiétait pour elle, elle pour Vesey. Chacun redoutait la dépression de l'autre.

Accroupie devant le radiateur à gaz, elle était au bord des larmes et sentit qu'elle allait bientôt s'en approcher encore plus. Pour retrouver le calme, elle se mit à arpenter la pièce. À chaque pas, la grande armoire grinçait. Elle se regardait dans la glace voilée : angoissée, tendue, les mains serrées sur les coudes, la tête enfoncée dans les épaules. Elle voyait si clairement que sa jeunesse avait disparu : son corps s'était épanoui puis s'était flétri. Elle apportait à Vesey tous les signes de l'âge mûr, les contours indécis et la chair terne, elle s'imaginait le soir se déshabillant, avec des marques à la taille, des plis et des rougeurs sur les côtes à cause de son corset, l'éclat juvénile fané, atténué.

Quand Vesey entra, elle ne parvint pas à lui lancer un regard, mais garda les yeux fixés sur le feu, en s'y chauffant les mains. Elle avait peur qu'il parle de signer le registre de l'hôtel ou de faire des projets. Elle était consciente d'une dichotomie curieuse, sentant qu'une moitié d'elle-même devait protéger l'autre, plus sensible ; son esprit parlait à la fois d'une voix brutale et d'une autre, suppliante.

Vesey s'assit dans un des fauteuils de rotin détricoté et la regarda fixement.

« C'est un drôle d'endroit, dit-il. Du moins, j'espère qu'il est drôle. Si tu pouvais en voir la drôlerie, Harriet, ce nous serait d'un grand secours à tous les deux. Cette longue allée d'aucubas nous a attirés ici. Nous pensions y être cachés, protégés, simplement parce qu'elle se trouvait bien en retrait de la route. »

Harriet se mit à arpenter la pièce.

« Nous nous conduisons de façon infiniment absurde, affirma Vesey.

— Pourquoi ?

— Nous avons peur l'un de l'autre.

— Si Charles téléphone, je dirai que j'étais chez Kitty... »

Elle ouvrit une fenêtre et regarda le jardin en contrebas. La pluie tombait bruyamment sur les aucubas. Il y avait des arbustes mouillés couverts de baies molles, blanches, qui faisaient penser à des boules de naphtaline. Elle entendait les voitures passer avec un chuintement sur la grand-route. C'était un temps mort, hors du temps.

« Comme c'était différent dans notre jeunesse, dit Vesey. Il ne faisait jamais aussi mauvais...

— Je suis passée devant la maison de Caroline cet été. Il y avait de nouveaux occupants. Ils ont repeint l'extérieur et réparé la clôture. C'était étrange de voir de nouveaux rideaux... j'ai eu l'impression que tout était d'une certaine façon méprisant, dérangeant... les gens semblent toujours outrecuidants et sans égards pour autrui quand ils emménagent chez quelqu'un... je veux dire, dans une maison où quelqu'un d'autre a vécu longtemps.

— Chaque couche de peinture exprime un reproche, acquiesça Vesey. Chérie, je vais te ramener à la maison. »

Elle se détourna de la fenêtre et le dévisagea.

« Tu ne veux pas vraiment rester, n'est-ce pas ? demanda-t-il.

— Je suis désolée, Vesey. Oh, je suis à cran, c'est tout. C'était si difficile à mettre sur pied : je me disais sans cesse que Charles ne partirait pas à la dernière minute, que Betsy reviendrait trop tôt, ou bien Elke. Il y avait tant de choses qui risquaient de mal se passer...

— Il y en a encore, penses-tu. »

Elle s'assit au bord du lit, l'air si désolé qu'il alla s'installer à côté d'elle.

« Si seulement nous étions jeunes de nouveau ! dit-elle d'une voix lasse. Et qu'on nous accorde une seconde chance.

— Je pense que c'est peut-être celle-ci, suggéra-t-il d'un ton dubitatif.

— Les secondes chances n'existent pas, à moins de détruire d'autres personnes...

— Il faut que quelqu'un soit détruit.

— Je ne peux pas décider que ce sera quelqu'un d'autre.

— J'ai horreur de l'abnégation. C'est la chose entre toutes que je trouve la plus suspecte.

— Ça, c'est le genre de chose qu'on dit.

— Cette chambre rose, fuligineuse, ne nous est d'aucun secours, indiqua-t-il en tentant de la réconforter. Tout de même, je ne permettrai pas que tu restes. Je ne sais pas comment j'ai pu penser que je le pourrais. Je voulais seulement te garder jusqu'au dernier instant.

— Je ne comprends pas ce que tu veux dire par “ dernier instant ”.

— Chère Harriet, je pars. Mon père m'envoie en Afrique du Sud.

— En Afrique du Sud !

— Tu es stupéfaite à juste titre. Je disais autrefois que c'était le dernier endroit où j'irais, mais j'espère bien que ce n'est pas le cas. Mon père, bien entendu, est naturellement porté vers un tel paradis pour hommes d'affaires et pour sa politique infâme. Quand je verrai d'autres personnes mal traitées, je commencerai à me réjouir qu'il n'ait pas été pire avec moi qu'il ne l'a été.

— Ce n'est pas vrai !

— Si.

— Alors, pourquoi ne m'en parler que maintenant ?

— Ce week-end est un trop grand risque à courir, pour quelqu'un dont le départ est si proche. Même moi, je m'aperçois que je ne peux pas te permettre de renoncer à tant de choses, pour rien.

— Je ne savais pas que tu avais vu ton père. Es-tu si malade que ça ?

— Le rôle que je pensais obtenir, je ne l'ai pas eu. Oui, je suis assez malade. J'espère que tu me trouves pathétique, que j'éveille tes instincts maternels...

— Tu comprends, tu n'es pas assez couvert. » Tentant de les persuader tous les deux que seule sa négligence était à l'origine de sa maladie, elle appuya les mains sur sa chemise mince, sentant la chaleur de sa poitrine au travers. « Octobre, et tu ne portes pas de tricot de corps ! Y penses-tu, Vesey, toi qui prends froid sans arrêt ? Comme tu m'inquiètes. Mais je ne peux absolument pas croire que tu vas partir.

— Et si Charles téléphonait ce soir et que tu ne sois pas là, qu'il rentre à la maison et ne t'y trouve pas. Que t'arriverait-il alors ? S'il apprenait que nous étions ici dans cette pièce affreuse ?

— Ne me fais pas peur !

— Alors que je suis obligé de partir, que je n'ai rien à proposer, que je ne peux pas m'occuper de toi, il ne faut pas que je mette en danger le peu que tu possèdes. Cela aurait paru clair depuis longtemps à une personne honorable. Et à présent, même moi je m'en suis avisé...

— S'il te plaît, arrête de dire même moi. Toi et moi nous décidons les choses ensemble... avons décidé ceci...

— Moi, je n'ai rien à perdre.

— Nous ne serons donc jamais ensemble ?

— As-tu jamais été heureuse lorsque nous l'avons été ?

— Parfois quand nous étions enfants, quand nous avons dansé, la soirée dans le brouillard à Londres... »

Il la prit par les bras et l'attira sur le lit, où elle s'étendit à côté de lui. La pluie cinglait les vitres comme du riz, le radiateur faisait entendre un ronflement creux, l'après-midi d'automne se ternit jusqu'à l'obscurité. Elle ferma les yeux, s'efforçant de retrouver son adolescence et la maison vide avec le soleil qui entrait dans la pièce poussiéreuse. Vesey avait dit : « Si seulement le lit était resté là. Nous aurions pu nous y étendre côte à côte, et tirer les rideaux tout autour. »

Ils étaient étendus côte à côte et Vesey lui caressait les cheveux, dégageant ses tempes. Lorsqu'ils s'embrassèrent, dans l'obscurité sous ses paupières elle revit le soleil du soir, le vide de l'air. Peut-être qu'en bas, dans le jardin embroussaillé, le petit Joseph allait commencer à les appeler. « Vesey ! Harriet ! » Elle le vit courir sur les pelouses à l'abandon, les mains en cornet devant sa bouche, appelant « Hou hou ! Hou hou ! » comme ils le faisaient en jouant à cache-cache.

« À quoi penses-tu ? » demanda Vesey. Il lui prit le poignet et le secoua doucement.

Quand Charles fut parti, Kitty déclara : « Je n'ai pas compris un seul mot de tout ça. J'en ai seulement déduit qu'il est plutôt en colère contre toi. »

L'ennui lui servait d'isolation.

« À mon sens, il a toutes les raisons de l'être.

— Que vas-tu faire ?

— Si seulement nous avions eu un peu plus de temps. Faire ? Je n'en sais rien. Je suis aussi compromis que Reggie Beckett.

— Comment Charles a-t-il eu vent de l'affaire ?

— Un de ses clients... quand en fait de dividendes rien n'a fait surface, il a menacé d'aller trouver Charles. Comme les choses ne s'annonçaient pas meilleures, il l'a fait.

— Pauvre Charles, dit Kitty paisiblement.

— Je ne voulais pas du tout que cela se passe comme ça : l'entreprise paraissait sans risque. Un grand choc pour lui, bien sûr...

— Où est-il parti maintenant ? Je croyais qu'il partait quelque part pour le week-end. Un congrès, non ?

— Je pense qu'il a préféré rentrer chez lui. »

Eh bien, j'espère qu'il ne va pas y recevoir un autre choc, pensa Kitty. Elle ne dit rien. Tandis qu'ils attendaient la catastrophe, Kitty se dit qu'elle allait se mettre du vernis à ongles. Elle présentait l'apparence du calme parfait, mais éprouvait un trouble intérieur en raison de toutes les questions qu'elle ne daignerait pas poser. J'ai épousé Tiny pour le meilleur, pour le pire, songeait-elle, mais je croyais que le « pire », c'était simplement Tiny lui-même, pas une calamité supplémentaire. Ce serait la fin de tout si je dois être pauvre, ou déshonorée en plus.

Charles ne s'était pas vu avec avec plaisir faisant part de la mauvaise nouvelle à Harriet, mais quand il s'aperçut qu'il en était empêché, il fut totalement frustré. Il s'était très rarement trouvé dans la maison quand elle était vide : il découvrit que ses pas sur les lames de parquet cirées produisaient un son différent et que les pièces sentaient le renfermé.

Des filets de pluie apparurent sur les fenêtres. Il ne comprenait pas pourquoi les feux avaient été préparés dans les grilles sans être allumés, et se demanda où se trouvait Harriet. Il ouvrit l'agenda sur son bureau, mais le week-end ne portait aucune inscription.

Quand il trouva le chat enfermé dans un appentis avec des assiettées de nourriture et sa corbeille, il commença de s'alarmer. Il monta dans leur chambre et se mit à ouvrir des tiroirs et à regarder dans les placards. Rien ne semblait avoir disparu. Son collier de perles se trouvait dans son écrin, ses pantoufles étaient près du radiateur. Elle était sortie, mais peut-être seulement pour un petit moment. Comme elle n'était pas chez Kitty, il téléphona à sa mère, dont les sous-entendus le tourmentaient.

Il regarda la pendule. Il ne pouvait même pas prendre un verre, puisque l'heure légale d'ouverture n'était pas encore arrivée et qu'il se serait senti complètement débauché en commençant à boire avant. Toutefois, dès que la pendule sonna, il se versa un grand gin, le posa à une extrémité du piano et se mit à jouer. Il joua, lui sembla-t-il, avec un brillant exceptionnel, malgré le nombre des interruptions, étant obligé de se lever pour tirer les rideaux, allumer le feu, remplir son verre. À sept heures, sa mère téléphona pour demander si Harriet était rentrée. « Tu es vraiment idiot, Charles, lui dit-elle. J'appellerai de nouveau dans une heure.

— Mais pourquoi ?

— Pour savoir si elle est rentrée, mais ce ne sera pas le cas.

— Alors, ne le fais pas, s'il te plaît. Je suis occupé. »

Je n'ai pas envie d'attendre ici, réfléchit-il en s'éloignant du téléphone, mais je n'ai nulle part où aller. Il se voyait frappé d'ostracisme au club de golf ou au bar du *Bull*, ses compagnons d'antan lui tournant le dos quand il entrerait, évitant de le saluer.

L'alcool paraissait agglutiner tous ses sentiments, si bien que l'apitoiement sur son sort et l'indignation se trouvaient à côté de l'orgueil et du mépris. Ses lèvres bougeaient tandis qu'il jouait ; il raisonnait sans cesse avec lui-même, donnait des explications à Harriet, fulminait contre Tiny et Reggie Beckett. Au bout d'un certain temps, ses mains se posèrent sur ses genoux. Il avait compris que sa véritable amertume venait de Harriet.

Il se leva, plutôt chancelant, et se versa un autre verre. « Tu n'es pas digne d'être la mère de mon enfant », annonça-t-il soudain, d'une voix forte et dramatique, mais à ce moment-là, l'absurdité le frappa. Son humeur s'effondra : il eut l'impression qu'en une journée, on lui avait tout retiré.

À huit heures et demie, il se mit à redouter la sonnerie du téléphone et les interrogations cruelles de sa mère. L'étrangeté de la pièce lui fit comprendre qu'il avait trop bu. Les fauteuils tendaient leurs bras de façon implorante, l'air d'être en attente ; l'immobilité des choses ne semblait que temporaire et certains objets, sans raison, se détachèrent de leur arrière-plan pour venir tout près de lui. Trop de gin, se dit-il, et il faut que je continue comme ça jusqu'à l'heure de fermeture.

Mais le bruit d'une clé dans la porte d'entrée le dégrisa. Il entendit des pas dans le vestibule et la sonnerie du téléphone. Les pas s'interrompirent puis s'éloignèrent. Il entendit la voix claire et fatiguée de Harriet. « Que veux-tu, Julia ?... Je suis sortie toute la journée avec des amis... oh, je t'en prie, ne fabrique pas de mystères... bien sûr que je suis revenue. »

Charles s'arma de courage pour ré-entendre toute cette histoire, mais Harriet posa le combiné et monta à l'étage.

Mère n'a pas eu droit à la vérité, pensa-t-il. Il se demanda ce que Harriet allait lui dire, et avec quels amis elle allait choisir d'avoir été. Si c'était réellement la vérité, ce serait inouï, se dit-il.

Lorsqu'elle entra, il eut l'impression qu'il n'y avait aucune chance d'échapper à ses mensonges. Elle va être froide, insolente et sévère, parce qu'elle est si désespérément sur la défensive. Il ne voyait aucune issue pour eux deux. Elle ne voudrait pas lui dire la vérité, et lui ne pourrait supporter sa duplicité.

« Bonsoir Charles. »

Elle se tenait derrière un fauteuil, les mains posées nerveusement sur le dossier. Elles étaient bleues de froid. Il supposa qu'elle n'exprimait aucune surprise devant sa présence de peur qu'en retour il ne lui pose des questions sur son absence. Il pouvait imaginer ses réponses faussement hautaines.

« Tu as l'air d'avoir froid. Veux-tu boire quelque chose ?

— Oui, s'il te plaît.

— Whisky ? Gin ? »

Quand il le lui tendit, il toucha ses doigts glacés. Elle retourna derrière son fauteuil.

« Ça va mieux ? demanda-t-il en la regardant boire à petites gorgées.

— Oui. Merci. Ta mère a appelé au moment où je rentrais. Elle voulait savoir où j'étais.

— Ah, oui. »

Harriet ferma les yeux et vida son verre.

« Je ne lui ai pas dit la vérité.

— En vérité, pourquoi le ferais-tu ?

— Je lui ai raconté que j'étais allée voir des amis, mais en fait, j'étais avec Vesey. »

L'embarras lui contractait les lèvres et elle prononça le nom maladroitement.

Il lui prit son verre et le remplit. Maintenant qu'il avait obtenu la vérité de la part de Harriet, il n'avait aucune idée de la façon de se conduire. Comme c'est triste que nous ne soyons pas capables de nous parler sans l'aide de l'alcool ! songea-t-il. La timidité est-elle la seule chose que nous devions jamais partager ?

« Je suis heureux que tu me l'aies dit.

— Je n'avais pas peur, mais j'étais profondément mal à l'aise.

— Je le sais. L'un ou l'autre signifie que tu ne m'aimes pas.

— On peut être mal à l'aise — affreusement mal à l'aise — avec des gens que l'on aime.

— L'amour parfait chasse l'embarras », énonça-t-il solennellement.

Elle lui lança un coup d'œil perplexe. De toute évidence, il avait trop bu, mais il simulait peut-être une ivresse plus profonde qu'elle ne l'était.

« C'est gentil d'être revenue, reprit-il.

— Pas gentil.

— Pourquoi l'as-tu fait ?

— J'avais l'intention de ne pas le faire...

— Mais avec la meilleure volonté du monde, tu t'es aperçue qu'il le fallait. »

Il passait d'une manière mal assurée d'une humeur à l'autre : les paroles ressemblaient plus à des vents dominants qu'à aucune indication de cap ou de destination. De cette manière, nous allons au naufrage, pensa-t-elle, mais se sentit trop fatiguée pour prendre de grandes précautions.

« Tu as pensé à ton mari et à ton enfant, suggéra Charles. Ainsi qu'au petit chat enfermé dans l'appentis. Encore un peu de gin ?

— Pas pour le moment. Pourquoi es-tu là, Charles ?

— J'ai reçu de mauvaises nouvelles avant de partir ce matin, et ensuite, je n'ai pas pu partir.

— De quoi s'agissait-il ?

— Il y a eu une sorte d'accumulation aujourd'hui. (Il se mit la main devant les yeux un instant, comme s'il ne parvenait pas à s'éclaircir les idées.) Reggie Beckett a disparu, laissant Tiny se sortir du genre de pétrin dont on ne se sort jamais. »

Harriet émergea prudemment de derrière son fauteuil et tendit les mains vers le feu. « Oui ?

— Oh, tu ne comprendrais pas. Kitty, pour sa part, trouve tout cela terriblement fastidieux.

— Explique, quand même.

— Reggie avait besoin de capital pour une société qu'il avait fondée... oh, il y a quelque temps de ça. Tout ce qu'il lui fallait, c'était un brevet qu'un type allait lui accorder... tout à fait nébuleux, mais Tiny se voyait faisant fortune et il a apporté des fonds. Puis, naturellement, il était bien placé pour trouver d'autres personnes qui en fassent autant... Reggie lui offrait cinq pour cent de tout ce qu'il pouvait faire investir... ils étaient tous nos clients, bien sûr... habitués à venir nous trouver pour des conseils, facilement persuadés. J'aimerais bien que tu reprennes quelque chose.

— Tout à l'heure.

— L'ennui, c'est que le brevet a été vendu à quelqu'un d'autre qui a lancé la production et c'est lui qui fera fortune, pas Tiny, ni Reggie. Eux, ils ont jeté leur argent dans un puits d'une profondeur infinie. Pour commencer, l'inquiétude s'est installée, puis le soupçon. Ce matin, tout a été élucidé. Je m'en veux : j'ai fermé les yeux sur beaucoup de choses.

— Charles, je suis vraiment désolée.

— Les premières paroles de Kitty ont été : Allons-nous être pauvres ? Toi, tu te sors mieux de l'épreuve.

— Je me demande ce qui va se passer.

— Peut-être que nous pourrons dominer le problème, dit Charles avec grandeur.

— Ne bois plus.

— Oh, Harriet chérie, pourquoi es-tu revenue ? Je crains que tu n'aies simplement pensé que je serais peut-être là.

— Non.

— Alors pourquoi ? »

Elle appuya les bras sur le dessus de cheminée et la tête sur ses bras. « Je serai différente. Tu n'auras jamais plus de raisons de t'inquiéter. Si tu pouvais me pardonner... » Elle s'entourait d'une clôture de petites phrases, semblant une trahison à son propre égard.

Attendant terrorisée qu'il traverse la salle dans sa direction, elle sentit son ombre sur elle et se demanda comment elle pourrait supporter l'instant où il la toucherait. Au lieu de quoi, il tendit la main et prit le coffret à cigarettes.

« Je ne te demanderai jamais pourquoi tu es revenue, ni ce qui s'est passé. Je suis jaloux de Vesey, mais je ne souhaite pas que tu m'aimes de cette façon-là. Le mariage me semble une chose sérieuse. Je méprise les gens qui renoncent. Et j'aime l'idée que tu sois ma femme, ainsi que l'autorité, la situation dont nous jouissons ensemble. Il faut de la patience pour réussir un mariage : dommage de le galvauder. Maintenant que je suis en difficulté, cette maison, et toi à l'intérieur, avez une signification supplémentaire. Si tu étais vraiment partie — ce soir entre tous — tu aurais emporté avec toi mon amour-propre et mon courage. Tant que tu es ici, le reste ne représente pour moi qu'un défi. Le genre de chose qui est dans mes cordes, être aux prises avec les gens et assurer notre subsistance. »

Ensuite, se rendant compte qu'il retrouvait plus de confiance qu'il n'était justifié, il alluma vite une cigarette et se mit à arpenter la pièce.

« Je crois que je prendrais bien un autre verre maintenant », indiqua Harriet. Elle le regarda verser, puis avant de lever son verre, dit : « J'espère pouvoir t'aider. J'essaierai. Et je ne te donnerai pas d'autres soucis.

— Ma chère petite, ne pleure pas, ne pleure pas ! Ce serait la fin de tout.

— Alors je ne le ferai pas », répliqua-t-elle en souriant, mais s'étranglant un peu en buvant son gin, elle sentit les larmes commencer à couler. Elle lui tourna le dos et les essuya rapidement.

« Évidemment, il n'est plus question d'Italie », déclara Charles.

5

Au bout de la salle d'assemblée, sur l'autre rive de l'immense lac de parquet, Miss Bell décorait l'arbre de Noël pour ce que Miss Anstruther appelait « la fête des enfants pauvres ». Le lendemain, ses élèves allaient distribuer les cadeaux qui y étaient suspendus et offriraient des *jellies* aux couleurs criardes. Les enfants les appelleraient « m'zelle ». Certaines des filles les plus sympathiques se sentiraient stupides et artificielles ; d'autres rayonneraient d'accomplir des bonnes œuvres. Miss Bell, accrochant des clochettes givrées et des boules colorées, ne faisait qu'exécuter les ordres.

Dehors, la lumière s'épaissit, devenant obscurité ; la salle, avec son odeur d'if et d'encaustique paraissait mystérieuse et excitante à Betsy. Elle fit une petite glissade en direction de l'arbre de Noël et tourna autour, admirative.

« Tu arrives en retard, dit Miss Bell.

— Je me suis fait tancer. À propos de mon devoir sur Rossetti. Elle a dit que c'était morbide.

— Elle ?

— Miss Matherson-Smith. Je croyais qu'elle attendait n'importe quoi à propos de Rossetti et j'ai parlé de lui, déterrant le cadavre de sa femme pour récupérer les poèmes qu'il avait enterrés à côté d'elle... délicieusement macabre... ses cheveux se sont détachés avec les poèmes... drôlement décomposés, bien sûr.

— Ma chère Betsy, je t'en prie !

— Eh bien, il aurait dû traiter de *La demoiselle élue*... Est-ce que je peux mettre des étoiles ?

— Si tu fais attention. Il faut qu'elles servent d'année en année.

— Oui. Elles étaient là quand je suis arrivée ici. »

Elles furent prises de tristesse. Miss Bell alluma une des lumières. Elle éclaira l'arbre et l'estampage de la plaque tombale d'un croisé, sur le mur qui se trouvait derrière.

« Vous voulez bien me donner votre adresse ?

— Oui, bien sûr, Betsy. »

Miss Bell voyait d'avance la carte de vœux soigneusement choisie, les lettres devenant de plus en plus courtes, et d'ici le Noël suivant, pas de carte du tout.

« Je crois que tu devrais rentrer chez toi, dit-elle.

— Permettez-moi juste d'en accrocher encore quelques-unes. Les cheveux d'ange sont affreusement ternis. J'adore Noël... tout ce qu'il y a autour...

— Es-tu heureuse maintenant ?

— Si seulement vous ne partiez pas. J'aimerais que vous me disiez où vous allez.

— Dans un lycée à Londres, pour enseigner le latin.

— Et le grec ?

— Le latin, dit Miss Bell catégoriquement.

— Miss Bell...

— Oui ? »

Betsy plongea la main au beau milieu des branches piquantes pour accrocher une boule givrée : elle sentit les aiguilles pointues sur ses poignets et accueillit la souffrance comme s'il s'agissait d'une punition. Elle voulait avouer : Il m'est arrivé de dire des choses sans savoir si elles étaient vraies. Mais elle en fut incapable et dut laisser Miss Bell partir avec la vision de sa mère qu'elle avait à l'esprit, quelle qu'elle fût.

« Qu'y a-t-il, Betsy ?

— Rien. Je regrette que vous n'enseigniez plus le grec.

— Oui, c'est dommage. »

Miss Bell sortit de son papier de soie une fée de cire plutôt défraîchie, et monta à l'échelle pour l'attacher à la cime du sapin.

« Mère, je t'en prie, demanda Vesey, ne sois pas indiscrète. Jette simplement tous ces papiers dans la valise. »

Il s'assit brusquement au bord du lit, pris de vertige, le tour de la bouche glacé.

« Je ne suis pas indiscrète, mais les affaires des autres excitent tellement la curiosité. De qui est la photographie dans le sachet en papier ?

— C'est celle de Harriet.

— Je trouve que c'est vraiment touchant que tu sois encore amoureux de la compagne de jeux de ton enfance.

— Pourquoi le fait de connaître des gens depuis longtemps leur serait-il tellement préjudiciable ?

— C'est bien ainsi que ça se passe. Plus on regarde en arrière, plus ses amis semblent avoir été ennuyeux.

— Tu offres un spectacle étrange, mère, dans cette pièce minable. »

Elle ne put s'empêcher de se regarder dans la glace. Vêtue de gris pâle, la seule touche de couleur était le bleu lavande de ses cheveux.

« Eh bien, mon petit, voilà tout : ç'aurait pu ne pas arriver. »

Vesey remonta ses jambes sur le lit et s'étendit, les yeux fermés.

« Quand Harriet arrivera, il y a une fiction que je te demande d'entretenir. Je retourne à la maison avec toi, comprends-tu, seulement pour le moment, ensuite je pars en Afrique du Sud. Père m'envoie.

— Et il le ferait, mon amour, si c'est ce que tu souhaites. Tout ce qu'il y a eu entre vous, c'était des sottises... tous les deux si volontaires.

— C'est tout ce que j'ai raconté à Harriet. Elle vient me dire au revoir avant que je m'embarque. Même son mari trouve que je représente une faible concurrence à présent.

— Eh bien, je voudrais qu'elle se dépêche. Stanley vient nous prendre en voiture à cinq heures.

— Et qui est Stanley ?

— Sûrement que tu t'en souviens ? C'est un vieil ami de la famille. »

Vesey sourit du nouvel euphémisme.

« Une de ces personnes ennuyeuses de l'ancien temps ? »

Barbara sortit des chrysanthèmes couleur bronze d'une eau couleur bronze et resta plantée là tandis que les tiges visqueuses s'égouttaient. « Où puis-je les mettre ? Seigneur, quelle puanteur !

—Dans la corbeille à papier à côté de la commode, dit Vesey d'un ton las.

— Cette femme ne nettoie-t-elle donc jamais ta chambre ? Tout est tellement crasseux. Et tes chaussures, Vesey ! Elles ont d'énormes trous dans les semelles. Rien d'étonnant à ce que tu aies tout le temps la grippe. »

Elle ouvrit les tiroirs et entassa ses vêtements dans la valise. Au milieu de cette opération, elle s'assit soudain sur une chaise et se mit à pleurer.

Vesey, affaibli, irritable, tourna la tête vers elle et demanda « Qu'est-ce qu'il y a ? Arrête, je t'en prie !

— Oui, il faut que je me retienne, parce que Stanley va venir. Pourtant, je ne peux pas m'arrêter. Je n'ai jamais voulu que les choses se passent ainsi. Quand tu étais petit, j'ai toujours imaginé que nous nous amuserions quand tu serais grand... que nous sortirions ensemble. Je ne comprends pas comment tout a tourné si différemment... te trouver dans ce taudis effroyable, cette chambre sale, et tes chemises une honte absolue... Je suppose que, comme d'habitude, c'est moi la fautive. »

Vesey restait étendu, les mains jointes au-dessus de sa tête. Il essaya de se rappeler l'appartement de son père : le satin blond, les meubles pâles, la jardinière aux fougères rares, le cabinet laqué plein de bouteilles. Mais il s'attendait que tout fût changé : une autre mode à présent, du bric-à-brac victorien, avec des fruits en cire et des rideaux de panne de velours.

Barbara se sécha les yeux soigneusement, se refit une beauté et continua la préparation des bagages. Elle avait insisté pour le faire pendant que Vesey se reposait, en partie par angoisse véritable devant sa fatigue et en partie comme si elle allait racheter le manque de soins de toute une vie par une demi-heure d'attentions.

Je vais me coucher, pensa Vesey paisiblement. Je m'étendrai dans un lit frais et lisse. Quand mon père entrera, je ferai semblant d'être gravement malade, pour qu'il n'aille pas déterrer le passé.

« Je ne comprends pas pourquoi tu ne m'as pas fait venir des mois plus tôt, dit sa mère. Regarde ces chaussettes ! »

Mais il ne regarda pas. Perdu dans un rêve de faiblesse, il se demandait comment il arriverait à marcher jusqu'à la voiture quand Stanley viendrait.

Barbara, son emballage terminé, attendait impatiemment à la fenêtre.

« Cette femme effroyable nous apporterait-elle une tasse de thé ?

— Peut-être, si tu le lui demandais gentiment. »

Il savait qu'elle le ferait. Elle se percherait sur un coin de la table dans cette cuisine encombrée et la ferait bénéficier du grand jeu, très entre femmes, faussement maternelle, sa condescendance à peine perceptible.

Chaque fois qu'il entendait une voiture dans la rue, il se demandait si ce serait Harriet, ou Stanley. Il se figurait Stanley en sauteur de music-hall, avec un chapeau melon gris et des bottines à bouton marron. Il appellerait Barbara « ma vieille », mais la situation de Vesey ferait ressortir ce qu'il avait de meilleur, alors qu'elle ne pouvait pas le faire pour Vesey lui-même. Il espérait que Harriet arriverait la première, que sa mère les laisserait. Il n'avait rien à dire, mais il serait content de la voir assise à côté du lit, buvant du thé, souriant d'un air gêné.

Il avait mal aux yeux, mais se forçait à les ouvrir. Lorsqu'il les fermait, il avait l'impression de flotter, le lit se dissolvait en dessous de lui.

À la cuisine, il y avait la voix de sa mère parlant de sa grippe et le fracas de tasses manipulées. Il entendit une voiture ralentir et s'arrêter devant la maison. Une portière claqua. Les pas sur le trottoir étaient rapides et légers. Il se souleva et fit glisser ses pieds jusqu'au plancher. Le bruit du marteau de porte semblait le frapper en plein cœur. Elle arrive, pensa-t-il, et, levant les yeux à travers une brume mouvante, il vit son visage. Elle posa son bouquet de fleurs sur une chaise, prononça son nom, et le prit dans ses bras.

Collection de littérature étrangère

Harold Acton
Pivoines et Poneys
traduit de l'anglais par Christian Thimonier

Felipe Alfau
Chromos
traduit de l'anglais par Bernard Cohen

Elizabeth Bowen
Dernier automne
traduit de l'anglais par Gabrielle Merchez

Paul Bowles
Le Scorpion
traduit de l'anglais par Chantal Mairot
L'Écho
traduit de l'anglais par Brice Matthieussent
Un thé sur la montagne
traduit de l'anglais par Brice Matthieussent

Robert Olen Butler
Un doux parfum d'exil
traduit de l'anglais par Isabelle Reinharez
Étrange murmure
traduit de l'anglais par Isabelle Reinharez

Peter Cameron
Week-end
traduit de l'anglais par Suzanne V. Mayoux

Truman Capote
Un été indien
traduit de l'anglais par Patrice Repusseau
Entretiens
traduit de l'anglais par Michel Waldberg

Raymond Carver
Les Trois Roses jaunes
traduit de l'anglais par François Lasquin

Willa Cather
L'Un des nôtres
traduit de l'anglais par Marc Chénetier

La Maison du professeur
traduit de l'anglais par Marc Chénetier

Piero Chiara
D'une maison l'autre, la vie
traduit de l'italien par Simone Darses

Fausta Cialente
Les Quatre Filles Wieselberger
traduit de l'italien par Soula Aghion

Lettice Cooper
Une journée avec Rhoda
traduit de l'anglais par Nicole Tisserand

Fenny
traduit de l'anglais par Geneviève Doze

Giuseppe Culicchia
Patatras
traduit de l'italien par Françoise Liffran

Robertson Davies
L'Objet du scandale
traduit de l'anglais par Arlette Francière

Le Manticore
traduit de l'anglais par Lisa Rosenbaum

Le Monde des Merveilles
traduit de l'anglais par Lisa Rosenbaum

Andrea De Carlo
Chantilly-Express
traduit de l'italien par René de Ceccatty

Daniele Del Giudice
Le Stade de Wimbledon
traduit de l'italien par René de Ceccatty

Erri De Luca
Acide, Arc-en-Ciel
traduit de l'italien par Danièle Valin

En haut à gauche
traduit de l'italien par Danièle Valin

Heimito von Doderer
Un meurtre que tout le monde commet
traduit de l'allemand par Pierre Deshusses

Les Chutes de Slunj
traduit de l'allemand par Albert Kohn et Pierre Deshusses

Les Fenêtres éclairées
traduit de l'allemand par Pierre Deshusses

Divertimenti
traduit de l'allemand par Pierre Deshusses

Anne Enright
La Vierge de poche
traduit de l'anglais par Édith Soonckindt-Bielok

Franco Ferrucci
Les Satellites de Saturne
traduit de l'italien par Alain Sarrabayrouse

Eva Figes
Lumière
traduit de l'anglais par Gilles Barbedette

Ronald Firbank
Les Excentricités du cardinal Pirelli
traduit de l'anglais par Patrick Reumaux

La Fleur foulée aux pieds
traduit de l'anglais par Jean Gattégno

Mario Fortunato
Lieux naturels
traduit de l'italien par François Bouchard

Jane Gardam
La Dame aux cymbales
traduit de l'anglais par Suzanne V. Mayoux

William Gass
Au cœur du cœur de ce pays
traduit de l'anglais par Marc Chénetier et Pierre Gault

Kaye Gibbons
Ellen Foster
traduit de l'anglais par Marie-Claire Pasquier

Une femme vertueuse
traduit de l'anglais par Marie-Claire Pasquier

William Goyen
Une forme sur la ville
traduit de l'anglais par Patrice Repusseau

Le Grand Réparateur
traduit de l'anglais par Patrice Repusseau

Alasdair Gray
Pauvres Créatures
traduit de l'anglais par Jean Pavans

Maxine Hong Kingston
Les Hommes de Chine
traduit de l'anglais par Marie-France de Paloméra

Christopher Isherwood
Octobre
traduit de l'anglais par Gilles Barbedette

Fazil Iskander
Les Lapins et les Boas
traduit du russe par Bernard Kreise

Henry James
Mémoires d'un jeune garçon, t. I
traduit de l'anglais par Christine Bouvart

Barbara Kingsolver
L'Arbre aux haricots
traduit de l'anglais par Martine Béquié
Les Cochons au paradis
traduit de l'anglais par Martine Béquié

Mirko Kovač
La Vie de Malvina Trifković
traduit du serbo-croate par Pascale Delpech
Le Corps transparent
traduit du serbo-croate par Pascale Delpech

Hermann Lenz
Les Yeux d'un serviteur
traduit de l'allemand par Michel-François Demet
Le Promeneur
traduit de l'allemand par Michel-François Demet

David Lodge
Jeu de société
traduit de l'anglais par Maurice et Yvonne Couturier
Changement de décor
traduit de l'anglais par Maurice et Yvonne Couturier
Un tout petit monde
traduit de l'anglais par Maurice et Yvonne Couturier
La Chute du British Museum
traduit de l'anglais par Laurent Dufour
Nouvelles du Paradis
traduit de l'anglais par Maurice et Yvonne Couturier
Jeux de maux
traduit de l'anglais par Michel Courtois-Fourcy

Hors de l'abri
traduit de l'anglais par Maurice et Yvonne Couturier

Thérapie
traduit de l'anglais par Suzanne V. Mayoux

L'Art de la fiction
traduit de l'anglais par Michel et Nadia Fuchs

Alison Lurie
Liaisons étrangères
traduit de l'anglais par Sophie Mayoux

Les Amours d'Emily Turner
traduit de l'anglais par Sophie Mayoux

La Ville de nulle part
traduit de l'anglais par Élisabeth Gille

La Vérité sur Lorin Jones
traduit de l'anglais par Sophie Mayoux

Des gens comme les autres
traduit de l'anglais par Marie-Claude Peugeot

Conflits de famille
traduit de l'anglais par Marie-Claude Peugeot

Des amis imaginaires
traduit de l'anglais par Marie-Claude Peugeot

Ne le dites pas aux grands
Essai sur la littérature enfantine
traduit de l'anglais par Monique Chassagnol

Comme des enfants
traduit de l'anglais par Marie-Claude Peugeot

Femmes et Fantômes
traduit de l'anglais par Céline Schwaller

Norman Maclean
La Rivière du sixième jour
traduit de l'anglais par Marie-Claire Pasquier

La Part du feu
traduit de l'anglais par Jean Guiloineau

Bernard Malamud
Le Peuple élu
traduit de l'anglais par Martine Chard-Hutchinson

Pluie de printemps
traduit de l'anglais par Martine Chard-Hutchinson

Javier Marías
L'homme sentimental
traduit de l'espagnol par Laure Bataillon

Le Roman d'Oxford
traduit de l'espagnol par Anne-Marie et Alain Keruzoré

Ce que dit le majordome
traduit de l'espagnol par Anne-Marie et Alain Keruzoré

Un cœur si blanc
traduit de l'espagnol par Anne-Marie et Alain Keruzoré

Demain dans la bataille pense à moi
traduit de l'espagnol par Alain Keruzoré

Vies écrites
traduit de l'espagnol par Alain Keruzoré

Yann Martel
Paul en Finlande
traduit de l'anglais par Émilie de Riaz

Aidan Mathews
Du muesli à minuit
traduit de l'anglais par Édith Soonckindt-Bielok

Drôles de sensations
traduit de l'anglais par Édith Soonckindt

Steven Millhauser
La Galerie des jeux
traduit de l'anglais par Françoise Cartano

Le Royaume de Morphée
traduit de l'anglais par Françoise Cartano

Le Musée Barnum
traduit de l'anglais par Françoise Cartano

Lorrie Moore
Des histoires pour rien
traduit de l'anglais par Marie-Claire Pasquier

Anagrammes
traduit de l'anglais par Édith Soonckindt

Vies cruelles
traduit de l'anglais par Édith Soonckindt

Que vont devenir les grenouilles ?
traduit de l'anglais par Oristelle Bonis

Johannes Moy
Le Bilboquet
traduit de l'allemand par Pierre Deshusses

Alice Munro
Secrets de Polichinelle
traduit de l'anglais par Céline Schwaller-Balaÿ

Vladimir Nabokov
L'Enchanteur
traduit de l'anglais par Gilles Barbedette
Nicolas Gogol
traduit de l'anglais par Bernard Géniès

Vladimir Nabokov – Edmund Wilson
Correspondance 1940-1971
traduit de l'anglais par Christine Raguet-Bouvart

Brian O'Doherty
L'Étrange Cas de mademoiselle P.
traduit de l'anglais par Julien Deleuze

Grace Paley
Les Petits Riens de la vie
traduit de l'anglais par Claude Richard
Plus tard le même jour
traduit de l'anglais par Claude Richard

Pier Paolo Pasolini
Descriptions de descriptions
traduit de l'italien par René de Ceccatty

Walker Percy
Le Cinéphile
traduit de l'anglais par Claude Blanc
Le Syndrome de Thanatos
traduit de l'anglais par Bénédicte Chorier
Le Dernier Gentleman
traduit de l'anglais par Bénédicte Chorier

Darryl Pinckney
Noir, Marron, Beige
traduit de l'anglais par Michèle Albaret

Elisabetta Rasy
La Première Extase
traduit de l'italien par Nathalie Castagné
La Fin de la bataille
traduit de l'italien par Nathalie Castagné
L'Autre Maîtresse
traduit de l'italien par Nathalie Castagné

Transports
traduit de l'italien par Françoise Brun

Umberto Saba
Couleur du temps
traduit de l'italien par René de Ceccatty
Ombre des jours
traduit de l'italien par René de Ceccatty

John Saul
De si bons Américains
traduit de l'anglais par Henri Robillot de Massembre

Carl Seelig
Promenades avec Robert Walser
traduit de l'allemand par Bernard Kreiss

Jane Smiley
L'Exploitation
traduit de l'anglais par Françoise Cartano
Portraits d'après nature
traduit de l'anglais par Isabelle Reinharez
Un appartement à New York
traduit de l'anglais par Anne Damour

Natsumé Sôseki
Oreiller d'herbes
traduit du japonais par René de Ceccatty et Ryôji Nakamura
Clair-obscur
traduit du japonais par René de Ceccatty et Ryôji Nakamura
Le 210e Jour
traduit du japonais par René de Ceccatty et Ryôji Nakamura
Le Voyageur
traduit du japonais par René de Ceccatty et Ryôji Nakamura
À travers la vitre
traduit du japonais par René de Ceccatty et Ryôji Nakamura

Tilman Spengler
Le Peintre de Pékin
traduit de l'allemand par Martin Ziegler

Gertrude Stein
Brewsie & Willie
traduit de l'anglais par Marie-Claire Pasquier

Wilma Stockenström
Le Baobab
traduit de l'anglais par Sophie Mayoux

Italo Svevo
Le Destin des souvenirs
traduit de l'italien par Soula Aghion

Elizabeth Taylor
Mrs. Palfrey, Hôtel Claremont
traduit de l'anglais par Nicole Tisserand
Cher Edmund
traduit de l'anglais par François Dupuigrenet Desroussilles
Noces de faïence
traduit de l'anglais par Nicole Tisserand
Une saison d'été
traduit de l'anglais par Anne Rabinovitch
La Bonté même
traduit de l'anglais par Nicole Tisserand
Le Papier tue-mouches
traduit de l'anglais par Nicole Tisserand

Federigo Tozzi
Bêtes
traduit de l'italien par Nathalie Castagné

Vladimir Voïnovitch
La Chapka
traduit du russe par Agathe Moitessier

Paul West
Le Médecin de Lord Byron
traduit de l'anglais par Jean-Pierre Richard
Les Filles de Whitechapel et Jack l'Éventreur
traduit de l'anglais par Jean-Pierre Richard
Le Palais de l'amour
traduit de l'anglais par Jean-Pierre Richard

Leslie Wilson
Maléfices
traduit de l'anglais par Michèle Albaret

Evguéni Zamiatine
Le Pêcheur d'hommes
traduit du russe par Bernard Kreise

Achevé d'imprimer en mai 1996
sur presse CAMERON,
par Bussière Camedan Imprimeries
à Saint-Amand-Montrond (Cher)

Dépôt légal : mai 1996.
N° d'impression : 1/1163.

Imprimé en France